mtb

Zum Buch:

Auch wenn Pallas mit viel Freude in der Hochzeitsagentur *Weddings in a Box* jobbt, hätte sie nie geglaubt, dass ihr alter Freund Gerald ihr die Firma einmal vermachen würde. Im Gedenken an ihn führt sie die Geschäfte zunächst weiter. Sehr zum Missfallen ihrer Mutter. Pallas sollte jetzt, da sie diplomierte Finanzwirtin ist, eigentlich in der Bank der Familie beginnen. Doch die geplanten Hochzeiten kann und will Pallas nicht absagen – erst recht nicht, als sie den sexy Künstler Nick Mitchell täglich bei Holzrestaurationsarbeiten in ihrer Agentur beobachten darf …

»Mallery übertrifft sich selbst mit diesen Protagonisten, die auf dem Weg zum Happy End sowohl jeder für sich als auch gemeinsam wachsen.«

Publishers Weekly

Zur Autorin:

Die SPIEGEL-Bestsellerautorin Susan Mallery unterhält ein Millionenpublikum mit ihren Frauenromanen voll großer Gefühle und tiefgründigem Humor. Mallery lebt mit ihrem Ehemann und ihrem kleinen, aber unerschrockenen Zwergpudel in Seattle.

Susan Mallery

Planst du noch oder liebst du schon?

Roman

Aus dem Amerikanischen von
Ivonne Senn

mtb

MIRA® TASCHENBUCH
Band 26143

FSC
MIX
Papier
FSC® C014496

1. Auflage: Juli 2018
Deutsche Erstausgabe

Originaltitel: »You Say It First«
Erschienen bei: HQN Books, Toronto

Published by arrangement with
HARLEQUIN ENTERPRISES II B.V./SARL

Umschlaggestaltung: bürosüd, München
Umschlagabbildung: www.buerosued.de
Lektorat: Stefanie Kruschandl
Satz: GGP Media GmbH, Pößneck
Printed in Germany
Dieses Buch wurde auf FSC®-zertifiziertem Papier gedruckt.
ISBN 978-3-95649-818-3

www.mira-taschenbuch.de

1. Kapitel

»Verstehen Sie mich nicht falsch, aber ich muss Sie bitten, Ihr Hemd auszuziehen.«

Pallas Saunders zuckte innerlich zusammen, als sie die Worte aussprach. Normalerweise war das kein Satz, den sie in einem Vorstellungsgespräch sagte, aber außergewöhnliche Umstände, außergewöhnliche Maßnahmen und so weiter.

Nick Mitchell hob seine Augenbrauen. »Wie bitte?«

Das war eine durchaus vernünftige Frage. Und ganz sicher besser, als wenn er einfach zur Tür hinausgelaufen wäre, was er auch hätte tun können.

»Es ist ein Notfall.« Sie wedelte mit der Hand in einer Geste, von der sie hoffte, dass sie sagte: *Können wir bitte einfach weitermachen?*

»Ich brauche schon eine bessere Erklärung.«

»Na gut.« Sie atmete tief ein und fing dann an, schnell zu reden. Sehr schnell. »In weniger als einer Stunde habe ich eine Hochzeit und mir fehlt ein römischer Legionär. J.T. ist nach Los Angeles gefahren, weil sein Agent ihn wegen eines Vorsprechens angerufen hat. Kleine Notiz an mich: Während der Casting-Saison *keine* Schauspieler engagieren. Sie haben ungefähr die gleiche Größe wie die anderen Männer und sind hier, weil Sie einen Job brauchen. Also bitte ziehen Sie das Hemd aus. Sie sehen einigermaßen gut aus. Ich werde Sie mit etwas Selbstbräuner eincremen, und dann werden Sie ein sehr dünnes Mädchen in einer Sänfte tragen.«

»In einer was?«

»Eines dieser überdachten Stuhldinger. Ich schwöre, das Mädchen wiegt keine fünfzig Kilo. Ich glaube, sie hat seit drei Monaten nichts mehr gegessen. Und Sie sehen stark aus. Sie werden das super machen. Bitte! Am Ende wartet auch ein Scheck auf Sie.«

Kein sonderlich großer, aber Geld war Geld. Und Nick Mitchell hatte auf ihre Anzeige für eine Teilzeitstelle als Zimmermann geantwortet. Daher war er vermutlich relativ dringend auf der Suche nach Geld. Das Gefühl kannte Pallas nur zu gut.

»Sie wollen, dass ich ein Mädchen in einer Sänfte zu seiner Hochzeit trage?«

Warum sind die Gutaussehenden immer so dumm, fragte sie sich seufzend. Denn Nick ging durchaus als gut aussehend durch. Er war groß, hatte dunkles Haar und dunkle Augen. Seine Schultern waren breit und, so weit sie es sehen konnte, war er gut in Form. Wo also war das Problem?

»Meine Firma heißt *Weddings in a Box – der perfekte Rahmen für jede Hochzeit.*« Sie deutete auf die Wände. »Das hier ist der Rahmen. Die Leute kommen her, um zu heiraten. Ich organisiere Themenhochzeiten. Das heutige Pärchen möchte eine römische Hochzeit. Sie wären überrascht, wie beliebt die sind. Und zur römischen Hochzeit gehört die Sänfte für die Braut. Also bitte, ich flehe Sie an. Ziehen Sie Ihr Hemd aus.«

»Sie sind seltsam«, murmelte Nick, während er sein Hemd auszog und es dann auf ihren Schreibtisch warf.

Halleluja, dachte sie und ging einmal um ihn herum, um seinen Rücken zu betrachten. Wie gehofft, sah er gut aus – breite Schultern und viele Muskeln. Keine großen Tattoos, keine hässlichen Narben. Nicht dass sie etwas gegen Tattoos hatte, aber nur wenige davon passten zu einer römischen Hochzeit.

Und sie hatte wirklich keine Zeit, jetzt noch Tattoos mit Concealer abzudecken. Aber wie es der Zufall so wollte, würde Nick perfekt zu den anderen Männern passen.

»Sie sind engagiert, aber wir müssen uns beeilen.«

Sie packte seine Hand und zog ihn den Flur hinunter zur Umkleidekabine der männlichen Darsteller. Eine Themenhochzeit bedurfte einer großen Besetzung. Leider hatte sie nicht Tausende von Darstellern zur Verfügung. Aber drei oder vier sollten es mindestens sein. Römische Hochzeiten bestanden aus der Gruppe der Sänftenträger und einigen Kellnern in Togen. Die Kleidungsstücke waren keine Originale, aber die Kunden waren glücklich, und das war alles, was zählte.

Sie führte Nick in den großen, schlichten Raum mit den Kleiderständern an der einen und einem langen Tisch mit beleuchteten Spiegeln an der anderen Seite. Drei Männer in verschiedenen Stadien der Entkleidung hatten sich bereits eingefunden. Zwei zogen sich gerade ihre weiße Toga über, während der dritte sich selbst im Spiegel betrachtete.

Alan löste den Blick von seinem Spiegelbild und lächelte sie und Nick an. »Hallo, Fremder.«

»Nicht mehr lange«, murmelte Pallas. »Bitte hilf Nick, sich für die Hochzeit fertig zu machen. Nick, das ist Alan. Alan, das ist Nick.« Sie schaute auf die Uhr und stieß einen kleinen Schrei aus. »Wir haben weniger als eine Stunde, Leute.« Sie wandte sich an Nick. »Haben Sie schon einmal Bräunungscreme benutzt?«

»Sehe ich aus wie jemand, der Bräunungscreme benutzt?«

Bis gerade eben war dieser Mann für sie kaum mehr als eine starke Schulter gewesen, die ein Viertel der Braut tragen konnte. Jetzt sah Pallas ihn das erste Mal richtig an. Die dunklen Augen, die sie mit einer Mischung aus Ungläubigkeit und Skepsis musterten. Der feste Zug um seinen erstaunlich attraktiven Mund. Er hat große Hände, bemerkte sie abwesend und bemühte sich, nicht zu lachen.

Große Hände? Ernsthaft? Weil sie in ihrem Leben *dafür* ja auch Zeit hatte?

Sie trat an den Schminktisch und zog eine Schublade auf. Darin befanden sich eingeschweißte Handschuhe, die mit einem Selbstbräuner getränkt waren und die sie in großen Mengen zu einem sehr guten Preis kaufen konnte.

»Ich werde Ihre Welt erschüttern«, erklärte sie ihm fröhlich. »Legen wir los.«

Nick Mitchell fühlte sich, als hätte er ein Paralleluniversum betreten. Eines, in dem die Verrückten regierten.

Bevor er wusste, wie ihm geschah, rieb die Frau, mit der er eigentlich ein Bewerbungsgespräch wegen eines Zimmermannsjobs führen sollte, mit einem seltsamen Handschuhding seinen Rücken ein.

»Gleichmäßige Bewegungen«, sagte sie. »Die Farbe muss fünf Minuten trocknen, dann prüfen Sie, ob es irgendwo Streifen gibt. Machen Sie erst Ihre Arme und die Brust, dann die Beine, sowohl hinten als auch vorne.«

Sie zog die Handschuhe aus und reichte sie ihm. »Kriegen Sie das hin?«

Ihre Miene war zu zwei Dritteln ernst und zu einem frustriert – als hätte die Welt sich verschworen, um ihr den Tag schwer zu machen.

Im ersten Moment wollte er wiederholen, dass er nur wegen des Zimmermannsjobs hier war, dann erkannte er aber, dass ihr das klar sein musste. Also gut – dann sollte es wohl ein Legionär mit falschem Teint sein. Wenigstens wäre das eine gute Geschichte für seine Brüder.

Er zog die Handschuhe an und begann, die Bräunungscreme aufzutragen. Es war weniger eklig, als er gedacht hatte. Pallas legte ihm sein Togakostüm bereit und bat die anderen Männer, ihm seinen Platz zu zeigen.

»Ich muss mich umziehen«, rief sie noch und eilte zur Tür. »Wenn Sie irgendetwas brauchen, fragen Sie Alan. Er weiß alles.«

Alan zwinkerte ihr zu. »Das stimmt.« Sobald die Tür ins Schloss gefallen war, wandte er sich Nick zu. »Und wie lautet deine Geschichte?«

Nick streifte die Handschuhe ab und wischte sich die Hände an einem auf dem Tisch liegenden Handtuch ab. Dann zog er seine Jeans aus. »Ich bin Zimmermann. Ich habe auf eine Anzeige geantwortet.« Nachdem er die Handschuhe wieder angezogen hatte, begann er, seine Beine einzuschmieren.

»Ich verstehe. Brauchst du dabei Hilfe?«

Nick schaute nicht auf. »Nein, danke.«

»Tja, ich bin Alan, wie du ja gehört hast. Die beiden da sind Joseph und Jonathan. Ich nenne sie die Js. Sie gehen hier auf die örtliche Highschool und verdienen sich an Samstagen ein wenig Geld. Sie spielen Football.«

Einer der Teenager schaute auf. »Wir spielen Basketball, Alan. Das sagen wir dir immer wieder.«

»Egal. Es ist Sport – wen interessieren schon die Details. Das kommt doch alles aufs Gleiche raus.« Alan schaute wieder zu Nick. »Ich war am Broadway. So habe ich Gerald kennengelernt. Er war mein Mentor, bevor er in Rente gegangen und hierhergezogen ist. Ich bin im Winter des Wetters wegen hergekommen und geblieben. Nach Geralds Tod bin ich nach L. A. gezogen, aber wenn ich gerade mal wieder zu Besuch hier bin, mache ich hier mit, weil es Spaß bringt.«

Während er sprach, sah Nick, dass der andere Mann wesentlich älter war, als er anfangs gedacht hatte. Er war mindestens Ende vierzig.

»Und die Leute lieben wirklich römische Hochzeiten?«, fragte er.

»Du hast ja keine Ahnung. Es gibt auch Cowboyhochzeiten, aber die mache ich nicht.« Alan schüttelte sich. »Pferde sind das Schlimmste! Und sie stinken. Eine schöne Prinzessinnenhochzeit dagegen gefällt mir sehr gut. Ich bin ein sehr attraktiver Höfling, wenn ich das so sagen darf. Aber heute sind wir Römer. Ave Cäsar.«

Zehn Minuten später starrte Nick sich im Spiegel an. Er trug tatsächlich eine Toga. Oder zumindest ein Togakostüm. Der kurze weiße Rock reichte ihm bis zur Mitte der Oberschenkel. Das Oberteil war über einer Schulter verknotet, und Alan hatte ihm eine Krone aus Weinlaub gegeben, die er sich auf den Kopf setzen sollte. Während er seine Sandalen schnürte, dachte er, dass er seinen Brüdern hiervon vielleicht doch nichts erzählen würde. Sie würden ihn für den Rest seines Lebens damit aufziehen.

»Es ist ganz einfach«, erklärte Alan, nachdem er angezogen war. »Die Braut sitzt in der Sänfte. Wir heben sie hoch und tragen sie hinein. Dann steigt sie aus, und wir tragen die Sänfte wieder hinaus. Die Js und ich bedienen auch bei der Feier, aber ich bezweifle, dass Pallas das von dir erwartet. Also kannst du danach gehen.«

Nick verkniff es sich, darauf hinzuweisen, dass er sein Vorstellungsgespräch noch nicht gehabt hatte. Um ehrlich zu sein, bekam er langsam Zweifel, was diesen Job anging. Er hatte etwas gesucht, das seine Tage ausfüllte, während er sich überlegte, was er bezüglich seiner großen Auftragsarbeit tun sollte. Auch wenn dieser Ort ausreichend Ablenkung bot, war er nicht genau das, was er suchte.

Pallas kehrte zurück. Die Jeans und das T-Shirt hatte sie gegen ein schlichtes dunkelgrünes Kleid getauscht, das ihre haselnussbraunen Augen betonte. Ihre langen braunen Haare waren immer noch zu dem ausgefeilten Zopf geflochten, und Nick glaubte nicht, dass sie geschminkt war. Sie war ja auch nicht die Braut – sie war nur hier, um den Traum der Braut wahr werden zu lassen.

Sie kam auf ihn zu und nickte anerkennend. »Sie sehen toll aus. Danke, dass Sie das machen. Ich hätte solche Probleme bekommen, wenn Sie nicht eingesprungen wären. Hat Alan Ihnen erzählt, wie es ablaufen wird?«

»Wir tragen die Braut hinein und verschwinden dann leise.«

»Richtig. Oh, wir müssen ja noch das Bewerbungsgespräch führen. Es gibt keine Entschuldigung dafür, dass ich es so nah an eine Hochzeit gelegt habe, außer dass ich wohl die Tage vertauscht habe. Es ist einfach so viel zu tun.«

In ihren Augen sah er Sorge, Panik und mehr als ein wenig Entschlossenheit. Eine interessante Kombination.

Sie straffte die Schultern. »Eine Krise nach der anderen, wie Gerald immer gesagt hat. Wir sind bereit für die Hochzeit. Gentlemen, wenn Sie bitte Ihre Positionen einnehmen.«

Sie führte sie nach unten. Nick war nicht sicher, was ihn erwartete, aber schneller als gedacht standen sie in einem Raum mit einer hypernervösen Braut, verschiedenen Brautjungfern in römisch inspirierten Kleidern und einer echte Sänfte.

Er trat näher an den überdachten Stuhl heran und betrachtete die Schnitzereien an den Seiten. Sie waren von Hand gemacht und dann an einem Rahmen aus Leichtmetall befestigt worden.

Pallas brachte alle auf Position. Die Braut setzte sich. Alan nahm den Platz vorne rechts ein, was Nick so deutete, dass er wohl das Sagen hatte.

»Auf drei, meine Herren. Wir heben sie langsam und gleichzeitig und aus den Knien hoch.« Alan lächelte die Braut an.

»Nicht dass wir uns über dich Sorgen machen müssten, Darling. Du bist nicht breiter als ein Grashalm und siehst in deinem Kleid so bezaubernd aus. Das ist ein Designerteil, oder? Du Glückliche.«

Die Braut entspannte sich sichtlich. »Danke. Ich liebe mein Kleid.«

»Und es liebt dich auch. Sollen wir dann? Auf drei.«

Nick wartete auf den Countdown, dann hoben sie die Braut hoch. Der Tragebalken hatte eine gepolsterte Ausbuchtung für seine Schulter, sodass er seine Hände nur einsetzen musste, um das Gleichgewicht zu halten, aber nicht, um die Sänfte zu tragen. Wie Pallas versprochen hatte, war die Braut leicht und das Gewicht problemlos zu stemmen.

Mit den anderen zusammen ging er den Flur hinunter. Ein Fotograf machte Bilder. Eine große Flügeltür öffnete sich für sie, und sie betraten einen riesigen Raum mit einer mindestens sieben Meter hohen Decke.

Auf beiden Seiten des breiten Ganges hatten sich die Gäste versammelt, und der Bräutigam in der festlicheren Version einer Toga wartete am geschnitzten Altar. Obwohl es mitten am Nachmittag war, spendeten flackernde Fackeln Licht.

Sie erreichten das Ende des Gangs. Alan bedeutete ihnen, die Sänfte abzusetzen. Als die Braut bei ihrem römischen Bräutigam stand, trugen sie die Sänfte wieder hinaus. Alan führte sie in einen großen Innenhof, der schon für die Feier geschmückt war. Die Sänfte wurde in einer Ecke abgestellt.

»Die Leute lieben es, darauf herumzuturnen und Fotos zu machen«, erklärte Alan. »Okay, du kannst jetzt gehen.« Er zeigte auf eine Tür. »Wenn du da durchgehst, findest du eine Treppe, die dich in den ersten Stock bringt. Die Umkleide befindet sich am Ende auf der rechten Seite.«

»Danke.«

Nick folgte den Anweisungen und trat durch die Tür. Bevor er jedoch die Treppe hinaufgehen konnte, erblickte er eine andere, nur angelehnte Tür.

»O nein«, murmelte er, als er näher heranging.

Er stieß die Tür auf und einen unterdrückten Fluch aus, als er eintrat.

Verschiedene geschnitzte Holzpaneele hingen an Schienen, von wo aus sie an ihren Platz geschoben werden konnten. Nick trat zur Seite und folgte dem Verlauf der Schienen mit seinem Blick. Er schätzte, dass sie in den großen Ballsaal führten, in dem er gerade gewesen war.

Diese Paneele – locker drei Meter hoch und doppelt so breit – waren auserlesene Kunstwerke. Die Schnitzereien zeigten, wie er annahm, das frühe Palastleben. Es gab mehrere Szenen eines königlichen Hofstaats und auch ein paar Landschaftsbilder. Sicher, das Arrangement war kitschig, aber die Schnitzereien waren unglaublich. Jede Figur in dem ersten Relief wirkte so echt, als würde sie gleich anfangen, sich zu bewegen. Er fuhr die Linien nach, die mit wenigen eleganten Strichen Tiefe schafften, und spürte raue Kanten. Dann sah er genauer hin und erkannte, dass die Paneele schon ziemlich angeschlagen und trocken waren und dringend ein wenig Liebe und Zuneigung benötigten. War das der Job, für den Pallas einen Zimmermann suchte?

Nachdenklich ging er den Weg zurück, den er gekommen war, und umrundete den jetzt leeren Innenhof. Dann schlich Nick sich zurück in den Ballsaal und betrachtete die geschnitzten Paneele an den Wänden, die römische Szenen zeigten. Sie waren genauso brillant wie die anderen und schrien selbst aus der Entfernung danach, restauriert zu werden.

Und er hatte gedacht, Pallas suche jemanden, der Fenster reparierte oder Schränke baute. An etwas wie dem hier zu arbeiten … Hatte Atsuko von den Paneelen gewusst? Hatte sie deshalb vorgeschlagen, dass Nick sich auf den Job bewarb? Denn auch wenn er in einer Glasbläserfamilie aufgewachsen war, hatte er sich in den letzten zehn Jahren in die Arbeit mit Holz verliebt.

Glas war kalt und launenhaft, aber Holz lebte. Holz hatte eine Seele.

Er kehrte wieder in den Innenhof zurück und nahm die Treppe nach oben. Eigentlich hatte er vorgehabt, seine Bewerbung für den Job zurückzuziehen – diese ganze Nummer mit dem Selbstbräuner und dem Tragen der Braut war ziemlich abschreckend gewesen. Aber jetzt, da er die Paneele gesehen hatte, wusste er, dass er keine andere Wahl hatte. Er musste sie restaurieren und dafür sorgen, dass sie noch für zukünftige Generationen in perfekter Verfassung waren.

Wie dramatisch, dachte er, als er den Umkleideraum betrat. Nur waren die Paneele die Dramatik und die Verschrobenheit von Pallas' Hochzeitsservice wert. Sie hatten sein absolut Bestes verdient, und er war entschlossen, dass sie es bekommen würden. Sosehr er es auch leugnen wollte, er war durch und durch ein Künstler. Das Blut seines Vaters rann in seinen Adern und damit der Drang, etwas zu erschaffen. Oder, wie in diesem Fall, etwas wiederherzustellen.

Pallas nahm nur selten mehr als eine Hochzeit pro Wochenende an. Es war einfach zu schwierig, alles in kürzester Zeit auf- und wieder abzubauen. Die einzige Ausnahme bildeten Brautpaare, die ihre Hochzeit am Freitag feiern wollten – dann konnte sie für Sonntag noch eine zweite organisieren. Doch obwohl eine Sonntagshochzeit aufgrund der ungewöhnlichen Zeit preislich günstiger war, wollten die meisten Brautpaare die traditionelle Party am Samstagabend. Was bedeutete, dass Pallas sonntags meistens freihatte.

Am frühen Montagmorgen machte sie sich auf den Weg zu *Weddings in a Box* und ging einmal über das Gelände. Das Hauptgebäude war u-förmig mit einem Innenhof in der Mitte. Am westlichen Ende gab es eine kleine Lobby, deren Fassade italienisches Flair versprühte. Die Nordseite war gemauert und erinnerte an ein mittelalterliches Schloss. Die südliche Seite war mit Holz verkleidet, was ihr ein ranchähnliches, rustikales Westernfeeling verlieh.

Ein Gebäude und drei Optionen, woraus sich leicht ein Dutzend verschiedene Hochzeitsthemen entwickeln ließen. Ein wenig skurril, sicher, aber Pallas liebte jeden falschen Backstein und jedes nicht funktionierende Fenster.

Sie hielt nach Schäden an Gebäude und Zaun Ausschau – denn einmal war ein Trauzeuge mit seinem Wagen in das Tor gefahren – und nach verlorenen oder liegen gelassenen Gegenständen. Die Feiern dauerten oft bis tief in die Nacht, der Alkohol floss in Strömen und schon mehr als ein Schuh, BH oder Slip hatte am nächsten Tag auf dem Rasen gelegen.

Was war das nur mit Hochzeiten und unverantwortlichem Sex? Klar, die Braut und der Bräutigam hatten mit Sicherheit welchen, aber das entsprach der Tradition. Alle anderen sollten warten, bis sie wieder zu Hause waren – nur taten sie es selten. Zum Glück fand Pallas heute nur einen Wimpel und ein paar Blütenblätter. Um die aufzuheben, brauchte sie keine Schutzhandschuhe.

Sie ging nach drinnen und machte sich auf den Weg in die Geschäftsräume im ersten Stock. Erst vor wenigen Wochen war sie in das Büro gezogen, das sie in Gedanken immer noch als Geralds Büro bezeichnete. Im ersten Monat nach seinem Tod – und nachdem sie erfahren hatte, dass sie die Alleinerbin des Geschäfts war – hatte sie unter Schock gestanden. In den folgenden zwei Monaten hatte sie es nicht über sich gebracht, irgendetwas zu verändern. Im letzten Monat hatte sie dann erkannt, dass es einfach dumm war, fünfzig Mal am Tag von ihrem Schreibtisch zu seinem zu rennen. Gerald hätte ihr *Weddings in a Box* nicht hinterlassen, wenn er nicht gewollt hätte, dass sie die Firma weiterentwickelte. Also war sie in sein Büro gezogen.

Sie hatte befürchtet, dass es sie traurig machen würde, an dem Ort zu sein, wo alles an ihn erinnerte. Doch sie hatte schnell festgestellt, dass sie sich ihm hier näher fühlte. Er war für sie wie ein zweiter Vater gewesen, und auch wenn sie ihn jeden Tag vermisste, wusste sie, dass er mit dem, was sie tat, glücklich wäre.

Sie warf einen Blick in ihren Kalender, wobei sie es sorgfältig vermied, auf den Stapel Rechnungen in ihrem Posteingang zu schauen. *Weddings in a Box* mochte ein fröhliches, interessantes Geschäft sein, aber es hing finanziell gesehen am seidenen Faden. Themenhochzeiten waren nicht billig, genauso wenig wie der Veranstaltungsort und die dazugehörigen Besonderheiten.

Morgen, versprach sie sich. Morgen würde sie mutig sein. Sie checkte ihre E-Mails und sah, dass zwei weitere Bräute die unterschriebenen Verträge zurückgeschickt hatten. Das waren gute Neuigkeiten. Sie würde sie noch einmal durchgehen, bevor sie …

»Guten Morgen.«

Als sie aufschaute, sah sie einen Mann im Türrahmen stehen. Und nicht nur irgendeinen Mann – sondern Nick Mitchell.

In ihr kollidierten verschiedenen Emotionen. Dankbarkeit dafür, dass er sie am Samstag gerettet hatte; leichte Verlegenheit darüber, wie sie ihn ausgezogen und ihm den dunkleren Teint verpasst hatte; sehr große Verlegenheit angesichts der Tatsache, dass sie inzwischen wusste, wer er war, und Enttäuschung darüber, dass sie immer noch nach einem Teilzeitzimmermann suchen musste. Oh, und Verwirrung darüber, warum er hier war.

Sie erhob sich und ignorierte, dass er der attraktivste Mann war, der jemals ihr Büro betreten hatte. Lächelnd sagte sie: »Hi. Wie kann ich Ihnen helfen?«

Er lehnte sich gegen den Türrahmen. »Ich dachte, wir könnten jetzt das Bewerbungsgespräch führen.«

Das letzte Gespräch hatte sie aus Versehen direkt vor einer Hochzeit eingeplant. Nur konnte er jetzt unmöglich noch für sie arbeiten wollen, oder? »Ich bin Ihnen wirklich sehr dankbar, dass Sie mir am Samstag ausgeholfen haben.«

»Gern geschehen. Man bekommt nicht jeden Tag die Gelegenheit, als Legionär aufzutreten.«

»Außer man arbeitet hier, dann passiert es viel zu häufig.« Sie zögerte. »Es tut mir leid, wie das alles gelaufen ist.«

»Mir nicht. Es war eine Erfahrung, von der ich noch sehr lange erzählen kann.«

»Ich bin erleichtert, dass Sie nicht sauer sind. Alan meinte, Sie wären ein netter Typ. Und er verfügt über eine ziemlich gute Menschenkenntnis.«

»Das freut mich zu hören.«

»Sie fühlen sich von Alan nicht bedroht?« So ging es nämlich vielen heterosexuellen Männern.

»Nicht einmal ansatzweise.« Er ließ ein Grinsen aufblitzen. »Ich arbeite mit einer Kettensäge. Es braucht schon einiges, damit ich mich bedroht fühle.«

»Das erklärt natürlich einiges.« Sie verlagerte ihr Gewicht von einem Fuß auf den anderen und beschloss dann, es einfach auszusprechen. »Ich will nicht unhöflich sein, Nick, aber es hat keinen Sinn, dass wir ein Bewerbungsgespräch führen. Als ich unseren Termin vereinbart habe, hatte ich mir einfach nur den Namen in meinen Kalender geschrieben. Nun habe ich aber gestern ein wenig über Sie recherchiert.«

Er hob eine Augenbraue. »Google oder Bing?«

Sie lächelte. »Beides. Und beides mit demselben Ergebnis.« Ihr Lächeln schwand, als sie sich an das erinnerte, was sie gelesen hatte. Nick Mitchell hatte so gar nichts mit einem arbeitslosen Zimmermann zu tun. Er war ein weltbekannter Künstler, der schon verschiedene Preise gewonnen hatte. Ja, er arbeitete mit Holz, aber auf einem komplett anderen Level. Ihn anzuheuern wäre, als würde man einen erfolgreichen Rennfahrer bitten, jemandem das Autofahren beizubringen.

»Ich weiß nicht, was meine Freundin Atsuko sich gedacht hat, als sie mir Ihren Namen gab. Sie sind ein berühmter Künstler, und ich bin die Besitzerin einer kleinen Firma, in der ein paar Reparaturen nötig sind. Und zwar so billig wie möglich.« Sie versuchte, bei den letzten Worten nicht zusammenzuzucken, denn jemand wie Nick Mitchell würde nicht verstehen, wie es war, jeden Penny dreimal umzudrehen, um das Geschäft am Laufen zu halten. »Aber ich weiß es zu schätzen, dass Sie vorbeigekommen sind«, fügte sie an. »Und dass Sie das mit der Bräunungscreme so gelassen hingenommen haben.«

»Es war lustig. Ich hatte viel Spaß. Und der Selbstbräuner war … interessant.«

»Keine Erfahrung, die Sie wiederholen wollen?«

»Äh, nein.«

Sie stand neben ihrem Schreibtisch und wartete darauf, dass Nick Mitchell ging, doch er schien damit keine Eile zu haben.

»Welche Reparaturen benötigen Sie?«, fragte er.

Warum interessierte er sich dafür? »Nick, ich meine es ernst. Ich kann nur ein paar Dollar über dem Mindestlohn bezahlen. Mehr kann ich mir nicht leisten.«

»Geht es um die Holzpaneele?«

»Ja, aber …«

Er nickte in Richtung Flur. »Kommen Sie, sehen wir sie uns einmal an.«

Sie war mehr als nur ein wenig verwirrt, aber okay. Gemeinsam gingen sie die Treppe hinunter und durch den leeren Ballsaal zu den seitlichen Lagerräumen. Pallas zog die großen Türen auf und schaltete das Deckenlicht an. Dann wartete sie, während Nick sich die Paneele anschaute.

Die hölzernen Rechtecke waren riesig – hoch, breit und auf einer Seite komplett mit Schnitzereien versehen. Während sie ihn beobachtete, ging Nick zum ersten Paneel und legte seine Hände an das Holz. Er schloss die Augen halb und fuhr mit den Fingern die Schnitzereien entlang. Pallas hatte das seltsame Gefühl, Zeugin von etwas zutiefst Persönlichem zu sein, was ihr unangenehm war und mehr als nur ein wenig versponnen vorkam.

»Was wissen Sie hierüber?«, fragte er, während er die Paneele weiterstudierte.

»Nicht viel. Sie waren schon hier, bevor ich angefangen habe, für Gerald zu arbeiten. Um ehrlich zu sein, ich habe mir nie viele Gedanken über sie gemacht. Sie waren einfach ein hübscher Hintergrund. Als er starb und mir seine Firma überließ, habe ich eine Inventur durchgeführt. Das war das erste Mal, dass ich mir die Paneele richtig angesehen und erkannt habe, in welch schlechtem Zustand sie sind.«

»Ja. Sie sind alt, und die trockene Luft konserviert sie in gewisser Hinsicht, sorgt andererseits aber dafür, dass sie reißen. Man kann die Handwerkskunst in ihnen erkennen. Jemand hat sich sehr viel Zeit genommen, um sie zu erschaffen. Jemand mit viel Talent.«

»Ich wünschte, ich wüsste mehr darüber«, gab sie zu. Sie hätte Gerald danach fragen sollen, aber das Thema war nie aufgekommen. Sie hatte nie gewusst, was genau seine Pläne waren. Sie hatte sich immer als seine Angestellte gesehen und ihn als tollen Freund. Das Erbe – ein unerwartetes und unglaublich großzügiges Geschenk – hatte sie vollkommen überrascht.

»Meine Brüder arbeiten mit Glas«, sagte er, ohne sie anzusehen. »Sie sprechen immer von Schönheit und Klarheit. Von der Reinheit. Glas kann alles sein. Es existiert nicht, bis wir es zum Leben erwecken. Aber Holz lebt. Holz hat eine Seele – es sagt dem Künstler, was es sein soll. Man kann das zwar ignorieren, aber wenn man es tut, werden die Schnitzereien nie wahrhaftig werden.«

Er drehte sich zu ihr um. Sein dunkler Blick war intensiv. »Ich will an denen hier arbeiten.«

Sie starrte ihn an. »Wie bitte? Nein, das ist doch lächerlich. Sie waren schon im *People*-Magazin.«

Er lachte leise. »Wieso sollte das eine Rolle spielen?«

»Tut es eben.« Sie würde ignorieren, dass er in der »Sexiest Man Alive«-Ausgabe und das Foto sehr beeindruckend gewesen war. »Ich werde einen Zimmermann finden, der …«

»Nein. Keinen Zimmermann. Diese Paneele sind unglaublich, Pallas. Sie haben es verdient, mit Ehrfurcht behandelt zu werden. Ich tue es für den Preis, den Sie dafür eingeplant hatten. Ich will den Job.«

»Warum?«

Er drehte sich wieder zu den Paneelen um und berührte sie mit den Händen. »Sie haben mir gesagt, dass sie mir vertrauen.« Er ließ seine Hände sinken und sah sie an. »Keine Sorge. Ich drehe nicht durch. Diese Art der Arbeit ist sehr selten. Ich werde es genießen. Ich befinde mich im Moment zwischen zwei Projekten, also habe ich die Zeit.«

Er hielt inne, als überlege er, wie viel er ihr erzählen solle.

»Ich habe eine anstehende Auftragsarbeit in Dubai. In den nächsten Monaten werde ich erfahren, ob ich sie bekomme. Ich bezweifle, dass das wirklich infrage steht, aber bis ich die Bestätigung bekomme, will ich mich nicht für etwas Großes verpflichten.«

»Dubai?«

»Ein Hotel will mich engagieren, um ein Stück für die Lobby zu erschaffen. Ich wäre ungefähr zwei Jahre lang vor Ort.«

»Das ist ziemlich lang.«

»Ich weiß, aber es wäre eine interessante Erfahrung. Diese hier«, er zeigte lächelnd auf die Paneele, »werden mich bis dahin beschäftigt halten. Ich verspreche, mich gut um sie zu kümmern.«

»Ich zweifle Ihre Fähigkeiten nicht an«, erwiderte sie. »Oder Ihre Hingabe. Aber ich habe es ernst gemeint, als ich sagte, wie wenig ich bezahlen kann.«

»Es geht hier nicht ums Geld.«

Richtig. Weil ein Kerl wie Nick nicht notwendigerweise für Geld arbeitet, rief sie sich in Erinnerung. Wäre das nicht nett, wenn das bei ihr auch so wäre?

»Nutzen Sie mich aus«, drängte er. »Es wird Ihnen gefallen.«

Sie wusste genau, wie der Kommentar gemeint war. Aber für den Bruchteil einer Sekunde erlaubte sie sich das Gedankenspiel, dass Nick Mitchell ihr einen nicht ganz unschuldigen Vorschlag unterbreitet hatte. Als Mann. Es war eine Ewigkeit her, dass jemand sich die Mühe gemacht hatte.

Sie wusste, dass die Gründe dafür kompliziert waren. Sie sah total normal aus, hatte einen durchschnittlichen Körper und keine Angewohnheiten, die außerhalb der gesellschaftlichen Normen lagen. Theoretisch sollte sie in der Lage sein, einen netten Mann zum Ausgehen und fürs Bett zu finden. Aber auch wenn es den einen oder anderen Mann in ihrem Leben gegeben hatte, war keiner »dem Einen« auch nur nahe gekommen. Oder auch nur »dem für den Moment«.

Zum Teil lag das an dem Ort, in dem sie wohnte. Happily Inc war eine relativ kleine Stadt, in der wenig alleinstehende Männer lebten. Diejenigen, die sie kannte, waren Verwandte von ihr, also igitt. Dann war da noch die Tatsache, dass sie dazu neigte, sich emotional zurückzuhalten. Sie wusste allzu gut, warum. Sie wusste nur nicht, wie sie es ändern konnte. Und deshalb war es selten und kostbar, dass sie angesprochen wurde. Nicht dass Nick das getan hatte. Er sprach lediglich über …

»Pallas?«

»Hm?« Oh, richtig. Er wollte eine Antwort. »Wenn Sie gewillt sind, meinen traurigen kleinen Stundenlohn zu akzeptieren, biete ich ihn nur zu gerne an«, erklärte sie.

»Dann ist das abgemacht.« Er streckte ihr seine Hand hin.

Sie schüttelte sie, ignorierte, wie *groß* sie war und die kurze Hitzewelle, die sie überkam. Nick war so weit außerhalb ihrer Liga, dass er genauso gut ein Außerirdischer hätte sein können. Trotzdem war er nett anzusehen. Sie würde die Show genießen, solange sie dauerte.

»Sie können arbeiten, wann immer Sie wollen«, sagte sie. »Solange Ihre Arbeitszeiten nicht mit einer Hochzeit kollidieren. Ich werde Ihnen einen Terminplan geben, damit Sie den Überblick haben. Sie werden zweimal im Monat bezahlt. Benötigen Sie irgendwelche Werkzeuge oder Materialien?«

»Ich bringe alles mit.«

»Gut.« Denn sie hätte gar nicht gewusst, wo sie anfangen sollte. »Ich schätze, dann sehen wir uns.«

»Darauf können Sie sich verlassen.«

Wenn das nur wahr wäre, dachte Pallas amüsiert. Sie überlegte, wie unangemessen es wäre, ihn zu bitten, mit freiem Oberkörper zu arbeiten. Dabei hatte er einen fabelhaften römischen Soldaten abgegeben.

Vielleicht würde eine der Bräute demnächst eine Garten-Eden-Hochzeit wünschen, bei der alle Anwesenden nackt waren. Nick könnte wieder einspringen. Eine Fantasie, um mir den Tag zu versüßen, dachte Pallas auf dem Weg zurück zu ihrem Büro. Und eine, die sie mit Sicherheit nicht vergessen würde.

2. Kapitel

Nick reichte seinem Bruder ein Bier. Der Abend war klar und versprach, kalt zu werden, aber im Moment war es noch warm genug. Sie saßen auf Mathias' rückwärtiger Veranda, die auf das sechzehnte Loch des Golfplatzes hinausging. Zur Linken lag ein, nun ja, definitiv offenes, grasbewachsenes Gelände. Es war weniger die Landschaft, die einer Erklärung bedurfte, als vielmehr die Bewohner.

»Man gewöhnt sich daran«, sagte Mathias, als Nick die Schatten beobachtete, die sich im Dämmerlicht bewegten. »Sie kehren zur Nacht heim.«

»Wohin? In einen Stall?«

»Ich habe nie gefragt«, gab Mathias zu. »Ich schätze, sie verlassen die offene Landschaft, um Raubtieren aus dem Weg zu gehen.«

Nick machte sich nicht die Mühe, darauf hinzuweisen, dass es hier keine Raubtiere gab – zumindest keine, von denen er wusste. Instinkt war Instinkt, und er hatte schon vor langer Zeit gelernt, dass man mit der Natur nicht diskutieren konnte.

Ein paar Meilen südwestlich der Stadt, direkt hinter dem Golfplatz, lagen Hunderte Hektar Grasland. Wenn man weiterging, kam man an die Mülldeponie der Stadt – einen Hightech-Gewerbehof, wo alles, was möglich war, recycelt oder aufbereitet wurde. Aber das Interessanteste war nicht, dass Happily Inc eine der niedrigsten Müllraten pro Einwohner des Landes hatte, sondern die Tiere, die das Gebiet zwischen der Mülldeponie und dem Golfplatz zu ihrer Heimat erkoren hatten.

Bislang hatte Nick Zebras, Gazellen und etwas, das einem Wasserbüffel glich, gesehen. Er hätte auch schwören können, dass in den letzten Tagen eine Giraffe herumgewandert war, aber dabei konnte es sich auch um eine optische Täuschung gehandelt haben.

»Es ist seltsam«, murmelte er und trank einen Schluck Bier.

»Wir sind in Fool's Gold aufgewachsen«, merkte Mathias an. »Wir dürfen eine andere Stadt nicht als seltsam bezeichnen.«

Das stimmt vermutlich, überlegte Nick. Und es war ja einer der Gründe, aus denen er sich in Happily Inc so wohlfühlte. Sobald man einmal an einem seltsamen Ort gelebt hatte, war es schwer, sich in der Normalität zurechtzufinden.

Aber es gab deutliche Unterschiede. Fool's Gold lag am Fuße der Sierra Nevada. Happily Inc lag mitten in der Wüste. In beiden Städten gab es Berge, aber die hier wirkten jüngeren Datums und hatten härtere Gipfel und schärfere Kanten. Für sein Künstlerauge waren die Farbspiele besonders interessant. Die Dämmerung war eine Mischung aus Ochsenblutrot und Karneol mit umbra- und sepiafarbenen Schatten.

Er war seit drei Wochen in der Stadt. Mathias besaß ein lächerlich großes Haus am Rande des Golfplatzes und hatte ihm angeboten, bei ihm zu wohnen, bis er entschieden hatte, was er tun wollte.

»Warum bist du hierhergezogen?«, fragte Nick. »Warum nicht nach Sedona oder in irgendein Künstlerdorf in Tennessee?«

»Atsuko hatte hier bereits unsere Arbeiten verkauft«, erklärte Mathias und meinte die Galeriebesitzerin im Ort. »Sie wollte, dass wir einander kennenlernen. Und als sie gehört hat, dass wir aus Fool's Gold wegziehen wollen, hat sie uns eingeladen, sie hier zu besuchen. Eines führte zum anderen, und da sind wir nun.«

Meine Brüder haben das gut gemacht, dachte Nick. Atsuko

hatte Kontakte in der ganzen Welt. Mit ihr als Vermittlerin mussten sie sich nicht um die geschäftliche Seite ihrer Arbeit kümmern. Stattdessen konnten sie sich voll und ganz auf ihre Kunst konzentrieren. Ihr Atelier war groß und offen. Sie hatten einander als Gesellschaft und doch ausreichend Platz.

Während Mathias hier beim Golfplatz und den Zebras wohnte, hatte Ronan ein Haus in den Bergen. Es war hauptsächlich aus Stein und Naturmaterialien gemacht und passte sich perfekt der Umgebung an. Es gab sogar ein großes Studio im hinteren Bereich, in dem Ronan arbeitete, wenn er nicht in die Stadt fahren wollte.

Als Nick gemerkt hatte, dass es an der Zeit war, woandershin zu ziehen, hatte er viele Optionen überdacht. Aber Happily Inc war die offensichtliche Wahl gewesen. Vor allem mit dem möglichen Auftrag in Dubai.

Die Dämmerung wurde zur Nacht, und Millionen von Sternen leuchteten auf. Nick betrachtete den Himmel und fragte sich, ob er sich wohl so weit südlich befand, dass er hier andere Sternbilder sehen würde als die, mit denen er sich auskannte. Vermutlich nicht.

»Hast du es je bedauert, weggezogen zu sein?«, fragte er.

»Nein.«

Wegen unseres Vaters, dachte Nick grimmig. Ceallach hatte in ihrer aller Leben Spuren hinterlassen. Teilweise auf gute, öfter aber auf schlechte Weise.

Es gab fünf Mitchell-Söhne. Die ältesten beiden waren nicht mit irgendeiner Form von Ceallachs Talent gesegnet – oder war es eher ein Fluch? Deshalb waren sie von ihrem Vater meist ignoriert worden, während den jüngeren dreien der Großteil seiner Aufmerksamkeit gegolten hatte.

»Geht es Ronan gut?«, fragte er. Ihr jüngster Bruder hatte es am schwersten.

»Wir sprechen nicht darüber.«

»Immer noch nicht?«

»Niemals.«

Was eine Bürde sein musste. Mathias und Ronan hatten einander schon immer nahegestanden. Vermutlich, weil sie Zwillinge waren – zumindest früher einmal.

Da sie beide nicht darüber reden wollten, wechselten sie das Thema. »Wie war dein Date am Samstag?«

Mathias schaute ihn über seine Bierflasche hinweg an. »Das war kein Date.«

»Du hast nicht eine Frau zum Essen ausgeführt und danach Sex mit ihr gehabt?«

»Doch, das habe ich schon.«

»Wieso war es dann kein Date?«

»Weil ich sie nicht wiedersehen werde.«

»Ja, ich schätze, das verändert die Definition eines Dates.«

Seit er nach Happily Inc gezogen war, hatte Mathias angefangen, sich mit den verschiedenen Brautjungfern zu treffen, die in die Stadt kamen. Er verbrachte eine oder zwei Nächte mit ihnen, und dann waren sie wieder fort.

Nick mochte Frauen genauso gerne wie jeder Mann, aber Menge oder Abwechslung hatten ihn nie interessiert. Er mochte die Vorstellung, jemanden in seinem Leben zu haben – solange er die Dinge unter Kontrolle behielt. Er wollte ausreichend Leidenschaft, damit es interessant blieb, aber nicht so viel, dass sie ihn verschlang. Manchmal war dieses Gleichgewicht schwer zu finden, also tat er lieber nichts.

»Sei nur vorsichtig«, warnte er seinen Bruder jetzt. »Du willst nicht, dass eine Frau in sechs Monaten zurückkommt und sagt, dass sie wahnsinnig in dich verliebt ist.«

»Das wird nicht passieren.«

Nick hoffte, dass Mathias recht hatte.

»Atsuko hat erzählt, dass du für eine der Hochzeitsfirmen arbeiten wirst.«

»Jupp. Für *Weddings in a Box*.«

Sein Bruder runzelte die Stirn. »Und was machst du da? Servietten falten?«

»Ich habe noch nie Servietten gefaltet. Das könnte interessant sein.«

Mathias starrte ihn an. »Muss ich mir Sorgen um dich machen?«

»Ich weiß nicht. Musst du?«

Der Blick seines Bruders wurde finster. Nick lachte. »Ich werde zwei Sets Holzpaneele restaurieren. Sie sind alt und in schlechtem Zustand. Die Arbeit ist brillant. Ich muss mal ein wenig recherchieren, um herauszufinden, wer sie angefertigt hat.«

»Du solltest Atsuko fragen. Sie weiß viel und hat gute Verbindungen in der Kunstszene.«

Er kannte die Galeriebesitzerin erst seit ein paar Wochen, war aber bereits von ihr beeindruckt. Sie war Mitte fünfzig und stand mit Käufern auf der ganzen Welt in Kontakt. Atsuko verhandelte hart, erzielte exzellente Preise und kümmerte sich um den Versand der Kunstwerke. Er hatte in den letzten drei Wochen durch Atsuko mehr verkauft als in den letzten drei Jahren.

Die Philosophie seines Vaters war immer gewesen, die Käufer zu sich kommen zu lassen. Nick glaubte langsam, dass das eine sehr kurzsichtige Betrachtungsweise war.

»Hast du was aus Dubai gehört?«, fragte Mathias.

»Nein. Es wird noch einige Monate dauern, bis sie sich entscheiden. Dann muss ich mir überlegen, ob ich es überhaupt machen will. Zwei Jahre sind eine lange Zeit.«

»Ist das jetzt der Moment, in dem ich dich darauf hinweise, dass du den Auftrag noch nicht hast?«

Nick grinste. »Hey, wir reden hier von mir. Wem sollten sie den Auftrag sonst geben?«

»Jemandem mit Talent.«

»Du bist eifersüchtig.«

»Nicht auf dich, großer Bruder.«

Nick lachte und richtete seine Aufmerksamkeit wieder auf die nächtliche Weite. »Gibt es hier Fledermäuse?«

»Hast du Angst?«

»Nein, ich bin von ihnen fasziniert. In meinem Kopf tauchen immer wieder Bilder von einem Kunstwerk mit vielen Fledermäusen auf.«

Mathias schüttelte den Kopf. »Mit dir stimmt doch was nicht.«

»Ja, da hast du vermutlich recht.«

»Frucht- oder Vampirfledermäuse?«

»Frucht. Glaube ich. Ich sollte mal recherchieren.«

»Über Fledermäuse.« Mathias trank von seinem Bier. »Glaubst du, Mom hat dich als Säugling auf den Kopf fallen lassen?«

Nick lachte. »Nicht so oft wie dich.«

Pallas liebte es, sich mit ihren Freundinnen zum Lunch zu treffen. Ein Lunch-Treffen mit ihrer Mutter war hingegen eine ganz andere Sache. Zum einen wegen der Logistik. Sie wählten nicht abwechselnd Restaurants aus, sondern trafen sich immer im exklusiven Privatklub für die leitenden Angestellten der Bank. Wobei exklusiver Privatklub ein hochtrabender Titel für ein etwas netteres Arrangement aus Tischen und Stühlen in einem eckigen, fensterlosen Raum war. Es gab keine Küche, sondern das Essen wurde geliefert. Trotzdem waren ein eigener

Kellner für jeden Tisch und weiße Tischdecken die Norm. Was bedeutete, dass Pallas statt Jeans und T-Shirt ein Kleid anziehen musste.

Während sie über den Fluss auf die Nordseite der Stadt fuhr, sagte sie sich, dass alles gut werden würde. Sie hatte es seit achtundzwanzig Jahren mit ihrer Mutter zu tun. Sie wusste, wie sie das Gespräch mit einem Minimum an Schmerzen und Vorwürfen überstehen konnte. Sie musste nur nicken und sagen, was von ihr erwartet wurde. Das war keine große Sache.

Nur war es auf die eine oder andere Weise eben doch *immer* eine große Sache.

Ihr Leben lang hatte Pallas verzweifelt versucht, ihre Mutter zufriedenzustellen. Was eigentlich kein Problem sein sollte. Libby Saunders liebte Regeln. Der praktischste Plan wäre gewesen, sich an diese Regeln zu halten, und voilà: mütterliche Liebe. Nur hatte es so kein einziges Mal funktioniert.

Vielleicht hatte es etwas mit dem alten Sprichwort zu tun, dass der Weg zur Hölle mit guten Vorsätzen gepflastert war. Oder damit, dass Pallas sich immer hin- und hergerissen gefühlt hatte zwischen dem Wunsch, ihre Mutter glücklich zu machen, und dem, sich selbst glücklich zu machen. Was auch immer die Ursache war, ihre Kindheit war ein ständiger Kampf gewesen – den sie nie gewonnen hatte. Was nicht daran lag, dass sie es nicht versucht hätte.

Cade, ihr Zwillingsbruder, war wesentlich klüger gewesen. Er hatte sich einfach aus dem Schlachtfeld der Konflikte zurückgezogen und war seinen eigenen Weg gegangen, sowohl emotional als auch physisch. Pallas erinnerte sich immer noch an ihren gemeinsamen fünften Geburtstag. Libby hatte ihre Kinder gefragt, ob sie später einmal in der Bank arbeiten wollten. Pallas hatte sofort Ja gesagt, auch wenn sie überhaupt keine Ahnung hatte, was »in der Bank arbeiten« bedeutete.

Sie wusste nur, dass ihre Mutter jeden Tag dorthin ging und es wichtig war. In der Bank zu arbeiten würde dafür sorgen, dass ihre Mom sie ausreichend liebte, sodass sie sich nicht immer so verängstigt fühlen musste.

Cade hatte sein glückliches Lächeln gelächelt und gesagt: »Nein. Ich werde später mal Cowboy.«

Libby war nicht amüsiert gewesen, aber Cade war von seinem Entschluss nicht abgerückt. Er liebte Pferde und nicht stickige Banken. Nicht ein einziges Mal war er ins Wanken geraten. Mit achtzehn war Pallas pflichtbewusst aufs College gegangen, um Finanzwesen zu studieren. Cade dagegen war losgezogen, um sein Handwerk auf einer Pferdefarm in Kentucky zu lernen. Fünf Jahre später war er nach Texas gezogen.

Sie waren in Verbindung geblieben, und nach allem, was er ihr erzählte, war Cade vollkommen glücklich. Das Leben weit weg von Libby und der Bank war offensichtlich sehr, sehr gut. Pallas konnte das nicht beurteilen. Sie versuchte immer noch, sich der strengen Matriarchin der Familie gegenüber zu beweisen.

Sie parkte auf dem Gästeparkplatz und achtete darauf, einen Platz am entferntesten Ende zu nehmen, damit sie niemanden störte. Dann ging sie in die Bank.

Ihr Ururgroßvater hatte die *California First Savings and Loan* im Jahr 1891 gegründet. Es war nicht die erste Bank des Landes und auch nicht die zweite, aber es gab sie noch. Eine Tatsache, auf die man stolz sein konnte, wie Pallas vermutete. Viele Menschen glaubten, sie müsse reich sein, weil sie aus einer Bankiersfamilie stammte. Leider stimmte das nicht. Ihr Großvater war zwar der einzige Erbe gewesen, aber er hatte sieben Töchter gezeugt, die alle wiederum eigene Kinder bekommen hatten. Pallas' Anteil an der Bank war nicht nur sehr gering, sondern sie würde auch vor ihrem neununddreißigsten

Geburtstag nichts erben. Man konnte Grandpa Frank nicht vorwerfen, keinen Sinn für Humor zu haben.

Sich finanziell unbeschwert einen Weg in der Welt zu suchen war also nicht infrage gekommen. Bis heute hatte sie noch Studiengebühren abzubezahlen. Und sie hatte Geralds Firma, die nicht gerade ein leuchtendes Beispiel für finanziellen Erfolg war.

Es war Anfang April. Abgesehen von einem freien Wochenende im Juni hatte sie ab jetzt bis Ende September jedes Wochenende eine Hochzeit. Wenn alles gut lief, würde sie ihre Rechnungen bezahlen, ein paar Reparaturen erledigen und sich selbst ein kleines Gehalt zahlen können. Vorausgesetzt, sie behielt die Firma. Denn sosehr sie Gerald liebte und sein vollkommen unerwartetes Geschenk schätzte, hatte sie nie davon geträumt, *Weddings in a Box* zu ihrer Lebensaufgabe zu machen. Pallas hatte immer gedacht, dass sie eines Tages mit ihrer Mutter zusammen in der Bank arbeiten würde.

Sie betrat das alte Gebäude im spanischen Kolonialstil. Die Mischung aus hohen Decken und dunklem Holz vermittelte ihr das Gefühl, in eine vergangene, elegantere Welt zu treten. Ein vom Boden bis zur Decke reichendes Wandgemälde der Wüste bei Sonnenaufgang dominierte die östliche Wand. Es war ein Projekt aus den Zeiten der Großen Depression, das von der Regierung bezahlt worden war. Aus Gründen, die Pallas nicht ganz klar waren, hatte ihre Mutter das Gemälde immer gehasst, aber sie konnte es nicht übermalen. Es war so sehr Teil der Bank wie die Marmorfußböden und die altmodischen Kassenschalter.

Pallas durchquerte die Lobby und ging in Richtung der Büros, in denen die Geschäftsleitung residierte. Trotz ihrer mutigen Schritte verspürte sie den Drang zu flüchten. Ihr Magen zog sich zusammen, und ihre Hände ballten sich unwillkürlich zu Fäusten. Als sie noch drei Meter von der Tür zum Büro ihrer Mutter entfernt war, trat Libby auf den Flur hinaus und schenkte ihr ein angespanntes Lächeln.

Pallas fühlte sich sofort wieder, als wäre sie acht Jahre alt und hätte einen wertvollen Teller zerbrochen. Oder Matsch auf dem Fußboden verteilt. Oder sonst eine der vielen Regeln gebrochen, die ihre Kindheit geprägt hatten.

»Hallo, Pallas.«

»Mom.«

Libby bot ihr die Wange für den üblichen kurzen Begrüßungskuss. Im Saunders-Clan hielt man nicht viel von Umarmungen.

Ihr braunes Haar und die mittlere Größe hatte Pallas von ihrer Mutter geerbt. Sie wusste, dass sie die haselnussbraunen Augen ihrem Vater verdankte, ansonsten dominierten jedoch Libbys Gene. Ihr Lächeln war das gleiche, genau wie ihre Art zu gehen. Als Teenager hatte Pallas es gehasst, ihrer Mutter so ähnlich zu sehen. Irgendwann hatte sie sich dann damit abgefunden und versucht zu schätzen, dass Libby trotz der voranschreitenden Jahre nie zu altern schien. Zumindest das war etwas, worauf sie sich freuen konnte.

Wie immer trug ihre Mutter einen dunklen Anzug und eine weiße Bluse – der angemessene Aufzug für ihre Position als Senior-Vizepräsidentin. Ihre Haare waren zu einem strengen Knoten zurückgebunden, sie war nur dezent und sehr geschmackvoll geschminkt, ihr Schmuck war elegant und schlicht – Perlenohrringe und, obwohl sie seit achtzehn Jahren verwitwet war, ein goldener Ehering.

»Danke, dass du dir Zeit genommen hast«, sagte Libby, als sie den Weg zu dem kleinen Speisesalon voranging.

Pallas wusste nicht, was sie darauf antworten sollte. »Es ist mir ein Vergnügen« entsprach nicht ganz der Wahrheit, und

»Gern geschehen« klang irgendwie seltsam spöttisch. Sie entschied sich für ein nichtssagendes Geräusch.

Wie üblich war der Tisch mit Porzellan und Kristallgläsern gedeckt. Zwei große Liefertüten standen auf dem Sideboard. Als Kind war Pallas von der Tatsache unglaublich beeindruckt gewesen, dass jedes Restaurant der Stadt mit Freuden das Mittagessen hierherliefern würde. Jetzt fragte sie sich, warum Libby sich nicht einfach ein Sandwich holen oder ihr Essen von zu Hause mitbringen konnte wie alle anderen Leute in Amerika.

Ihr fiel außerdem der fehlende Kellner auf, was kein gutes Zeichen war. Nicht dass sie jemanden brauchte, der ihr das Essen auf den Teller füllte – es war eher, dass Libby anscheinend keinen zufälligen Zeugen bei diesem Gespräch haben wollte. Pallas versuchte ein paar Sekunden lang, herauszufinden, was sie dieses Mal wieder verkehrt gemacht hatte, bevor sie aufgab. Sie würde es niemals erraten. Außerdem würde Libby es ihr sowieso immer wieder unter die Nase reiben, sobald sie dazu bereit wäre.

»Würdest du uns das Essen reichen?«, fragte Libby und setzte sich.

»Sicher.«

Pallas trug die Tüten zum Tisch und öffnete sie.

In der ersten befanden sich grüner Salat, gekochtes Hühnchen und Gemüse. Aus der zweiten Tüte holte sie gekühlten Eistee und ein Brötchen, dazu ein kleines Päckchen Butter. Letztere sind für mich, dachte Pallas und war nicht sicher, ob sie darüber amüsiert sein sollte. Libby würde zum Lunch niemals Kohlenhydrate zu sich nehmen.

Pallas verteilte das Essen auf zwei Teller und holte dann Eiswürfel aus dem kleinen Kühlschrank in der Ecke. Ihre Mutter schenkte den Eistee ein, und sie setzten sich einander gegenüber.

Pallas sagte sich, dass es keinen Grund gab, trotzig zu sein. Dennoch nahm sie sich – im Gegensatz zum leichten Träufeln ihrer Mutter – zwei volle Löffel Salatdressing. Was hatte Libby nur an sich, dass Pallas sich in ihrer Gegenwart immer wie eine mürrische Pubertierende benahm?

»Ich bin so froh, dass du endlich deinen Abschluss gemacht hast«, sagte ihre Mutter lächelnd. »Es ist schade, dass du so lange gebraucht hast, aber das ist ja nun Vergangenheit.«

Pallas legte ihre Gabel ab und ermahnte sich, einfach zu atmen. Die Zeit würde verstreichen, und bald könnte sie gehen. Oder sie könnte mit etwas um sich werfen oder schreien. Das würde auch funktionieren.

Libby hatte zwar Pallas' Studium in Südkalifornien finanziert, doch es hatte verschiedene Bedingungen gegeben. Zuerst einmal, dass Pallas mindestens einen Notendurchschnitt von Zwei plus hielt. Zweitens, dass Pallas sich ihr eigenes Taschengeld verdiente. Pallas hatte sich daraufhin einen Job im nahe gelegenen Disneyland gesucht. Sie hatte ihn so sehr geliebt, dass sie noch zusätzliche Schichten angenommen hatte, und im dritten Semester war ihr Notendurchschnitt auf Zwei minus gefallen. Kaum hatte Libby davon erfahren, hatte sie ihr eine E-Mail geschickt, in der sie erklärte, nicht länger für das Studium, das Zimmer im Studentenwohnheim oder sonst irgendetwas aufzukommen. Pallas war von da an komplett auf sich allein gestellt gewesen. Und zwar für immer.

Mit weniger als dreißig Dollar in der Tasche war sie gezwungen gewesen, zumindest vorübergehend nach Happily Inc zurückzukehren und bei einer Freundin einzuziehen, während sie überlegte, was sie nun tun sollte. Irgendwann hatte sie angefangen, für Gerald bei *Weddings in a Box* zu arbeiten und nebenbei auf dem Community College zu studieren. Später war sie dann auf die staatliche Universität gewechselt. Es hatte achteinhalb Jahre gedauert, aber sie hatte es geschafft. Sie war nun die stolze Besitzerin eines Diploms im Finanzwesen.

Ihre Mutter sah sie an. »Ich nehme an, du hast deine Lektion gelernt.«

»Ich weiß nicht mal, was das heißen soll, Mom.«

»Dass du nicht wieder so dumm sein wirst.«

Pallas wollte darauf hinweisen, dass sie lediglich einmal eine Drei in Erdkunde bekommen hatte, nie mit Drogen erwischt worden war oder auch nur den falschen Mann gedatet hatte. Aber es war zwecklos. Für Libby würde das nicht den geringsten Unterschied machen. Die Regeln waren gebrochen worden, und das hatte immer Konsequenzen.

»Ich bin ziemlich sicher, dass jeder außer dir ab und zu mal dumm ist«, sagte sie. »Aber, wie auch immer, ja, ich habe meinen Abschluss.«

»Ausgezeichnet.« Ihre Mutter lächelte wieder. »Dann ist es an der Zeit. Pallas, ich freue mich, dir eine Position hier in der Bank anbieten zu können. Du kannst in zwei Wochen anfangen.«

Da war es. Das Einzige, was sie gewollt hatte, seitdem sie ein kleines Mädchen gewesen war. Die Chance, hier zu arbeiten – mit ihrer Mutter.

Pallas wartete darauf, Vorfreude zu verspüren oder auch nur ein Gefühl von Zufriedenheit. *Endlich.* Endlich würde sie sich Respekt verschaffen. Stabilität. Sie würde ein Teil des Familienvermächtnisses sein. Sie war begeistert. Wirklich.

Oder auch nicht. Denn was sie in Wirklichkeit empfand, war … nichts.

Ihre Mutter runzelte die Stirn. »Wo liegt das Problem? Ich dachte, du würdest dich freuen.«

»Das tue ich auch. Ich weiß das Angebot sehr zu schätzen …«

»Nimm mir gegenüber nicht das Wort *aber* in den Mund, Pallas. Das meine ich ernst. Ich warte seit beinahe zehn Jahren hierauf. Wenn du am College nicht so geschludert hättest, hättest du die letzten acht Jahre deines Lebens nicht vergeudet.«

»Es war eine Drei, Mom. Weil ich Überstunden gemacht habe.«

»Im Disneyland«, stieß ihre Mutter zwischen zusammengebissenen Zähnen hervor.

»Ich habe den Job geliebt und viel gelernt. Und fürs Protokoll: Ich betrachte mein Leben nicht als Verschwendung, aber danke für den Vertrauensvorschuss.«

Auf Libbys Miene zeichnete sich Ungeduld ab. »Was ist dann dein Problem? Du solltest diese Gelegenheit mit beiden Händen ergreifen.«

»Ich kann *Weddings in a Box* nicht innerhalb der nächsten zwei Wochen verlassen. Ich bin bis Ende September mit Hochzeiten ausgebucht und habe zudem Angestellte, die von ihrem Gehalt abhängig sind.«

»Guter Gott, das kann nicht dein Ernst sein. Arbeitet irgendeiner deiner Angestellten Vollzeit? Gibt es nicht jemand anderen, der sich um die Hochzeiten kümmern kann? Ich meine, das sind doch nur Leute, die heiraten. Wie schwer kann das wohl sein?«

Es war eine Sache, wenn Pallas darüber nachdachte, ob es möglich wäre, ihre Firma zum Erfolg zu führen. Aber es war etwas ganz anderes, zu hören, wie ihre Mutter diese Firma auseinandernahm. Pallas spürte, wie ihre Nackenhaare sich sträubten. Ihre Stimmung wandelte sich von leicht genervt zu schwer verärgert.

»Das bin ich Gerald schuldig«, sagte sie und bemühte sich, ihre Stimme ruhig und leise zu halten. »Er hat mir sein Lebenswerk hinterlassen, und ich werde mein Bestes geben, um sein Geschenk zu würdigen.«

»Der Mann ist tot. Ihm ist es egal.«

»Das ist selbst für dich hart.«

»Das ist nicht hart, das ist realistisch.« Libbys braune Augen flammten wütend auf. »Ich fasse es nicht. Was ist nur mit dir los, Pallas? Du willst einfach nie tun, was man von dir erwartet. So bist du schon immer gewesen. Trotzig. Stur. Das hast du von deinem Großvater.«

Diesen Vorwurf hörte Pallas schon ihr gesamtes Leben lang. Es fiel ihr schwer, nicht die Augen zu verdrehen. Außerdem liebte sie Grandpa Frank. Was also war so schlimm daran, wie er zu sein?

»Nun, wie lange hast du vor, dieses lächerliche Geschäft noch zu betreiben?«, fragte ihre Mutter.

»Dir mag nicht gefallen, was ich tue, Mom, aber das gibt dir nicht das Recht, dich über *Weddings in a Box* lustig zu machen. Es handelt sich um eine Firma, die Menschen glücklich macht. Selbst du solltest den Wert darin erkennen.«

Libby presste die Lippen zusammen. »Okay. Wie lange hast du vor, noch da zu arbeiten?«

»Ich bin mir nicht sicher. Wie gesagt, ich bin bis Ende September ausgebucht. Ich hatte überlegt, die Firma danach zu verkaufen.« Vielleicht an Alan, auch wenn der nie Interesse daran gezeigt hatte, das Geschäft zu übernehmen.

»Das ist noch sehr lange hin. Ich kann dir nicht versprechen, dass es dann noch eine freie Stelle gibt. Oder überhaupt jemals wieder.« Die Miene ihrer Mutter wirkte wieder streng. »Das hier könnte eine einmalige Chance sein, Pallas. Bist du gewillt, für ein wertloses Erbe alles aufzugeben, wofür du gearbeitet hast?«

Und da war es wieder – das Libby-Ultimatum. Sie sollte nicht überrascht sein. Oder verletzt. Und doch …

»Für mich ist es nicht wertlos.« Pallas erinnerte sich noch daran, wie überrascht sie gewesen war, als sie erfahren hatte, dass ihr Chef ihr *Weddings in a Box* hinterlassen hatte. Sie wusste, dass sie Freunde gewesen waren und ihm sehr viel an ihr gelegen hatte. Aber ihr einfach so die Firma zu überlassen war unglaublich.

»Diese Entscheidung wird Konsequenzen haben«, warnte ihre Mutter sie.

»Das ist immer so.«

Sie sah auf ihren Teller und merkte, dass sie jetzt auf keinen Fall auch nur einen einzigen Bissen essen konnte.

»Wenn es nichts mehr zu besprechen gibt, gehe ich jetzt«, sagte Pallas und warf ihre Serviette auf den Tisch. »Es tut mir leid, dass ich dich verärgert habe.«

»Da irrst du dich. Ich bin nicht verärgert. Ich bin enttäuscht. Das ist ein Unterschied.«

Ein vertrauter Unterschied, dachte Pallas grimmig. Denn sie war immer das Kind gewesen, das seine Mutter enttäuschte.

»Auf Wiedersehen, Mom.«

Libby seufzte nur.

Auf dem Weg zu ihrem Wagen überlegte Pallas, warum es zwischen ihrer Mutter und ihr immer so ablief. Egal unter welchen Umständen, sie kollidierten jedes Mal miteinander. Libby war dann enttäuscht, und Pallas stellte sich die Frage, warum sie ständig versuchen musste, die Liebe ihrer Mutter zu verdienen. Nichts wurde ihr umsonst gegeben. Für Cade oder ihre Cousinen und Cousins war es nie so gewesen, aber für sie schon. Sie hatte keine Ahnung, warum, und sie wusste auch nicht, was sie tun konnte, um es zu ändern.

3. Kapitel

Auf dem Weg zurück zur Arbeit fuhr Pallas an einem Drive-in-Schalter vorbei. Bei ihrer Ankunft am Büro hatte sie zwei doppelte Cheeseburger verschlungen. Jetzt waren nur noch ein paar Pommes frites übrig. In einem verspäteten Versuch, standhaft zu sein, warf sie sie weg, dann nahm sie die Stufen zu ihrem Büro im Laufschritt. Als würde das überflüssige Kalorien verbrennen.

»Mütter«, murmelte sie, während sie sich das Kleid auszog und in Jeans und ein T-Shirt schlüpfte. »Was hat Gott sich nur dabei gedacht?«

Sie schnürte ihre Turnschuhe zu, dann atmete sie tief ein. Jetzt war sie wieder sie selbst. Der Tag würde weitergehen, als hätte es das unglückselige Mittagessen nie gegeben. Pallas wusste wirklich nicht, was sie bezüglich des Jobangebots in der Bank tun sollte. Sie hatte ihr Diplom in Finanzwesen gemacht, weil es von ihr erwartet wurde und die Voraussetzung dafür war, ins Familiengeschäft einzusteigen. In der Bank zu arbeiten war doch immer ihr Traum gewesen, oder? Sollte sie bei dem Gedanken daran dann nicht vor Freude ausflippen? Es war ja nicht so, als würde *Weddings in a Box* ein Vermögen abwerfen. Die praktische Entscheidung wäre, die Firma zu verkaufen und anzufangen, ein normales Leben zu führen. Nur bekam sie das anscheinend irgendwie nicht hin.

»Ich treffe meine Entscheidung im September«, sagte sie laut. »Wenn die Saison vorbei ist. Dann werde ich wissen, was ich tun soll.« Vorausgesetzt, es gab dann noch eine freie Stelle bei ihrer Mutter. Das konnte man nie wissen.

Sie ging nach unten. Der Ballsaal musste mal wieder gründlich gesaugt werden, und vermutlich zählte das sogar als körperliche Ertüchtigung. Sie würde …

Sie bog um die Ecke und stieß einen Schrei aus, als sie einen Mann im Flur stehen sah.

Der Eindringling drehte sich um und verwandelte sich in Nick. Pallas presste eine Hand auf ihr Herz.

»Was machen Sie hier?«

»Ich arbeite hier, und ich habe einen Schlüssel.«

Beides stimmte, erklärte sie ihrem schnell klopfenden Herzen. »Oh, das hatte ich vergessen.«

»Was davon?«

»Offensichtlich alles.«

Er ließ ein Grinsen aufblitzen. »Na, halten Sie es doch nicht mehr für eine gute Idee, mich engagiert zu haben?«

»Einen talentierten Künstler, der gewillt ist, für gerade mal den Mindestlohn meine traurigen Holzpaneele zu restaurieren? Nein, das halte ich weiterhin für eine gute Idee. Ich mache mir jedoch Sorgen um *ihre* geistige Gesundheit. Nicht dass ich mich beschweren will. Solange Sie in das nicht bedrohliche Spektrum des Wahnsinns fallen, komme ich damit klar.«

Er lachte. »Ich habe es Ihnen doch schon erklärt. Ich stecke gerade zwischen zwei Projekten und freue mich riesig darauf, an den Paneelen arbeiten zu können. Sie benötigen eine ordentliche Dosis echter Liebe.«

Pallas wusste, was Nick meinte, aber die Worte »echte Liebe« ließen sie an etwas anderes als Holzrestauration denken. Diese spezielle Form von Männlichkeit hatte sie schon viel zu lange nicht mehr in ihrem Leben gehabt. Ihr Job war nicht gerade förderlich, wenn es um aktives Dating ging. Zum einen, weil sie an den Wochenenden arbeiten musste. Zum anderen wurden die Männer sehr schnell nervös, wenn sie erfuhren, dass sie im »Hochzeitsgewerbe« tätig war.

Um sich abzulenken, dachte sie darüber nach, wie viel Glück sie hatte, dass Nick daran interessiert war, ihr zu helfen. Der Mann war nicht nur berühmt, sondern auch talentiert. Wobei sie über ihn nicht mehr wusste, als in seiner Online-Biografie stand. Sie hatte seine Werke noch nie in echt gesehen, und die Bilder im Internet waren etwas ganz anderes, als vor einem Original zu stehen. Vielleicht sollte sie mal Atsukos Galerie einen Besuch abstatten und sich umsehen. Vielleicht aber auch nicht. Seine Werke zu betrachten und die fünf- oder sechsstelligen Preise daran zu sehen würde ihr vermutlich einen Herzinfarkt bescheren.

»Ich bin vorbeigekommen, um zu gucken, welche Werkzeuge ich benötige, wenn ich morgen anfange«, erklärte er.

»Sie werden die Paneele herunternehmen müssen, oder?« Sie beäugte die massiven Holztafeln. »Wie soll das gehen? Und wo wollen Sie sie lagern?«

»Ich dachte, ich bringe alle Requisiten für die Prinzessinnenhochzeit in den Raum mit den Requisiten für die römischen Hochzeiten und arbeite dann dort. Meine Brüder und Alan helfen mir, die Paneele herunterzunehmen und auf Gestelle zu stellen.«

»Sie haben das Ganze gründlich durchdacht.«

»Es schien mir besser, einen Plan zu haben.« Er zögerte. »Geht es Ihnen gut?«

»Was meinen Sie?«

»Ich weiß es nicht. Sie wirken irgendwie aufgebracht.«

Mist! Die Mittagessen mit ihrer Mutter fingen langsam an, echte Spuren zu hinterlassen. »Es ist nichts. Familiendrama.«

Nick blieb im Flur stehen, als wartete er darauf, dass sie mehr sagte. Pallas ermahnte sich, den Mund zu halten, und erinnerte sich zu spät daran, dass sie dazu neigte, unter Druck nachzugeben.

»Wie viel wissen Sie über die Geschichte von Happily Inc?« Sie lehnte sich gegen die Wand.

»Na ja. Die Stadt wurde gegründet, und die Menschen sind hierhergezogen?«

Sie lachte. »Ja, vermutlich. Ich meine die jüngere Geschichte. So ab den Sechzigerjahren.«

»Das war vor meiner Zeit. Und auch vor Ihrer.«

»Aber nicht vor der meines Großvaters.« Sie holte tief Luft und erklärte: »In den Sechzigern hatte Happily Inc schwer zu kämpfen. Mein Großvater mütterlicherseits besaß eine Bank. Als Banker war ihm klar: Wenn die Stadt fiel, würde niemand seine Darlehen zurückzahlen, und er würde massenweise Geld verlieren.«

»Das wäre für alle schlecht«, bestätigte Nick.

»Genau. Das konnte mein Großvater nicht zulassen. Also hat Grandpa Frank eine Geschichte über eine Postkutsche voller heiratswilliger Frauen erfunden, die zu den Goldfeldern in Nordkalifornien unterwegs waren.«

Nick runzelte die Stirn. »Die Geschichte kenne ich. Die Postkutsche ist direkt hier zusammengebrochen, und es dauerte mehrere Wochen, bis die Ersatzteile kamen. Bis dahin hatten sich alle Bräute in einheimische Männer verliebt, und die Postkutsche ist leer weitergefahren. Daher hat die Stadt ihren Namen.«

Grandpa wäre so stolz, dachte sie amüsiert. »Das ist die Legende.«

»Es stimmt nicht?«

»Das ist totaler Unsinn. Grandpa Frank hat sich das alles nur ausgedacht. Er wusste nicht nur, wie man eine gute Geschichte erzählt, er wusste auch, wie man sie verkauft und an wen. In Hollywood hat das ganz gut funktioniert. Einige Filmstars waren so fasziniert, dass sie ihre Hochzeit in Happily Inc gefeiert haben. Die Medien sind ihnen gefolgt, und nun haben wir das hier.« Sie machte eine Handbewegung, die das gesamte Gebäude einschloss. »Eine ganze Stadt, die sich dem Ausrichten von Hochzeiten verschrieben hat.«

»Gebaut auf einer Lüge. Ziemlich raffiniert.«

»Er ist ein beeindruckender Mann.«

»Lebt er noch?«

»Grandpa Frank wird uns alle überleben.«

»Ich hoffe, ich lerne ihn mal kennen.«

»Es würde mich überraschen, wenn sie das nicht täten.«

Er nickte langsam. »Es gibt eine familieneigene Bank, und Sie arbeiten hier. Das ist interessant.«

»Sie meinen, was macht ein nettes Mädchen wie ich an einem solchen Ort wie diesem?«

»So in der Art.«

Sie erzählte ihm eine gekürzte Version ihres Versagens auf dem College und davon, wie sie sich selbst das Studium hatte finanzieren müssen, bevor sie als Mitarbeiterin im Familiengeschäft auch nur in Betracht gezogen worden war.

»Da ich Vollzeit gearbeitet habe, hat es etwas länger gedauert, aber ich habe es geschafft. Ich habe meinen Abschluss gemacht.«

»Verdammt, Sie sind beeindruckend.«

Sie blinzelte. Das war nicht gerade die Reaktion, mit der sie gerechnet hatte. »Ich habe nur das getan, was Millionen von Leuten jeden Tag tun.«

»Sie haben das super gemacht. Wieso hat ihre Mom sich so aufgeregt? Sie haben eine Drei bekommen. Davon geht die Welt doch nicht unter.«

»Meine Mom lebt nach gewissen Regeln. Von diesen Regeln gibt es sehr viele, die alle eingehalten werden müssen.«

Sein Blick glitt an ihr vorbei. »Ja, so sind einige Eltern. Sie wollen, dass alles auf ihre Weise getan wird.«

»Wem sagen Sie das.« Pallas dachte an ihre ganzen Versuche, sie selbst zu sein und trotzdem die Anerkennung ihrer Mutter zu gewinnen. Aus irgendeinem Grund schien sie nicht zu kapieren, dass diese beiden Dinge einander ausschlossen.

»Ich sollte in der Bank anfangen, sobald ich mein Diplom hatte. Was letzten Januar so weit war. Dann ist Gerald gestorben und hat mir seine Firma hinterlassen, die ich seitdem führe. Jetzt hat meine Mom mir eine Stelle angeboten, und ich weiß nicht, was ich tun soll.«

»Warum wollen Sie in einer Bank arbeiten?«

»Das wollte ich schon immer. Das ist so eine Familiensache. Seitdem ich ein kleines Kind war, hatte ich geplant, in der Bank zu arbeiten.«

»Aber?«

Sie seufzte. »Gerald hat seine Firma geliebt. Er war für mich wie ein zweiter Vater. Ich will ihn nicht im Stich lassen.«

»Und außerdem lieben Sie die Arbeit hier.«

Da war sie sich nicht so sicher. Ja, klar. Sie mochte ihren Job. Er war abwechslungsreich, aber war er auch ihre Leidenschaft? »Ich bin verwirrt.«

»Was haben Sie Ihrer Mom gesagt?«

»Dass ich bis Ende September ausgebucht bin und mich danach entscheide. Das ist einer der Gründe, warum ich die Paneele repariert haben möchte. Sie sind ein wichtiger Teil des Geschäfts, und wenn sie in gutem Zustand sind, sollte mir das helfen, einen Käufer zu finden.« Sie schüttelte den Kopf. »Wow, das waren vermutlich mehr Informationen, als

Sie jemals haben wollten. Nun ja, es wird Ihnen eine Lehre sein, mir eine Frage zu stellen.«

»Ich erfahre gerne mehr über Sie.« Er neigte den Kopf in Richtung Flur. »Kommen Sie, ich will Ihnen etwas zeigen.«

Sie gingen in den Lagerraum, in dem die Paneele hingen. Nick schaltete das Deckenlicht an und bedeutete Pallas, näher zu treten.

»Geben Sie mir Ihre Hand«, befahl er.

Die Achtjährige in ihr murmelte: »Aber dann habe ich nur noch eine«, was die These bewies, dass sie noch nicht so weit war, in einer so ernsten Umgebung wie einer Bank zu arbeiten.

Sie tat, wie ihr geheißen, und Nick presste ihre Hand gegen das Paneel und seine darauf. Die Kombination aus kühlem, glattem Holz und warmer, männlicher Haut war unerwartet. Und irgendwie angenehm. Vor allem, als das leichte Kribbeln in ihrem Magen einsetzte. Es war lange her, dass sie so etwas verspürt hatte.

»Fühlen Sie das?«

Sie hatte keine Ahnung, wovon er sprach. Von sich oder dem Holz? Denn wenn er das Kribbeln meinte, war die Antwort ein dickes, fettes Ja.

Bevor sie etwas sagen konnte, schob er ihre Hand über das Relief. »Die Arbeit ist ausgezeichnet. So detailreich, so fein. Die Vögel sehen aus, als würden sie sich jeden Moment in die Lüfte erheben, und die Pflanzen sollten noch wachsen. Das hier ist nicht nur ein geschnitztes Bild oder Kunst. Es ist Leben. Wer auch immer die hier gemacht hat, war ein Meister. Sie sind etwas, das Sie wertschätzen sollten. Aber wenn die Zeiten wirklich schlecht werden, können Sie sie verkaufen, Pallas. Und zwar für viel Geld.«

Das erregte ihre Aufmerksamkeit noch mehr als das Kribbeln. »Für wie viel?«

»Hunderttausende.«

»Dollar? Machen Sie Witze? Für die Dinger hier?«

»Sie hatten wohl nicht Kunst als Hauptfach, oder?«

Sie schüttelte den Kopf. »Okay. Jetzt empfinde ich noch mehr Respekt für Sie. Nicht dass ich Ihnen jetzt ein höheres Honorar zahlen kann oder so.«

»Das glaube ich Ihnen. Machen Sie sich darüber keine Sorgen. Sie sollen nur wissen, dass die hier für Sie da sind, sollten Sie sie brauchen.« Er ließ wieder sein Lächeln aufblitzen. »Wie Geld auf der Bank.«

Alan funkelte das Paneel grimmig an. »Ich ziehe dünne Bräute, die seit drei Wochen nichts gegessen haben, eindeutig vor. Das Ding war schweineschwer.«

Es hatte die vereinten Kräfte von Nick, seinen beiden Brüdern, Joseph, Jonathan und Alan benötigt, um ein einziges Paneel auf das Gestell zu hieven, das Nick aufgestellt hatte. Alle anderen waren bereits gegangen, aber Alan blieb noch, um sich zu beschweren.

»Ist es unangemessen von mir, wenn ich sage: ›Sei ein Mann‹?«, fragte Nick.

Alan lachte leise. »Nein. Aber nächstes Mal werde ich zu tun haben und leider nicht helfen können.«

»In Ordnung. Aber wenigstens wissen wir jetzt, dass sie aus Massivholz sind.«

»Hat es daran jemals Zweifel gegeben?«

»Nicht wirklich.«

Nick ging um das Paneel herum und betrachtete es aus allen Winkeln. Er würde Fotos machen und heute Abend, wenn er wieder im Haus seines Bruders war, mit der Recherche anfangen. Im Moment wollte er das Stück nur auf sich wirken lassen, es kennenlernen, um herauszufinden, wo er anfangen sollte.

»Hast du so etwas schon mal gemacht?«, wollte Alan wissen. »Also Restaurierungsarbeiten?«

»Nein, aber ich verstehe den Prozess.«

»Kein Wunder, dass Pallas dich so billig bekommen hat. Du wirst die Paneele doch nicht kaputt machen, oder?«

Nick sah ihn an. »Ich gebe dir mein Wort. Ich weiß, was ich tue. Ich arbeite jetzt seit zehn Jahren mit Holz. Ich werde die hier nicht vermasseln.«

Alan sah nicht überzeugt aus. »Ich schätze, ich habe keine andere Wahl. Pallas vertraut dir.« Sein Ton verriet, dass das nicht unbedingt gut sein musste.

Aus Gründen, die er nicht wirklich verstand, wollte Nick den Mann für sich gewinnen. Vielleicht weil er jemand war, dem Pallas vertraute.

»Danke für deine Hilfe beim Tragen.«

»Gern geschehen. Auf diese Weise muss ich heute schon nicht mehr ins Fitnessstudio.« Alan ging einmal um das Paneel herum. »Ich sollte mir mal die Kostüme ansehen. Ein paar von ihnen wirken schon etwas mitgenommen. Ich schätze, du kannst nicht nähen?«

»Das ist nicht mein Ding.«

»Zu schade. Meines auch nicht. Pallas hat eine Freundin, Violet, die die Kostüme bei Bedarf repariert. Ich weiß, es wäre besser, sie einfach zu ersetzen, aber dazu ist zu wenig Geld da. Dieses alte Gebäude am Laufen zu halten ist nicht billig.«

Das konnte Nick sich gut vorstellen. »Die Paneele immer an Ort und Stelle zu bringen muss ziemlich viel Zeit in Anspruch nehmen. Ich frage mich, warum Pallas sie nicht durch leichte Holzrahmen mit Papierprospekten ersetzt, die für die verschiedenen Hochzeiten ausgetauscht werden. Dann würde sie weniger Arbeitskräfte benötigen.«

»Das ist eine interessante Idee. Du solltest sie mit Pallas besprechen.«

»Das tue ich vielleicht. Wie lange kennst du sie schon?«

»Bestimmt neun oder zehn Jahre. Seitdem sie angefangen hat, für Gerald zu arbeiten.« Er lächelte. »Sie war so ernst. Das mochte er an ihr. Außerdem hat sie hart gearbeitet und geliebt, was sie tat. Das ist schwer zu finden.«

»Wohnst du in Happily Inc?«

Alan rümpfte die Nase. »Guter Gott, nein. Das habe ich nur am Anfang getan.« Er sah verschmitzt drein. »Ich erspare dir die Mühe mit den subtilen Fragen. Ja, ich bin wegen Gerald hierhergekommen. Er war erst mein Mentor und dann mein Geliebter. Wir waren fünf Jahre zusammen, und als es endete, sind wir Freunde geblieben. Er fehlt mir.«

»Das tut mir leid.«

»Mir auch. Sterben ist ätzend, das habe ich zumindest gehört. Jetzt wohne ich in Los Angeles und komme ab und zu am Wochenende her, um Pallas zu helfen.«

Nick setzte die Puzzlestücke zusammen. »Sie ist wie Familie für dich.«

»Das ist sie. Pallas war jemand, der Gerald und mich verband. Wir brauchten sie, und sie brauchte uns.« Er seufzte dramatisch. »Ich habe ihren Bruder nur einmal getroffen und er wirkte ganz in Ordnung, aber ihre Mutter … Hast du Libby schon kennengelernt?«

»Nein, noch nicht.«

»Dann wappne dich. Auf den ersten Blick ist sie so anständig, aber unter der Oberfläche ist sie eine totale Zicke. Zumindest ihrer Tochter gegenüber. Ich meine, ehrlich, was soll das mit diesen ganzen Regeln? Ich sage Pallas immer, sie soll sich ihr gegenüber behaupten. Sobald sie das tut, wird alles gut werden. Aber Pallas glaubt mir das nicht. Was mich nicht überrascht. Es ist leicht, jemand anderem zu sagen, was er tun soll, aber wesentlich schwieriger, wenn man selber derjenige ist, der es tun muss.«

»Familien sind kompliziert.« Nick dachte an die problematische Beziehung zu seinem berühmten Vater.

»Das stimmt. Was ich nicht verstehe, ist, warum Libby so hohe Anforderungen an ihre Tochter stellt.«

»Du glaubst, deshalb hackt sie ständig auf ihr herum?«

»Das ist die einzig logische Erklärung. Das, oder Libby hasst ihre eigene Tochter, und, vertrau mir, den Gedanken will keiner zu Ende denken. Ich schätze, es hat etwas mit einem dunklen Geheimnis in Libbys Vergangenheit zu tun. Vielleicht hat *ihre* Mutter sie abgelehnt, und sie gibt es jetzt weiter. Wir werden es vermutlich nie erfahren. Gerald und ich haben uns immer eingeschaltet, wenn wir konnten.«

»Ich bin sicher, das hat geholfen.«

»Das hoffe ich.« Er sah Nick an. »Also, wie lautet deine Geschichte?«

»Ich warte auf eine Entscheidung bezüglich einer Auftragsarbeit in Dubai. Wenn ich sie bekomme, werde ich dort für zwei Jahre arbeiten.«

»Ich frage mich, ob Dubai mir gefallen würde.« Alan dachte einen Moment darüber nach. »Wenn du hinziehst, komme ich dich besuchen und sehe es mir an.«

Nick hatte keine Ahnung, was er darauf erwidern sollte. »Äh, sicher. Super.«

Alan zwinkerte ihm zu. »Wenn du jetzt dein Gesicht sehen könntest. Okay, mein kleiner Schnitzfreund, ich lass dich dann jetzt mal allein. Und wenn du Libby näher kommen siehst, schütte warmes Wasser auf sie. Ich bin mir ziemlich sicher, dass sie dann schmilzt.«

Am Mittwoch machte Pallas früher Feierabend, so wie jede Woche. Es war der Abend, an dem sie sich immer mit ihren Freundinnen traf. In einer Stadt, die hauptberuflich Hochzeiten ausrichtete, hatte niemand an den Wochenenden frei. Mit Ausnahme von Highschool-Footballspielen und der sonntäglichen Messe gab es von Donnerstag bis Sonntag kaum gesellschaftliche Anlässe. Alle waren zu sehr damit beschäftigt, die Hochzeiten zu organisieren, die die Kassen der Stadt gefüllt hielten.

Sie fuhr nach Norden zum Rio de los Sueños und über die Transfer Bridge. Nicht nur der Rhythmus der Stadt wurde von der Hochzeitsindustrie bestimmt, sondern auch die Namen der meisten Läden und Straßen. Sie lebte in einer Gegend, die als The Arcs bekannt war, nach den Bögen, unter denen die Brautpaare sich das Jawort gaben. Im Westen lag Honor Arc, der Ehrenbogen, im Osten Love Arc, der Liebesbogen. Es gab Straßen wie den Serenity Boulevard, weil man den Liebenden Gelassenheit wünschte, und den Hope Chest Drive, der sich auf die Aussteuertruhe bezog. Und falls irgendjemand das ganz schrecklich nervtötend fand, konnte Pallas denjenigen fröhlich darüber aufklären, dass das allein die Schuld ihres Großvaters war.

Immer noch lächelnd bog sie in ihre Straße ein. Sie lebte in einem kleinen Bungalow im spanischen Stil. Als sie nach ihrem Collegefehlschlag nach Happily Inc zurückgekehrt war, hatte sie sich einen Ort zum Wohnen suchen müssen. Zu ihrer Mom zu ziehen hatte außer Frage gestanden. Beim Vorstellungsgespräch mit Gerald hatte er auch den Bungalow erwähnt, und so war Pallas zugleich seine Angestellte und seine Mieterin geworden. Nach seinem Tod im Januar hatte sie erfahren, dass er ihr nicht nur die Firma, sondern auch das kleine Grundstück samt Haus vermacht hatte.

Seine Großzügigkeit erstaunte sie immer noch, und Schuldgefühle quälten sie, dass sie ihn zu Lebzeiten nicht noch mehr geschätzt hatte. Von klein auf hatte man sie gelehrt, dass Liebe und ein Platz in der Familie verdient werden mussten. Aber nicht bei Gerald. Er hatte sie geliebt und nichts im Gegenzug erwartet.

Pallas parkte in ihrer schmalen Einfahrt. Sie schaute zum Himmel auf und stieß ein kleines Dankgebet für den Mann aus, der an sie geglaubt hatte. Dann stieg sie aus dem Wagen und ging zur Haustür.

Zwanzig Minuten später hatte sie die Glasschiebetüren zu ihrem ummauerten Garten weit geöffnet. Die Brathähnchen aus dem Supermarkt hatte sie für ihren Currysalat bereits klein geschnitten und mit Mango-Chutney vermischt. Dazu hatte sie kleine Quiches zum Aufbacken und eine Gemüseplatte mit Ranch-Dressing besorgt. Ihre Freundinnen erwarteten nette Gesellschaft und kein selbst gekochtes Drei-Sterne-Menü.

Als der Salat fertig war, stellte sie ihn in den Kühlschrank und begann, Weintrauben und Kiwis für ihre Sangria auf Chardonnay-Basis klein zu schneiden. Sie holte ihren großen Krug mit dem einzuhängenden Eiswürfeleinsatz heraus, in dem die Getränke kalt blieben, ohne zu verwässern. Den kleinen Tresen in ihrer Küche deckte sie mit Tellern und Gläsern. Dann stellte sie ihr Handy in die Dockingstation, die mit den Lautsprechern in ihrem Wohnzimmer verbunden war. Sekunden später erklang leise Musik.

Sie schaute zur Uhr und sah, dass sie noch ein paar Minuten Zeit hatte, bevor ihre Freundinnen kamen. Schnell zog sie sich eine weiße Jeans und ein limettengrünes Baumwollshirt an, dann schlüpfte sie in ihre Espadrilles. Als sie ins Wohnzimmer zurückkehrte, hörte sie jemanden den Weg zu ihrem Haus hinaufkommen.

Ihre Mädelsclique hatte sechs Mitglieder. Carol, Violet, Natalie, Silver und Wynn. Silver und Wynn kannte sie schon ihr ganzes Leben lang. Wynn war ein paar Jahre älter, aber Silver und Pallas waren die ganze Schulzeit über Freundinnen gewesen.

Carol und Violet waren Schwestern und vor ungefähr drei Jahren nach Happily Inc gezogen. Natalie war das neueste Mitglied – sie war erst seit etwas über einem Jahr in der Stadt. Pallas hatte sie als Braut kennengelernt. Eine grauenhafte Hochzeitskatastrophe später war Natalie wieder Single und arbeitete für Atsuko in der Galerie. Ein paar Wochen später hatte Wynn sie zu einem Mädelsabend mitgebracht, und der Rest war Geschichte.

Pallas öffnete die Tür und lächelte, als sie Carol sah, die gerade anklopfen wollte.

»Hey, du«, sagte sie und umarmte ihre Freundin.

»Selber hey.« Carol hielt ihr eine Dose mit Keksen hin. »Ich habe so halb gebacken. Das sind tiefgefrorene Kekse, also war technisch gesehen ein Ofen involviert. Und ich habe sie mit Zuckerguss verziert.«

»Du bist quasi die neue Küchengöttin.«

»Wem sagst du das.« Carol betrat das kleine Haus. »Ich sage zwar ständig, dass ich keine eigene Sendung im Fernsehen haben will, aber sie fragen immer wieder an. Langsam wird es peinlich.«

Carol war groß, ungefähr einen Meter siebenundsiebzig, und hatte kurze rote Haare. Sie war stark und praktisch veranlagt. Ihre Vorstellung von Glamour waren Jeans und eine Bluse anstelle ihrer üblichen Uniform aus Cargohose und T-Shirt. Sie schminkte sich nur wenig und trug niemals Schmuck. Pallas fragte sich oft, wie viel davon Carols Persönlichkeit und wie viel ihrem Beruf geschuldet war.

Carol arbeitete für das Wildtierreservat vor den Toren der Stadt. Sie war für die verschiedenen Tiere verantwortlich – sie kümmerte sich um sie und stellte sicher, dass sie alles hatten, was sie benötigten. Als sie zwei Jahre alt gewesen war, waren ihre Eltern mit ihr und ihrer Schwester in ein Reservat in Südafrika gezogen. Nach der Scheidung ihrer Eltern waren sie und Violet zwischen dem Reservat und New York City gependelt.

Pallas ging voran in die Küche. Sie stellte die Kekse auf die Arbeitsplatte und schaltete den Ofen an, dann schenkte sie ihnen beiden ein Glas Sangria ein, das sie mit auf die Terrasse nahmen.

Pallas fand, dass der Garten das Beste an ihrem Bungalow war. Er war von einer Mauer umgeben und hatte ein Rankgitter, das mit Kletterpflanzen bewachsen war. Sie musste nicht viel tun, außer sicherzustellen, dass die automatische Bewässerung lief, und hier und da einen überschüssigen Zweig abschneiden. Als Dank konnte sie sich beinahe das ganze Jahr über an violetten und pinkfarbenen Blüten erfreuen. Es gab einen kleinen Gaskamin für die kühleren Abende und genügend Privatsphäre, dass sie nackt herumtanzen könnte, wenn sie wollte, ohne von jemandem gesehen zu werden.

Nicht dass sie das jemals täte. Sie war noch nie der Typ gewesen, der irgendwo nackt herumtanzte.

»Wie läuft es so?«, fragte Carol, nachdem sie sich gesetzt hatten.

»Gut. Viel zu tun. Die Hochzeitssaison geht los. Du weißt ja, wie es dann ist. Was ist mit dir? Ist deine Giraffe angekommen?«

Letzte Woche war Carol wegen der Ankunft der neuen Giraffe ganz aufgeregt gewesen.

»Millie ist hier und lebt sich ein.« Carol klang nicht sonderlich glücklich.

»Was ist los?«, fragte Pallas.

»Ich weiß nicht, ob sie Probleme hat, sich anzupassen, oder ob es ihr nicht gut geht. Sie wirkt ein wenig neben der Spur.«

»Kein Giraffenlachen?«

Carol lachte. »Nein. Sie frisst, aber nicht so viel, wie sie sollte. Ich weiß, es ist schwer für die Tiere, sich an eine neue Umgebung zu gewöhnen. Sie verstehen nicht, was passiert und warum alles Vertraute auf einmal weg ist. Ich wünschte, ich könnte mit ihr reden.«

Bevor Pallas etwas erwidern konnte, hörte sie Stimmen aus dem Haus. Sie stand auf und sah, dass Violet und Natalie gemeinsam hereingekommen waren.

Violet sah aus wie ihre Schwester – groß und rothaarig –, aber da endete die Ähnlichkeit auch schon. Während Carol bei ihrer Kleidung Wert auf Bequemlichkeit legte, ging es bei Violet allein um Stil. Sie war eine Expertin an der Nähmaschine und konnte etwas Schlichtes in etwas Einzigartiges verwandeln. Außerdem war sie sehr mädchenhaft, ein großer Fan von Accessoires, und sie liebte es, mit ihrer Kleidung ein Statement abzugeben. Violets Haare waren lang und lockig und ihr Make-up beeindruckend.

Natalie war eine zierliche Brünette mit großen braunen Augen. Sie hatte auch einen eigenen Stil, doch im Gegensatz zu Violet war sie eher ein Hippie. Ihre Brille war knallrot und ihr Maxikleid ein bunter Flickenteppich. Sie trug eine Kette aus Metallformen, die sie vermutlich vom örtlichen Gewerbehof gerettet hatte, und jeder ihrer knallbunt lackierten Zehennägel hatte ein anderes geometrisches Muster.

Pallas holte Getränke für alle. Natalie hatte Brownies mitgebracht, also würden sie zum Abschluss ihres Mahls ausreichend Zucker bekommen. Was immer gut war. Sie hatte gerade die Gläser eingeschenkt, als die letzten beiden Frauen eintrafen.

Wynn war kurvig mit langen schwarzen Haaren. Ihre Mischlingsherkunft hatte sie mit Mörderwangenknochen und einer dunkelolivfarbenen Haut gesegnet. Sie war ein paar Jahre älter als die anderen und hatte einen zehnjährigen Sohn. Silver war groß und machte mit den platinblonden Haaren ihrem Namen alle Ehre. Ihre wilde Seite zeigte sich sowohl in ihren Tätowierungen als auch in ihrer Berufswahl. Ihr gehörte ein großer Anhänger, den sie in eine mobile Bar namens AlcoHaul verwandelt hatte. Die Party auf Rädern war bei den Bräuten beliebt, nicht nur, weil Silver gut war in ihrem Job, sondern weil sie jedes Thema aufgriff, das die Braut sich wünschte – sich verkleiden, die Getränkekarte anpassen und immer wieder den perfekten neuen Cocktail für die jeweilige Gelegenheit zu erfinden.

Zum Buffet gesellten sich kleine Käsekuchen. Alle nahmen sich ein Glas Sangria, bevor sie nach draußen gingen. Als sie saßen, wandte Violet sich an Pallas.

»Ich habe ganz viele Ideen für die Schwarz-Weiß-Hochzeit. Dinge, die wir im Innenhof leicht verändern können, ohne dass es viel kostet. Und ich habe auch schon an Modifikationen für die Kellneruniformen gearbeitet.«

Pallas stöhnte. »Warum habe ich der Idee nur zugestimmt? Das ist jetzt schon ein Albtraum.«

»Das wird super«, versicherte Violet ihr. »Mal was anderes. Ist doch lustig.«

»Mal was anderes bedeutet mehr Arbeit.«

Silver hob eine Augenbraue. »Das ist die Einstellung, die wir alle lieben.«

»Sorry.« Pallas nippte an ihrem Drink. »Ich bin dankbar für die Arbeit. Es ist nur ... sie will alles in Schwarz-Weiß, selbst die Pferde, die die Kutsche ziehen. Wir haben nur eine begrenzte Auswahl an Pferden. Als ich ihr das erklärt habe, fragte sie, ob wir sie nicht anmalen könnten.«

Wynn lachte. »Ich hoffe, du hast ihr gesagt, dass das nicht geht.«

»Das habe ich.«

Die Schwarz-Weiß-Hochzeit war ein unglücklicher Ableger der normalen Prinzessinnenhochzeit, die *Weddings in a Box* anbot. Anfangs hatte Pallas gedacht, es wäre keine große Sache, aber nun fing sie an zu zweifeln. Die Hochzeiten im Programm waren aus einem bestimmten Grund ausgesucht worden. Gewisse Dinge waren erhältlich, und das war es. Die vorhandenen Rahmenbedingungen zu weit hinter sich zu lassen erschwerte die Durchführung der Veranstaltung unnötig. Doch noch während sie diese Worte dachte, flüsterte ein Teil von ihr, dass sie viel zu sehr klang wie ihre Mutter. Und das war etwas, was sie niemals tun wollte.

»Sie muss sich mit den Pferden zufriedengeben, die wir haben«, fuhr Pallas fort. »Die Tischdecken waren leicht, genauso wie die Blumen.«

»Schwarze Rosen?«, fragte Silver trocken.

»Weiße Blumen in schwarzen Vasen.«

»Wirst du einen schwarzen Cocktail machen?«, fragte Carol an Silver gewandt. »Es gibt Unmengen an weißen Drinks, aber schwarze?«

»Ich habe ein paar Ideen. Wir besprechen das Thema gerade per Mail.« Silver grinste. »Du bist mir was schuldig, Pallas. Ich habe sie von den extrem abgefahrenen Ideen abbringen können.«

»Dann stehe ich bis in alle Ewigkeit in deiner Schuld.«

Violet holte ein kleines Stoffbeutelchen aus ihrer gequilteten Jackentasche.

Carol seufzte. »Echt jetzt? Schon wieder?«

»Sie sind schön«, sagte ihre Schwester. »Und interessant.«

»Nur für dich.«

Innerlich stimmte Pallas ihrer Freundin Carol zu. Sie liebte Violet, schätzte ihre Ideen und war sehr dankbar, dass sie ihr mit den Kostümen half. Aber Violet war besessen – von Knöpfen. Nicht irgendwelchen Knöpfen, sondern antiken. Je älter und verzierter, desto besser. Was noch Furcht einflößender war: Sie verdiente sogar Geld damit, sie an Designer auf der ganzen Welt zu verkaufen. Violet war als großartige Knopfhändlerin bekannt – wenn das die richtige Bezeichnung für ihre Tätigkeit war. Sie hatte überall Kontakte. Vor allem ältere Damen, die auf Dachböden stiegen und Flohmärkte durchforsteten, um für sie Knöpfe zu finden.

Violet öffnete den Beutel und schüttete den Inhalt aus. Acht glitzernde Knöpfe rollten auf ihre Handfläche. Sie waren dunkelblau und mit Gold eingefasst.

Wynn beugte sich vor. »O mein Gott! Sind das Saphire?«

»Ganz genau. Und mit achtzehnkarätigem Gold eingefasst.« Sie lächelte ihre Schwester schelmisch an. »Siehst du. Meine Knöpfe lassen das Herz höherschlagen.«

»Wenn du das sagst.«

Pallas lachte leise. »Ich werde mal die Quiches in den Ofen schieben. Bin gleich zurück.«

Sie ging in die Küche. Natalie kam mit. »Kann ich dir helfen?«

»Du kannst mir Gesellschaft leisten.«

»Darin bin ich gut.«

Pallas legte die kleinen Quiches auf ein mit Backpapier ausgelegtes Blech und schob es in den Ofen. Dann lehnte sie sich gegen die Arbeitsplatte.

»Kann ich dich was fragen?«

Natalie nickte. »Na klar. Was?«

Pallas zögerte. »Nick Mitchell arbeitet für mich. Er restauriert die Holzpaneele, die wir als Hintergrund benutzen. Sie befinden sich in einem ziemlich schlechten Zustand.« Sie hob eine Schulter. »Ich habe ein wenig im Internet recherchiert, und er ist ein talentierter, erfolgreicher Künstler. Ich bin mir nicht sicher, warum er mir hilft. Ich kann nicht viel bezahlen, und diese Tätigkeit ist weit unter seinen Fähigkeiten.«

Natalie grinste. »Dir ist schon bewusst, dass du nicht wirklich eine Frage gestellt hast, oder?«

»Ja, aber ich bin mir nicht sicher, wie diese Frage lauten sollte. Ich schätze, ich will nur wissen, ob ich mir Sorgen machen muss oder so.«

»Das solltest du nicht. Ich kenne Nick nicht sonderlich gut, aber ich kenne seine Brüder jetzt seit ein paar Jahren. Das sind beide gute Kerle. Verrückte Künstler, aber anständige Männer. Und was deine Sorge betrifft, dass Nick für die Arbeit zu gut ist – wenn er das nicht denkt, würde ich sagen, akzeptiere es einfach. Ich habe gesehen, wie Mathias zwei Tage an einer Vase arbeitet, die für fünfzig Dollar angeboten wird, nur weil er sie genauso hinbekommen will, wie er es sich vorstellt. Und von Ronan fange ich besser gar nicht erst an. Der Typ muss mal ernsthaft entspannen. Sie sind stolz auf ihre Arbeit, und wenn etwas ihre Aufmerksamkeit fesselt, sind sie voller Elan dabei.«

»Ich schätze, das ergibt Sinn.«

Als sie wieder auf die Terrasse hinausgingen, sagte Pallas sich, dass sie Natalies Vorschlag folgen würde. Mit anderen Worten, sie würde den Mund halten und dankbar sein. Sie lächelte vor sich hin. Was ihre Freundinnen anging, hatte sie sehr viel Glück. Sie waren für sie da und sorgten dafür, dass sie die Bodenhaftung nicht verlor. Während sie ihren Blick über den Garten und das hübsche Haus schweifen ließ und an ihre Firma dachte, dankte sie Gerald noch einmal stumm dafür, dass er ihr ein so wundervolles Leben geschenkt hatte.

4. Kapitel

Nick schmirgelte das kleine Holzstückchen so, dass die Spitze noch etwas spitzer war, und benutzte dann eine Pinzette, um es an der richtigen Stelle einzufügen. Dieses Mal passte es perfekt. Die Restaurierung der Paneele war eine mühselige Arbeit, aber das war es wert, wie er fand. Etwas so Schönes hatte es verdient, wiederhergestellt zu werden.

»Haben Sie mal eine Sekunde?«

Er schaute auf und sah Pallas im Türrahmen stehen. Was keine Überraschung war, denn das hier war ihre Firma und nach allem, was er bisher mitbekommen hatte, kam sie jeden Tag ins Büro. Doch irgendetwas war heute anders, und jede Zelle in seinem Körper bemerkte es.

Anstelle ihrer üblichen Kluft aus Jeans und T-Shirt trug sie ein langes Kleid. Und zwar nicht irgendein Kleid. Die enge, schwarze Lederkorsage war tief ausgeschnitten, und darunter trug sie eine weiße Bluse mit kurzen Puffärmeln und einen langen, schwarz-weiß gestreiften Rock, der bis auf die Erde reichte.

Ihm war vorher nie aufgefallen, was für ansehnliche Kurven sie hatte – die Art von Kurven, die einen Mann auf den Gedanken brachten, sie zu berühren und zu schmecken. Er wusste durchaus, dass Pallas weiblich war und er außerdem ihre Gesellschaft genoss, aber *so* hatte er sie bisher noch nie betrachtet. Dass er das jetzt tat, war ein wenig verstörend. Schlimmer war nur, dass er es jetzt nicht mehr *nicht* sehen konnte.

Sie zog den Rock mit den Händen auseinander. »Ich habe eine schwarz-weiße Prinzessinnenhochzeit anstehen. Meine

Freundin Violet möchte die Kostüme für die Kellnerinnen umarbeiten.« Sie klang zweifelnd. »Wir haben diesen Stil seit Jahren als Basis genommen, aber nun hat sie die Korsage und den Überrock hinzugefügt.«

Sie wirbelte herum, damit er die Rückansicht sehen konnte, dann beugte sie sich vor, um sich … Er wusste nicht, was genau sie sich ansehen wollte, und es war ihm auch egal, denn ihre Brüste kullerten förmlich aus dem Ausschnitt heraus. Lag es an ihm, oder war es hier auf einmal sehr warm?

»Ich kann mich nicht entscheiden, ob es sexy oder nuttig ist. Ich dachte, es würde helfen, die Meinung eines Mannes dazu einzuholen.«

Er musste sich räuspern, bevor er antworten konnte. »Es sieht gut aus.«

»Wirklich? Glauben Sie, es wird die Gäste ablenken?«

»Vermutlich, aber wäre das schlimm?«

»Solange die Braut nicht sauer wird.« Sie lächelte. »Ich denke, wir werden es riskieren. Okay, ich rufe sie an und sage ihr, dass wir das mit dem Schlampen-Look machen.«

»Sexy, nicht schlampig.«

»Das kann ich nur hoffen.«

Sie ließ den Rock los und verschränkte die Arme unter der Brust. Die vollen Kurven schienen anzuschwellen, was es für ihn schwierig machte, an etwas anderes zu denken als daran, zu ihr zu gehen und sie an sich zu ziehen. Was er danach tun würde, war nicht ganz klar. Vor allem, weil es so viele Möglichkeiten gab – es war schwer, sich nur für eine zu entscheiden.

»Ich mache mir immer Sorgen, wenn wir den üblichen Rahmen verlassen.«

Ihre Worte passten so gar nicht zu dem, was er gerade dachte, dass er eine Sekunde brauchte, um zu reagieren. »Wie meinen Sie das?«

»Es gibt eine Art Menü, aus dem die Bräute wählen können. Darin steht alles, was wir anbieten. Dieses Mal ist es anders.«

»Inwiefern? Entscheiden Sie sich normalerweise nicht für ein zur Hochzeit passendes Farbthema?«

»Doch, aber nicht so extrem. Diese Braut will seltsame Dinge. Passende Pferde und so. Es gibt Pakete, die ich anbiete. Die verstehe ich. Aber wenn die Leute …«

»… außerhalb der Linien malen wollen?«, riet er.

»Ja, so in der Art. Dann werde ich nervös. Ich bin nicht wie Sie.«

»Wie meinen Sie das?«

»Sie sind ein Künstler. Sie sind geübt darin, Möglichkeiten zu sehen. Das Unerwartete. Ich bin dafür zu praktisch veranlagt. Ich male immer innerhalb der Linien. Ich mag Linien.« Sie zuckte zusammen. »O nein. Ich wollte gerade sagen, ›Ich mag Regeln‹, aber das werde ich nicht tun. Ich weigere mich, mich in meine Mutter zu verwandeln.«

Eine interessante Einschätzung, die laut dem, was er von Alan gehört hatte, verständlich war. »Sie meinen, Sie sind nicht spontan oder fantasiebegabt, aber Sie verdienen Ihren Lebensunterhalt damit, Hochzeiten auszurichten. Laut Definition erfüllen Sie damit die Träume der Menschen. Das ist schon ein wenig außerhalb des üblichen Rahmens.«

»Vielleicht. Ich mache mir nur Sorgen, dass etwas schiefgeht, wenn wir etwas anderes probieren. Eine Hochzeit ist eine große Sache. Ich will, dass alles perfekt ist.«

»Sie können nicht jeden Aspekt dessen, was passiert, kontrollieren.«

Sie lächelte. »Aber ich kann es versuchen.«

»Manchmal sind die Dinge, die schiefgehen, das Beste. Da passiert die Magie.«

»Ich bin zu pragmatisch, um an Magie zu glauben.«

»Jetzt klingen Sie wirklich wie Ihre Mutter.«

Pallas blieb der Mund offen stehen. »Das können Sie nicht sagen. Sie haben sie nie getroffen.«

»Sie haben mir alles erzählt, was ich wissen muss.«

Sie atmete tief ein, was eine höllische Ablenkung war.

»Ich würde gerne sagen, dass Sie sich irren, aber das stimmt nicht. Es ist lustig, gerade gestern Abend habe ich noch darüber nachgedacht. Ich bin Libbys Tochter, und manchmal ist sie die Stimme in meinem Kopf. Ich würde das gerne ändern, aber ich weiß nicht, wie. Es wäre nicht so schlimm, wenn die Stimme positiv klingen würde. Aber meistens klingt sie enttäuscht.«

»Sagen Sie der Stimme, sie soll den Mund halten.«

Pallas lächelte. »Das ist ein guter Rat. Ich werde es nächstes Mal probieren.« Sie neigte den Kopf. »Lustig, wie unterschiedlich wir alle sind. Ich habe einen Zwillingsbruder – Cade. Er und ich sind total verschieden. Er wollte nie ins Familiengeschäft einsteigen. Ich weiß, er liebt unsere Mutter, aber er versucht nie, sie glücklich zu machen. Er hat schon immer sein eigenes Ding durchgezogen.«

»Und darum beneiden Sie ihn.«

»Das tue ich. Ich hasse es, meine Mutter zu enttäuschen, aber ich scheine es nicht vermeiden zu können. Das ist keine angenehme Situation. Ich beneide Cade um seine Fähigkeit, einfach er selbst zu sein.« Sie rümpfte die Nase. »Wissen Sie, wo ich jetzt darüber nachdenke, sind viele meiner Freundinnen kreativ. Violet hat dieses Kleid gemacht. Silver hat ihr Geschäft und definitiv eine kreative Ader.« Sie zog die Nase noch krauser. »Und Natalie ist eine super talentierte Künstlerin.«

»Natalie Kaleta? Unsere Natalie?« Die Teilzeit-Office-Managerin Schrägstrich Künstlerin aus der Willow Gallery?

Sie nickte. »Haben Sie ihre Arbeiten schon gesehen?«

Er dachte an die großen Kunstwerke, die Natalie erschuf – Gemälde aus Papier und gefundenen Objekten anstelle von Farben. Sie waren bunt und texturiert und boten einen optimistischen Blick auf die Welt.

»Sie ist sehr talentiert«, sagte er.

»Ja, oder? Ich bin von Künstlertypen umgeben. Vielleicht sollte ich das auf mich abfärben lassen, anstatt nur auf meine Mutter zu achten.«

»Hilft *Weddings in a Box* dabei?«

»Meistens schon. Ich mag, was ich tue. Mir gefällt die Abwechslung.«

»Solange die Kunden die vorgegebenen Pakete buchen.«

Sie grinste. »Ja, die Pakete sind unsere Freunde.« Das Lächeln schwand. »Es gibt ein paar Herausforderungen. Die Firma befindet sich nicht in der besten finanziellen Verfassung, aber ich arbeite daran.«

»Reichen Sie alle Kosten an die Hochzeitsgesellschaft weiter? Wenn die etwas wünschen, was nicht in den Paketen enthalten ist, müssen sie dafür extra bezahlen?«

»Sicher. Sie kaufen ein Paket, und alles andere geht auf ihre Kosten.«

»Warum bieten Sie dann nicht verrückte Dinge an und lassen die Kunden dafür bezahlen? Mit dem richtigen Aufschlag könnten Sie Ihren Profit steigern.«

Sie verlagerte ihr Gewicht von einem Fuß auf den anderen. »Theoretisch schon«, setzte sie an.

»Aber?« Er bemühte sich, nicht zu lächeln, denn er verstand es. Auf der einen Seite wusste Pallas genau, was sie tun musste, um den Ertrag ihrer Firma zu steigern. Auf der anderen Seite verursachte ihr der Gedanke an Veränderungen Unbehagen.

»Einige der Dinge, die die Bräute wollen, sind unvernünftig.«

Er hob fragend die Augenbrauen und wartete.

Sie seufzte. »Nehmen wir diese schwarz-weiße Prinzessinnenhochzeit. Die Braut wollte Zebras.«

Nick dachte an die grasenden Tiere am Haus seines Bruders. »Die aus dem Wildtierreservat?«

»Genau. Zebras. Ist das zu fassen?«

»Sie haben ihr gesagt, dass das nicht geht.«

»Natürlich. Ich habe ein wenig recherchiert, und es geht wirklich nicht. Laut der Kongressbibliothek können Zebras nicht domestiziert werden. Sie verhalten sich unvorhersehbar und sind dafür bekannt, Menschen anzugreifen. Um als domestiziert zu gelten, müssen Tiere einige Kriterien erfüllen. Sie müssen ein ausgeglichenes Gemüt haben und sollten unter Druck nicht panisch werden.«

»Hat die Kongressbibliothek jemals eine Katze getroffen?«

Sie lachte. »Ich habe nicht gefragt. Was ich sagen will, ist, dass Zebras auf einer Hochzeit nicht funktionieren.«

»Natürlich tun sie das. Stecken Sie sie irgendwo in ein Gehege und stellen Sie jemanden ab, der auf sie aufpasst. Die Braut bezahlt dafür, und Sie verdienen Geld. Das ist eine klassische Win-win-Situation.«

»Es muss nett sein, einfach das tun zu können, was man will.«

»Das ist es«, bestätigte er. »Sie sollten es mal versuchen.«

Sie starrte ihn an. »Warum sind Sie hier?« Sie lächelte. »Ich meinte das nicht als existenzielle Frage. Mich interessiert eher, warum Sie in Happily Inc sind und nicht dort, wo auch immer Sie herkommen?«

»Das ist gut, denn so tiefgründig bin ich nicht.« Er überlegte, was er antworten sollte, und beschloss, ihr die Wahrheit zu sagen. »Ich komme aus einer kleinen Stadt am Fuße der Sierra Nevada, die sich Fool's Gold nennt. Ich bin hierhergezogen, um von meinem Vater wegzukommen.«

Ihre Augen weiteten sich. »Das ist mal eine ehrliche Antwort.«

»Ihre Familiengeheimnisse kenne ich bereits, da können Sie genauso gut auch meine erfahren.«

»Die Fairness dieser Einstellung weiß ich sehr zu schätzen.« Sie nickte. »Ihr Vater ist ein berühmter Glaskünstler, richtig? Ceallach Mitchell.«

»Beeindruckend.«

»Ich habe doch gesagt, dass ich Sie vor dem zweiten Vorstellungsgespräch gegoogelt habe. Daher wusste ich, wie erfolgreich Sie sind.«

»So erfolgreich nun auch wieder nicht. Zumindest nicht im Vergleich mit ihm.«

»Ist das ein Problem?«

»Sein Ruhm? Nein. Aber er. Er ist ein getriebener Mann, der es liebt, alles um sich herum zu kontrollieren. Vor allem seine Söhne.« Nicht die, die keine Künstler sind, dachte Nick, aber darüber wollte er jetzt nicht nachdenken. »Als ich zweiundzwanzig war, haben wir gemeinsam eine Ausstellung gemacht. Es war ein Jahr in der Hölle. Er hat mir gesagt, was ich tun und wie ich es tun soll. So wollte ich nicht den Rest meines Lebens verbringen.«

»Das Ergebnis war den Stress nicht wert?«

»Nicht einmal ansatzweise. Am Eröffnungsabend war viel Presse da, wir haben viel Aufmerksamkeit bekommen. Er liebt das – und ich nicht.« Er lenkte seine Gedanken von diesen Erinnerungen weg. »Ich habe gelernt, dass es auch zu viel Leidenschaft geben kann, wenn es um die Arbeit geht.«

Die Vergangenheit erschien ihm auf einmal näher als seit Langem. Vermutlich, weil er normalerweise nicht darüber nachdachte. »Als meine Brüder und ich noch Kinder waren, hat mein Dad viel getrunken. Und er hat ein ziemliches Temperament. Er konnte einen Wutanfall kriegen und an einem Nachmittag die Arbeit eines ganzen Jahres zerstören.«

Sie zuckte zusammen. »Das muss Furcht einflößend gewesen sein.«

»Das war es. Nachdem er und ich die Ausstellung hinter uns hatten, hat meine Freundin mit mir Schluss gemacht. Und ich habe mich dabei ertappt, auf einmal Gegenstände an die Wand zu werfen.«

»Sie wollten nicht wie er sein.«

»Ganz genau.«

»Zu viel Leidenschaft ist also sowohl in der Kunst als auch im Leben ein Problem?«

»Ja«, sagte er bestimmt. »Leidenschaft verschlingt einen.«

»Ist das nicht der Sinn?« Ihre Stimme klang sehnsüchtig.

»Es ist nicht immer gut, verschlungen zu werden. Die Menschen reden von ihrer Motivation und davon, für etwas zu brennen. Feuer kann aber auch zerstören. Nach der Ausstellung und dem Ende meiner Beziehung habe ich mich fünf Jahre von der Kunst zurückgezogen, bevor ich mit einem anderen Medium wieder angefangen habe.«

Sie streckte die Hand aus und berührte das Paneel. »Holz«, sagte sie leise. »Weil es lebendig ist.«

»Sie erinnern sich.«

Sie nickte. »Sind Sie deshalb nicht verheiratet? Weil Leidenschaft einen verschlingt?«

»Hm-hm. Ich habe den Preis gesehen, den die Menschen dafür zahlen. Meine Mom lebt für meinen Dad. Mein Dad lebt für seine Kunst. Sie schwört, dass es ihr damit gut geht, aber ich glaube ihr nicht. Ich will niemanden zerstören oder von jemandem zerstört werden.«

»Was hat Sie zu Ihrer Kreativität zurückgebracht?«

»Ohne sie bin ich langsam verkümmert. Es mag mir nicht

immer gefallen, ein Künstler zu sein, aber das bin ich nun mal. Ich habe immer heimlich gearbeitet. Als mein Vater es herausfand, hat er mich verfolgt und versucht, mich dazu zu bringen, wieder mit Glas zu arbeiten, mit ihm. Da bin ich gegangen.«

»Wow. Ich habe in meiner Familiengeschichte nur einen Großvater, der ein Schwindler ist. Sie haben Glück.«

Er lachte. »So nennt man das also?«

»Warum nicht? Sie sind talentiert und berühmt und wirklich attraktiv.« Sie brach ab und ihre Wangen färbten sich rot. »Was ich sagen will, ist …« Sie wandte den Blick ab.

»Sprechen Sie ruhig weiter.«

Sie schüttelte den Kopf. »Nein. Ich werde darauf warten, dass die Erde sich auftut und mich verschluckt. Wenn das nicht passiert, schleiche ich mich einfach davon.«

Nick trat einen Schritt auf sie zu. Er musste zugeben, dass er Pallas mochte. Sie war ehrlich, lustig und zugleich ernst. Es war leicht, mit ihr zu reden. Und dann war da noch die Tatsache, wie sie in diesem Kleid aussah. Er hatte das böse Gefühl, sie nie wieder auf die gleiche Weise wie vorher betrachten zu können.

»Nicht wegschleichen«, sagte er und kam noch ein Stück näher. »Dazu gibt es keinen Grund.«

Sie schaute zu ihm auf. »Es ist nicht so, dass Sie nicht gut aussehen, aber es zu sagen ist peinlich.«

»Warum? Es hat mir gefallen. Ich finde Sie auch heiß. Vor allem in dem Schlampenkleid.«

Sie stemmte die Hände in die Hüften. »Sie haben gesagt, es wäre nicht nuttig.«

»Ich habe gelogen.«

Er senkte den Kopf, strich leicht mit seinen Lippen über ihre. Er spürte, wie sie scharf die Luft einsog, und fragte sich, ob sie wohl zurückweichen würde.

Sie tat es nicht. Sie beide blieben genau dort stehen, wo sie waren. Ihre Lippen berührten einander.

Er wollte Pallas an sich ziehen und sie spüren. Er wollte den Kuss vertiefen und sie schmecken. Aber er tat es nicht. Noch nicht. Er richtete sich auf.

Sie starrte ihn an. »Das war verwirrend.«

»Dann mache ich es falsch.«

Sie lächelte. »Nein, ich meine, ich dachte, du hättest gesagt, Leidenschaft verschlingt einen.«

»Nicht Sex. Diese Form der Leidenschaft ist okay.«

»Natürlich ist sie das. Wie bequem.«

»Ich bin ein glücklicher Mann.«

Sie lachte. »Ich habe keine Ahnung, was ich dazu sagen soll, also werde ich mich in meinem Schlampenkleid zurück in mein Büro begeben.«

»Du kannst gerne jederzeit wieder für mich modeln.«

Sie öffnete den Mund, schloss ihn wieder und schüttelte den Kopf. Dann drehte sie sich um und ging. Nick sah ihr nach. Nächstes Mal, versprach er sich. Nächstes Mal würde er sie auf eine Weise küssen, die keiner von ihnen je vergessen würde.

Am folgenden Montag war es Pallas immer noch nicht gelungen, über den Kuss hinwegzukommen. Das war zwar nervig, aber wahr. Auch wenn sie tief im Herzen wusste, dass Nick sie nur geneckt hatte, fand sie es schwierig, diesen kurzen Kontakt in die richtige Perspektive zu setzen. Vor allem da Männer sie nicht sehr oft einfach so küssten. Oder eher überhaupt nicht.

Das war etwas, das sie beheben könnte, wenn sie häufiger ausginge. Sie fügte mit Absicht kein »wieder« an, weil das bedeutet hätte, dass sie früher häufiger ausgegangen war. Aber das letzte Mal lag schon so lange zurück. Wenn sie sich wegen ihrer Zukunft entschieden hatte, würde sie vielleicht darüber nachdenken, einen Mann zu finden, mit dem sie ausgehen konnte.

Ihr Gehirn zauberte sofort ein sehr nettes Bild von einem T-Shirt-losen Nick hervor, das sie versuchte, zu ignorieren. Apropos ignorieren: Sie sollte den Kuss wirklich vergessen. Er war nett gewesen, und sie hatte dieses Kribbeln genossen, und, ja, Nick war definitiv jemand, der eine Frau zum Schwärmen bringen konnte. Aber sie musste realistisch sein. Er war nichts für sie. Er war ein großer Künstler auf dem Weg nach Dubai. Sie war ein Kleinstadtmädchen, das einen Hochzeitsservice leitete. Sie hatten nichts gemeinsam.

Während sie über den Bürgersteig ging, sagte sie sich, dass sie den Kuss gemeinsam hatten, und vielleicht könnte das genug sein. Eine echte Beziehung konnte es zwischen ihnen nicht geben, aber vielleicht eine Affäre? So etwas hatte sie noch nie ausprobiert, möglicherweise würde es ihr ja gefallen. Was genau was bedeutete? Dass sie Ja sagen würde, wenn Nick es ihr anböte?

Sie dachte weiter über die Frage nach, als sie den Boardroom Pub betrat, die örtliche Kneipe. Unwillkürlich verkrampften sich ihre Zehen ein wenig, als sie den Blick über die Gäste schweifen ließ und den fraglichen Mann mit einem seiner Brüder an einem Tisch in der Mitte sitzen sah.

Für den Bruchteil einer Sekunde wusste sie nicht, was sie tun sollte. Weiter in diese Richtung schauen? Weglaufen? Den Blick abwenden? Bevor sie zu einer Entscheidung gekommen war, schaute Nick auf, sah sie und winkte sie heran. Sie zögerte einen Herzschlag lang, bevor sie seiner Aufforderung folgte.

Als sie sich dem runden Tisch näherte, erhoben Nick und sein Bruder sich.

»Hi«, sagte Nick grinsend. »Ich wusste gar nicht, dass du auch hier verkehrst.«

»Ich versuche, es ein paar Mal im Monat zu schaffen. Vor allem montags, wenn wir unseren Wettkampfabend haben. Seit wann kommst du schon hierher?«

»Heute ist mein erstes Mal.« Er wandte sich dem anderen Mann zu. »Das ist mein Bruder Mathias. Mathias, Pallas.« Er zwinkerte ihr zu. »Niemand mag ihn, also erwarte nicht zu viel.«

Mathias lachte. »Danke, Bruder. Sehr nett. Nick war schon immer ein extrem großzügiger Mensch.« Er lächelte Pallas an. »Ich habe dich ein paar Mal in der Stadt gesehen, aber ich glaube nicht, dass wir einander schon vorgestellt wurden. Schön, dich endlich kennenzulernen.«

»Danke gleichfalls.« Sie schüttelten einander die Hände und setzten sich. »Ich bin mit Natalie befreundet«, erklärte sie den beiden. »Ich hatte gehofft, sie würde mir heute Abend Gesellschaft leisten, aber sie muss länger arbeiten. Ist einer von euch daran schuld?«

Nick hob abwehrend beide Hände. »Das geht auf Atsukos Konto, nicht auf unseres. Wir sind nur die Künstler. Die beiden kümmern sich um die Hochfinanz.«

Einer der Kellner kam, um ihre Bestellung aufzunehmen. Die Männer bestellten Bier, und Pallas bat um einen Kräutertee. Die Spieleabende konnten lang werden, und sie musste nicht nur klar im Kopf bleiben, sondern später auch noch mit dem Auto nach Hause fahren.

Der Boardroom Pub lag am südlichen Flussufer und war so benannt, weil es hier alle Brettspiele gab, die man sich nur vorstellen konnte. Dementsprechend war auch die Einrichtung gewählt. Zwei Wände bestanden aus offenen Regalen, die mit Hunderten verschiedener Spiele gefüllt waren. Die Gäste wurden ermutigt, alles in beliebiger Länge zu spielen, solange sie die Spiele später wieder zurücklegten.

Jeden Montag war Turnierabend. Die Leute konnten in Teams oder einzeln spielen. Die Spiele begannen leicht und wurden im Laufe der Nacht immer schwieriger. Manchmal gab es vorgegebene Themen wie den Wortspiel- oder den *Monopoly*-Abend. Einmal hatten sie ein *Cluedo*-Turnier veranstaltet. Die Pub-Quiz-Abende waren sehr beliebt, genau wie die Abende, die Spielen für Kinder unter fünf Jahren gewidmet waren. Pallas genoss es immer zuzusehen, wie die Erwachsenen fluchten, wenn sie bei *Candy Land* oder beim Leiterspiel verloren. Heute würde es ein normales Turnier geben, mit einfacheren Spielen am Anfang und schwierigeren später.

»Zu schade«, sagte Pallas. »Natalie ist in Brettspielen echt gut. Sie hebt die Durchschnittspunktzahl am Tisch.«

Nick lehnte sich in seinem Stuhl zurück. »Du nimmst das ernst.«

»Na klar. Warum sollte man sonst spielen?« Sie schaut sich in der Hoffnung um, eine ihrer Freundinnen zu sehen. Dann lächelte sie, als sie Silver hereinkommen sah, doch das Lächeln schwand, als ihr bewusst wurde, was passieren würde, wenn Nick ihre Freundin kennenlernte. Das Gleiche, was immer passierte, wenn ein Mann Silver traf.

Es ist nicht ihre Schuld, sagte sie sich, als ihre große, langbeinige, blonde Freundin näher kam. Silver war eine dieser sexy Frauen, die Männer wie magisch anzogen. Sie strahlte eine gewisse Sinnlichkeit aus, der Männer offenbar nur schwer widerstehen konnten.

»Ich hatte gehofft, dich hier zu treffen«, sagte Silver. Sie erblickte Nick und Mathias und zog die Nase kraus. »Oh, ist das hier ein Date oder so?«

»Überhaupt nicht«, sagte Pallas schnell. »Nick restauriert die Paneele von *Weddings in a Box*, und Mathias ist sein Bruder. Möchtest du dich zu uns setzen?« Sie schaute Nick an.

»Außer, ihr habt den Platz für Ronan reserviert.«

»Er ist nicht so der Spieletyp«, sagte Nick und stand leichtfüßig auf. Mathias tat es ihm gleich, und sie schüttelten beide Silvers Hand. »Schön, dich kennenzulernen.«

»Gleichfalls.« Silver setzte sich. »Ist Jasper hier?«

»Ich habe ihn noch nicht gesehen«, erwiderte Pallas. »Und ich habe geguckt.«

Die Brüder schauten einander an.

»Wer ist Jasper?«, wollte Mathias wissen.

Silver winkte dem Kellner. »Er ist ein großartiger Spieler. Er gewinnt immer. Und wenn es ein Teamabend ist, gewinnt sein Team. Er weiß einfach alles.«

»Er wohnt außerhalb der Stadt«, ergänzte Pallas. »Und er ist Krimiautor.«

Nick starrte sie an. »Jasper *Dembenski*? Machst du Witze? Seine Bücher sind großartig. Ich kann sie nie aus der Hand legen. Und er wohnt hier?«

Silver grinste. »Oh, oh, ein Groupie. Lass Jasper in Ruhe. Er hat mich zwei Mal gebeten, in seinem Team zu sein, und ich will nicht, dass du mir das vermasselst. Wenn du zu offensichtlich für ihn schwärmst, verschreckst du ihn.«

»Ich schwärme nicht.«

»Du wirst ja beinahe ohnmächtig.«

Nick setzte einen verletzten Blick auf. »Ich bin von seinem Talent beeindruckt. Das ist alles.« Er beugte sich zu Pallas. »Du musst hier meine Ehre verteidigen.«

»Ich denke, da bist du auf dich allein gestellt.«

Mathias lachte leise. Nick stöhnte, und der Kellner kam mit ihren Getränken an den Tisch.

Wie Pallas hatte auch Silver Tee bestellt. Als sie sich eine Tasse einschenkte, warf sie Mathias einen Blick zu. »Nick repariert also Holzpaneele. Und was machst du so?«

»Ich mache Geschirr aus Glas.«

Silver strahlte. »Das, was Atsuko verkauft? Die Teller und Gläser?«

Mathias nickte.

»Ich besitze einige deiner Stücke. Mein Plan ist, ein ganzes Set zu bekommen. Das in den Meeresfarben. Es ist wunderschön.«

»Danke.«

Pallas lauschte der Unterhaltung. Bisher zeigte noch keiner der Männer Anzeichen dafür, Silvers beträchtlichem Charme zu verfallen. Waren sie immun? Sie hatte nicht gewusst, dass das möglich war. Positiv betrachtet könnte das bedeuten, dass sie selbst vielleicht die Chance auf noch einen Kuss von Nick hatte. Wäre das nicht nett?

»Ich wünschte, ich hätte auch so ein Talent«, sagte Silver. »Die Fähigkeit, aus einer Idee heraus etwas zu erschaffen.«

»Ich auch.« Pallas schüttelte den Kopf. »Ich kann Strichmännchen malen, aber das ist auch schon alles.«

»Du erschaffst Hochzeiten«, merkte ihre Freundin an. »Ich bin nur eine Barkeeperin.«

»Bist du nicht«, widersprach Pallas. Sie wandte sich an Nick. »Silver gehört eine Bar.«

Silver verdrehte die Augen. »Mir gehört ein Anhänger, in dem ich Cocktails ausschenke. Ich fahre mit ihm zu Hochzeiten und anderen Veranstaltungen in der Stadt. Mir gefällt es. Man lernt dabei viele interessante Menschen kennen.«

»Klingt nach Spaß«, sagte Mathias.

»Das ist es auch. Und ehrliche Arbeit, auch wenn es für manche Leute nicht stilvoll genug ist.«

Die Brüder wechselten einen verwirrten Blick. Pallas erkannte die drohende Gefahr und wechselte schnell das Thema.

»Nick und Mathias sind aus einer Kleinstadt nördlich von hier. Wie hieß sie noch?«

»Fool's Gold«, sagte Nick.

»Die Stadt hat die am längsten regierende Bürgermeisterin von Kalifornien«, ergänzte Mathias. »Bürgermeisterin Marsha Tilson. Sie ist eine seltsame alte Lady, die Dinge weiß, die sie nicht wissen sollte. Wir haben nie herausgefunden, ob sie Freunde bei der NSA hat oder Gott auf der Kurzwahltaste eingespeichert.«

»Klingt beides Furcht einflößend«, murmelte Pallas und warf Silver einen Blick zu.

Ihre Freundin hob die Augenbrauen, als wolle sie fragen, was los war, obwohl sie beide die Antwort kannten. Silver hatte vorgehabt, über Drew herzuziehen – Pallas' Cousin und Leiter der Familienbank. Damals auf der Highschool waren Silver und Drew ein Paar und sehr verliebt gewesen. Aber nach dem Abschluss hatte Drew mit ihr Schluss gemacht. Angeblich, weil er eine Frau brauchte, die in seinen sozialen Kreisen zu Hause war.

Pallas war sich nie sicher gewesen, wie genau seine Worte gelautet hatten, aber die Botschaft war deutlich gewesen. Er hatte Silver fallen lassen und sich auf dem College Verbindungsmädchen geschnappt. Zehn Jahre später herrschte immer noch böses Blut zwischen ihm und Silver.

Die Kellner fingen an, die Spiele auszuteilen. Pallas lachte, als sie das erste sah: »*Hippo Flipp* ist eines meiner Lieblingsspiele«, sagte sie glücklich. »Ich liebe es.«

»Ist das denn überhaupt ein Brettspiel?«, fragte Nick.

»Wenn es irgendwo ein Brett beinhaltet, zählt es«, erklärte Silver. »Pass auf sie auf«, fuhr sie fort und zeigte auf Pallas. »Sie macht keine Gefangenen, wenn es darum geht, Murmeln einzusammeln. Diese Frau kennt keinerlei Gnade.«

Pallas streckte ihr die Zunge heraus, dann dreht sie das Spielbrett so, dass ihr blaues Lieblingsnilpferd vor ihr war. Sie streckte die Arme, beugte und streckte ihre Finger ein paar Mal und wartete dann auf das Startsignal.

Nick sah seinen Bruder an. »Ich glaube, wir stecken in Schwierigkeiten.«

»Das glaube ich auch.«

»Was hältst du davon, einen Höfling zu spielen?«

Nick schaute von dem Paneel auf, das er gerade abschliff. Alan stand in der Tür zu seinem Arbeitsraum.

»Willkommen zurück«, sagte er. »Wann bist du angekommen?«

»Heute Morgen«, erwiderte Alan. »Ich bin für die morgige Hochzeit da. Also, bist du dabei?«

»Was muss ich machen? Weitere Bräute herumtragen?«

»Nein. Das hier ist eine Prinzessinnenhochzeit. Die Braut kommt in einer gläsernen Kutsche – die allerdings nicht die Form eines Kürbisses hat. Wir haben einen nicht näher bezeichneten Prinzessinnenort, also ist alles sehr demokratisch.«

Nick wusste nicht, was er mit diesen Informationen anfangen sollte. »Ist das die Schwarz-Weiß-Hochzeit?« Irgendwie hatte er gedacht, die wäre erst in ein paar Wochen. Hatte Pallas überhaupt ausreichend Zeit gehabt, alle Kellnerinnenkleider umzuarbeiten?

Alan schüttelte den Kopf. »Du dummer Mann. Das hier ist eine *normale* Prinzessinnenhochzeit. Besser gesagt, eine *Regency*-Hochzeit. Das ist etwas total anderes.«

»Für mich klingt es nicht sonderlich anders.«

»Die Regency-Ära ist eine bestimmte Periode in der Geschichte. Erinnerst du dich an *Stolz und Vorurteil*? Es gibt bestimmt fünfzig verschiedene Filmversionen von diesem Buch. Elizabeth Bennet und Mr. Darcy?«

Nick glaubte, dass die eine oder andere Freundin ihn mal gezwungen hatte, so etwas zu sehen. »Vielleicht.«

Alan seufzte. »Schön, dann lass mich deine Wissenslücken auffüllen. Eine Regency-Hochzeit benötigt spezielle Kleidung, spezielles Essen und entsprechende Getränke. Die Prinzessinnenhochzeit ist mehr im Stil von ›Ich bin eine Prinzessin und trage ein Kleid mit vielen Rüschen.‹«

Nick zuckte mit den Schultern. »Wie du meinst.«

Alan trat näher. »Okay, lass es mich in Worten erklären, die dein Künstlergehirn verstehen kann. Türkis und Kobalt sind kaum die gleichen Farben, und doch kann man beide als Blau bezeichnen. Das mit den Hochzeiten ist genauso.«

»Warum hast du das nicht gleich gesagt? Das klingt logisch. Also, was willst du von mir?«

»Dass du eine Strumpfhose und Kniebundhosen trägst.«

Nick legte das Schmirgelpapier beiseite. »Du machst Witze.«

Alan lächelte. »Sehe ich so aus, als würde ich Witze machen? Die Js haben ein Turnier. Ich glaube, Football.«

»Basketball«, korrigierte Nick ihn und fragte sich, wie schrecklich das Kostüm sein würde. Er war nicht sicher, was genau eine Kniebundhose war, aber der Klang gefiel ihm überhaupt nicht. War sie besser oder schlimmer als eine Toga?

Aber klar, wenn die Js keine Zeit hatten, fehlten Pallas vermutlich Komparsen.

»Ich bin dabei«, sagte er. »Sag mir, wann und wo.«

»Das hatte ich gehofft zu hören. Morgen. Sei um zwei Uhr hier.« Der ältere Mann zögerte. »Du magst sie.«

Nick dachte an den kurzen Kuss und daran, wie viel Spaß Pallas und er vor ein paar Abenden im The Boardroom gehabt hatten. Ihr Ehrgeiz zu gewinnen war unerwartet gewesen, aber lustig.

»Wir sind Freunde«, sagte er so locker wie nur möglich. »Du kennst sie ja schon eine ganze Weile. Was ist ihre Geschichte?«

Alan verschränkte die Arme vor der Brust. »Du meinst, wo sie geboren wurde und ob sie als Kind jemals ein Pony haben wollte?«

Das war überhaupt nicht das, was ihn interessierte. »Nein.«

»Dachte ich mir. Lass mich eines klarstellen: Auch wenn ich sehr zu schätzen weiß, dass du bei den Hochzeiten aushilfst und die Paneele restaurierst, bin ich immer und mit vollem Herzen Team Pallas.«

»Sie muss nicht vor mir beschützt werden.«

»Keiner von uns beiden weiß, ob das richtig ist, oder?«

Nick erkannte, dass Alan recht hatte. »Ich würde ihr nie absichtlich wehtun.«

»Manchmal müssen die Leute sich gar nicht bemühen, es passiert einfach so.«

»Verstanden. Also gibt es keinen Kerl in ihrem Leben?«

»Du bist echt hartnäckig.« Alan lächelte. »Hast du Libby schon kennengelernt?«

»Nein.«

»Libby erklärt vieles. Sie hat ihrer Tochter beigebracht, dass Liebe verdient werden muss. Jede Art von Liebe. Sie wurde nie freizügig gegeben. Was bedeutet, dass Liebe manchmal mehr Probleme macht, als sie es wert ist.«

Interessant, dachte Nick, doch das beantwortete nicht seine Frage. »Gibt es denn nun einen Kerl?«, hakte er nach.

Alan lächelte. »Feine Untertöne sind nicht so dein Ding, oder?« Er wandte sich zur Tür. »Wenn du etwas über die Lady wissen willst, frag sie selber.«

5. Kapitel

Nick weigerte sich, in den Spiegel zu gucken. Er nahm an, wenn er das volle Bild nicht sah, würde es sich auch nicht auf immer in sein Gehirn brennen. Das mochte feige sein, aber damit konnte er leben.

Alan hatte nicht gescherzt, was die Regency-Kostüme anging. Nick trug eine Art Hose, die direkt unter den Knien endete, dazu lange Strümpfe, die verdächtig nach Nylonstrümpfen aussahen. Dazu hatte er seltsame schwarze Schuhe, ein weißes weites Hemd und eine bestickte kurze Weste an. Um ehrlich zu sein, machte ihn die ganze Nummer nervös.

Er trat auf den Flur hinaus und ging nach unten. Dort fand er Pallas im Ballsaal, wo sie vor der Zeremonie noch ein letztes Mal alles überprüfte. Lange Stuhlreihen waren so aufgestellt worden, dass sie einen Mittelgang bildeten. Überall gab es Blumen und Kerzen, und durch die Buntglasfenster strömte Sonnenlicht.

Sie lächelte, als sie ihn sah. »Na, da sieht aber jemand attraktiv aus.«

»Ich sehe aus wie die männliche Version eines Schirmchen-Cocktails«, grummelte er. »Du musst schwören, meinen Brüdern nichts davon zu sagen. Oder Fotos zu machen. Das würde ich gesellschaftlich nicht überleben.«

Ihre braunen Augen funkelten amüsiert. »Fühlst du dich etwa in deiner Männlichkeit bedroht?«

»Du hast ja keine Ahnung.« Er betrachtete ihr schlichtes blaues Kleid. Es folgte den Kurven ihres Körpers, ohne zu eng zu sein. Der bodenlange Stoff bewegte sich mit ihr. Die Ärmel waren lang, der Ausschnitt etwas tiefer, aber dennoch sittsam. »Du siehst nett aus.« Er nickte langsam. »Der Ära angemessen, ohne zu viel Aufmerksamkeit auf dich zu lenken.«

»Das war das Ziel«, gab sie zu. »Heute geht es nur um die Braut. Und um die Hochzeit, aber hauptsächlich um die Braut.« Um ihren Mund zuckte es. »Du hast Glück, dass Atsuko heute nicht die Zeremonie durchführt.«

Er fluchte. »Macht sie das manchmal?«

»Ziemlich oft sogar. Sie hat großartige Kostüme, um die verschiedenen Charaktere glaubwürdig darzustellen. Aber die Braut hat ihren eigenen Offiziellen mitgebracht. Du kannst also anonym bleiben, und ich bleibe Lady Pallas von niederem Range.«

Er musterte sie. »Pallas ist ein ungewöhnlicher Name.«

Ihr Humor kehrte zurück. »Stimmt. Er stammt aus dem Griechischen. Pallas ist die Tochter von Triton. Einige Erzählungen sagen, sie war die Kindheitsfreundin von Athene, die sie später aus Versehen getötet hat. Gerüchte besagen, dass Athene sich deswegen so unglaublich schlecht gefühlt hat, dass sie eine Statue von ihr hat anfertigen lassen. Daher haben wir das Palladium. Es stand vor dem Tempel der Vesta.«

»Ich habe deine Mutter noch nicht kennengelernt, aber ich kann mir nicht vorstellen, dass sie den Namen Pallas gewählt hätte. War das ein Name von der väterlichen Seite deiner Familie?«

»O nein. Ich sollte eigentlich Alice heißen. Aber Grandpa Frank hat es sich nicht nehmen lassen, die Geburtsurkunden für meinen Bruder und mich persönlich auszufüllen. Aus David wurde Cade, und aus Alice wurde Pallas. Laut mehrerer Tanten, die dabei waren, war meine Mutter fuchsteufelswild, als sie davon erfuhr. Aber sie glaubte, die Namen wieder zu ändern würde einen Skandal auslösen. Also blieb es dabei.«

»Interessant. Also hast du dich ihr von Geburt an widersetzt.«

Pallas lachte. »Nicht ich direkt, aber ich nehme die Lorbeeren dafür gerne an.« Sie schob ihren Ärmel hoch und sah auf die Uhr. »Es geht gleich los. Alan wird dir zeigen, was zu tun ist. Im Grunde genommen bist du nur hier, um die Schleppe der Braut zu tragen.«

»Ich dachte, das machen die Blumenmädchen.«

»Nein, die verteilen Rosenblätter vor der Braut. Die Arbeit machst du. Ich verspreche dir, die Schleppe ist wesentlich einfacher zu tragen als die Braut.«

Die Braut war nicht so schwer gewesen, also machte er sich darüber keine Sorgen. »Dann werde ich mich mal auf die Suche nach Alan machen. Er liebt es, mir zu sagen, was ich zu tun habe.«

»Ja, so ist er.«

Pallas eilte davon, und Nick sah ihr nach, bevor er sich in Richtung Treppe wandte. Er hoffte, dass sie das Angebot ihrer Mutter bezüglich des Jobs in der Bank nicht annahm. Er konnte sich Pallas nicht hinter einem Schreibtisch vorstellen. Bei *Weddings in a Box* war sie in ihrem Element. Wo sonst könnte sie sich verkleiden und Erinnerungen schaffen?

Er fand Alan im Umkleideraum der Herren mit zwei anderen Männern zusammen, die er nicht kannte. Alle drei trugen bereits ihr Kostüm.

»Da ist er ja. Mein Lieblingshöfling.« Alan winkte ihn heran. »Du sieht sehr gut aus. Die Ladys werden ins Schwärmen geraten. Nun aber zum Ablauf. Die Hochzeitsgesellschaft ist riesig.«

Er legte eine dramatische Pause ein. »Es gibt fünfzehn Brautjungfern und fünfzehn Trauzeugen auf Seiten des Bräutigams. Dazu drei Blumenmädchen. Die Eltern haben alle wieder geheiratet, also haben wir zwei Mütter, zwei Stiefmütter, zwei Väter und so weiter. Ihr drei geht nach unten und stellt euch an die Tür, damit die Gäste euch sehen können. Einige werden Fotos mit euch machen wollen. Bitte lächelt für die Kamera, meine Herren.«

Nick unterdrückte ein Stöhnen. Er wollte nicht, dass dieses Outfit auf irgendeine Weise verewigt wurde. Hoffentlich kannte keiner der Gäste seine Brüder oder fand heraus, was er in seinem eigentlichen Beruf so trieb.

»Ich werde im Zimmer der Braut sein und dafür sorgen, dass alles ruhig abläuft. Wenn die Braut bereit ist, treffen wir sie auf dem Flur«, fuhr Alan fort. »Wir werden hinter ihr gehen und ihre Schleppe tragen. Sobald sie den Bräutigam erreicht hat, verschwinden wir durch den Mittelgang.«

Er zeigte auf Nick. »Du kannst danach gehen. Ich gehöre zur Szenerie, und die beiden hier sind später noch Kellner. Alles verstanden?«

Nick nickte und stellte sich mit den anderen beiden Männern an den Eingang zum Ballsaal. Der Empfang würde draußen stattfinden. Einer der Vorteile der nahen Wüste war, dass der Regen Aktivitäten im Freien nur selten einen Strich durch die Rechnung machte. Die Temperaturen lagen jetzt am Nachmittag bei um die zwanzig Grad, und das Wetter hätte nicht perfekter sein können.

Nick lächelte die Gäste an und posierte für ein paar Fotos. Als es an der Zeit war, gingen er und die anderen hinein, um sich zu Alan zu gesellen, der hinter der Braut stand. Alan war ganz in seinem Element; er wies den Brautjungfern und Trauzeugen ihre Plätze zu und hatte für jeden ein ermutigendes Wort.

Alan ist ein Naturtalent in diesen Dingen, dachte Nick. Er fragte sich, warum Gerald seine Firma Pallas und nicht seinem ehemaligen Liebhaber überlassen hatte. Hatte es zwischen ihnen einen Streit gegeben? Oder gab es einen anderen Grund?

»Nimm du die Seite.« Alan zeigte auf das eine Ende der Schleppe. »Wir heben sie gleichzeitig an, wenn ich das Kommando gebe. Unsere wunderschöne Tiffany wird die Geschwindigkeit vorgeben. Komm, Darling, ich kann es nicht erwarten, den Ausdruck auf dem Gesicht deines zukünftigen Ehemanns zu sehen, wenn er dich erblickt. Was für ein Geschenk. Er ist ein sehr, sehr glücklicher Mann.«

Tiffany schenkte ihm ein dankbares Lächeln, bevor sie auf die offene Tür zuschritt. Als sie in den Ballsaal kamen, sah Nick, dass die Paneele an ihrem Platz waren und die Kerzen brannten. Der gesamte Raum strahlte etwas Märchenhaftes aus. Auch wenn das alles nicht seinem Geschmack entsprach, konnte er verstehen, was die Leute daran fanden.

Auf dem Weg den Mittelgang hinunter schaute er die Paneele an. Sie waren umwerfend und trugen viel zur Atmosphäre bei, aber er konnte den Gedanken an ihr Alter nicht abschütteln. Sie zu erhalten wäre ein fortlaufendes Projekt. Er würde mit Pallas darüber reden müssen, sie gegen leichtere Rahmen mit gedruckten Bildern auszutauschen. Das würde nicht viel kosten, und sie könnte den Service noch stärker personalisieren.

Sie erreichten das Ende des Gangs. Nick wartete auf das Signal von Alan, dann senkte er die Schleppe langsam zu Boden, bevor er sich umdrehte und mit den anderen Männern den Raum verließ. Im Foyer gingen Alan und die anderen beiden Höflinge in Richtung Buffet-Ecke, während Nick nach oben ging, um sich umzuziehen.

Als er wieder nach unten kam, war die Zeremonie in vollem Gange. Er ging einmal um den Hof herum und sah, dass die Tische für den Empfang schon gedeckt waren. Es gab eine

Tanzfläche, verschiedene Eisskulpturen und am anderen Ende stand der zur Bar umgebaute Anhänger.

Er ging darauf zu, nahm die unechten Fensterläden und die Seidenpflanzen in sich auf, die das Ganze mehr wie eine Taverne als wie einen Anhänger wirken ließen. Ein Zaun aus unechtem Holz verbarg die Reifen. Vor dem Anhänger standen hölzerne Bänke und ein paar Fässer, dazu gab es blinkende Lichter und etwas, das wie Maibäume aussah. Er erblickte Silver. Sie trug ein ähnliches Kleid wie Pallas, nur war ihres tiefviolett. Als sie ihn sah, winkte sie.

»Ich habe gehört, du hast mit der Schleppe geholfen«, sagte sie. »Wie schade, dass ich dich im Kostüm verpasst habe.«

Nick erschauderte. »Reden wir nicht darüber. Ich versuche, so zu tun, als wäre es nie passiert.« Er deutete auf das Dekor. »Da hast du einen Superjob gemacht.«

»Ich kann beinahe alles für jede Hochzeit vortäuschen, die Pallas anbietet«, sagte sie. »Es bedarf nur weniger Gegenstände, um eine Illusion zu erzeugen.« Sie zeigte auf die Schiefertafel an der Wand. »Die speziellen Drinks stehen dort. Einige Paare wollen nur drei oder vier Cocktailvarianten sowie Bier und Wein, während andere sich für eine offene Bar entscheiden.«

»Wie ist es bei dieser Feier?«

»Das volle Programm. Denk nicht mal daran, heute Abend auf die Straße zu gehen.«

»Ich bleibe zu Hause.« Er sah sich um. »Das gefällt mir. Wie du diese spezielle Welt erschaffen hast. Die Braut und der Bräutigam werden einzigartige Erinnerungen mitnehmen.«

»So kann man es auch betrachten.«

»Nicht dein Stil?«

»Überhaupt nicht. Ich sehe sowieso nicht, dass ich mal heirate, aber falls doch, würde ich durchbrennen.«

»Las Vegas?«

Sie krauste die Nase. »Ich bin mehr für ein Inselparadies.«

Er fragte sich kurz, was Pallas wohl für eine Hochzeit haben wollte. Etwas Formelles oder auch etwas …

Leg mal den Rückwärtsgang ein, wies er sich zurecht. Er kannte die Frau doch kaum. Warum sollte es ihn interessieren, von welcher Art Hochzeit sie träumte? Das Einzige, was ihn interessierte, war, sie erneut zu küssen und dann die nächste Ebene zu erreichen – oder die nächsten zehn.

»Geht es dir gut?«, fragte Silver.

»Ja. Alles prima. Mir fiel nur gerade ein, dass ich noch einen Termin habe. Wir sehen uns.«

Er ging, so schnell er konnte, ohne zu rennen.

Das liegt an diesen lächerlichen Strümpfen, sagte er sich. Die hatten etwas in seinem Kopf kurzgeschlossen. Er würde den Rest des Nachmittages mit seiner Kettensäge und einem Stück Holz verbringen. Denn das war es, was Männer taten.

Obwohl sie einen Abschluss in Finanzwesen hatte, beschäftigte Pallas sich äußerst ungern mit der finanziellen Seite ihrer Firma. Die Kontoauszüge durchzugehen deprimierte sie jedes Mal. Egal wie sie es auch drehte und wendete, wenn sie am Ende des Monats alle offenen Rechnungen beglichen hatte, blieb nie viel übrig.

Was vermutlich besser war, als gar nichts oder, schlimmer noch, ins Minus zu rutschen. Aber trotzdem. Sie wollte *Weddings in a Box* zu einem Erfolg machen. Und um das zu tun, musste sie in die Firma investieren. Doch ohne Geld war das eine echte Herausforderung.

Sie studierte die Liste der angebotenen Dienstleistungen. Die Preise zu erhöhen war immer eine Option. Sie war nur nicht sicher, ob es auch eine gute Option wäre. Immerhin stand sie nicht nur mit den anderen Anbietern der Stadt im Wettbewerb, sondern mit allen Orten, die Hochzeiten anboten. Sie wollte sich nicht durch zu hohe Preise selbst vom Markt schießen.

Sie sagte sich, dass sie unglaubliches Glück hatte. Dank Gerald gehörte ihr jetzt ein Haus, sie hatte *Weddings in a Box* und ausreichend Entschlossenheit und Energie. Sie würde schon herausfinden, wie die Firma wachsen könnte und …

Oder sie könnte sie verkaufen.

Sie versuchte, den Gedanken fortzuschieben, aber er rührte sich nicht vom Fleck. Vermutlich, weil zu verkaufen eine legitime Option war. Ihre Mutter erwartete das von ihr. Vielleicht würde jemand anderes es besser machen. Vielleicht hätte jemand anderes bessere Ideen oder gar einen steten Geldzufluss.

Was für ein deprimierender Gedanke. Sie sicherte ihre letzte Datei auf dem Computer und schloss das Buchhaltungsprogramm. Sie wollte die Firma nicht verkaufen, aber das musste sie, wenn sie in der Bank arbeiten wollte – und das war doch immer ihr Traum gewesen, oder?

Sie schätzte, nach so langer Zeit musste sie sich eingestehen, dass sie nicht mehr ganz so wild auf den Job in der Bank war. Vielleicht war sie es nie gewesen – vielleicht war es immer nur darum gegangen dazuzugehören. Doch darüber nachzudenken, nachdem sie sich gerade ihre Kontoauszüge angesehen hatte, war zu viel.

Pallas verließ das Büro, schloss die Eingangstür hinter sich ab und ging in Richtung Fluss. Es war beinahe Mittag. Sie würde einen Spaziergang machen, sich etwas zu essen holen und den Kopf freikriegen. Wenn das nicht funktionierte, gab es immer noch Eiscreme.

Am anderen Ende der Fußgängerbrücke wandte sie sich nicht in Richtung ihres liebsten Thai-Restaurants, sondern nach links, wo sie sich kurz darauf vor der Willow Gallery wiederfand.

Sie war nur ein paar Mal hier gewesen, meist zu irgendwelchen Events oder Spendenveranstaltungen. Sie entsprach nicht gerade der üblichen Kundschaft einer Galerie. Ihre Deko zu Hause bestand aus gerahmten Postern und Flohmarktfunden. Aber sie musste zugeben, dass die Objekte im Schaufenster umwerfend waren.

Links hing das Gemälde einer Blume. Es war groß – vielleicht einszwanzig mal einszwanzig – und in allen nur denkbaren Gelbtönen gehalten. Soweit sie das beurteilen konnte, waren die Farben sehr dick aufgetragen worden, als hätte der Künstler ein Palettenmesser anstelle eines Pinsels benutzt. Und vielleicht liege ich mit dieser Annahme vollkommen falsch, dachte sie grinsend. Was sie über die Herstellung eines Gemäldes wusste, ließ sich an einer Hand abzählen, und dann blieben noch fünf Finger übrig.

In einer Ecke stand ein kleineres Bild mit einem ebenfalls floralen Thema. Aber dieses Bild war aus Papierschnipseln gemacht und zeigte ein ganzes Feld voller roter und orangefarbener Blüten, nicht nur eine einzige Blume. Pallas lächelte, als sie Natalies Arbeit erkannte.

In dem anderen Fenster stand eine große Vase mit Tulpen – wobei das keine besonders treffende Beschreibung war, sondern ungefähr so, als würde man sagen, beim Mount Everest handele es sich einfach nur um einen Haufen Steine.

Die einzelnen Blumen hingen in einer Kaskade aus Rot, Orange und Pink über den Rand der Vase. Die Stiele waren ebenso perfekt wie die Blätter. Die Blüten waren dagegen gerade unperfekt genug, um echt zu wirken. Es mussten Dutzende sein. Die Vase war schlicht und elegant, ein Wirbel aus Gold und Weiß und Silber. Und das gesamte Ensemble, von der Vase über die Stiele bis zu den Blättern, war aus Glas gemacht.

Sie hatte keine Ahnung, wie so etwas möglich war. Die Blumen sahen aus, als würden sie in der leichtesten Brise erzittern. Sie schätzte, das war das Geniale an dieser Arbeit.

Nachdem sie das Werk noch einen Moment betrachtet hatte, betrat Pallas die Galerie. Hier waren noch weitere Glaskunstwerke ausgestellt, dazu mehrere Holzschnitzarbeiten. Sie bestaunte eine beinahe lebensgroße Spitzenballerina. Ihre Armhaltung war so graziös, und jedes Detail der Hände und Finger wurde perfekt wiedergegeben.

»Das ist eine von Nick Mitchells Kreationen«, sagte Atsuko, die gerade aus ihrem Büro kam. »Er ist meine neueste Entdeckung. Eine Entdeckung, die ich mit dir geteilt habe. Hallo, Pallas. Es ist ungewöhnlich, dich hier zu sehen.«

»Ich weiß. Ich überprüfe nur etwas.«

Sie umarmten einander. Atsuko war eine schlanke Frau Mitte fünfzig mit kurzen dunklen Haaren und wunderschönen, ebenmäßigen Gesichtszügen. Sie kleidete sich wie eine Modeexpertin, trug eleganten Schmuck und gerne Stiefel, die bis zum halben Oberschenkel reichten – auch im Sommer.

»Nick ist super«, sagte Pallas. »Er hilft mir, die Paneele von *Weddings in a Box* zu restaurieren.« Sie zuckte mit einer Schulter. »Er schwört, es wäre ein interessantes Projekt, um sich die Zeit zu vertreiben, bis er etwas bezüglich seiner Auftragsarbeit in Dubai hört.«

»Ich bin mir sicher, das stimmt. Nick gefällt das Ungewöhnliche.« Atsuko deutete auf die verschiedenen Ausstellungsstücke. »Schau dich gerne in Ruhe um. Oh, Natalie will vermutlich bald in die Mittagspause, also wenn ihr zwei die gemeinsam verbringen wollt …«

»Danke. Ich gehe gleich mal zu ihr.«

Atsuko lächelte und zog sich in ihr Büro zurück. Pallas ging näher an die Tänzerin heran und wollte nur zu gerne die glatte Oberfläche berühren. Doch stattdessen verschränkte sie die Hände hinter dem Rücken, aus Angst, dass die gute alte ›Wer es kaputt macht, muss es bezahlen‹-Regelung sie für die nächsten fünfzig Jahre in Schulden stürzen würde.

Sie ging um das Mädchen herum und bewunderte die Form ihres Körpers. Alles an der Figur erweckte den Eindruck von Bewegung – von der Haltung des erhobenen Fußes bis zum vorgereckten Kinn. Pallas sah die Schatten ihrer Rippen, die Muskeln in ihren Unterschenkeln. Nick hatte diese Schönheit in einem Stück Holz gesehen. Wie es wohl war, so talentiert zu sein?

Sie ging zum nächsten Ausstellungsstück. Ein kleines Schild informierte sie, dass die umwerfende Tulpenskulptur im Fenster von Ronan Mitchell erschaffen worden war. Im hinteren Bereich der Galerie fand sie Beispiele von Mathias' eher praktischeren Arbeiten – Teller und Krüge, Vasen und Becher in den unterschiedlichsten Farben. Sie lächelte, als sie das untere Regal mit dem handschriftlichen Schild »Fehlschläge« sah.

Dort befanden sich Becher mit kaum sichtbar schiefen Henkeln und Teller mit leicht ungleichmäßiger Farbe, die alle stark im Preis herabgesetzt waren. Pallas hatte den Eindruck, dass Mathias seine nicht perfekten Werke mit Humor nahm, und sie war sich sicher, dass die Leute es zu schätzen wussten, etwas von ihm kaufen zu können, auch wenn es ein wenig schrullig war.

Sie ging durch die Tür mit der Aufschrift »Nur für Mitarbeiter« und fand Natalie in ihrem kleinen Büro. Ihre Freundin schaute auf.

»Hey, was für eine schöne Überraschung. Was bringt dich hierher?«

»Ich konnte meine Buchhaltung nicht mehr ertragen und habe beschlossen, einen Spaziergang zu machen.« Sie verschwieg, dass sie insgeheim hier war, um Nicks Arbeiten mal live zu sehen. »Atsuko meinte, du würdest gleich Mittagspause machen. Hast du Lust auf Gesellschaft?«

»O ja, gerne.« Natalie tippte noch etwas in ihren Computer ein, dann zog sie eine Schreibtischschublade auf und holte ihre bunte, gewebte Tasche heraus. »Thai?«

»Dazu sage ich nicht Nein.«

Als sie die Galerie verließen, fuhr gerade ein Wagen mit der Aufschrift »Just Married« auf der Heckscheibe vorbei.

»Sieht aus, als würden die Turteltauben wieder nach Hause fahren«, sagte Natalie. »Oder in ihre echten Flitterwochen.«

Pallas nickte. Viele Pärchen verbrachten nach der Hochzeit noch eine oder zwei Nächte in der Stadt, bevor sie sich in exotischere Gefilde aufmachten.

»Ich bin mir nicht sicher, ob ich gerne Zimmermädchen in einem der Hotels hier wäre«, gestand sie. »Wenn man weiß, dass alle ständig Sex haben.«

»Ich bin sicher, sie tragen beim Putzen Handschuhe.« Natalie lachte leise. »Also ich würde es auf jeden Fall tun.«

»Ich auch. Wobei Sex zu haben mal wieder nett wäre.«

»Dürreperiode?«

»Ich denke, über die Periode bin ich hinaus. Es ist schon eher eine Saison. Oder eine Epoche.«

Natalie lachte. »Falls es dich tröstet, mir geht es genauso. Ich erinnere mich allerdings daran, dass es gut war, das ist doch zumindest etwas.«

Pallas dachte an ihren kurzen Kuss mit Nick. Er war unglaublich talentiert im Umgang mit Holz – sie fragte sich, ob sich dieses Talent auch auf andere Bereiche seines Lebens erstreckte.

»Ich wünschte, ich könnte mich mit der Idee anfreunden, mir einen der Trauzeugen anzulachen«, gab sie zu. »Aber irgendwie gelingt es mir nicht, Interesse für eine kurze Affäre aufzubringen.«

»Du bist kein Typ für One-Night-Stands? Ich auch nicht. Ich will den Kerl kennenlernen, bevor ich seinen Penis treffe. Ich schätze, wir sind etwas altmodisch.«

»Oder noch nicht verzweifelt genug.«

Sie betraten das Restaurant und setzten sich an einen Tisch. Pallas aß so oft hier, dass sie nicht mehr in die Karte schauen musste. Natalie warf einen kurzen Blick hinein und legte sie dann wieder weg.

»Wie war die Prinzessinnenhochzeit?«, fragte sie. »Ich habe ein paar Fotos gesehen. Es sah toll aus.«

»Alles lief glatt, was mein Hauptanliegen ist. Soweit ich es mitbekommen habe, hat auch niemand einen Nervenzusammenbruch gehabt, also war es ein Sieg auf ganzer Linie.«

Natalie musterte sie. »Aber?«

In letzter Zeit können zu viele Menschen meine Gefühle lesen, dachte Pallas. Was bedeutete, dass sie sich entweder weniger Probleme anlachen oder an ihrem Pokerface arbeiten musste. »Ach, einfach Kram. Meine Mom und die Bank. Behalte ich die Firma, oder verkaufe ich sie?«

Natalie riss die Augen auf. »Du würdest *Weddings in a Box* verkaufen? Aber warum? Das ist so eine tolle Firma, und du liebst die Arbeit. Pallas, nein, pass dich nicht an. Wirklich, jeder könnte in einer Bank arbeiten, aber wie viele Menschen können das, was du tust? Das wäre, als ob Ronan einen Job als Glaser annehmen würde. Klar könnte er das, aber es wäre eine enorme Vergeudung von Talent.«

Pallas lachte. »Danke, aber ich spiele wohl kaum in Ronans Liga.«

»Aber fast. Ich kenne nicht die ganze Geschichte mit dir und deiner Mom, aber ehrlich, Pallas, gib nicht nach, außer, es ist genau das, was du immer gewollt hast.«

»Ich mache mir Sorgen, nicht gut genug zu sein.«

»Nach wessen Maßstab?«

Das war eine interessante Frage. Bei Libby ging es nur um Erfolg. Und was ein Erfolg war, wurde von ihren Regeln bestimmt. »Ich will in der Lage sein, die Firma wachsen zu lassen«, sagte Pallas. »Im Moment ist das unmöglich.«

»Noch ein Grund mehr, sie zu behalten. Du leitest sie erst seit ein paar Monaten. Es braucht Zeit, um Veränderungen zu erwirken. Gib dir diese Zeit. Ich weiß, es ist dein Leben und du musst entscheiden. Aber bitte, bitte denke sehr gut darüber nach, bevor du einen Verkauf in Erwägung ziehst. Damit du nicht zu spät erkennst, dass es ein Fehler war.«

Sie wühlte in ihrer Tasche und holte eine flache Kunststoffdose heraus. Pallas musste lächeln. Sie wusste, was als Nächstes passieren würde.

Natalie öffnete die Dose und nahm ein violettes Stück Papier heraus, mit dem sie vor Pallas' Nase herumwedelte. »So sieht die Arbeit in der Bank aus. Vollkommen ordentlich und respektabel.« Sie holte weitere Blätter heraus und fing an, sie zu falten. Ihre Finger bewegten sich so schnell, dass Pallas ihnen mit den Augen nicht folgen konnte. In gefühlten Sekunden saß eine kleine violette Origami-Eule auf dem Tisch.

»Du bist weise«, erklärte Natalie ihr. »Hör auf dich und glaube an dich.« Sie hob beide Hände, sodass die Handflächen zu Pallas zeigten. »Okay, ab jetzt halte ich mich zurück. Ich bin heute schon herrisch genug gewesen.«

»Du warst überhaupt nicht herrisch. Ich weiß deinen Rat zu schätzen, und ich vertraue ihm.« Sie berührte die kleine Eule. »Wie machst du das?«

»Jahrelange Übung.« Ihr Lächeln schwand. »Bitte, lass Libby nicht gewinnen. Sie hat ihre eigene Agenda, und ich bin nicht überzeugt, dass dein Glück dazugehört. Gerald hat dir *Weddings in a Box* nicht ohne Grund hinterlassen.«

Pallas grinste. »Das nennst du Zurückhaltung?«

Natalie stöhnte. »Sorry. Jetzt bin ich wirklich, wirklich fertig. Ich schwöre es.«

»Wollen wir darauf wetten?«

Pallas lehnte sich gegen den Baum und sagte sich, dass ein zweiter Brownie nicht schaden würde. Er würde auch nicht helfen, aber darüber wollte sie nicht nachdenken. Heute war ein Tag, der nach Brownies verlangte.

Sie hatte die Reste des letzten Mädelsabends mitgenommen und Kaffee aufgesetzt. Danach hatte sie Nick gefragt, ob er Lust auf eine Picknickpause im Innenhof hatte. Er hatte sich zu ihr gesellt. Während sie ihre Beine vor sich ausgestreckt hatte, lag er auf dem Rücken im Gras und schaute durch die Blätter des Baums in den Himmel.

»Du denkst über irgendetwas nach«, sagte er. »Ich kann förmlich hören, wie dein Gehirn arbeitet.«

Sie lächelte. »Ich denke darüber nach, einen zweiten Brownie zu essen.«

Er drehte sich zu ihr herum. »Das ist nicht gut. Wenn Frauen anfangen, über eine zweite Portion von irgendetwas Schokoladigem zu reden, gibt es ein Problem.«

»Du hältst dich wohl für besonders schlau.«

»Sag mir, dass ich mich irre.«

»Du liegst nicht ganz daneben. Es gibt aber kein Problem, ich denke nur nach.«

Er rollte sich wieder auf den Rücken. »Womit bewiesen wäre, dass ich recht hatte. Fang ganz am Anfang an und denk daran, dass ich ein Mann mit der emotionalen Intelligenz einer Pflanze bin.«

Sie lachte und nahm sich dann den zweiten Brownie. »Ich bin gestern in der Galerie gewesen.«

»Okay.«

»Ich habe die Balletttänzerin gesehen, die du geschnitzt oder gemacht hast – oder wie auch immer man das nennt.«

Sie war nicht sicher, hatte aber das Gefühl, dass er sich ein wenig verspannte. »Und?«

»Sie ist wunderschön. Umwerfend. Ich habe darauf gewartet, dass sie gleich zum Leben erwacht.«

Er sah sie misstrauisch an. »Aber?«

»Es gibt kein Aber. Sie ist unglaublich. Du bist so talentiert.« Sie nahm einen Bissen und kaute. »Auf dem Preisschild stand dreihunderttausend Dollar.«

Nick richtete seine Aufmerksamkeit wieder auf den Himmel. »Die Preise legt Atsuko fest.«

Nach seinen Vorgaben, dachte sie. Auf keinen Fall würde er einfach jedem Preis zustimmen. »Wirst du so viel für das Stück bekommen?«

»Vielleicht.«

Was sie als Ja deutete.

»Du fängst jetzt aber nicht wieder damit an, dass ich die Paneele restauriere, oder?«, fragte er. »Mir gefällt die Arbeit. Sie ist wichtig.«

»Ich denke, *wichtig* ist ein wenig hochgegriffen, aber, nein, ich werde nicht wieder damit anfangen. Ich weiß deinen Einsatz zu schätzen.« Sie liebte die Paneele und wollte, dass sie noch lange hielten. »Es ist nur … Mein Geschäft ist so klein verglichen mit dem, was du tust, oder mit der Bank oder einer Trilliarde anderer Firmen oder Menschen, die Dinge in dieser Welt tun.«

»Du erschaffst Erinnerungen. Das ist wichtig. Vermutlich wichtiger als das, was ich tue. Niemand stirbt mit dem Gedanken: ›Puh, zum Glück habe ich dieses Kunstwerk gekauft.‹«

»Das weißt du nicht.«

»Aber ich bin mir ziemlich sicher.«

»Ich wünschte, *Weddings in a Box* würde besser laufen«, gab sie zu. »Ich meine, es läuft ganz okay. Ich bezahle die Rechnungen und habe ein Gehalt, aber es bleibt nicht viel übrig. Wenn ich wachsen will, muss ich daran etwas ändern, nur weiß ich nicht, wo ich anfangen soll. Schlimmer noch, ich habe einen Abschluss in Finanzen, ich sollte mich mit der finanziellen Seite auskennen.«

»Du könntest die Paneele verkaufen. Atsuko könnte den richtigen Händler für dich finden.«

»Nein, das kann ich nicht. Sie sind Teil des Geschäfts.« Und Teil von Gerard.

Er legte sich auf die Seite, sodass er sie ansehen konnte. »Okay, die Paneele bleiben also. Sprechen wir über dein Diplom. Wenn du mehr Geld verdienen willst, musst du die Kosten senken oder die Preise erhöhen – das weißt du ja selbst.«

»Ich bin mir nicht sicher, wie ich die Kosten senken soll. Um meine Kunden zufriedenzustellen, muss ich bei den Hochzeiten bestimmte Leistungen anbieten. Die kann ich nicht beschneiden. Meine Fixkosten stehen fest. Was das Erhöhen der Preise angeht, daran habe ich auch schon gedacht. Ich habe nur Angst, dann die Kunden zu verlieren.«

»Dann musst du ihnen etwas anbieten, das sie nirgendwo anders bekommen, und sie dafür bezahlen lassen.«

»Du meinst, verschiedene Arten von Hochzeiten?«

»Genau.« Er setzte sich auf. »Nimm zum Beispiel die Paneele. Sie sind wunderschön, funktionieren aber nur auf begrenzte Weise. Was, wenn du schlichte Rahmen in der gleichen Größe hättest, die aus einem leichten Material bestehen? Mit der heutigen Druckqualität könntest du sie ganz leicht mit allem bespannen, was deine Kunden sich vorstellen können. Hochzeiten auf dem Mond oder auf einem Vulkan. Die Paneele würden den Hintergrund bilden und den Ton setzen. Die Leute werden Extrageld in die Hand nehmen, um etwas Exklusives zu bekommen. Vertrau mir, in diesen Dingen bin ich Experte.«

Sie dachte über seine Idee nach. »Du meinst, anstelle feststehender Pakete könnte ich jedem, der fragt, eine individuelle Hochzeit anbieten?«

»Ganz genau.«

»Ich würde jedes Mal das Rad ganz neu erfinden.«

»Nicht ganz neu. Die Basis einer jeden Hochzeit ist die gleiche. Zeremonie und Empfang oder Party. Du veränderst nur die Form der Umsetzung.«

Da hatte er tatsächlich nicht unrecht. Essen war Essen. Das Gleiche galt für die Getränke. Die Kostüme für das Servicepersonal würden natürlich eine größere Herausforderung darstellen. Aber vielleicht konnte sie eine schlichte Uniform entwickeln, die mit einer themenspezifischen Schürze oder Tunika jedes Mal angepasst würde.

»Darüber muss ich nachdenken«, sagte Pallas. »Ich verstehe, was du meinst. Wenn die Leute bereit sind, für eine einzigartige Hochzeit zu zahlen, könnte ich das Geschäft wachsen lassen, und sie würden die Expansion finanzieren. Außerdem wäre es bestimmt lustig, ab und zu mal eine neue Herausforderung zu haben. Nicht dass ich meine römischen Hochzeiten nicht liebe.«

»Wer tut das nicht?« Er streckte sich wieder auf dem Rasen aus.

»Morgen kommt ein Pärchen zur Vorbesprechung. Vielleicht biete ich ihnen eine Hochzeit auf dem Mond an.«

»Das könnte ich mir gut vorstellen. Ich wette, du könntest Astronautenkostüme von Halloween für die Komparsen mieten.«

Sie starrte ihn an. »Wieso bin ich nicht darauf gekommen?«

»Astronautenanzüge sind nicht für jeden die erste Wahl.«

»Nein, das meine ich nicht. Sondern Halloween-Kostüme zu mieten. Die werden nur an einem Abend im Jahr benötigt. Wenn ich ein paar Geschäfte fände, die eine große Auswahl haben, könnte ich mit ihnen einen Vertrag abschließen. Auf diese Weise hätten meine Bräute einen ganzen Katalog voller Ideen zur Inspiration.«

Sie müsste ein wenig recherchieren, aber bestimmt gab es in Los Angeles mehrere große Kostümverleihe. Sie könnte Termine mit ihnen vereinbaren und mit den Besitzern sprechen.

Bevor sie Nick für das Brainstorming danken konnte, betrat ein junges Pärchen den Innenhof. Der Mann war mittelgroß mit dunkelblonden Haaren, und die Frau war eine zierliche Asiatin. Pallas rappelte sich auf die Füße und fragte sich, ob sie einen Termin vergessen hatte. Der einzige Termin, an den sie sich erinnern konnte, war erst Ende der Woche.

»Hallo«, sagte sie lächelnd. »Kann ich Ihnen helfen?«

Die Frau – ungefähr Mitte zwanzig mit glatten schwarzen Haaren und einem strahlenden Teint – nickte. »Ich bin Nova, und das ist mein Verlobter Joel. Wir sollten uns eigentlich am Donnerstag mit Ihnen treffen, aber wir sind in der Hoffnung vorbeigekommen, dass Sie vielleicht schon früher Zeit für uns haben.«

Pallas verspürte einen Anflug von Verdruss. Sie war weder auf ein spontanes Treffen vorbereitet noch professionell gekleidet. Aber wenn es ihren potenziellen Kunden egal war, konnte ihr das ebenfalls gleichgültig sein.

»Natürlich. Ich bin Pallas. Schön, Sie kennenzulernen.«

Sie schüttelten einander die Hände. Nick stand auf, und sie stellte auch ihn vor. Nova schaute sich im Innenhof um.

»Das ist wirklich bezaubernd. Finden hier die Hochzeitsempfänge statt?«

»Normalerweise ja. Es regnet bei uns nur selten.« Pallas zeigte nach Westen. »Die Sonne geht dort unter, also haben wir hier selbst im Sommer ab sechs Uhr abends Schatten, und ich habe auch Ventilatoren, die ich bei Bedarf aufstellen kann. Dort drüben gibt es einen großen Ballsaal, der für die Zeremonie oder die Feier benutzt werden kann, je nachdem, wie Sie es wünschen. Erzählen Sie mir doch ein wenig von Ihrer Traumhochzeit.«

Das Pärchen sah einander an. Als Joel nach Novas Hand griff, kribbelten die kleinen Härchen in Pallas' Nacken. Von den beiden gingen seltsame Vibrationen aus. Nicht dass die zwei sich nicht auf die Hochzeit freuen würden, aber trotzdem, irgendetwas war da. Sie hatte gelernt, dass sie zuhören sollte, wenn ihr Bauchgefühl sprach. Und wenn sie schon nichts anderes tun konnte, so konnte sie zumindest die nicht erstattbare Anzahlung erhöhen.

»Joel und ich entwickeln Videospiele«, sagte Nova mit weicher Stimme. »Unser erfolgreichstes Spiel ist *Concord Awaken*.«

»Ich liebe dieses Spiel«, sagte Nick. »CA. Wir machen immer Witze darüber, dass die Initiale die gleichen sind wie vom Staat Kalifornien.« Er sah Pallas an. »CA basiert auf …« Er grinste. »Egal. Du willst es nicht wissen, und die beiden sind bereits Experten.«

Nova lächelte. »Mir gefällt Ihr Enthusiasmus. Das wird helfen.« Sie sah Pallas an. »Wir wollen eine Hochzeit, die auf unserem Spiel basiert. Die Farben, die Dekoration, alles. Ich weiß, das ist sehr viel verlangt, aber es muss so sein. Wir werden die maßgeschneiderten Elemente natürlich bezahlen. Wir sind sehr erfolgreich.«

Nichts an all dem fühlte sich richtig an. Nova klang eher verzweifelt als glücklich. Was um alles in der Welt war hier los?

»Ihre Hochzeit wird wundervoll und einzigartig werden«, erklärte Pallas und trat einen winzigen Schritt zurück. »Ich bin mir nur nicht sicher, ob das hier die richtige Location für eine Gamer-Hochzeit ist. Wir bieten eher traditionellere Themen an wie Prinzessinnen- oder römische Hochzeiten.«

Nova nickte, und ihre Augen füllten sich mit Tränen. »Das haben wir schon oft gehört. Wir wissen, dass unser Wunsch ungewöhnlich ist. Wir würden es ja selber machen, aber wir haben weder die Erfahrung noch die Zeit. Es ist nur …« Sie wischte sich eine Träne von der Wange. »Es geht um meinen Dad. Er hat Krebs und will mich vor seinem Tod noch glücklich verheiratet sehen. Und das wünschen wir uns auch. Es gibt in unserer Familie nur noch ihn und mich.«

Joel legte einen Arm um ihre Taille und gab ihr einen Kuss auf den Scheitel. »Es ist okay, Baby. Wir finden jemanden. Versprochen.«

Pallas zuckte zusammen, als hätte ihr jemand in den Magen getreten. Sie spürte Novas Schmerz wie ihren eigenen. Sie wollte Nova ja helfen, aber wie? Eine Videospielhochzeit? Sie wusste nichts über diese Welt oder darüber, was die beiden erwarteten, ganz zu schweigen davon, dass sie keine Ahnung hatte, wie sie das bewerkstelligen sollte.

»So schwierig wäre das gar nicht«, sagte Nick schnell. »Kommen Sie, ich zeige es Ihnen.«

Bevor Pallas wusste, wie ihr geschah, führte Nick sie alle in den Ballsaal.

»Das ist alles eine Frage der Illusion«, sagte er und zeigte auf die Wände. »Paneele oder riesige Poster mit der Landschaft von CA. Die Farben wären leicht, weil sie alle festgelegt sind. Vielleicht ein wenig Schwarzlicht, um die Sache interessanter zu machen. Das Spiel hat einen Mördersoundtrack. Darauf stimmen wir die Musikauswahl ab. Das Essen dazu auszusuchen könnte Spaß machen. Und ich könnte vielleicht mit Dekorationen aus Pappmaschee für ein wenig Ambiente sorgen.«

Nova sah ihn hoffnungsvoll an. Dann schaute sie zu Pallas. »Ginge das wirklich?«

»Ich weiß es nicht. Ich muss darüber nachdenken. Und ich habe nur noch ein freies Wochenende Mitte Juni. Das sind gerade mal sechs Wochen.« Sie verlangten den Mond – beziehungsweise sie baten um einen komplett anderen Planeten, und sie wusste wirklich nicht, ob sie ihnen den geben könnte. Trotzdem … Es klang nach Spaß.

»Mein Kleid habe ich schon«, sagte Nova. »Bitte. Mein Vater und ich sind von Ihnen abhängig.«

Pallas atmete tief ein und gab – wenn auch nur sich selbst gegenüber – zu, dass sie dieses Projekt auf keinen Fall ausschlagen konnte. Zumindest nicht ohne ein paar weitere Informationen. »Lassen Sie mich das Ganze mal durchrechnen, und dann melde ich mich bei Ihnen.«

Nova und Joel tauschten einen Blick. »Wir müssen es innerhalb von achtundvierzig Stunden wissen«, sagte Joel. »Für uns ist die Zeit wirklich kostbar.«

»Das verstehe ich.«

Pallas ließ sich die Kontaktinformationen der beiden geben. Nova wollte ihr gleich einen Scheck ausstellen, doch Pallas lehnte ab.

»Wenn wir zu einer Einigung kommen, werde ich noch genügend Geld von Ihnen benötigen.« Sie lächelte. »Dann nehme ich den Scheck gerne an.«

Das Pärchen ging. Sobald sie fort waren, funkelte sie Nick an. »Hast du das mit Absicht getan? Bin ich gerade in eine Falle gelockt worden?«

»Nein, auf keinen Fall. Ich habe nichts damit zu tun, aber es ist total cool. Du musst diesen Auftrag annehmen, Pallas. Nicht nur, weil du damit den Wunsch eines sterbenden Mannes wahr machst, sondern weil es dir die Chance gibt, zu sehen, wozu du fähig bist. Du kannst es als Test betrachten, um zu entscheiden, ob du die Firma weiterführen willst.«

»Vielleicht. Ich werde erst mit allen sprechen und herausfinden müssen, ob das zeitlich zu schaffen ist. Um ehrlich zu sein, weiß ich gar nicht, wo ich anfangen soll.«

»Ich helfe dir«, erklärte Nick. »Und alle anderen werden es auch tun.«

Nick hat leicht reden, dachte sie, während in ihrem Inneren die Aufregung mit der Panik kämpfte. Wenn das hier nicht funktionierte, könnte er einfach ein anderes Dreihunderttausend-Dollar-Kunstwerk erschaffen. Sie hingegen würde eine Hochzeit vermasseln, die letzten Erinnerungen eines sterbenden Mannes ruinieren und ihren Ruf zerstören – alles an einem Tag. Aber, hey, kein Druck!

6. Kapitel

Für das Notfallmeeting mit ihren Lieferanten – also ihren Freundinnen – hatte Pallas im Ballsaal große Tische aufgestellt. Dort hatten sie mehr Platz.

In der vorherigen Nacht hatte sie kein Auge zugetan. In ihrem Kopf waren nicht nur alle Möglichkeiten herumgeschwirrt, sondern sie hatte auch viele Stunden damit verbracht, gegen ihre Selbstzweifel anzukämpfen.

Könnte sie die Hochzeit ausrichten, die Nova und Joel sich wünschten? Was, wenn sie versagte? Wollte sie wirklich so weit aus ihrer Komfortzone heraustreten? Was, wenn sie versagte? Könnte jeder das liefern, was nötig war, um diese Hochzeit spektakulär zu machen? Und was, wenn sie versagte?

Irgendwann gegen Morgen hatte sie es aufgegeben, Schlaf finden zu wollen. Also hatte sie begonnen, eine To-do-Liste zu erstellen. Mit nur sechs Wochen Zeit – ganz zu schweigen von den vielen neuen Wegen, die sie einschlagen müsste – gab es viel aufzuschreiben und noch mehr, um das man sich Sorgen machen konnte. Kurz vor Beginn des nachmittäglichen Meetings hatte sie sich in eine Panik-Attacke hineingesteigert.

Wynn und Violet kamen als Erste.

»Das wird lustig!« Violet klang aufgeregt. »Eine ganz neue Art der Hochzeit. Du hast in deiner Nachricht zwar nicht viel verraten, aber ich bin absolut bereit für eine Herausforderung.«

»Das hoffe ich, denn das wird es werden.«

Silver kam als Nächste, dicht gefolgt von Nick. Pallas stellte Violet und Wynn ihren »hauseigenen Künstler« vor, und als sie alle am ersten Tisch Platz genommen hatten, erklärte Pallas, was sie vorhatte.

»Heute will ich herausfinden, ob wir alle glauben, dass wir das auf die Beine gestellt bekommen«, sagte sie. »Ich habe Nova gesagt, dass ich mich bis morgen bei ihr melde, aber ich weiß, dass die Zeit drängt. Also würde ich sie gerne heute Abend anrufen und ihr zu- oder absagen.«

»Ja«, sagte Violet. »Ich bin dabei.«

»Du weißt doch noch nicht mal, worum es geht.«

»Ist mir egal. Ich bin dabei. Also, wie lautet das Thema der Hochzeit?«

Pallas stellte eine Kiste auf den Tisch und öffnete sie. »Die hier hat Nova mir per Kurier zustellen lassen.« Sie verteilte Kopien des Spiels. »Es nennt sich *Concord Awaken*. Nova und Joel haben das Spiel entwickelt und wollen ihre Hochzeit in dieser Welt stattfinden lassen.«

»Ein Videospiel?«, fragte Silver zweifelnd. »Wie soll das gehen?«

»Alle guten Spiele finden in einer eigenen Welt statt«, erklärte Wynn. »Diese Welt kann sehr detailliert gestaltet sein und auf ziemlich komplexen Geschichten beruhen. In einigen Spielen geht es nur ums Rumballern, aber viele beschäftigen sich mit der Vergangenheit dieser Welten. Es gibt Charaktere, mit denen man sich identifizieren kann. Während man sich durch die verschiedenen Level arbeitet, lernt man immer mehr über das, was vor sich geht. Manchmal können die Informationen über den Hintergrund der Geschichte dir helfen, dich zu retten.«

Alle starrten sie an. Sie zuckte mit den Schultern. »Vergesst nicht, dass ich die Mutter eines zehnjährigen Sohnes bin,

Leute. Ich lebe dieses Zeug gewissermaßen.« Sie schaute auf das Etikett. »Oh, gut. Es ist nicht erst ab achtzehn freigegeben. Ich werde es Hunter heute Abend spielen lassen.« Sie lächelte. »Und ich werde mich darin sonnen, dass ich für ein paar Stunden die coole Mom bin.«

»Ich habe das Spiel schon gespielt«, schaltete Nick sich ein. »Es ist auf einem anderen Planeten angesiedelt, hat aber eine dystopische Atmosphäre.«

Silver hob eine Augenbraue. »Wirklich?«

»Ich habe mich seinetwegen auch fremdgeschämt«, zog Pallas ihn auf.

Nick beugte sich zu ihr. »Willst du das jetzt hören oder nicht?«

Sie hatte sich so sehr auf ihre Sorgen und ihre Panik konzentriert, dass ihr gar nicht aufgefallen war, dass Nick sich neben sie gesetzt hatte. Jetzt war sie sich sehr bewusst, wie gefährlich nahe sein Körper war. Beinahe konnte sie seine Hitze spüren, und diese Augen … Wie sie auf sie gerichtet waren. Sie wollte sich in seinem Blick verlieren oder vielleicht auch nur in seinen Armen. Sie fragte sich, ob sie ihn dazu bringen könnte, sie noch einmal zu küssen.

»Pallas?«

»Hm?« Sie blinzelte und merkte, dass alle sie ansahen. In der Hoffnung, nicht rot geworden zu sein, sagte sie so lässig, wie sie konnte: »Äh, sorry. Sprich weiter.«

Nick warf ihr einen fragenden Blick zu, bevor er sich an ihre Freundinnen wandte. »Wie gesagt, *Concord Awaken* spielt auf einem fernen Planeten. Das Sonnenlicht ist äußerst kostbar und dauert immer nur wenige Stunden an. Es gibt Formwandler, die sich ›die Gelben‹ nennen und tödlich sind. Sie sind die Bösen. Die Bevölkerung ist in drei Gruppen aufgeteilt. Alle sind Kämpfer. Einst haben sie auf verschiedenen Kontinenten gelebt, aber dann gab es ein Erdbeben und die Landmassen sind kollidiert. Jetzt müssen sie zusammenarbeiten, um ihren gemeinsamen Feind zu besiegen.«

Pallas lauschte so aufmerksam wie alle anderen.

Nick griff nach der Kiste und holte mehrere aufgerollte Poster heraus. Er breitete sie auf dem Tisch aus und zeigte auf die verschiedenen Bilder. »Die drei Bevölkerungsgruppen sind die Standhaften, die Reinherzigen und die Gerissenen. Von den Gelben gibt es kein Bild, weil sie sich stetig verändern. Die Welt selbst besteht aus Schattierungen von Violett, Petrol und Schwarz.«

»Oh, damit könnte ich ganz viel machen«, verkündete Violet glücklich und schob sich eine Strähne ihres roten Haars hinter die Ohren. »Ich muss mal in meiner Knopfsammlung schauen, aber ich bin sicher, dass ich da tolle Sachen habe. Wissen wir, wie die Kleider aussehen? Nicht, dass ich etwas am Kleid der Braut machen will, aber die Kleider der Brautjungfern könnten dem Spielethema angepasst werden.«

Pallas wühlte in der Kiste und holte eine Mappe heraus, in der sich Bilder vom Brautkleid und den Kleidern der Brautjungfern befanden. Sie breitete die Ausdrucke auf dem Tisch aus.

»Die Kleider der Brautjungfern haben bereits die Farben von CA«, merkte sie an. »Aber du könntest sie noch ein wenig aufpeppen.«

Violet nickte und zeichnete mit dem Finger den Spitzenbesatz des Brautkleids nach. Das Kleid selber war ziemlich traditionell – elfenbeinfarbene Spitze mit einem dünnen Netzgewebe, das bis zur Hälfte des Oberschenkels reichte. Darunter fiel der Rock in einer längeren Schleppe bis auf die Erde. Pallas fand, dass das Kleid eine gute Wahl für Nova war, weil der Schnitt ihre zierliche Figur betonte.

Nick nahm das Foto in die Hand. »Ich könnte es bemalen.«

Die vier Frauen keuchten auf.

»Was?«, fragte er.

»Das ist ein Hochzeitskleid«, hauchte Silver. »Ich bin vermutlich diejenige hier am Tisch, die am wenigsten traditionell ist. Aber selbst ich weiß, dass man damit nicht herumspielt.«

»Das sehe ich auch so.« Pallas schaute sich das Foto der Designerrobe an. »Trotzdem … denkst du an Stofffarbe auf der Spitze?«

»Irgendetwas in der Art. Vielleicht auch Schwarzlichtfarbe. Lass mich mal darüber nachdenken.«

»Da wirst du erst mit Nova sprechen müssen. Vielleicht will sie nicht, dass ihr Kleid bemalt wird.«

Um Nicks Mund zuckte es. »Um dich zu beruhigen: Ich werde sowieso mit ihr reden müssen, damit sie mir das Kleid zuschickt. Also, keine Sorge, ich werde vorher ihre Zustimmung einholen.«

»Perfekt.« Pallas wandte sich an Wynn. »Wie sieht die grafische Seite aus? Könntest du Poster oder so machen?«

»Das könnte ich, aber ich würde sie lieber auf einen Rahmen spannen. Oder auf mehrere. Ja, genau, riesengroße Rahmen.«

Nick fing an, auf einem Stück Papier etwas zu skizzieren. »So in etwa? Ich habe schon über verschiedene Möglichkeiten nachgedacht, große Poster oder Prospekte auf Rahmen zu ziehen.«

»Ganz genau so«, bestätigte Wynn.

Pallas sagte sich, dass es falsch war, sich darüber zu freuen, dass jemand anderes die Rahmen bezahlen würde, die Nick erwähnt hatte. »Kannst du einen Kostenvoranschlag erstellen?«

»Klar.« Wynn machte sich Notizen. »Außerdem werde ich mir mal ein paar Gedanken über die Einladungen machen. Zum Beispiel könnte ich einen USB-Stick verwenden. Und noch etwas Lustiges für die nicht so technikaffinen Gäste. Ich werde in meinem KV ein paar Vorschläge machen.«

»Ich auch«, sagte Violet. »Sie wird sicher Accessoires haben wollen, und ich muss die Kleider der Brautjungfern aufpeppen. Vor allem, falls Nick das Brautkleid bemalt.«

»Und ich werde mal gucken, ob ich aus Pappmaschee etwas aus dieser Welt nachbauen kann«, ergänzte Nick. »Ein paar Dekostücke, die wir verteilen können. Dafür mache ich dir auch einen KV.«

Silver seufzte. »Jetzt fühle ich mich total nutzlos. Ich kann alles, was sie will, zum gewohnten Preis machen.« Sie betrachtete einen Moment lang die Poster. »Okay, ein paar hundert Dollar mehr für mich, um Accessoires in den passenden Farben zu kaufen. Das Catering sollte auch dem üblichen Rahmen entsprechen. Außer, sie will spezielles Geschirr. Genauso sieht es für die geliehenen Tischdecken aus.« Sie hielt inne. »Solltest du darüber vielleicht mit Natalie sprechen? Was, wenn sie ein oder mehrere Origami-Mobiles für die Feier machen würde? Mit all den Informationen, die wir haben, könnte sie Großartiges leisten. Oder vielleicht auch kleinere Objekte als Tischschmuck, anstelle von Blumen.«

»Daran hatte ich noch gar nicht gedacht«, gab Pallas zu. »Ich werde nachher mal mit ihr reden.« Sie schaute auf ihre Liste. »Ich denke, das ist alles. Wenn ihr mir eure Informationen bis morgen Mittag zukommen lassen könntet, übermittle ich sie unserer Braut.«

Violet grinste. »Wir machen das wirklich?«

»Wenn Nova den Kostenvoranschlägen zustimmt«, setzte Pallas an, dann hielt sie inne. War sie hierzu wirklich bereit? Sie dachte an Nova und ihren sterbenden Vater. Nein zu sagen wäre gemein. Und vielleicht hatte Nick recht. Sie konnte die Erfahrung nutzen, um zu sehen, wie kreativ sie war. Vielleicht mussten die Vorgaben für ihre Hochzeiten gar nicht so streng reglementiert sein.

»Ich werde ihr zusagen«, sagte sie entschlossen.

Alle schienen sich zu freuen. Die anderen nahmen ihre Kopien des Spiels mit und gingen. Nick blieb noch.

»Geht es dir gut?«, fragte er, als sie allein waren.

»Ich bin mir nicht sicher. Es ist aufregend und zugleich Furcht einflößend. Ich will das nicht vermasseln.«

»Du bist gut darin, Hochzeiten zu planen.«

»Aber keine, die auf fremden Planeten stattfinden.«

»Wir haben doch gestern darüber gesprochen. Die Voraussetzung ist immer die gleiche. Ein verliebtes Paar möchte heiraten. Das Thema der Hochzeit mag einzigartig sein, aber alles andere ist nur eine Variation des Grundthemas.«

Bei ihm klingt das so einfach, dachte Pallas sehnsüchtig. Es musste nett sein, ein derartiges Selbstbewusstsein zu haben. Sie war das Kind gewesen, das sich seines Platzes nie sicher gewesen war. Außer hier, rief sie sich in Erinnerung. Bei *Weddings in a Box* hatte sie immer ihren Platz gehabt.

»Ich will Nova und ihren Vater nicht enttäuschen. Und Joel.«

»Hey, er ist nur der Bräutigam. Es ist ihr Tag, richtig?«

Sie lächelte. »Das sollte nicht so sein, aber oft läuft es genau darauf hinaus.«

Kam ihr das nur so vor, oder war Nick tatsächlich nähergekommen? Er schien ihr eindringlich in die Augen zu schauen. Das war gut, oder? Es bedeutete, dass er sie mochte. Sie wollte von Nick gemocht werden. Bevor sie jedoch eine Möglichkeit fand, das zu sagen, ohne allzu albern zu klingen, beugte er sich vor und küsste sie.

Der weiche, warme Druck seiner Lippen auf ihren war genau das, was sie als Mittel gegen das wilde Herumwirbeln ihrer

Gedanken brauchte. In der Sekunde, in der sich ihre Münder berührten, konnte sie nur noch fühlen, was gut war. Er legte seine Arme um sie, und sie spürte, wie sie sich automatisch an ihn lehnte.

Er war stark und sicher, sein Körper hart und muskulös. Er roch auch gut. Nach Seife und Mann und einem Hauch von Holz. Als sie ihre Hände auf seine Schultern legte, spürte sie, wie solide er war – als wäre er jemand, auf den sie sich verlassen könnte.

Er bewegte seine Lippen an ihren, und sie spürte, wie die ersten Funken in ihrer Brust aufstoben. Als er den Druck verstärkte, verteilten sich diese Funken in ihrem gesamten Körper. Und als Nicks Zunge ihre Unterlippe berührte, öffnete sie den Mund.

Ganz langsam vertiefte er den Kuss, als hätte er alle Zeit der Welt. Pallas entspannte sich unter dem Kuss, obwohl ihr ganzer Körper unter Anspannung stand. Nein, nicht Anspannung. Verlangen. Lust. All die köstlichen Dinge, die sie so lange nicht gefühlt hatte.

Ihre Zungen umkreisten und umtanzten einander. Sie drängte sich näher an ihn, sodass ihre Körper sich nun fast überall berührten. Kurz dachte sie an den neben ihnen stehenden Tisch. Er war zwar nicht gerade gemütlich, aber immerhin eine horizontale Fläche, und vielleicht könnten sie …

In diesem Moment zog er sich zurück und lehnte seine Stirn an ihre. »Du bist eine größere Versuchung, als ich gedacht hatte.«

Die süßen Worte reichten beinahe, um sie das Ende des Kusses vergessen zu lassen. Er hielt sie für eine Versuchung? Ernsthaft? Sie? Wollte er noch mehr in Versuchung gebracht werden?

Noch einmal küsste er sie leicht auf den Mund, bevor er

zurücktrat. »Du musst Kostenvoranschläge erstellen, und ich muss rausfinden, wie man mit Pappmaschee arbeitet.«

Und damit war er fort. Pallas presste ihre zitternden Finger an den Mund. Sie wusste nicht genau, was da mit Nick lief, aber es gefiel ihr sehr.

»Beeindruckend, Nick«, sagte Ronan, während er geschmolzenes Glas in eine flache Form drehte.

»Das ist schwerer, als es aussieht«, knurrte Nick. Er verteilte einen weiteren Streifen klebrigen Zeitungspapiers über den aufgeblasenen Ballon. Es ist wirklich schwerer, als es aussieht, dachte er. In dem YouTube-Video hatte es so leicht gewirkt. Ein bisschen Kleister, ein paar Streifen Zeitungspapier, und voilà, ein Meisterstück. Nur hatte er mit seinem ersten Versuch nicht sonderlich viel Glück.

Das lag daran, dass der Ballon nicht komplett rund war, was es schwieriger machte, ihn zu bearbeiten. Sobald Nicks Finger feucht waren, wurde das verflixte Teil rutschig und klebrig zugleich – eine Mischung, die eigentlich gar nicht möglich sein sollte. Außerdem gefiel ihm das Ergebnis nicht.

Nick drehte den Ballon in seiner Hand, stieß dabei gegen ein Glas mit scharfen Stiften, und der Ballon zerplatzte. Das bereits aufgetragene Papier fiel in einer matschigen Masse zusammen, die sich über seine Hand legte.

Mathias kam herübergeschlendert. »Du brauchst vermutlich eine andere Form.«

»Ach was.«

Sein Bruder ignorierte die Bemerkung. »Was willst du machen?«

»Ich bin mir noch nicht sicher. Ich weiß es, wenn ich es sehe.« Er deutete mit dem Kinn auf das Videospiel, das auf der Bank neben ihm lag. »Hast du das je gespielt?«

»Ich stehe nicht so auf Spiele.« Er nahm es in die Hand. »Ronan, hast du je *Concord Awaken* gespielt?«

»Klar. Das ist ganz gut.«

»Ganz gut?« Nick warf das tropfnasse Papier in den Mülleimer. »Bei deinem Enthusiasmus wird vermutlich bald eine Werbeagentur anrufen, um dich als Testimonial zu buchen.«

Er ging zum Waschbecken und wusch sich die Hände, dann kehrte er zu Mathias zurück und erklärte ihm die Welt des Spiels.

»Ich habe nichts Bestimmtes im Sinn«, gab er zu. »Die Farben sind Violett, Petrol und Schwarz. Daher hatte ich überlegt, ballonförmige Planeten zu machen.« Er verzog das Gesicht. »Was nicht besonders originell ist.«

»Gibt es in dieser Welt irgendetwas Interessantes? Zweiköpfige Frösche? Drachen?«

»Nein. Es ist kein Fantasy-Spiel. Es gibt nur das Übliche. Häuser, Straßen, Menschen. Sie befinden sich im Krieg, also gibt es auch Waffen. Ich bezweifle allerdings, dass das Brautpaar die auf seiner Hochzeit sehen will.«

Nick ging zu seinem Zeichentisch. Als sie das Studio aufgeteilt hatten, hatte er sich für die Ostseite als Arbeitsplatz entschieden – es war etwas weniger als ein Viertel der Fläche, aber für ihn vollkommen ausreichend. Seine Brüder teilten sich den Rest des großen, offenen Raumes. Es gab einen riesigen Ofen, der die für das Schmelzen von Glas notwendige Hitze erzeugen konnte. Dazu zwei weitere Öfen, drei Arbeitsplätze, Regale, Rohmaterialien und ein Belüftungssystem, das jedem Seuchenkontrollzentrum zur Ehre gereicht hätte. Ronan hatte auch noch sein Atelier im Haus, aber normalerweise arbeitete er hier in der Stadt.

Sowohl Ronan als auch Mathias arbeiteten ausschließlich mit Glas. Nick war der einzige Ausreißer, der zu Holz gewechselt hatte und nun mit Pappmaschee herumexperimentierte.

»Es gibt eine Blume«, sagte er mehr zu sich als zu seinem Bruder. »Sie blüht nur, wenn die Sonne herauskommt, was lediglich für ein paar Stunden am Tag der Fall ist. Die Blätter können beinahe jede Wunde heilen, und der Nektar ist ein Nahrungsmittel.«

»Muss man nicht eine Biene sein, um Nektar zu einem Nahrungsmittel zu machen? Und nennt sich das dann nicht Honig?«

Nick saß vor seinem Tisch und fing an, die Blume zu skizzieren. »Dein botanisches Wissen ist beeindruckend, aber ich bin mir ziemlich sicher, dass man den Nektar direkt aus der Blume essen kann.« Er zeichnete den Stiel und fügte ein paar Blätter hinzu. »Außerdem ist es ein Spiel. Es kann alles sein, was wir wollen.«

Er starrte die Zeichnung an. »Ich schwöre, ich könnte die Form schneller schnitzen als mit einem Ballon herstellen. In Mexiko gibt es einen Ort, in dem sie Tiere aus Pappmaschee herstellen. Wie machen die das nur?« Er schnappte sich seinen Laptop und fuhr ihn hoch.

Ronan schlenderte zu ihm herüber. »Du hast die Himmelskörper auf den Blumen vergessen.«

»Himmelskörper?«, fragte Mathias mit einem Augenzwinkern. »Ist es ein weiblicher Planet?«

Ronan ignorierte ihn. »Die Planeten der Macht. Sie sorgen für das Licht.« Er fügte ein paar Kreise am unteren Ende der Blume hinzu. »Aber Licht kann man auf keinen Fall mit Pappmaschee darstellen. Du solltest Glas benutzen.«

»Das wird nicht passieren«, murmelte Nick. Er hatte seit Jahren nicht mehr mit Glas gearbeitet. Was die Planeten anging, hatte Ronan aber recht. Sie wuchsen am Fuß der Pflanze. Trotzdem, wenn ihm eine Form einfiele …

Er loggte sich ein und klickte sich durch verschiedene YouTube-Videos, bis er das richtige gefunden hatte. Nachdem er es mehrmals abgespielt hatte, skizzierte er die Gussformen, die er benötigte. Er beschloss, drei verschiedene Blumen auf unterschiedliche Arten zusammenzustellen. Blieb noch die Frage, woraus er die Gussform machen sollte. Vermutlich war es ziemlich einfach, eine Tonversion der Blumen herzustellen, die er dann als Grundlage für die Formen nehmen könnte.

Fünfzehn Minuten später telefonierte er mit einem Mann in Sacramento. Ja, er könnte aus einer Tonvorlage eine Gussform herstellen. Und ja, das ginge auch innerhalb weniger Tage. Er legte in dem Moment auf, in dem Atsuko das Atelier betrat.

Sie ging zu ihm. »Du siehst aus, als freust du dich über irgendetwas.«

»Ja, über Gussformen für eine außerirdische Hochzeit.«

Sie presste die Lippen zusammen. »Dekorative Gussformen?«

»Damit ich Blumen aus Pappmaschee machen kann.«

»Warum nutzt du die Gussformen nicht, um Kunststoffblumen zu machen? Oder kaufst Seidenblumen in einem Bastelladen?«

Er zuckte zusammen und presste sich eine Hand aufs Herz. »Du verletzt mich. Das hier sind außerirdische Blumen und daher etwas ganz Besonderes.«

»Natürlich sind sie das.« Sie schüttelte den Kopf und murmelte etwas über Männer, die nie erwachsen werden. »Hast du je daran gedacht, mit Metall zu arbeiten?«

»Mit Blech?«

»Eisenrohre, Blech, was auch immer. Es ist anders als Holz oder Glas, aber es könnte dir gefallen. Ich kenne jemanden, der seine gesamte Ausrüstung verkauft. Ich werde sie ihm abkaufen, und dann kannst du damit herumspielen und gucken, ob es zu dir passt.«

Metall. Das Medium hatte er noch nie in Betracht gezogen. »Wenn es ums Experimentieren geht, bin ich immer dabei.«

»Das dachte ich auch. Kannst du schweißen?«

Er wollte sie gerade darauf hinweisen, dass man beim Arbeiten mit Glas ständig mit Feuer zu tun hatte, aber dann fiel ihm ein, dass zu schweißen doch noch einmal etwas komplett anderes war. »Ich habe auf der Highschool ein paar Stunden gehabt.«

»Dann solltest du deine Kenntnisse vielleicht noch mal etwas aufpolieren.« Sie lehnte sich gegen seinen Zeichentisch. »Wann wirst du was wegen der Arbeit in Dubai hören?«

»In ein paar Monaten.« Er schaute auf die Zeichnung der Blume und fügte noch ein paar Planeten an. »Ich weiß immer noch nicht, ob ich das annehmen will oder nicht.«

Sie zog die Augenbrauen hoch.

Er grinste. »Du meinst, es könnte sein, dass ich den Auftrag gar nicht bekomme? Ehrlich? Ich bin ein Mitchell. Wer könnte besser dafür sein?«

»Nun ja, an deinem Ego ist definitiv nichts auszusetzen.«

Das Geräusch von zersplitterndem Glas unterbrach sie. Sie drehten sich beide um und schauten zu dem Glas auf dem Fußboden. Atsuko schüttelte den Kopf. »Was habe ich mir nur dabei gedacht, euch drei hier reinzulassen? Ich könnte das Studio an nette, ruhige Maler vermieten. Aber nein.«

»Du liebst uns!«, rief Mathias, als sie sich zum Gehen wandte. »Wir sind deine Lieblinge.«

Sie winkte ihm zu und verließ das Studio. Nick richtete seine Aufmerksamkeit wieder auf die Zeichnung. Er skizzierte eine zweite und eine dritte Blume, während seine Gedanken abschweiften. War Atsuko wegen des zerbrochenen Glases wirklich verärgert? Nein, das war nicht ihre Art – immerhin hatte sie ihm Zugang zu einem Schweißgerät angeboten.

Er stand auf. »Weiß einer von euch, wo ich hier eine größere Menge Ton herbekomme? Ich muss die Blumen machen und sie dann zu dem Gussformtypen bringen.«

Um Mathias' Mundwinkel zuckte es. »Ich bin sicher, dass er ein netter Mann ist. Kann er nicht einen anderen Namen bekommen?«

»Guck mal im Lager.« Ronan nickte in die entsprechende Richtung. »Manchmal arbeite ich mit Ton, um ein Stück besser zu verstehen. Da müssten ungefähr fünfzig Pfund liegen. Sag Natalie einfach, dass sie nachbestellen soll.«

Das wird ja immer besser, dachte Nick auf dem Weg zum Lager. Er würde die außerirdischen Blumen aus Ton formen. Während die Gussformen gemacht wurden, konnte er sich überlegen, wie er die Farben der Spielewelt einsetzen wollte, damit sie zu Novas Kleid passten.

Lustig, wie er erwartet hatte, einfach sein normales Leben in Happily Inc weiterzuführen, während er auf Nachricht aus Dubai wartete. Doch von der Sekunde an, in der Pallas ihn gebeten hatte, sein Hemd auszuziehen, war sein Leben hier alles andere als normal gewesen.

Pallas hatte noch nie an einer Videogame-Nacht teilgenommen, also war sie nicht sicher, was sie erwarten sollte – oder zu essen servieren. Sie hatte sich ein paar Fernseher von Freunden geliehen, damit drei Gruppen gleichzeitig spielen konnten. Dann hatte sie durchgegeben, dass sie alle einlud, die ein Interesse an Videospielen hatten. Die offene Einladung bedeutete, dass sie nicht wusste, wie viele Leute vorbeikommen würden. Nick, das war klar. Außerdem Wynn und ihr Sohn. Ein paar Freunde aus dem Boardroom Pub hatten ebenfalls gesagt, dass sie vorbeischauen würden. Nick hatte sie gewarnt, dass die Party bis weit in die Nacht hinein andauern könnte, also sollte sie darauf vorbereitet sein, wenn nötig auch ein Frühstück zu servieren.

Sie überlegte hin und her und kam dann zu dem Schluss, dass sie am besten leicht zu essende Snacks, die nicht klebten oder kleckerten, anbieten sollte. Also bestellte sie in der Feinkostabteilung des Supermarkts Mini-Wraps sowie einen Tomaten-Mozzarella-Salat, den sie in einzelne Schüsseln füllen würde. Kekse besorgte sie auch, entschied sich aber gegen Chips, weil man davon fettige Finger bekam, was zum Bedienen der Controller ungünstig war.

Um fünf Uhr am Nachmittag war sie fertig, was ihr vor Ankunft der Gäste zwischen halb sechs und sechs Uhr noch ausreichend Zeit ließ. Sie verteilte Wasserflaschen und Limodosen im Wohnzimmer. Ihre spezielle Sangria würde es heute Abend nicht geben, denn alle sollten hellwach und bei klarem Verstand sein. Sie selber hatte vor zu beobachten, statt mitzuspielen. Sie wollte sich Notizen zu den verschiedenen Levels des Spiels machen und sich davon zu Ideen für die Hochzeit inspirieren lassen.

Mit Nova hatte sie bereits zweimal gesprochen. Die zukünftige Braut war unglaublich aufgeregt und sehr dankbar. Letzteres sorgte dafür, dass Pallas froh war, den Auftrag angenommen zu haben. Der großzügige Scheck mit der Anzahlung tat ein Übriges. Nova hatte es ernst gemeint, dass es für sie kein finanzielles Limit gab. Was bedeutete: Wenn die Hochzeit gut verlief, würde das traurige, leere Konto von *Weddings in a Box* sich wieder ordentlich füllen.

Pallas war auch dankbar für die Chance, herauszufinden, in welche Richtung sie mit der Firma gehen wollte. Sie hatte so viel Zeit damit verbracht, zu versuchen, ihre Mutter zufriedenzustellen – und war jedes Mal kläglich gescheitert –, dass sie sich ihrer eigenen Hoffnungen und Träume nicht mehr sicher war. War es ihr lieber, die immer gleichen Hochzeiten zu organisieren, oder wollte sie das Abenteuer einer Expansion? Wollte sie *Weddings in a Box* behalten oder verkaufen? Sie hatte das Gefühl, in dem Moment, in dem Nova den Mittelgang hinunterschreiten würde, hätte sie ihre Antworten.

Wynn und ihr Sohn Hunter kamen als Erste. Der Zehnjährige ging direkt an den ersten Fernseher, schnappte sich einen Controller und begann zu spielen.

»Du hast vergessen, Hallo zu sagen«, sagte Wynn mit einer Mischung aus Zuneigung und Verzweiflung.

»Hi, Pallas«, sagte der Junge, ohne den Blick vom Fernseher zu wenden. »Danke, dass ich heute hier sein darf.«

Pallas umarmte ihre Freundin. »Siehst du? Er hat Potenzial.«

»Das sage ich mir auch immer.« Wynn stellte einen Teller mit Brownies auf die Arbeitsplatte in der Küche. »Ein leicht zu essendes Dessert, das nicht klebt. Ich glaube, das waren deine Anforderungen.«

»Ganz genau. Danke, dass ihr gekommen seid. Wirst du spielen?«

Wynn verzog das Gesicht. »Ich kann auch zu Hause beim Videospielen kläglich versagen. Mehr Augenzeugen brauche ich dafür nicht. Ich weiß einfach nicht, ob ich zu alt bin oder nicht über die richtigen Gene verfüge. Was ist mit dir?«

»Ich beobachte und sammle Ideen.«

Weitere Freunde trudelten ein. Um sechs Uhr war ihr kleines Wohnzimmer voll. Jeder suchte sich einen Platz auf dem Boden. Aus den drei Fernsehern dröhnte die Musik, untermalt von Gewehrschüssen. Ein paar Leute mussten warten, bis sie an der Reihe waren, aber das ließ sich nun mal nicht ändern.

Irgendwann würde ein Spieler alle Leben verloren haben – oder wie auch immer das in diesem Spiel hieß – und damit seinen Platz aufgeben müssen.

Nick saß neben Hunter. Beide starrten konzentriert auf den Bildschirm. Sie konnte nicht sagen, ob sie gemeinsame Ziele verfolgten oder versuchten, sich gegenseitig zu zerstören, und beschloss, dass es egal war, solange alle Spaß hatten.

»Jemand hat mir erzählt, es gäbe hier eine Party.«

Pallas drehte sich um und sah ihren Großvater das Haus betreten.

»Grandpa Frank.« Sie umarmte ihn. »Was machst du denn hier?«

Er lächelte sie an. »Wie gesagt, ich habe gehört, hier gibt es eine Party.«

»Wir spielen Videospiele.«

Auch wenn ihr Großvater ein großartiger Kerl und enorm vital war, so ging er doch auf die neunzig zu.

Er zwinkerte ihr zu. »Richte dich darauf ein, überrascht zu werden.«

»Das bin ich immer.«

Er ging ins Wohnzimmer und betrachtete die versammelten Menschen. »Wo muss man sich anstellen, um auch mal dranzukommen?«

Silver hielt eine kleine, abwaschbare Tafel in die Luft. »Ich notiere die Namen.« Sie lächelte Grandpa Frank an. »Und weil du so attraktiv bist, schreibe ich dich ganz oben auf die Liste.«

»Du warst mir von Pallas' Freundinnen schon immer die liebste«, erklärte er.

»Ich weiß.«

Grandpa Frank wandte sich wieder an Pallas. »Gibt es auf dieser Party auch etwas zu essen?«

»In der Küche.«

Ein paar Gäste holten sich gerade etwas zu essen, aber es war hier wesentlich ruhiger. Grandpa Frank nahm sich einen Pappteller und fing an, sich aufzufüllen. Trotz seines Alters hatte er die perfekte Körperhaltung. Seine Haare waren weiß, seine Haut gebräunt. Er sah wesentlich jünger aus, als er war. Eine Tatsache, die – wie Pallas vermutete – etwas mit dem Funkeln in seinen Augen zu tun hatte.

»Ich habe gehört, es geht dabei um eine Hochzeit, die du planst?«, sagte er, als er sich ein paar von Wynns Brownies nahm.

Gerüchte machen in unserer kleinen Stadt wirklich schnell die Runde, dachte sie. »Das stimmt. Nova und ihr Verlobter haben das Spiel entwickelt. Sie wollen es als Hintergrund für ihre Feier verwenden. Das wird auf jeden Fall sehr originell.«

Er biss von einem Mini-Wrap ab und kaute. »Du hattest schon immer das Talent, deinen Weg zu finden, Pallas. Du machst mich stolz. Du und dein Bruder. Ihr beide lebt euer eigenes Leben.«

»Danke.« Das Kompliment überraschte sie ein wenig. Sie hatte sich nie als jemanden gesehen, der seinen Weg fand. Meistens hatte sie eher das Gefühl, als würde sie durchs Leben stolpern und dabei versagen. Es war schön zu wissen, dass es aus seiner Perspektive anders aussah.

»Du hast viel von deinem Vater in dir«, fuhr er fort. »Du bist ehrgeizig und gewillt, hart zu arbeiten. Libby ist ein Bankmädchen, aber das wirst du nie sein.«

Pallas riss erstaunt die Augen auf. Ihr Vater? Wie konnte sie wie er sein? Sie erinnerte sich kaum noch an ihn. Er war gestorben, als sie zehn war, aber ihr kam es so vor, als wäre er nie wirklich anwesend gewesen. Sie hatte ein paar Erinnerungen, aber die waren alle verschwommen.

»Ich erinnere mich nicht daran, dass Dad ein Rebell war«, gab sie zu.

»Doch, das war er. Auf seine Weise. Außerdem war er sehr entschlossen.« Grandpa Frank zögerte. »Ich würde ja gerne denken, dass du deinen starken Charakter von mir hast.« Er zwinkerte ihr zu.

»Grandpa Frank!«, rief Silver aus dem Wohnzimmer. »Du bist dran.«

Ihr Großvater reichte ihr den Teller. »Da ist aber jemand früh ausgeschieden. Heute ist wohl mein Glückstag.«

Pallas lachte. »Ich wusste ja gar nicht, dass du so rücksichtslos bist.«

»Man muss zäh sein, um es zu schaffen«, erklärte er. »Zäh und gewillt, Chancen zu ergreifen. Das ist das Geheimnis, Pallas. Vergiss das nicht.«

7. Kapitel

Am Morgen nach der Party erwachte Pallas früh. Gegen Mitternacht hatte sie sich ins Bett verabschiedet, auch wenn einige Spiele noch liefen. Sie hatte keine Ahnung gehabt, dass es in Happily Inc so viele Hardcore-Fans von *Concord Awaken* gab.

In der Küche hatte sie das restliche Essen und Kaffeebecher hingestellt und allen erklärt, dass sie sich bedienen sollten. Das Gästebad hatte sie mit weiteren Handtüchern, Seife und Zahnbürsten ausgestattet und sich dann in ihr Schlafzimmer zurückgezogen. Jetzt duschte sie schnell und zog sich an

Im Wohnzimmer lief nur noch ein Fernseher, auf dem das Spiel pausierte oder wie auch immer man das bei Videospielen nannte. Das eingefrorene Bild zeigte einen violett gekleideten Krieger beim Schuss. Hunter lag zusammengerollt auf einem ihrer Sessel und schlief. Grandpa Frank hatte sich auf dem Sofa ausgestreckt, und Silver hatte den anderen Sessel in Beschlag genommen. Das Rauschen von Wasser im Gästebad verriet ihr, dass sie noch weitere Übernachtungsgäste hatte. Gut, dass sie vorgesorgt und ausreichend Eier zum Frühstück gekauft hatte.

Sie zog sich in die Küche zurück und suchte die Zutaten für eine einfache Frittata zusammen. Dann heizte sie den Ofen vor, fettete eine große Auflaufform und begann, die Eier in eine Schüssel aufzuschlagen. Das Gemüse, das sie benötigte, hatte sie gestern bereits vorbereitet und gab es nun zusammen mit Milch und Käse dazu, dann goss sie die Masse in die Auflaufform. In dem Moment kam Nick herein.

Sie musste zugeben, dass der Mann auch zerzaust sehr gut aussah. Er hatte sich das Gesicht gewaschen, aber nicht rasiert. Seine Haare waren zerwühlt, sein Hemd zerknittert. Er sah müde aus, lächelte aber. Es war eine unwiderstehliche Kombination aus sexy und verletzlich.

»Guten Morgen«, sagte er mit rauer Stimme. »Du bist früh auf.«

»Das Gleiche könnte ich über dich sagen, nur bin ich mir nicht sicher, ob du überhaupt geschlafen hast.«

Er zuckte mit den Schultern. »Hunter ist als Erster eingeschlafen, das war so gegen drei. Aber Grandpa Frank und Silver haben fast bis fünf Uhr durchgehalten.«

»Wow, dann hast du eine ganze Stunde geschlafen. Heute ist vermutlich nicht der beste Tag, um mit einer Kettensäge zu arbeiten.«

Er kam näher, legte seine Hände an ihre Hüften und zog Pallas an sich. »Das Gleiche habe ich auch gerade gedacht«, murmelte er, bevor er sich vorbeugte und sie küsste.

Sein Mund war warm und zärtlich. Er schmeckte nach Pfefferminz-Zahncreme. Sie entspannte sich in seinen Armen. Ihr gefiel die Wärme seines Körpers, und dass er noch ein wenig müde war. Seine Hände strichen über ihren Rücken und weckten in ihr den Wunsch, dass er sie überall berührte. Als er mit der Zunge über ihre Unterlippe strich, öffnete sie den Mund für ihn und gab sich dem Verlangen hin, das nur darauf wartete zu explodieren.

Als ihre Zungen sich berührten, bog Pallas sich ihm entgegen und drückte ihren Bauch gegen seine wachsende Erektion. Ihre Brüste schmerzten fast, und zwischen den Beinen verspürte sie die erste Woge der Lust.

Vielleicht lag es daran, dass sie beide nicht wach genug waren, um ihre Schutzwälle hochzuziehen. Vielleicht lag es auch an dem Mann, aber für einen oder zwei Herzschläge dachte sie darüber nach, ihn darauf hinzuweisen, dass die Arbeitsplatte die perfekte Höhe für ein schnelles Zwischenspiel hatte.

Nur war sie niemand, der so etwas anbot. Zumindest nicht beim ersten Mal. Außerdem befanden sich keine sieben Meter entfernt drei weitere Leute, darunter ein Zehnjähriger und ihr Großvater.

Als hätte er ihre Gedanken gelesen, zog Nick sich zurück. Seine Miene war ernst, seine Augen dunkel. Er strich mit dem Daumen über ihre Unterlippe. »Ich gebe zu, ich habe mir vorgestellt, wie es wäre, dich in meinem Bett zu haben. Aber dieses spezielle Szenario hatte ich dabei nicht im Sinn.«

»Ich auch nicht.«

Er gab ihr einen leichten Kuss. »Ein andermal?«

»Auf jeden Fall.«

»Gut.« Er trat zurück. »Wie kann ich dir helfen?«

»Bist du schon wach genug, um Bacon zu braten?«

»Das bin ich.«

Sie zeigte auf den Kühlschrank. »Er ist da drin. Ich hole die Pfanne.«

Nick holte den Speck aus dem Kühlschrank und öffnete die Verpackung. Pallas stellte die Pfanne auf den Herd und die Auflaufform in den Ofen, dann fing sie an, Obst klein zu schneiden.

Sie musste zugeben, dass sie sich gut fühlte. Vielleicht sogar besser als gut. Sie hatte viele Ideen für Novas Hochzeit, ein Haus voller Menschen, die ihr am Herzen lagen, und ihr ganzer Körper kribbelte von dem Kuss eines Mannes, den sie sehr mochte. Alles in allem war es eine sehr schöne Weise, in den Tag zu starten.

Nick stand neben Ronan und studierte die Zeichnung an der Wand. Sie war maßstabsgetreu und in Farbe und zeigte die Installation so, wie sie später einmal aussehen würde.

Die Unterwasserszene würde drei Meter hoch und zehn Meter lang sein und mit Seegras, Fischen, Steinen sowie einer mystischen Meerjungfrau, die in der steten Tide schwebte, erfüllt.

Jedes Element, jede leuchtende Farbe, jede Form würde aus Glas bestehen. Trotz des starren Materials vermittelte die Installation das Gefühl von Bewegung, von Leben. Es war, als könne man das Rauschen des Meeres hören. Nick hatte ehrlich gesagt keine Ahnung, wie sein Bruder das machte. Ein Projekt wie dieses bedeutete mindestens ein Jahr Arbeit. Und auch wenn er Unterstützung von Mathias und den Lehrlingen bekam, die ins Atelier kamen, um von ihm zu lernen, war der größte Teil der Arbeit seiner. Und genauso mochte er es.

Ronan deutete auf den Sand am Meeresboden. »Dafür habe ich noch keine Lösung gefunden. Echter Sand wäre die offensichtliche Wahl, aber das sieht irgendwie nicht richtig aus. Und Glas ist zu hell.«

»Hast du mal nach einer Mischung aus gemahlenem Stein geschaut? Quarz mit ein wenig poliertem Granit. Oder etwas anderes mit ein paar Glasperlen darin, um ihm mehr Tiefe zu verleihen.«

Ronan nickte langsam. »Vielleicht … Ich werde mit der Idee ein wenig herumspielen.«

Was keiner von ihnen sagte, war, dass Ronan ihren Vater fragen könnte. Es gab wenig über Glas, was Ceallach Mitchell nicht wusste. Nur war er niemand, der einen Ratschlag gab, nicht einmal seinen Söhnen. Was bedeutete, dass es riskant war, sich mit ihm in Verbindung zu setzen. Nick wusste, dass Ronan nur selten mit ihrem alten Herrn sprach. Es musste ein sichereres Thema geben, über das sie miteinander reden konnten.

»Ich habe vor Kurzem von Del gehört.« Nick ging davon aus, dass ihr ältester Bruder als Thema sicher genug war. »Er und Maya werden in Happily Inc heiraten. Sie wünschen sich eine Themenhochzeit.«

Ronan schaute ihn an. »Etwa eine königliche Hochzeit?«

Nick lachte leise. »Ich werde Del sagen, dass du herumerzählst, er würde eine Strumpfhose tragen wollen.«

Ronan lachte. »Nur zu. Haben Sie wirklich ein Motto für die Feier?«

»So stand es in der E-Mail. Vielleicht habe ich es auch falsch gelesen. Oder er meinte etwas anderes.«

»Das hoffe ich.«

Nick dachte an die beiden Themenhochzeiten, bei denen er ausgeholfen hatte. »Diese Feiern sind nicht so verrückt, wie du glaubst. Es ist irgendwie nett, dass das Pärchen, das heiratet, etwas gemeinsam hat. Du weißt schon, eine Erinnerung, die sie miteinander verbindet.«

»Hat dich jemand auf den Kopf fallen lassen?«

»Ich meine ja nur, dass so eine Themenhochzeit nett sein kann. Vor allem, wenn es eine Familienangelegenheit ist.«

Nicht dass Del das für sich will, dachte Nick. Sein ältester Bruder war seiner engsten Familie beinahe zehn Jahre lang aus dem Weg gegangen. Del hatte ein Loch im Mitchell-Clan hinterlassen – sein Weggang hatte die Dynamik verändert. Nick schätzte, dass ihre Mutter ihren ältesten Sohn am meisten vermisst hatte.

Bevor er sich zurückhalten konnte, fragte er: »Telefonierst du ab und zu mal mit Mom?« Auf diese Frage würde er garantiert eine Antwort erhalten, denn obwohl Ronan Elaines Liebling war, war er nicht ihr leiblicher Sohn.

Nick wusste nur die grundlegenden Fakten darüber, was zwischen seinen Brüdern und ihren Eltern vorgefallen war. Nach außen hin wurde weiterhin die Version vertreten, dass Ceallach und Elaine Mitchell fünf Söhne hatten: Die beiden jüngsten – Mathias und Ronan – waren zweieiige Zwillinge. Aber vor drei Jahren, als Ceallach einen leichten Herzinfarkt erlitten hatte, war die Wahrheit ans Licht gekommen. Ceallach hatte zugegeben, dass Ronan das Ergebnis einer länger andauernden Affäre war. Als Ceallachs Geliebte ihren Sohn zur Adoption freigeben wollte, hatte Elaine eingewilligt, das nur eine Woche alte Baby aufzunehmen.

Nick hatte immer noch Schwierigkeiten, die unglaubliche Entscheidung seiner Mutter zu verstehen. Sie hatte damals selbst ein einen Monat altes Baby, was bedeutete, Ceallachs Frau und seine Geliebte waren zur gleichen Zeit schwanger gewesen. Und doch hatte der alte Mistkerl keinen Ton gesagt. Was für eine Frau nahm willentlich das Kind ihrer Rivalin auf und zog es als ihr eigenes groß?

Ihre älteren drei Söhne waren alle noch keine fünf Jahre alt gewesen, und keiner von ihnen konnte sich daran erinnern, dass aus dem einen Kind wie durch ein Wunder Zwillinge geworden waren. Del, der älteste der Brüder, erinnerte sich vage daran, dass man ihm gesagt hatte, Ronan wäre die ganze Zeit über im Krankenhaus gewesen.

Die Täuschung war beeindruckend, aber noch bemerkenswerter war, dass im Laufe der Zeit allen klar wurde, dass Ronan Elaines Lieblingskind war. Das einzige Kind, das nicht von ihr war, hatte den festesten Griff um ihr Herz.

»Sie ist nicht meine Mutter«, sagte Ronan und musterte weiter die Zeichnung.

»Sei kein Arsch.«

»Ich kann nichts dafür, das ist Biologie.«

Nick war niemand, der vor einem Streit zurückschreckte, und im Moment erschien es ihm am sinnvollsten, seinem Bruder eine reinzuhauen, aber er wusste, dass Ronan nicht zurückschlagen würde. Und somit würde Ronan einfach dadurch gewinnen, dass er dastand und ihn ansah, als wolle er sagen: *Ist das alles?* Was Nick nervte und frustrierte.

»Sie hat dich aufgezogen. Sie liebt dich, und du liebst sie. Zu sagen, dass sie nicht deine Mutter ist, lässt dich wie einen Idioten dastehen. Schlimmer noch, es tut ihr weh. Sie hat ihre Fehler, aber das hat sie nicht verdient.«

Gefühle huschten über Ronans Gesicht, doch bevor Nick herausfinden konnte, was er dachte, waren sie schon wieder verschwunden.

»Es gibt nichts zu reden.«

Nick fluchte. »Du rufst sie nie an? Du erkundigst dich nie nach ihr?«

Ronans Schweigen war Antwort genug.

»Wenigstens muss sich keiner fragen, ob du Ceallachs Sohn bist«, sagte er. »Du bist genauso ein Armleuchter wie er.«

Es gab so viel, was er sagen wollte. Wie zum Beispiel, dass sie alle fünf als Brüder Jahre voller Erinnerungen miteinander teilten und das auch zählen musste. Dass sie gelebt und gestritten und Glas geblasen hatten, wie andere Brüder Baseball oder Basketball gespielt hatten. Dass sogar jetzt noch jeder von ihnen durch seine Beziehung zu ihrem Vater definiert wurde. Vor allem die drei Jüngsten – die Künstler. Er schätzte, dass Mathias und Ronan seine Hassliebe zu dem alten Mann teilten, ganz zu schweigen von der Verwirrung über ihre Mutter – die Frau, die ihren Ehemann bedingungslos liebte, egal was er tat.

»Diese außerirdischen Blumen, die ich gemacht habe, sind für eine Hochzeit. Von Nova und Joel. Sie hatten sowieso vor zu heiraten, aber dann ist bei ihrem Vater Krebs diagnostiziert worden, und nun sind sie entschlossen, ihre Hochzeit zu feiern, solange er seine Tochter noch zum Altar führen kann.«

Ronan setzte an, etwas zu sagen, aber Nick hob eine Hand.

»Nicht«, sagte er schnell. »Du wirst etwas sagen, was wir beide bedauern werden. Was ich meine, ist, dass du nicht warten solltest. Mom hatte bereits einmal Brustkrebs. Sie hat ihn besiegt, aber was, wenn er wiederkommt? Was passiert, wenn sie alt werden? Wirst du sie dann immer noch ignorieren? Dad hat verdient, was er bekommt, aber sie nicht.«

»Sie ist nicht meine Mutter. Alles in meinem Leben war eine Lüge.«

Nick verdrehte die Augen. »Wenn das mal nicht dramatisch ist. Und eine Ausrede. Sie liebt dich. Das ist alles, was sie getan hat. Sie hat dich aufgenommen, als sie es nicht hätte tun müssen, und sie hat dich geliebt. Und du rufst sie nicht mal an? Es gibt keine Worte, die beschreiben könnten, wie beschissen das von dir ist.«

»Lass mich in Ruhe.«

»Oder was? Wirst du mir einen langen, harten Blick schenken?« Nick zeigte auf die Zeichnung. »Weißt du, was da fehlt? Herz. Denn du hast mit Sicherheit keines.«

Damit drehte er sich um und verließ das Atelier. Er stand neben seinem Truck und überlegte, wo er hinfahren sollte. Als Sohn seines Vaters wusste er, der beste Ort, um sich zu verlieren, war die Arbeit. Denn wenn man in einem Projekt steckte, konnten die Dämonen einen nicht finden.

Pallas hörte ein Hämmern aus dem Erdgeschoss des Gebäudes. Da sie die Einzige sein sollte, die an diesem Tag arbeitete, ging sie die Treppe hinunter, um nachzusehen, was das war. Auf halber Strecke fragte sie sich, ob sie etwas Schweres zur

Verteidigung mitnehmen sollte, verwarf die Idee aber ganz schnell wieder. Das hier war Happily Inc. Hier passierte nie etwas Schlimmes.

Sie durchquerte den Ballsaal und ging in den großen Lagerraum, wo sie Nick fand, der Stützblöcke über den Betonboden zog.

»Hi«, sagte sie, als er innehielt, um Atem zu schöpfen. »Ich hatte heute gar nicht mit dir gerechnet.«

»Ich bin nicht hier«, erwiderte er. »Und ich arbeite auch nicht.«

»Allen gegenteiligen Beweisen zum Trotz?«

Er schüttelte den Kopf. »Guter Punkt. Im Atelier habe ich nichts auf die Reihe bekommen, und ich musste meine schlechte Laune abarbeiten. Also bin ich hergekommen.«

»Um unmöglich schwere Blöcke zu verschieben?«

»Ich brauche sie für das nächste Paneel.«

In ungefähr drei Wochen, dachte sie und musterte ihn.

Er sah so aus wie immer – nämlich gut. Lässig gekleidet in Jeans und einem abgetragenen T-Shirt. Aber sie sah auch Anzeichen der Anspannung. Eine gewisse Härte um seinen Mund und in seinen Schultern.

»Willst du darüber reden?«, fragte sie.

»Nein. Ja. Verdammt.« Er massierte sich den Nacken. »Familienkram.«

»Ah, also ist es etwas Ernstes.«

Das brachte ihr ein kleines Lächeln ein. »Mein Bruder benimmt sich wie ein Armleuchter.«

»Welcher?«

»Ronan. Wir haben uns gestritten.« Er ließ seine Hand sinken. »Nein, *ich* habe mich gestritten. Er hat nicht mitgemacht. Er will unsere Mutter nicht anrufen, was ziemlich gemein von ihm ist, da sie immer auf seiner Seite gestanden hat.« Er zuckte mit einer Schulter. »Das ist der Nachteil daran, sich einen Arbeitsplatz zu teilen.«

»Willst du darüber reden?«, fragte sie erneut.

»Nicht wirklich.«

»Willst du einen Spaziergang machen? Ich kann dich mit nutzlosem Wissen über die Stadt ablenken.«

Er lächelte sie an. »Das wäre super.«

Sie gingen nach draußen, und Pallas zeigte auf den Fluss. »Gehen wir dort entlang.«

Der Nachmittag war warm und sonnig, die Temperaturen flirteten schon mit Mitte zwanzig Grad. Sie liebte diese Zeit des Jahres, wenn die Hitze noch nicht so verrückt war und die Tage langsam länger wurden.

»Die grundlegende Geschichte kennst du«, fing sie an. »Lügen, die einem nichts ahnenden Publikum vorgesetzt wurden.«

»Das ist ein wenig hart ausgedrückt.«

»Und doch vollkommen akkurat. Happily Inc profitiert auch von einer seltsamen spirituellen Konvergenz der Energien. Das hat man mir zumindest mal erzählt.«

»So wie Sedona?«

»So lauten die Gerüchte. Man sagt, hier geschehen mystische Dinge. Oh, und die Leute schlafen sehr, sehr gut. Deshalb haben wir hier das Schlaflabor.«

»Ich habe die Schilder gesehen, als ich in die Stadt gefahren bin.«

»Das ist eine große Sache. Wir haben weltberühmte Ärzte, die tun, was immer Schlafexperten so tun.«

»Ein Nickerchen machen?«

Sie grinste. »Vielleicht. Wie auch immer, diese beiden Schrullen ziehen die Touristen an. Auch wenn das nichts ist im Vergleich zu den Hochzeiten. Wir sind die Großunternehmer.«

»Habt ihr einen speziellen Sitz im örtlichen Unternehmerverband?«

»Noch besser. Wir kriegen Donuts.«

Sie überquerten die Straße. Nick nahm Pallas' Hand, und sie verschränkte ihre Finger mit seinen.

»Mein Dad ist ein Albtraum«, sagte er.

Sie presste die Lippen zusammen, weil sie wollte, dass er so viel erzählte, wie er musste, ohne dass sie ihn unterbrach.

»Ein Genie zu sein hat seinen Preis«, fügte er an.

»Aber du bist normal«, platzte es aus ihr heraus, bevor sie sich zurückhalten konnte.

Er lächelte sie an. »Danke, aber ich bin verkorkster, als du ahnst.«

»Das kannst du gut verbergen.«

»Ronan ist unser Halbbruder. Dad hatte eine Affäre, und Ronan ist das Ergebnis. Mom hat ihn aufgezogen, seitdem er eine Woche alt war.«

Pallas blieb stehen. »Ich dachte, die beiden wären zweieiige Zwillinge?«

»Das dachten wir auch.«

»Aber wie …« Sie wusste nicht mal, was sie fragen sollte. Sie und Cade waren zweieiige Zwillinge. Sie konnte sich nicht vorstellen, wie es wäre, herauszufinden, dass dem nicht so war. Dass alle ihre Erinnerungen an ihre Kindheit, ihre Gefühle der Verbundenheit, nicht echt waren. Andererseits, wenn es sie gegeben hatte, dann waren sie auch echt, nur anders.

»Das ist nichts, worüber man so einfach hinwegkommt«, murmelte sie.

»Offensichtlich nicht.«

Sie gingen weiter.

»Ronan will nicht darüber sprechen. Und wo ich gerade so darüber nachdenke: Mathias hat dazu ebenfalls nicht viel zu sagen, auch wenn er eine bessere Miene zu allem macht.«

Sie kamen am Boardroom Pub vorbei und erreichten die Promenade am Flussufer. Dort setzten sie sich auf eine Bank, und Nick drehte sich zu ihr.

»Die Sache ist die: Wir denken alle, dass Ronan der Lieblingssohn unserer Mutter ist.«

Er erzählte ihr, wie Elaine das uneheliche Kind ihres Mannes aufgenommen und als ihr eigenes aufgezogen hatte. Pallas hörte zu und war dankbar, dass er keinen Rat von ihr haben wollte, denn sie hatte keinen. Sie konnte sich nicht vorstellen, wie es sein musste, herauszufinden, dass ihr Ehemann eine Geliebte hatte und diese Geliebte nur wenige Wochen nach der Geburt ihres eigenen Kindes auch ein Kind zur Welt gebracht hatte. Oder anzubieten, dieses andere Baby als das eigene aufzuziehen. Und dass Ronan und seine Brüder nichts davon gewusst hatten, war unbegreiflich.

»Also sind Mathias und Ronan hierhergezogen, nachdem sie die Wahrheit erfahren haben?«, fragte sie.

»Ja. Wir anderen haben aber erst letzten Sommer herausgefunden, was der Grund für den Umzug war. Meine Mom hatte Brustkrebs und hat es für sich behalten. Nicht einmal mein Dad wusste davon. Als wir es erfuhren, brach die Hölle los und alles kam raus. Ziemlich verkorkst, was?«

Sie lehnte sich an ihn. »Ich bin mir nicht sicher, ob es überhaupt irgendwo eine normale Familie gibt. Wir alle haben unsere Macken.« Sie schaute zu ihm auf. »Auch wenn ich zugeben muss, dass deine Familie mehr Punkte erzielt als die meisten. Ist deine Mom wieder gesund?«

»Soweit ich weiß, ja. Sie schwört, dass sie den Krebs rechtzeitig entdeckt haben und sie weiterhin ärztlich überwacht wird, also schätze ich, dass sie die Wahrheit sagt. Ich weiß, dass Dad sich Sorgen macht. Sie ist alles, was er hat.«

Nicht seine Söhne? Dumme Frage, schalt sie sich. Sie erinnerte sich daran, was Nick ihr von seiner Kindheit im Schatten des berühmten Ceallach Mitchell erzählt hatte.

»Meine Mom ist eines von sieben Mädchen.«

Nick lachte. »Keine Jungs?«

»Erst in meiner Generation. Ich kann mir nicht vorstellen, wie es war, als alle in die Pubertät kamen. Zwischen der Ältesten und der Jüngsten liegen vierzehn Jahre, also müssen die Hormone zwei Jahrzehnte lang nur so durch die Luft gewirbelt sein. Es ist erstaunlich, dass Grandpa Frank das überlebt hat.«

»Da hast du recht.« Er verlagerte sein Gewicht und legte einen Arm um sie.

Sie mochte das Gefühl, von ihm berührt zu werden. Mochte seine Stärke und Wärme. Vor ihnen strömte der Fluss dahin. Am kommenden Wochenende würden Kajakfahrer ihre Bahnen auf ihm ziehen. Kleinere Motorboote waren auch erlaubt, aber nicht im Sommer. Die Touristen füllten die Parks am Flussufer und die Hotels.

»In deiner Familie gibt es nur dich und deinen Bruder?«, fragte Nick.

»Ja. Nur Cade und mich. Meine Großmutter mütterlicherseits ist gestorben, als ich noch ein Baby war, also ist meine Mom mit unserer Familie bei Grandpa Frank eingezogen.«

Vielleicht war das der Grund dafür, dass ihr Vater ihr immer so abwesend vorgekommen war. Er hatte im Haus eines anderen Mannes gelebt.

»Ich war damals ungefähr zwei Jahre alt, also kann ich mich nicht daran erinnern, jemals woanders gelebt zu haben. Das Haus ist riesig und alt mit vielen Treppen. Es gibt einen Geheimweg von der Bücherei im Erdgeschoss bis hinauf auf den Dachboden. Dort haben Cade und ich als Kinder immer gespielt. Wir sind einfach verschwunden, was unsere Mom in den Wahnsinn getrieben hat.«

»Gut gemacht.«

»Das Lob gebührt nicht mir. Es war immer Cades Idee. Er ist der Mutige von uns beiden.«

Nick schüttelte den Kopf. »Das kaufe ich dir nicht ab. Du behauptest dich im Moment gegen sie, indem du die Firma behältst, anstatt sie zu verkaufen.«

»Ich habe mich aber immer noch nicht entschieden, was ich dauerhaft machen will. Ich wünschte, ich wäre mehr wie er. Cade war es schon immer egal, was andere über ihn denken. Er ist so unabhängig. Ich hingegen lebe immer noch in der gleichen Stadt, in der ich geboren wurde. Ich habe ja kaum mal den Staat verlassen.«

»Möchtest du gerne reisen?«

Sie dachte über die Frage nach. »Es gibt schon Orte, die ich gerne sehen möchte. Australien und Europa zum Beispiel. Ich schätze aber, dass ich nicht so der abenteuerliche Typ bin. Ich mag es, hier zu leben. Ich mag es, Zeit mit meinen Freundinnen zu verbringen.«

»Ich sage dir was. Wenn ich den Auftrag in Dubai annehme, kommst du mich besuchen.«

»Ich bin mir nicht mal sicher, ob ich weiß, wo genau das ist. Ich muss das auf der Weltkarte nachgucken.«

»Dann tu das.«

Sie konnte sich nicht vorstellen, ihr Leben einzupacken und in ein fremdes Land zu ziehen. Offensichtlich fehlte ihr das Gen für die Suche nach Abenteuern.

»Wann musst du entscheiden, ob du nach Dubai gehst oder nicht?«, fragte sie.

»Nachdem sie den Auftrag finalisiert haben. Die Arbeit würde zwei Jahre dauern, was ziemlich lang ist. Mir gefällt das

Projekt, aber ich kann mich noch nicht entscheiden.« Er sah sie an. »Ich habe das ernst gemeint, Pallas. Ich würde mich freuen, wenn du mich besuchen kommst.«

Unter seinen Worten zog sich ihr Brustkorb zusammen. Verlangen erwachte zum Leben und fing an, in ihr zu brennen. Denn Nick zu besuchen wäre mehr, als nur seine Arbeit zu sehen. Es ginge auch darum, mit ihm zusammen zu sein. Und das wollte sie sehr gerne.

Eine Sekunde lang wünschte sie sich, sie wäre die Art Frau, die so etwas einfach sagen könnte. Silver würde es tun. Sie würde Nick am Hemd packen, ihn an sich ziehen und küssen. Dann würde sie mit ihm ins Bett gehen und tun, was auch immer Silver gerne tat – schätzungsweise irgendetwas Wildes. Pallas seufzte – sie würde nie sein wie ihre Freundin.

Auch wenn Männer sie mochten, hatten sie in ihrem Leben keine große Rolle gespielt. Happily Inc war nicht gerade ein Magnet für alleinstehende Männer. Außerdem war Nick der erste Mann seit Menschengedenken, der überhaupt ihre Aufmerksamkeit erregte. Sie war sich nur nicht sicher, was genau sie jetzt deswegen unternehmen sollte.

Sollte sie sich ihm an den Hals werfen? Ihn bitten, mit ihr Sex zu haben? So tun, als wäre sie schwer zu erobern? War er überhaupt an ihr interessiert? Sie hatten sich geküsst, und das war schön gewesen, aber er hatte sie nicht gerade über seine Schulter geworfen und in sein Schlafzimmer getragen. Nicht dass sie einen Mann wollte, der sie über seine Schulter warf. Denn schätzungsweise war das ziemlich unbequem. Aber theoretisch betrachtet …

Nick beugte sich vor und küsste sie. Sie war so überrascht, dass sie nicht reagieren konnte, bevor er sich wieder zurückzog.

»Danke«, sagte er. »Dafür, dass du mir zugehört hast. Es hilft, eine Freundin zu haben, mit der man reden kann.«

Freundin? Freundin! Sah er sie so? Nur als Freundin? Sie hatten sich geküsst. Bedeutete das gar nichts? Sie hatte Bilder vor Augen, wie er sie über seine Schulter warf, und er … Er glaubte, sie wären nur Freunde? Töte. Mich. Auf der Stelle.

»Gern geschehen«, erwiderte sie fröhlich. »Gerne jederzeit wieder. Aber jetzt sollte ich an die Arbeit zurückkehren.«

Bevor er noch etwas *Freundliches* sagen konnte, sprang sie auf die Füße, winkte und ging schnellen Schrittes davon.

Freunde! Also ehrlich. Was sollte das? Pallas wusste nicht, ob sie nie wieder mit Nick sprechen oder ihn abfangen und ihm ihre Brüste zeigen sollte. Oder einfach akzeptieren, dass sie nicht die Frau war, mit der er schlafen wollte.

Der letzte Gedanke war so deprimierend, dass sie schnell bei Starbucks vorbeischauen und sich einen Mocha Frappuccino mit Extra-Schlagsahne holen musste. Nur um das schlechte Gefühl zu vertreiben.

Sie würde sich am Nachmittag in ihrer Arbeit vergraben und sich dann mit etwas Freundinnenzeit belohnen. Zumindest wusste sie da, was von ihr erwartet wurde, und verstand die Regeln. Dummer Mann. Sie würde nie wieder mit ihm reden. Oder ihn küssen. Oder ihm ihre Brüste zeigen.

Das war's, sagte sie sich, als sie Starbucks betrat. Keine Hoffnung für Nick, auch nur den Ansatz ihrer Brüste zu sehen. Und zwar ab sofort.

8. Kapitel

Zwei Tage später kämpfte Pallas immer noch mit ihrer Nicht-Beziehung zu Nick. Und als ob das nicht traumatisch genug gewesen wäre, hatte ihre Mutter sie auch noch zum Lunch eingeladen. Da sie eine schlechte Lügnerin war, war ihr kein Grund eingefallen, um abzusagen. Der einzige Lichtblick war, dass sie darauf bestanden hatte, in ein Restaurant zu gehen anstatt ein deprimierendes Mittagessen in der Bank zu haben.

Und so fand Pallas sich mit einem Avocado-Cheeseburger und der größten Portion Pommes frites an einem Tisch wieder – denn im Zweifel sollte man seine Probleme unter Essen begraben.

»Du enttäuschst mich, Pallas«, sagte Libby, während sie in ihrem grünen Salat ohne Dressing herumpickte.

»Ich weiß, Mom.«

»Wirklich?«

»Klar. Ich enttäusche dich immer. Normalerweise möchte ich dich glücklich machen, aber selbst darin versage ich. Ich bin mir nicht sicher, wie mir das immer gelingt. Ich würde gerne sagen, es ist eine Gabe. Aber am Ende sind wir beide immer unglücklich, also kann es nichts Gutes sein.«

Sie nahm einen Pommes frites und steckte ihn sich in den Mund. Ihre Mutter musterte sie.

»Wenn du so weiterisst, wirst du fett.«

»Noch eine Möglichkeit, dich zu enttäuschen.«

»Was ist nur mit dir los?«

»Ich habe ehrlich gesagt keine Ahnung.«

Libby presste die Lippen zusammen. »Wie hast du dich bezüglich deiner Firma entschieden?«

Bis zu dieser Sekunde hätte Pallas geschworen, es nicht zu wissen. Verkaufen oder nicht verkaufen – sie hatte sich nicht mit sich hingesetzt und das Für und Wider abgewogen. Doch sobald ihre Mutter die Frage stellte, wusste sie es.

»Ich werde sie behalten.«

»Ich verstehe.«

Zwei sehr eisige Worte. Pallas erschauderte, dann biss sie von ihrem Burger ab.

»Darf ich erfahren, warum?«

Auf diese Frage gab es so viele Antworten, aber nur eine, die für sie Sinn ergab. »Weil es mich glücklich macht.«

»Sei nicht albern.«

Pallas legte ihren Burger ab. »Warum ist das albern? Glaubst du mir nicht? Glaubst du nicht, dass ich irgendwo anders als in der Bank glücklich sein kann?«

»Dir gehört eine kleine, nicht sonderlich erfolgreiche Firma, die nur wenige Möglichkeiten für Erfolg oder Wachstum bietet. Wie um alles in der Welt kann dich das glücklich machen?«

»Danke für deine Unterstützung.« Pallas seufzte. »Um deine Frage zu beantworten: Alles daran macht mich glücklich. Vor ungefähr einer Woche kam ein Pärchen zu mir. Sie haben ein Videospiel entwickelt und wollen das zum Thema ihrer Hochzeit machen. Und die ganze Sache wird noch spezieller dadurch, dass Novas Vater …«

»Du machst dich lächerlich«, unterbrach ihre Mutter sie. »Das kann jeder sehen, außer dir.«

Pallas schob den Teller mit dem Burger von sich. Mit einem Mal hatte sie überhaupt keinen Hunger mehr. »Du irrst dich, Mom«, sagte sie entschlossen. »Ich mache mich nicht lächerlich. Ich helfe Paaren dabei, den wichtigsten Tag ihres Lebens zu organisieren. Ich helfe ihnen, ihre Hochzeitsträume wahr zu machen. Selbst wenn sie sich irgendwann scheiden lassen, werden sie sich an ihre Hochzeit erinnern, und ich bin ein Teil davon. Das ist eine gute Arbeit. Sie erfüllt mich, und ich mag sie. Der einzige Grund, warum du das nicht akzeptieren kannst, ist, weil du bei meiner Entscheidung kein Mitspracherecht hattest. Du bist verärgert, weil ich nicht das tue, was du willst. Du glaubst, ich muss mir meinen Platz in der Familie erst verdienen.«

Pallas stand auf und warf ihre Serviette auf den Tisch. »Und weißt du was? Heute bin ich nicht mehr gewillt, das zu tun.«

Sie nahm ihre Tasche und ging. Als sie auf den Bürgersteig trat, fiel ihr auf, dass sie nun schon zum zweiten Mal einer schwierigen Situation einfach den Rücken gekehrt hatte. Sie würde darauf achten müssen, dass das keine neue Gewohnheit wurde. Bei Nick war sie eher aus Angst geflohen, während es sich bei ihrer Mutter mehr so angefühlt hatte, als würde sie endlich für sich einstehen – wenn auch aus sicherer Distanz.

Warum waren Beziehungen so kompliziert? Sie wusste, dass sie das nicht sein mussten, aber trotzdem waren es so viele.

Zurück im Büro checkte Pallas ihre E-Mails. Sie hatte eine Nachricht von Nova mit weiteren Einzelheiten zur Hochzeit bekommen. Die Worte waren so glücklich und enthusiastisch, dass Pallas beim Lesen lächelte. Vielleicht war sie schreiend und um sich tretend in diese außerirdische Hochzeit hineingezogen worden, aber inzwischen wusste sie, dass sie die richtige Entscheidung getroffen hatte.

Sie lehnte sich auf ihrem Stuhl zurück und dachte über ihr Konto und den Cashflow der Firma nach. Novas Geld hatte immens geholfen, den Kontostand besser aussehen zu lassen. Ja, es war mehr zu tun, aber die Belohnung war auch größer. Vielleicht war es kurzsichtig von ihr gewesen, alles so machen zu wollen, wie es schon immer gewesen war. Vielleicht war unkonventionell zu denken der richtige Weg, um ihre Firma wachsen zu lassen.

Die Idee war noch nicht ausgereift, aber sie spürte das Potenzial. Es war so, wie Nick es in einem ihrer Gespräche ausgedrückt hatte: Das Grundformat der Hochzeiten würde sich nicht verändern, sondern nur die Details. Und die konnten verbessert werden.

Sie betrachtete die Mappen auf ihrem Tisch – jede repräsentierte eine bevorstehende Hochzeit. Sie ging sie durch, bis sie die Schwarz-Weiß-Hochzeit fand – für die die Braut Zebras verlangt hatte. Vielleicht war das doch keine so verrückte Idee.

Sie holte ihr Handy heraus und wählte eine Nummer.

»Hi«, begrüßte Carol sie fröhlich. »Was gibt's?«

»Ich arbeite. Und du?«

»Ich glaube, Millie ist eher deprimiert als krank.«

Pallas versuchte, sich zu erinnern, wer Millie war. »Die Giraffe?«

»Ja. Sie ist so ruhelos. Ich weiß, der Umzug war schwer für sie, aber ich glaube, sie ist einsam. Sie braucht Freunde. Wie auch immer, deshalb hast du nicht angerufen. Was kann ich für dich tun?«

»Ich habe eine sehr seltsame Anfrage. Eine meiner Bräute möchte eine Schwarz-Weiß-Hochzeit. Sie hat die Zebras gesehen und würde sie gerne fürs Ambiente mieten.«

Carol lachte. »Ernsthaft?«

»Du weißt, dass ich mir so etwas nicht ausdenken kann.«

»Stimmt. Wow. Also die wären dann so was wie Teelichter oder Ballons?«

»So in der Art. Wir könnten einen eingezäunten Bereich für sie abtrennen. Ich müsste sicherstellen, dass die Gäste sie nicht berühren, auch wenn sie sicher gerne Fotos machen wollen. Was meinst du?«

»Ich weiß es nicht. Sie sind relativ zahm, aber immer noch Zebras, also nicht ganz so ruhig wie zum Beispiel eine Ziege.«

Waren Ziegen ruhig? Pallas kamen nur Bilder von kleinen Ziegenbabys in den Sinn, die munter überall herumhüpften.

»Okay«, sagte sie langsam. »Was bedeutet das?«

»Dass ich mir über den Transport Gedanken machen und sicherstellen muss, dass sie nicht ausbrechen können. Ich würde für die Mühen einen beträchtlichen Profit erwarten, denn eine unserer Scheunen benötigt ein neues Dach.«

Pallas lachte. »Klingt fair. Schick mir einen Kostenvoranschlag, den ich an meine Braut weiterleite. Ich sage dir dann Bescheid. Wenn die Idee umgesetzt wird, werde ich eine sehr interessante Unterhaltung mit meinem Versicherungsmakler führen müssen.«

»Zebra-Versicherungen?«

»Jupp. Für dich, die Zebras und alle Gäste, ganz zu schweigen von der Örtlichkeit. Das wird bestimmt lustig.«

»Ich habe auch noch ein paar schwarze Lamas, falls sie die haben wollen. Und vielleicht können wir hier in der Gegend noch ein weißes Lama auftreiben.«

»Was würde ich nicht dafür geben, eine entsprechende Anzeige auf *Craigslist* aufzugeben. *Gesucht: Weißes Lama zur Miete für Hochzeit.*«

»Du weißt, dass irgendjemand darauf reagieren würde?«

»Das ist Furcht einflößend, aber wahr. Danke, Carol. Schick mir deine Zahlen, sobald du sie hast.«

»Ich mache mich gleich dran.«

»Bye.«

Pallas legte ihr Handy auf den Schreibtisch. Zebras und Lamas. Sie war nicht sicher, was als Nächstes kommen würde. Aber das machte ja einen Teil des Spaßes aus.

»Du siehst aus, als würdest du dich über irgendetwas freuen.«

Sie schaute auf und sah Cade im Eingang zu ihrem Büro stehen. Schnell sprang sie auf und rannte zu ihm. Er ließ seine abgetragene Ledertasche auf den Boden fallen und streckte beide Arme aus. Sie warf sich ihm an den Hals und drückte ihn fest.

»Du bist hier! Wann bist du angekommen? Wie lange bleibst du? Du hast mir gefehlt.«

»Du mir auch, Schwesterherz.«

Sie hielten einander beinahe eine Minute lang fest, bevor sie losließen. Pallas schaute ihren Bruder an, sah die neue Narbe an seiner Augenbraue und seinen gesunden Teint. Er sah stark und fit aus – wie ein Mann, der draußen arbeitete.

Er hatte die gleichen braunen Augen und Haare wie sie. Aber an ihm wirkten sie irgendwie interessanter. Vielleicht ist das dieses Cowboyding, dachte sie und lächelte.

Sie hielt sich an seinen Oberarmen fest und strahlte Cade an. »Versteh mich nicht falsch, aber warum bist du hier?«

»Ich wollte dich sehen.«

Sie verdrehte die Augen. »Warum bist du in Happily Inc?«

»Grandpa Frank will mit mir reden.«

»Worüber?«

Cade zögerte gerade lange genug, um sie neugierig zu machen.

»Die Pferderanch.«

»Was?« Sie warf sich ihm wieder an die Brust. »Ist das dein Ernst? Er wird sie dich endlich leiten lassen?«

»Sieht so aus.«

Cade war seit frühester Kindheit von Pferden besessen. Grandpa Frank hatte einen Stall voller wunderschöner Pferde, der etwas außerhalb der Stadt lag. Er züchtete amerikanische

Quarterhorses und hatte in den letzten zehn Jahren ein Interesse an Arabern entwickelt. Als Teenager hatte Cade ihn angebettelt, ihm einen Job auf der Ranch zu geben, aber Grandpa Frank hatte gesagt, er wäre noch nicht bereit. Nach dem Schulabschluss hatte Cade Happily Inc verlassen. Zum Teil, um seinen Traum zu verfolgen, zum Teil – so hatte Pallas immer spekuliert –, um von seiner Mutter wegzukommen.

»Ich fände es toll, dich in der Nähe zu haben«, sagte Pallas. »Kommst du auch damit klar, dass Mom in der Nähe wohnt?«

Er gab ihr einen Kuss auf die Nase. »Du hattest schon immer mehr Probleme mit ihr als ich. Ich blende sie einfach aus, während du dir alles zu Herzen nimmst.«

»Vielleicht habe ich mich verändert.«

»Ich sehe nirgendwo fliegende Schweine, also sage ich mal Nein.«

Sie seufzte. »Eines Tages werde ich es tun. Eines Tages werde ich mich ihr gegenüber behaupten. Du wirst schon sehen.«

Sie dachte an ihren heutigen Lunch. Auch wenn sie ihrer Mutter gesagt hatte, was sie dachte, war sie danach schnell geflohen, anstatt sich den Konsequenzen zu stellen. Aber trotzdem war es eine Art Erfolg. Kleine Schritte, sagte sie sich.

»Wo wohnst du?«, fragte sie. »Willst du mein Gästebett haben?«

»Nein danke, ich habe dein winziges Haus gesehen. Außerdem hast du im Badezimmer zu viele Mädchensachen.«

»Du meinst, passende Handtücher und Kerzen?«

»Das meine ich.«

Sie grinste. »Hast du Angst, mit Brüsten aufzuwachen?«

Er lachte. »Nicht wirklich.«

»Also, wo wirst du wohnen?«

»Im großen Haus.«

Womit man in ihrer Familie das Saunders/Dineen-Haus meinte und nicht das Gefängnis, das auch so genannt wurde. Wobei es da durchaus Gemeinsamkeiten gab …

»Nur bis ich herausgefunden habe, was Grandpa Frank will«, fügte Cade an. »Wenn es ein Job auf der Ranch ist, werde ich dort wohnen.«

»Außerhalb der Gemeindegrenze«, sagte sie sehnsüchtig. »Du bist so ein Glückspilz.«

»Und nicht zu vergessen, sehr attraktiv.« Er legte einen Arm um sie. »Es ist gut, ich zu sein, Schwesterherz. Jetzt habe ich Hunger. Du musst mich zum Mittagessen ausführen.«

»Das mache ich sehr gerne. Denn ich habe selbst nicht wirklich viel gegessen und kenne ein Restaurant, wo es einen großartigen Avocado-Burger gibt.«

»Das hier ist eine Liste aller Werke, die wir derzeit in verschiedenen Galerien platziert haben.« Natalie reichte Nick drei bedruckte Seiten Papier. »Laut Vereinbarung hat jede neue Galerie sechs Monate Zeit, ein Stück zu verkaufen. Wenn sie es tun, können sie es mit einem anderen Werk ersetzen. Wenn nicht, werden sie für mindestens ein Jahr von der Liste der bevorzugten Galerien für deine Arbeiten genommen. Bis jetzt hat es damit noch keine Probleme gegeben.« Die zierliche Brünette lächelte. »Du verkaufst dich fast überall sehr gut.«

Gute Neuigkeiten, dachte Nick. Seine Arbeiten waren beliebt. Er sollte sich freuen oder zumindest glücklich darüber sein. Stattdessen fühlte er sich jedoch einfach nur rastlos.

»Auf meinem Computer habe ich eine komplette Aufstellung aller Werke«, fuhr Natalie fort. »Ich kann dir jederzeit sagen, wo sich welches Stück befindet und welches als Nächstes verschickt wird. Deine Arbeiten katalogisiere ich zudem noch nach Typ und Preis. In verschiedenen Teilen des Landes und der Welt funktionieren verschiedene Stile und Materialien. Es ist eine Kunst, einen Künstler zu platzieren, und Atsuko ist darin Expertin.« Natalie lächelte ihn an. »Du bist mit einem großen Bestand zu uns gekommen. Normalerweise haben die Künstler weniger Werke.«

»Bevor ich herkam, hatte ich über zehn Jahre lang keine Ausstellung«, gab Nick zu. »Ich muss immer etwas tun, also hat es sich irgendwie angesammelt.«

»Das hören wir gerne.« Natalie drehte den Computerbildschirm so, dass er die Fotos darauf sehen konnte. »Das hier schicken wir an die Galerien, mit denen wir zusammenarbeiten. Ein komplettes Profil deiner Arbeiten. Wenn sie interessiert sind, sprechen wir über die Bedingungen. Wir stimmen nur dem zu, was uns der Vertrag mit dir erlaubt.«

Nick fing so langsam an zu bereuen, dass er Natalie gebeten hatte, ihm ihre Geschäftsbedingungen zu erklären. Als er bei Atsuko unterschrieben hatte, hatte er den Vertrag von seinem Anwalt überprüfen lassen. Nachdem man ihm gesagt hatte, dass er fair und vernünftig war, hatte er auf der gestrichelten Linie unterschrieben und sofort danach die geschäftliche Seite seiner Arbeit vergessen. Alle paar Wochen erhielt er einen Scheck. Manchmal auch mehrere, das hing davon ab, wie viele seiner Kunstwerke verkauft worden waren. Das Geld floss, und er hatte Zeit und Raum zum Arbeiten. Er war an sich ein glücklicher Mann.

»Du findest das ermüdend, oder?«, fragte sie.

»Jupp.«

Sie seufzte. »Du wärest mehr an der geschäftlichen Seite interessiert, wenn du nicht so reich wärst«, sagte sie leichthin. »Und so anerkannt.«

Er dachte an ihre Werke, die in der Galerie ausgestellt waren. »Du kommst auch noch dahin«, sagte er. »Ruhm und Reichtum liegen für dich gleich um die Ecke.«

Sie schob ihre rote Brille auf der Nase hoch. »Du hast ja keine Ahnung, wie sehr ich dir glauben will. In der Zwischenzeit liebe ich, was ich tue. Dieser Job kommt für mein Essen und meine Miete auf, und alles, was ich mit meiner Kunst verdiene, wird gleich wieder in Materialien gesteckt.«

Er wusste, dass es für die meisten Künstler so war. Sie arbeiteten im Verborgenen und hofften darauf, »entdeckt« zu werden oder wenigstens einen kleinen Profit zu erwirtschaften. Er und seine Brüder hatten Glück gehabt – das war der Vorteil daran, den berühmten Ceallach zum Vater zu haben. Ihr Name war in der Welt bereits bekannt.

»Gefällt es dir, in der Galerie zu arbeiten?«, wollte er wissen.

»Ja, tut es. Was ›richtige‹ Jobs angeht«, sie malte Gänsefüßchen in die Luft, »ist dieser hier ziemlich großartig. Solange ich meine Arbeit erledige, interessiert es Atsuko nicht sonderlich, wann und wie oft ich hier bin. Wenn ich also gerade im Fluss bin, kann ich zu Hause weiterarbeiten.«

»Hast du da denn den Platz?« Er dachte an den großen, offenen Raum, den er sich mit seinen Brüdern teilte, und fluchte leise. »Hat mein Auftauchen etwa dazu geführt, dass du das Atelier hier verlassen musstest?«

Sie grinste. »Auch wenn ich die Sorge zu schätzen weiß, mach dir keinen Kopf. Ich bin in meinem kleinen Studio zu Hause sehr glücklich. Ich könnte nicht mit Mathias und Ronan zusammenarbeiten. Sie machen Glas, und mein Lieblingsmaterial ist Papier. Feuer und Papier sind keine gute Kombination.«

Er wollte gerade zustimmen, doch vorher schaute er aus dem Fenster. Natalies Büro ging zur Straße hinaus. Auf dem Bürgersteig waren beinahe immer Menschen, die durch das Einkaufsviertel der Stadt spazierten. Aber was Nick nicht erwartet hatte, war, Pallas mit einem Mann zu sehen. Einem attraktiven Mann, der sie offensichtlich gut zu kennen schien. Sie unterhielten sich und lachten miteinander und nahmen ihre Umgebung überhaupt nicht wahr.

Sein Magen zog sich zusammen, und alle seine Sinne waren aufs Höchste alarmiert. Wer zum Teufel war das? Ein ehemaliger Partner, der in die Stadt zurückgekommen war? Er wollte gerade aufstehen, zwang sich dann aber, sitzen zu bleiben. Natalie sah seine Bewegung und schaute aus dem Fenster. Dann lächelte sie.

»Oh, sieh einer an, Cade ist zurück. Davon hat Pallas mir gar nichts erzählt. Ich frage mich, ob sie wusste, dass er kommt.« Sie schaute Nick an. »Cade ist Pallas' Zwillingsbruder. Er managt eine Pferderanch in Texas. Zumindest glaube ich, dass es Texas ist. Vielleicht aber auch Kentucky. Wie auch immer, es ist an einem Ort, der wundervoll und schön klingt.«

»Magst du Happily Inc nicht?«, fragte Nick und lenkte seinen Blick absichtlich vom Fenster weg.

»Doch, es gefällt mir. Ich dachte nur immer, dass es nett wäre, zu reisen.«

Während sie über die Orte sprach, die sie gerne einmal sehen würde, sagte Nick sich, dass seine Reaktion auf den Anblick von Pallas mit einem anderen Mann nichts zu bedeuten hatte. Sicher, er mochte sie, aber mehr war da nicht. Und, ja, er wollte sie in seinem Bett, aber nur für etwas Kurzfristiges. Er mochte es, die Dinge kontrollieren zu können. Sie definiert zu wissen. Lust war sicher, aber Leidenschaft – zu viel Leidenschaft – war gefährlich. Sie verschlang und zerstörte einen. Was für ihn natürlich kein Problem war. Er würde Happily Inc in ein paar Monaten verlassen. Er würde Pallas verlassen. Beziehungen mit Zeitlimit – damit konnte er umgehen. Alles andere war der sichere Weg in die Katastrophe.

Pallas strich sich ihren leichten Pullover glatt, bevor sie aus dem Wagen stieg. Sie war bereit. Sie war gewappnet. Sie trug an einem Wochentag Wimperntusche. Das war nur eine Kleinigkeit, aber eine, die einem Mädchen Selbstvertrauen schenkte.

Dass sie nervös war, war ihr eigener dummer Fehler. Sie hatte schließlich daran gedacht, Nick ihre Brüste zu zeigen. Der arme Mann hatte keine Ahnung davon. Technisch gesehen gab es keinen Grund, peinlich berührt oder besorgt oder aufgeregt zu sein. Und doch war sie alles davon. Vielleicht weil in seiner Nähe zu sein verwirrend und wesentlich lustiger war, als sie es gewohnt war. Vielleicht hatte sie auch einfach seit Ewigkeiten keinen Mann mehr in ihrem Leben gehabt. Aber was auch immer der Grund war, sie würde es durchstehen. Sie würde ihr normales, energiegeladenes Ich sein, und niemand würde je erraten, dass sie innerlich nur ein flirtiges Lächeln davon entfernt war, eine ganze Tafel Schokolade allein aufzuessen.

Sie überquerte den Parkplatz und ging in Richtung von Wynns Grafik- und Printbüro. Bunte Banner zeigten die verschiedenen Stile, die erhältlich waren, und ein riesiges Mehrfarbbanner wies auf die Sonderpreise hin.

Im Einzelhandel zu arbeiten ist ganz schön hart, dachte Pallas, als sie eintrat. Man musste sich den ganzen Tag mit Kunden beschäftigen, und wenn man es nicht richtig machte, verlor man sie. Für ihre Firma galt vermutlich das Gleiche, aber es fühlte sich nicht so intensiv an. Sie hatte zu ihren Kunden eher eine Beziehung. Wynn musste ein tolles Banner für eine Fußballparty gestalten und sich dann um den nächsten Auftrag kümmern.

»Ich bin so aufgeregt«, rief Wynn, als sie Pallas erblickte. Sie bahnte sich ihren Weg zwischen den riesigen Druckern hindurch und traf Pallas am Empfangstresen. »Ich hoffe, du liebst es so sehr, wie ich es tue. Ich gebe zu, dass die technischen Aspekte weit über meinen Horizont hinausgingen, aber ich hatte die brillante Idee, zum Fachbereich Computerwissenschaften am Community College zu gehen. Der nette Professor dort hat mir die Namen einiger örtlicher Computergenies genannt, und sie haben das hier in ungefähr drei Stunden auf die Beine gestellt. Oh, es muss toll sein, so viel Talent zu haben …«

Wynn hielt ihr einen USB-Stick hin.

Pallas bemühte sich, ihre Enttäuschung zu verbergen. »Äh, das ist … wundervoll?«

»Du täuschst deine Begeisterung doch wohl nicht vor, oder?«, fragte eine tiefe Stimme hinter ihr, und im selben Moment spürte sie eine warme Hand auf ihrem Rücken. Sie musste sich nicht erst umdrehen, um zu wissen, wer es war, denn alle Zellen in ihrem Körper seufzten in perfektem Einklang.

»Wie meinst du das?« Sie drehte den Kopf und schaute Nick an, wobei sie hoffte, er würde nicht merken, dass sie die Wärme seiner Hand spürte. Nein, das war es nicht. Das Problem war, wie sehr ihr die Wärme seiner Hand *gefiel*.

»Er meint, dass du nicht beeindruckt klingst«, sagte Wynn grinsend. »Aber das wirst du bald sein.«

Sie stellte einen kleinen Laptop auf den Tresen und steckte den USB-Stick ein. Anfangs sah Pallas nur den Desktop. Sekunden später wurde der Bildschirm schwarz und die vertraute Musik aus dem Videospiel erklang.

»Nova hat uns einen Batzen Dateien geschickt«, erklärte Wynn. »Die Musik und die Grafiken und was nicht alles. Ich wusste nicht, was ich damit anfangen sollte, also habe ich einfach ein Skript von dem erstellt, was ich haben wollte, und die Genies ihre Arbeit machen lassen.«

Pallas sah eine blasse Sonne an einem violetten Himmel.

Während sie aufging, glitt das Licht über den Bildschirm und erleuchtete die Silhouette eines Brautpaares. Dann erschienen das Hochzeitsdatum und der Ort der Feier. Elemente aus der Spielewelt tauchten auf und verschwanden. Am Ende füllte ein Link für die Zusage der Einladung den Bildschirm.

»Ich nehme alles zurück.« Pallas lächelte Wynn an. »Das ist unglaublich.«

»Oder? Und das haben sie innerhalb weniger Stunden gezaubert. Stell dir mal vor, was sie mit mehr Zeit alles schaffen könnten. Ich denke, ich werde einen Grundkurs in Grafik-Animation belegen, um zu verstehen, was alles möglich ist. Ich würde mich nie um das Programmieren kümmern wollen, aber ein wenig mehr zu wissen, würde viele Möglichkeiten eröffnen. Außerdem waren die Computerjungs ganz begeistert.« Sie rümpfte die Nase. »Ich schätze, das lag nicht so sehr an ihrer Begeisterung für das Programmieren von Hochzeitseinladungen, sondern eher daran, dass sie prompt bezahlt wurden, aber trotzdem.«

Wynn zog den USB-Stick aus dem Computer. »Ich werde alle Einladungen bis heute Abend fertig haben. Nova schickt mir ihre Gästeliste, sodass ich sie morgen verschicken kann. Oh, und wartet, bis ihr das hier gesehen habt.«

Sie legte einen Stapel dünner, rechteckiger Büchlein auf den Tisch. Nick nahm eines und klappte es auf. Die Farben der Seiten passten genau zu denen des Spiels, aber anstelle eines flachen Bildes erhob sich ein 3-D-artiges Papierbild von Braut und Bräutigam.

»Ein Pop-up-Buch«, hauchte Pallas. »Du hast darüber gesprochen, aber ich hätte nicht gedacht, dass es wirklich möglich ist.«

»Ich kenne da jemanden«, sagte Wynn. »Er hat mich sein computergesteuertes Papierausschneideding nutzen lassen.«

Nick hob seine Augenbrauen. »Das ist der technische Begriff?«

Wynn lachte. »Natürlich. Wie auch immer, ich habe das Design von Hand gezeichnet. Er hat es eingescannt, und das ist daraus geworden. Ich denke, das sollten wir auch für zukünftige Hochzeiten anbieten, Pallas. Ich weiß, die Bräute haben meistens ihre eigenen Vorstellungen für die Einladungen, aber die hier sind echt unglaublich. Nicht ganz billig, aber ich habe zwanzig für Nova gemacht und sie gefragt, ob ich ein paar weitere als Muster herstellen könnte – auf meine Kosten natürlich.«

»Die sind unglaublich. Ich liebe die Idee, meinen Bräuten eine so personalisierte Einladung anbieten zu können.«

Nick blätterte in den Seiten des Buchs. »Man könnte die Seiten vorkolorieren, sodass sie dort, wo geschnitten wird, mehr Tiefe erhalten.«

Pallas versuchte, sich das vorzustellen. Woher würde jemand wissen, wo was später hinkam? Aber Wynn nickte.

»Du hast recht. Anstelle von reinem Violett oder Petrol könnten wir Farbabstufungen nehmen. Oder sogar vorab das Computerprogramm nutzen und die verschiedenen Farben vordrucken, sodass das Bild schon vorkoloriert ist. Ich frage mich, wie aufwendig das wohl sein würde.« Wynn presste die Lippen zusammen und schüttelte dann den Kopf. »Okay … ich werde später mit dieser Idee spielen. Aber was haltet ihr für den Moment davon?«

»Ich finde, du bist brillant«, verkündete Pallas. »Hat Nova die schon gesehen?«

»Ich werde später mit ihr eine Videokonferenz abhalten. Die Computertypen haben ihr bereits die Datei vom USB-Stick geschickt, und sie hat sie freigegeben.« Wynn lehnte sich an den Tresen. »Versteh mich nicht falsch, aber das hier bringt wesentlich mehr Spaß, als neue Getränkekarten für die Happy Hour in der Hotelbar zu entwerfen. Ich hoffe, wir werden noch mehr davon machen können.«

Pallas dachte an all die Möglichkeiten. »Ich denke, das werden wir sogar müssen.«

Pallas unterschrieb die Freigabe für das Design, dann nahm sie eines der kleinen Bücher und einen USB-Stick für sich mit, bevor sie gemeinsam mit Nick zum Parkplatz hinausging.

»Was steht als Nächstes für die Hochzeit an?«, fragte er. »Hast du schon mit Alan gesprochen? Er hat bestimmt auch ein paar Ideen für die Kostüme der Kellner. Er könnte sich mit Violet zusammensetzen. Sie hat immer interessante Einfälle. Soll ich ihn anrufen?«

Pallas sah ihn an. »Für jemanden, der einfach nur seine Zeit absitzt, bis er das Okay für seine Auftragsarbeit in Dubai erhält, scheinst du an Novas und Joels Hochzeit sehr interessiert zu sein.«

Er legte einen Arm um sie. »Das macht Spaß. Du hast einen großartigen Job.«

Pallas dachte daran, wie bisher alle Hochzeiten so gleich gewesen waren. Alles nur Variationen desselben Themas. Sie musste zugeben, dass das hier wesentlich interessanter war. Selbst die Herausforderungen stellten sich als etwas Gutes heraus.

Bevor sie das sagen konnte, piepte ihr Handy. Sie zog es aus der hinteren Tasche ihrer Jeans und schaute auf das Display. Ihre gute Laune löste sich sofort in Nichts auf, als sie sah, dass sie eine Nachricht von ihrer Mutter erhalten hatte.

»Was ist?«, fragte Nick. »Du lächelst nicht mehr.«

Sie schüttelte den Kopf. »Nur Familienkram. Mein Bruder ist wieder in der Stadt, was toll ist, aber Mom will ein Familiendinner zur Feier seiner Rückkehr veranstalten. Als wir uns das letzte Mal gesehen haben, lief es nicht sonderlich gut. Also freue ich mich nicht gerade darauf, mich hinzusetzen und mir weitere Vorhaltungen darüber anzuhören, was für eine Versagerin ich bin.«

Sie steckte das Handy wieder weg und zwang sich zu einem Lächeln. »Familien. Was kann man schon gegen sie ausrichten? Es wird alles gut. Wie auch immer, ich glaube, wir liegen mit allem, was erledigt werden muss, im Zeitplan. Nachher werde ich noch mal mit den Lieferanten sprechen. Die Einladungen sind perfekt. Und der Rest wird hoffentlich ebenso gut.«

Nick musterte sie. »Ich würde dir gerne sagen, dass du es dir nicht zu Herzen nehmen sollst, aber ich bin nicht in der Position, Rat in Familienangelegenheiten zu geben. Wer wird alles zu dem Dinner kommen?«

»Ich habe keine Ahnung. Es könnten alle Cousins und Cousinen kommen oder nur ein paar von ihnen. Grandpa Frank ist definitiv dabei, schließlich ist es sein Haus. Cade natürlich. Ich bin mir nicht sicher. Wir könnten nur vier oder zwanzig sein.«

»Du brauchst eine Ablenkung. Etwas, worauf deine Mutter sich konzentrieren kann.«

Das wäre schön, dachte Pallas sehnsüchtig. »Die Regeln nicht zu befolgen geht für mich nie gut aus. Zumindest nicht, was sie angeht.« Sie biss sich auf die Unterlippe. »Wir haben jeden Herbst ein großes Familienporträt gemacht. Alle sieben Töchter plus Ehemänner, Enkelkinder und Großeltern. Jedes Jahr waren die Farben aufeinander abgestimmt. Drew und seine Familie trugen grüne Hemden, wir blaue und so weiter. Es war eine große Sache. In dem Jahr, in dem mein Dad starb, habe ich rebelliert. Ich war zwar bereit, ein blaues Hemd zu tragen, aber nicht das, welches meine Mom ausgesucht hatte. Wir haben uns heftig gestritten. Sie meinte, ich würde tragen, was sie sagt, oder ich wäre nicht mit auf dem Bild.«

Nick sah sie an. »Du bist nicht auf dem Bild.«

»Ganz genau«, sagte sie mit einer Leichtigkeit, die sie nicht empfand. »Sondern nur sie und Cade.« Sie erschauerte. »Ich weiß nicht, warum es mit ihr so schwer ist, aber das ist es.«

»Du brauchst definitiv eine Ablenkung.«

»Wie zum Beispiel ein Tattoo auf meiner Stirn? Ich bin mir nicht sicher, dass das gut für mich enden würde.«

»Ich dachte mehr an ein Wen als an ein Was.« Sein dunkler Blick ruhte auf ihrem Gesicht. »Willst du zu dem Dinner einen vorübergehenden Freund mitbringen?«

Ihr Herz setzte einen oder zwei Schläge lang aus, während ihre weiblichen Körperteile anfingen zu jubeln. »Bietest du dich etwa an?«

Er schenkte ihr wieder dieses träge, sexy Lächeln. »Das tue ich. Ich kann eine großartige Ablenkung sein. Deine Mom wird so von meinem Charme begeistert sein, dass sie dich in Ruhe lässt. Und wenn sie anfängt, auf dich loszugehen, bin ich da, um dich zu beschützen.«

Unerwartete Tränen brannten in ihren Augen. Schnell blinzelte sie die weg und ermahnte sich, nicht dumm zu sein. Dass Nick ihr anbot, sie zu beschützen, war nichts, worüber man weinen sollte. Oder vielleicht doch. Sie konnte sich nicht erinnern, wann das letzte Mal ein Mann, der nicht zur Familie gehörte, gewillt gewesen war, sich zwischen sie und eine drohende Gefahr zu stellen.

»Es ist meine Mutter«, warnte sie und hoffte, dass ihre Stimme normal und nicht von Emotionen zerrissen klang. »Da ist das Drama vorprogrammiert.«

Er gab ihr einen leichten Kuss. »Ich bin ein Künstler, Pallas. Wir leben für das Drama. Das ist alles Teil des Prozesses. Sag mir wo und wann, und ich werde da sein.«

»Danke.«

»Jederzeit.«

Sie schaute zu ihm hoch und spürte, dass sie mehr wollte, als ihm nur ihre Brüste zu zeigen. Sie wollte ihm sagen, dass er wirklich nett war und sie ihn mochte. Was ihr eine Heidenangst einjagen sollte – und doch tat es das nicht.

9. Kapitel

Im Starbucks am Fluss war immer viel los. Pallas hatte Glück, einen Tisch zu ergattern. Sie zog einen zweiten Stuhl heran und wartete auf Natalie. Mitten am Tag einen Latte Mocha zu trinken war ein Spiel mit dem Feuer – oder zumindest riskierte sie damit eine schlaflose Nacht. Aber das Dinner für Cade würde heute Abend stattfinden, und Nick hatte angeboten zu fahren. Was bedeutete, dass Pallas wild sein und sich ein zweites Glas Wein genehmigen konnte, was ihr helfen würde einzuschlafen.

Kurz fragte sie sich, ob das nicht etwas seltsam war, wenn Latte und Wein bei der eigenen Tagesplanung eine so große Rolle spielten. Aber dann dachte sie, dass es ihr egal war. Darum würde sie sich morgen kümmern, *nachdem* sie sich mit ihrer Mutter herumgeschlagen hatte. Ganz sicher hatte sie diese Pause verdient.

Sie sah Natalie hereinkommen und winkte sie zu sich. »Ich bin das Risiko eingegangen, dir einfach dein Lieblingsgetränk zu bestellen«, sagte sie und hielt einen Dirty Chai Latte hoch. »Das ist die ekelhafteste Bestellung der Welt.«

Natalie setzte sich lachend. »Wie kannst du das sagen?«

»Das ist Tee mit einem Schuss Espresso. Man soll Tee und Kaffee nicht mischen. Das ist unnatürlich.«

»Danke für das Getränk und deine Nachsicht.« Natalie stellte ihre Handtasche auf den Boden. »Wie läuft es? Ich höre in letzter Zeit nur noch von der außerirdischen Hochzeit. Alle sind so aufgeregt. Ich freue mich, dass ich auch meinen kleinen Teil dazu beitragen kann.«

Sie öffnete ihre große Tasche und zog einen Skizzenblock heraus. »Ich habe an einer Maske gearbeitet«, sagte sie und schlug den Block auf, um Pallas mehrere Zeichnungen zu zeigen. Jede war anders, und sie stellten alle die verschiedenen Charaktere des Spiels dar. »Wie ich das Papier falten muss, habe ich schon herausgefunden. Ich werde sie lebensgroß machen und in Gruppen aufhängen.«

Die Zeichnungen waren sowohl wundervoll als auch verstörend. Pallas fand sie fantastisch, war aber nicht sicher, ob sie für eine Hochzeit angemessen waren.

»Was hat Nova gesagt?«

Natalie seufzte vor Vergnügen. »Sie liebt sie.«

»Dann hast du das Go.«

»Das freut mich. Wie läuft der Rest der Vorbereitungen?«

»Es kommt langsam alles zusammen. Alle helfen, was ich wirklich zu schätzen weiß.« Pallas runzelte die Stirn. »Mir fällt gerade auf, dass alle meine Freundinnen Zeit haben, mir zu helfen. Ist das gut oder schlecht?«

»Wir nehmen uns die Zeit, weil wir das Projekt aufregend finden, und nicht, weil uns langweilig ist. Mach dir um uns keine Sorgen.«

»Das hoffe ich.« Pallas wollte, dass die Menschen, die sie liebte, glücklich waren. »Keine von uns hat eine Beziehung. Ich frage mich, ob das etwas zu bedeuten hat.«

»Hat es nicht.«

Sie sah Natalie an und hob fragend eine Augenbraue. »Vielleicht brauchst du einen Mann.«

Natalie legte zwei Finger zu einem Kreuz zusammen. »Danke, aber nein. Ich habe den Männern abgeschworen. Vielleicht nicht für den Rest meines Lebens, aber zumindest für eine Weile. Meine letzte Beziehung hat nicht gut geendet.«

Pallas wollte protestieren und sagen, dass ihre Freundin hübsch und klug und lustig und liebevoll war. Sie war genau das, wonach jeder Singlemann suchen sollte. Trotzdem guckte Natalie Männern nicht einmal hinterher, geschweige denn, dass sie mit ihnen ausging oder auch nur den Hauch von Interesse zeigte. Und wer konnte ihr das vorwerfen?

Pallas kannte nicht alle Einzelheiten, aber die grobe Geschichte war, dass Natalie von ihrem idiotischen Verlobten am Altar stehen gelassen worden war. Ohne Familie und ohne Job, der irgendwo auf sie wartete, war sie in Happily Inc geblieben, um herauszufinden, was sie als Nächstes tun sollte. Sie hatte auf die Anzeige von Atsuko für eine persönliche Assistentin in der Galerie geantwortet und sich schnell zur Office Managerin hochgearbeitet.

Natalie hatte Freundinnen gefunden, sich eine tolle Wohnung gemietet und wunderschöne Kunstwerke erschaffen. Aber soweit Pallas wusste, hatte sie in den letzten zwei Jahren nicht eine einzige Verabredung gehabt.

»Was weißt du über Nick?«, fragte sie aus einem Impuls heraus.

Natalie nippte an ihrem Getränk. »Unser Nick?« Sie verzog den Mund zu einem Lächeln. »Hat da jemand was für ihn übrig?«

»Nein. Natürlich nicht.« Pallas fürchtete, dass ihr Widerspruch etwas zu schnell gekommen war. »Wir sind nur Freunde. Du weißt doch, dass er die Paneele für *Weddings in a Box* restauriert, und außerdem hilft er mir bei der außerirdischen Hochzeit. Wir sind Freunde.«

Natalie wirkte amüsiert. »Ja, das erwähntest du bereits.«

Pallas ignorierte sie. »Cade ist wieder in der Stadt. Heute Abend sind wir zum gemeinsamen Dinner beordert worden. Nick hat angeboten, mich zu begleiten und mir den Rücken freizuhalten. Ich habe mich nur gefragt, was du über ihn weißt, das ich nicht weiß.«

Ihre Freundin wirkte nicht überzeugt. »Wenn du meinst«, murmelt sie, bevor sie hinzufügte: »Ich kenne ihn nicht so gut, aber er scheint ein sehr netter Mann zu sein. Er und seine Brüder stehen sich sehr nahe. Natürlich ist das Verhältnis von Mathias und Ronan besonders eng, aber Nick ist ja auch kein …« Ihre Stimme verebbte.

»Ich weiß, dass sie in dem Glauben aufgewachsen sind, Zwillinge zu sein«, erklärte Pallas. »Nick hat es mir erzählt.«

Natalie stellte ihren Becher ab. »Ich habe Ceallach Mitchell noch nicht kennengelernt, aber ich schwöre, er ist ein schrecklicher Mensch. Egoistisch und gemein. Wer platzt einfach mit so einer Information heraus und sagt dann niemandem etwas, damit seine Söhne ein wenig Unterstützung bekommen? Ihre Mutter wusste nicht, dass sie es herausgefunden hatten, also hat sie nicht mit ihnen gesprochen. Und Nick, Aidan und Del hatten keine Ahnung. Ronan und Mathias waren total auf sich gestellt. Sie mussten alleine damit klarkommen. Das tut weh.«

Pallas konnte sich nicht erinnern, wann Natalie das letzte Mal wegen etwas so aufgebracht gewesen war. Sie arbeitete mit den Brüdern zusammen, kümmerte sich um die Verkäufe ihrer Werke und alle möglichen Dinge im Büro, außerdem war sie ebenfalls Künstlerin. Da war es nur logisch, dass sie einander nähergekommen waren.

»Ja, das war für alle wirklich schwierig«, sagte Pallas. »An ihrer Stelle wüsste ich nicht, was ich denken sollte.«

»Ich auch nicht. Aber zumindest haben Ronan und Mathias einander und ihre Brüder.« Natalie richtete sich in ihrem Stuhl auf. »Wie auch immer, ich kenne Nick nicht so gut wie die anderen, aber er scheint ein feiner Kerl zu sein. Er hat Sinn für Humor und keinerlei Interesse an der geschäftlichen Seite seiner Arbeit.«

»Das liegt daran, dass er so erfolgreich ist. Das muss schön sein.«

»Wem sagst du das?« Natalie beugte sich vor. »Immer, wenn ich wegen irgendetwas ins Atelier gehe, ist es, als würde ich eine andere Dimension betreten. Ich arbeite mit Papier und Fundobjekten – das ist etwas vollkommen anderes, als eine Kettensäge zu benutzen oder Glas zu machen. Manchmal schüchtern sie mich ein. Was ich ihnen natürlich niemals verraten würde.«

»O nein. Du bist brillant!«

Natalie lachte. »Und du bist süß. Ich bin ganz okay, und ich liebe, was ich erschaffe. Darauf kommt es letztlich an, oder? Genauso geht es dir doch auch mit deiner Arbeit, oder? Du liebst *Weddings in a Box* und freust dich, wenn du Menschen glücklich machen kannst.«

Pallas nickte.

Ihre Freundin erinnerte sie an etwas Wichtiges, das sie ebenfalls aufgeben müsste, wenn sie in der Bank arbeiten würde. Trotz der Behauptung ihrer Mutter, sie hätte ihre Chance verpasst, fragte Pallas sich, ob Libby wohl noch einmal versuchen würde, sie davon zu überzeugen, die Firma zu verkaufen.

»Was ist?«, fragte Natalie. »Was denkst du gerade?«

»Dass ich immer dafür arbeiten musste, meine Mutter glücklich zu machen«, erklärte Pallas. »Und dass ich dabei immer versagt habe. Mit Gerald war es anders. Er war so ein gütiger Mann. Ich hätte nie damit gerechnet, dass er mir seine Firma hinterlässt.«

»Er hat dich geliebt wie die Tochter, die er nie hatte. Das haben wir alle gesehen.«

»Ich fühle mich schuldig.«

»Warum?«

»Weil ich nichts getan habe, um das zu verdienen.« Sie kam sich dumm vor, auch wenn sie wusste, dass es die Wahrheit war. In ihrer Familie – nein, das war nicht fair – bei ihrer *Mutter* musste Liebe immer verdient werden.

»So sollte es nicht sein«, sagte Natalie leise. »Deine Mom irrt sich.«

»Im Kopf weiß ich das. Nur mein Herz hat Schwierigkeiten, die Nachricht zu verstehen.«

Pallas schaute auf, als ihr Cousin Drew sich dem Tisch näherte. »Ladys, kann ich euch etwas zu trinken bestellen?«

»Ich habe noch, danke«, sagte Pallas.

»Ich auch.«

Drew nickte und stützte sich auf der Lehne eines freien Stuhls ab. »Ich werde heute bei dem Dinner mit deiner Mom dabei sein«, sagte er. »Wenn es hässlich wird, gib mir ein Zeichen. Dann schreite ich ein.«

»Danke. Da Cade dabei ist, hoffe ich, dass alles gut wird. Außerdem bringe ich einen vorgetäuschten Freund als Ablenkung mit.«

»Eine super Idee. So etwas muss ich mir auch mal suchen.«

Natalie lächelte. »Wow, Drew, ich wusste ja gar nicht, dass du neuerdings in diesem Team spielst.«

»Du weißt, was ich meine«, grummelte er.

»Wirklich?«

»Das ignoriere ich.« Er sah Pallas an. »Zu dritt sollte es uns gelingen, Libby unter Kontrolle zu halten.« Er streckte die Hand aus und zerzauste Pallas' Haare. »Die Familie muss beschützt werden.«

Sie lehnte sich zurück und strich sich die Haare glatt. »Du bist gleichzeitig süß und nervtötend. Wie machst du das nur?«

»Das ist eine Gabe.« Er grinste. »Außerdem bist du eine meiner Lieblingscousinen.«

»Das sagst du zu allen Mädchen.«

»Nur zu Familienmitgliedern. Sonst wirkt es komisch.«

Damit winkte er und ging. Pallas lächelte ihre Freundin an. »Er ist Single, und ihr teilt offensichtlich den gleichen Sinn für Humor. Irgendwelche Gedanken dazu?«

»Dass ich keinerlei Interesse an ihm habe. Was traurig ist, denn es würde mir vermutlich gefallen, die Königin des Herrenhauses zu sein.«

»Ehrlich gesagt wäre das Grandpa Franks Haus, und meine Mom wohnt dort, also musst du deine Herrenhausfantasien noch mal überdenken. Trotzdem, Drew ist ein toller Kerl.«

»Nicht für mich. Ich wünschte, es wäre so, aber da ist keinerlei Chemie.« Natalies Lächeln kehrte zurück. »Wenn du mich fragst, ist er immer noch in Silver verliebt.«

»Du weißt davon?«

»*Jeder* weiß davon. Was ich nicht weiß, ist, was Silver für ihn empfindet.«

»Ich denke, sie hat ziemlich deutlich gemacht, dass sie ihn und alles an ihm hasst.«

Natalie wirkte nicht überzeugt, aber sie hatte die Geschichte ja auch nur aus zweiter Hand gehört und war nicht direkt Zeugin geworden.

Damals auf der Highschool war Drew der junge Prinz gewesen und Silver das hübsche Mädchen von der falschen Seite der Stadt. Sie hatten sich Hals über Kopf ineinander verliebt, und jeder hatte angenommen, dass sie glücklich bis ans Ende ihrer Tage leben würden.

Als Drew auf sein Elite-College gegangen war, hatte er versprochen, treu zu sein. Drei Monate später hatte er per E-Mail mit Silver Schluss gemacht und war zwei Jahre lang nicht nach

Happily Inc zurückgekehrt. Als er es dann doch tat, brachte er die erste in einer langen Reihe von wohlerzogenen, gebildeten Studentinnen mit. Nachdem er seinen MBA gemacht hatte, war er dauerhaft mit seiner Verlobten zurückgekehrt. Ashley Lauren Grantham-Greene. Sie war so überheblich gewesen wie ihr Name, schöner als ein perfekter Sonnenaufgang und so gemein wie eine Schlange. Drew hatte erst vier Wochen vor der Hochzeit begriffen, dass er einen schrecklichen Fehler begangen hatte. Zu dem Zeitpunkt war Ashley weit über den Punkt der Vergebung hinaus gewesen. Sie hatte sein Auto zerstört und versucht, sein Haus in Brand zu setzen. Seitdem hielt Drew sein Privatleben strikt unter Verschluss.

Und was Silver anging – sie hatte fast zwei Jahre benötigt, um über Drew hinwegzukommen. Pallas erinnerte sich daran, wie das Ende der Beziehung ihre Freundin beinahe zerstört hatte. Denn zum einen hatte Silver den Mann verloren, mit dem sie ursprünglich eigentlich den Rest ihres Lebens verbringen wollte. Und zum anderen hatten alle angenommen, dass Drew sie verlassen hatte, weil sie nicht gut genug war.

Sie war danach nach Los Angeles gezogen und dort – soweit Pallas gehört hatte – mit einer wilden Meute herumgezogen. Es gab Gerüchte, dass sie einige Zeit im Gefängnis und in einer Entzugsklinik verbracht hatte. Gemunkelt wurde auch über einen Bankraub im Stil von Bonnie und Clyde. Pallas glaubte nichts davon.

Eines Tages war Silver nach Happily Inc zurückgekehrt und hatte angefangen, in der Bar ihres Onkels zu arbeiten. Als er die Bar aufgeben wollte, um mit seinem Wohnmobil durch die Gegend zu reisen, hatte er die Bar Silver übergeben. Sie hatte sie prompt verkauft und mit dem Geld AlcoHaul gegründet. Was Männer anging, so gab es immer einen, der interessiert war. Soweit Pallas wusste, nahm Silver sich, was sie wollte, und ging, wenn sie fertig war. Nicht gerade das Verhalten einer Frau, die immer noch ihrem ersten Freund nachweinte.

»Wenn du ihn nicht willst, werde ich weiter nach der richtigen Frau für ihn Ausschau halten«, sagte Pallas leichthin. »Drew muss endlich heiraten.«

»Weiß er von deinen Plänen?«

»Nein, und das ist auch besser so. Ich will nicht, dass er ausflippt. Außerdem sind meine Anstrengungen im Moment eher theoretisch. Ich habe noch nicht viel Mühe darauf verwandt, ihn jemandem vorzustellen.«

»Das ist vermutlich für euch beide besser.«

Pallas nahm ihren Becher in die Hand. »Was ist mit dir? Bist du auf der Suche?«

Natalie schüttelte den Kopf. »Danke, aber nein. Für mich steht Liebe nicht in den Sternen. Die Frauen in meiner Familie haben höllisches Pech mit den Männern.« Sie lächelte. »Und falls du mich davon überzeugen willst, dass das bei mir nicht der Fall ist, erinnere dich bitte an die Sache mit meinem Ex-Verlobten. Er hat mich wenige Tage vor der Hochzeit sitzen gelassen.«

»Das war grausam. Okay, ja, er war schrecklich, aber was ist, wenn du den Richtigen findest?«

»Ich bin mir ziemlich sicher, dass der nicht existiert.«

Das Haus von Pallas' Familie befand sich auf einem Hügel. Selbst von der breiten, kreisförmigen Auffahrt aus hatte man einen beeindruckenden Blick auf die Stadt und das dahinterliegende Tal. Nick ignorierte das Spiel des Lichts auf den Felsen am Rand des riesigen Gartens und ermahnte sich, dass er nicht hier war, um seiner Künstlerseele zu frönen. Er war hier, um eine sehr nervöse Pallas zu unterstützen.

Er wusste von den Problemen mit ihrer Mutter, aber er hatte

trotzdem nicht erwartet, dass Pallas derart gestresst war. Unter ihrer Schminke war sie ganz blass. Er hätte schwören können, dass sie im Auto neben ihm gezittert hatte, und als sie aus seinem Truck ausstiegen, erwartete er beinahe, dass sie zusammenbrechen würde.

»Wirst du klarkommen?«, fragte er, als er die Tür hinter sich zuschlug und einen Arm um Pallas' Taille legte.

»Vielleicht würde ich mich besser fühlen, wenn ich mich übergebe.«

»Willst du das drinnen oder draußen machen?«

Sie schluckte. »Auch wenn der Gedanke, mich auf den Lieblingsteppich meiner Mutter zu übergeben, sehr ansprechend ist, werde ich versuchen, ein paar Atemübungen zu machen und mich zu beruhigen.« Sie schaute ihn an. »Es tut mir leid. Normalerweise flippe ich nicht so aus, wenn ich sie sehe. Ich denke, das liegt an der Erwartung an den heutigen Abend. Es wäre besser, wenn sie mich mit der Einladung einfach überrascht hätte, aber das ist nicht ihr Stil.«

»Du wirst das schon schaffen.« Er küsste sie und drückte sie dann kurz an sich. »Also, wo stehen wir mit dem Übergeben? Jetzt? Später?«

Sie brachte ein kleines Lächeln zustande. »Ich denke, ich werde noch ein wenig warten, dann ist der Effekt dramatischer.«

»So mag ich das.« Er sah zu dem beeindruckenden dreigeschossigen Herrenhaus. »Wenigstens hattest du als Kind ausreichend Platz, um herumzulaufen, ohne nach draußen gehen zu müssen.«

»Ich weiß. Es war magisch.«

»Gibt es irgendwelche Regeln? Themen, die ich vermeiden sollte? Dinge, die ich sagen soll?«

»Bleib einfach immer an meiner Seite.«

»Okay. Noch etwas?«

»Nein. Sei einfach du. Und vielen Dank noch mal. Ich kann dir gar nicht sagen, wie dankbar ich bin, dass du hier bist.« Sie straffte die Schultern. »Ich bin gewappnet.«

»Dann lass uns dem Drachen trotzen.« Er runzelte die Stirn. »Tut man das mit Drachen? Das ergibt irgendwie keinen Sinn. Aber da ist etwas mit einem Drachen, da bin ich mir sicher. Und einem Bau. Oder vielleicht einer Höhle.«

Sie lachte, und er spürte, wie sie sich entspannte.

Er hatte genügend Probleme mit seinem Vater und verstand, wie die Dynamik innerhalb einer Familie vollkommen aus dem Ruder laufen konnte. Trotzdem hasste er es, Pallas so zu sehen. Er hatte Libby Saunders noch nie getroffen, doch er war mehr als gewillt, es mit ihr aufzunehmen, wenn es nötig wäre.

Sie gingen die Treppe zu der breiten Steinveranda hinauf. Alles an dem Haus wirkte edel. Es war nicht zu übersehen, dass hier alter Geldadel lebte. Vermutlich ist das ganz normal, wenn man in einer Bankiersfamilie aufwächst, dachte Nick. Er hatte von dieser Art von Reichtum zwar keine Ahnung, aber dafür wusste er genau, wie es war, wenn man ein Vermächtnis weitertragen musste.

»Scheu dich nicht, mit mir anzugeben, wenn du magst«, sagte er, als sie an die Haustür klopfte. »Erfinde Geschichten darüber, wie toll ich bin. Erzähle, dass ich berühmt und gut im Bett bin. So etwas hören Mütter besonders gern.«

»Dass du gut im Bett bist?«

Er zwinkerte ihr zu. »Das wirst du selber herausfinden müssen.«

Sie lachte immer noch, als ihre Mutter die Eingangstür öffnete.

Libby Saunders war Mitte fünfzig. Zu ihrem teuren Strickpullover trug sie Perlen an den Ohren und um den Hals. Sie war gut gealtert, und das wusste sie auch, wie Nick vermutete. Lustig, dass ihr die Grausamkeit nicht anzusehen war.

»Hi, Mom«, sagte Pallas leise. »Das ist Nick Mitchell. Nick, meine Mutter.«

»Mrs. Saunders.«

»Bitte, nennen Sie mich doch Libby.« Sie schenkte ihm ein angespanntes Lächeln und gab ihm weder die Hand noch umarmte sie ihn. Stattdessen trat sie beiseite, um ihn und Pallas eintreten zu lassen. »Wie nett von Ihnen, uns beim Familiendinner Gesellschaft zu leisten.«

Sie betonte das Wort *Familie* gerade stark genug, um klarzumachen, dass er nicht willkommen war. Pallas versteifte sich. Er nahm ihre Hand und drückte sie.

»Pallas spricht viel von Ihnen, also habe ich mich sehr auf unser Kennenlernen gefreut«, sagte er leichthin. »Außerdem ist Cade zurück, und wer würde sich darüber nicht freuen?«

Libby wirkte einen Moment verwirrt, als wäre sie nicht sicher, ob sie gerade beleidigt worden war oder nicht, und dann lenkte die Bemerkung über Cade sie ab.

»Ja, es ist wundervoll, ihn wieder hier zu haben.«

Sie gingen durch ein Foyer von der Größe eines Einfamilienhauses und gelangten in einen großen, offenen Raum mit einem riesigen Kamin am einen Ende. Es gab mehrere Sitzgruppen, ein halbes Dutzend Sofas und eine Bar, die auf einer breiten Kommode aufgebaut war.

Grandpa Frank – der alte Mann hatte auf der *Concord Awaken*-Party darauf bestanden, so genannt zu werden – kam herüber, um Nick zu begrüßen.

»Ich habe gehört, dass du kommst«, sagte er und schüttelte seine Hand. »Gut. Je mehr, desto besser. Und wenn sie nicht zur Familie gehören, noch besser.« Er zwinkerte Pallas zu. »Wie geht es meinem besten Mädchen?«

»Gut, Grandpa. Und wie geht es dir?«

»Ich bin rüstig und keck.«

Zwei Männer in Nicks Alter gesellten sich zu ihnen. Einer davon war Cade, jener Mann, den Nick dabei beobachtet hatte, wie er mit Pallas die Straße entlanggegangen war. Aus der Nähe betrachtet war deutlich zu erkennen, dass die beiden Geschwister waren. Ihr Cousin Drew war ein wenig größer und hatte dunkle Haare und dunkle Augen.

Nachdem alle einander vorgestellt worden waren, zeigte Drew auf die Bar. »Was kann ich euch beiden zu trinken bringen?«

»Ich nehme ein Bier«, sagte Nick und versuchte, nicht zu lachen, als Libby sichtlich zusammenzuckte.

»Chardonnay«, murmelte Pallas.

»Darling, nein«, protestierte Libby. »Sicher möchtest du doch etwas mehr …« Sie brach ab, als alle vier Männer sie anstarrten. »Was immer du möchtest, es ist okay«, brachte sie heraus, bevor sie sich umdrehte.

Pallas lehnte sich zu Nick. »Die Truppen rebellieren«, flüsterte sie. »Du bist der beste Familiendinnerfreund aller Zeiten.«

»Ich fange gerade erst an. Mach dir also keine Sorgen.«

Die vier Männer nahmen sich jeweils ein Bier, während Libby und Pallas ein Glas Weißwein bekamen. Alle setzten sich auf die Sofas in einer der Sitzecken, nur nicht Cade, der sich für einen Sessel entschied. Nick fragte sich, wie viel Personal wohl für ein so großes Haus nötig war. Schon allein der Kampf gegen den Staub war vermutlich eine tagesfüllende Beschäftigung.

Das hier war so überhaupt nicht sein Stil. Trotz Ceallachs Erfolg hatte seine Familie mehr oder weniger genauso gelebt wie alle anderen in Fool's Gold. Das Haus, in dem Nick aufgewachsen war, war ein Gebäude im Ranchstil gewesen, das auf einem großen Grundstück stand. Also kein Vergleich zu diesem Anwesen.

Er fragte sich, wie es für Pallas gewesen war, hier aufzuwachsen. Sie und Cade hatten definitiv viel Platz zum Spielen gehabt. Aber hatte dieser Vorteil auch Nachteile mit sich gebracht? War sie einsam gewesen? Hatte sie sich von ihren Freundinnen abgeschnitten gefühlt?

Libby schaute ihn an. »Also, Nick, was tun Sie so beruflich?«

Er lächelte. »Im Moment stehe ich zwischen zwei Aufträgen und arbeite als Teilzeit-Zimmermann in Pallas' Firma.«

Libby presste ihre Lippen zu einer missbilligenden Linie zusammen. »Ich verstehe.« Sie wandte sich an ihren Sohn. »Cade, Darling, jetzt, wo du zurück bist, musst du einen der Flügel hier im Haus übernehmen. Ein junger Mann braucht seine Freiheit.«

»Die braucht er«, erwiderte Cade. »Ich werde allerdings im Haus auf der Ranch wohnen.«

»In dem alten Schuppen? Der steht doch kurz vor dem Zusammenbruch.«

»Ich habe letzten Herbst ein neues Dach machen lassen«, erklärte Grandpa Frank seiner Tochter. »Libby, Cade wird nicht mit uns zusammenwohnen. Wie du gerade ganz richtig gesagt hast – der Junge braucht seine Freiheit.«

»Aber ich habe ihn so gerne um mich.« Libbys Miene wurde ganz weich. »Ich bekomme dich gar nicht mehr zu sehen, Cade. Du warst so lange weg. Ich vermisse unsere Gespräche.«

Cade verlagerte das Gewicht. »Äh, ich auch, Mom. Und jetzt, wo ich wieder hierhinziehe, wirst du mich oft genug sehen.«

»Es wird nie genug sein. Nichts stimmt, wenn du nicht hier bist.«

Aus dem Augenwinkel sah Nick, dass Pallas zusammenzuckte. Nein, das war nicht richtig – es war mehr, als zöge sie sich in sich zurück. Und wer konnte es ihr verdenken, wo Libby so deutlich machte, dass Cade ihr Favorit war.

»Wenigstens wird dein Unternehmen erfolgreich sein«, fuhr Libby immer noch schmollend fort. »Deine Schwester schafft es kaum, ihres über Wasser zu halten. Ich habe ihr die Möglichkeit gegeben, in die Bank zu kommen, aber sie hat abgelehnt. Ist das zu fassen?«

»Libby«, knurrte Grandpa Frank. »Lass das Mädchen in Ruhe.«

»Aber es stimmt«, protestierte Libby. »Frag sie.«

Nick stellte sein Bier auf den Couchtisch und beugte sich vor. »Ich habe Hunger. Gibt es hier irgendetwas zu essen?«

Libby sah ihn mit weit aufgerissenen Augen an. Ohne Zweifel war sie von seiner Direktheit schockiert. Seine Mutter wäre es auch gewesen, aber verdammt, irgendjemand musste hier für eine Ablenkung sorgen.

»Es gibt Appetithäppchen.« Libby erhob sich. »Ich werde mal nachsehen.«

Sobald sie gegangen war, setzte Grandpa Frank sich neben Pallas und fing an, leise mit ihr zu reden. Gleichzeitig rückte Cade seinen Sessel näher an Nick heran.

»Wer bist du?«, fragte er und klang wesentlich neutraler als seine Mutter.

»Ich arbeite für Pallas.«

»Und abgesehen davon?«

Nick unterdrückte ein Lächeln. Es gefiel ihm, dass Cade auf seine Schwester aufpasste. »Wir sind Freunde.«

»Bist du wirklich Teilzeit-Zimmermann?«

Drew gesellte sich zu ihnen. »Er ist ein Künstler. Ein sehr berühmter. Lass dich nicht von ihm verarschen.«

»Wie heißt du noch mal?«, fragte Cade.

»Nick Mitchell.« Er sah Drew an. »Ich bin nicht berühmt.«

»Na klar. Wann hast du das letzte Mal einen echten Job machen müssen?«

Nick hatte in Fool's Gold als Barkeeper gearbeitet, aber das war eine Entscheidung aus freien Stücken und nicht aus Notwendigkeit gewesen.

»Das ist schon eine Weile her«, gab er zu.

Cade wandte sich an seinen Cousin. »Kannst du seinen Kontostand prüfen und mir sagen, ob er okay ist?«

»Sollten wir über das Dutzend Gesetze sprechen, das ihr damit brechen würdet?«, fragte Nick leichthin.

Drew grinste. »Wir sind zwei gegen einen. Vielleicht solltest du dich einfach anpassen?«

»Das ist nicht mein Stil.«

Cade und Drew tauschten einen Blick. Drew zuckte mit den Schultern. »Nach allem, was ich gehört habe, ist er ein guter Kerl.«

»Gut genug für unser Mädchen?«

Nick überlegte, darauf hinzuweisen, dass er und Pallas technisch gesehen kein Paar waren. Er mochte sie. Er mochte es, mit ihr zusammen zu sein und Zeit mit ihr zu verbringen. Sie war etwas Besonderes. Er freute sich immer darauf, sie zu sehen und …

Er fluchte stumm. Sie waren doch … nun ja, kein Paar, aber irgendetwas. Wann war das passiert? Er drehte sich um und sah, dass Pallas ihn anschaute. Er zwinkerte ihr zu, und sie lächelte.

Libby kehrte mit einem Tablett zurück, auf dem sich gefüllte Champignons und Melone mit Schinken befanden.

»Ich hoffe, die treffen Ihren Geschmack«, sagte sie zu ihm. »Es ist so schwer, zu sagen, was zu Bier passt.«

»Ach, eigentlich alles.« Er griff nach einem Champignon. »Die sehen köstlich aus.«

Libby behielt ihre missbilligende Miene bei. Cade stand auf und legte einen Arm um sie.

»Mom, du verstehst das völlig falsch. Nick ist ein toller Kerl. Er ist berühmt.«

»Das bezweifle ich.«

Grandpa Frank nickte. »Aber es stimmt. Wenn du von ihm noch nichts gehört hast, dann aber bestimmt von seinem Vater. Ceallach Mitchell. Das ist dieser Glaskünstlertyp.«

Nick war hin- und hergerissen, ob er sich mehr darüber wundern sollte, dass Grandpa Frank von seinem Vater wusste, oder darüber, was sein alter Herr wohl davon halten würde, als »dieser Glaskünstlertyp« bezeichnet zu werden.

»Ceallach Mitchell ist Ihr Vater?« Libby setzte sich neben ihn, und ihr Blick war auf einmal sehr viel freundlicher. »Ich hatte ja keine Ahnung. Und Sie sind ebenfalls Künstler?« Sie wandte sich Pallas zu. »Hast du das gewusst?«

»Ja. Ein paar seiner Werke finden sich in Atsukos Galerie. Auch wenn er technisch gesehen mein Teilzeit-Zimmermann ist. Das liegt nur daran, dass er sich Hals über Kopf in die Paneele bei *Weddings in a Box* verliebt hat.«

Ihre Mutter seufzte. »Wie üblich habe ich keine Ahnung, wovon du redest.«

Nick unterdrückte den Anflug von Genervtheit, der in ihm aufflammte. »Sie waren noch nie in der Firma Ihrer Tochter?«, fragte er und bemühte sich, möglichst verwundert zu klingen. »Was für eine Schande. Ihre Tochter ist wirklich sehr kreativ. Sie müssen so stolz auf sie sein.«

Er griff nach seinem Bier. »Die Holzpaneele, die ich restauriere, sind von ausgezeichneter Qualität. Die Schnitzereien sind alle per Hand gemacht worden. Und lassen Sie mich gar nicht erst von den Details anfangen, sonst höre ich nämlich nie mehr auf zu reden.« Er trank einen Schluck. »Wie auch immer, ich arbeite daran, weil etwas so Besonderes wertgeschätzt werden muss. Pallas könnte sie verkaufen und ein kleines Vermögen damit machen, aber Sie kennen sie ja. Dafür hat sie zu viel Charakter. Sie behält sie lieber für ihre Firma. Das ist einer der Gründe, warum ich so froh bin, mit ihr zusammen zu sein. Weil sie stark und talentiert ist und ich sie bewundere.«

Libby starrte ihn mit einer Mischung aus Verehrung, Verwirrung und Gereiztheit an. Pallas versuchte, nicht zu kichern, während Drew und Cade ihm hinter Libbys Rücken heimlich zuprosteten.

»Tja, das ist ja wirklich sehr interessant«, sagte Libby und kehrte zu ihrem ursprünglichen Sitzplatz zurück. »Schön für Sie. Drew, erzähl doch mal allen von den neuen Regularien der Bank. Die werden mit Sicherheit einiges verändern.«

Der Aperitif zog sich über eine Stunde hin. Als sie sich endlich an den Esstisch setzten, war Nick kurz vor dem Verhungern. Angesichts der Appetithäppchen, die er probiert hatte, würde das Dinner vermutlich die Warterei wert sein, trotzdem war das hier keine entspannte Essensrunde.

Zum Glück hatte Libby keine neuen Angriffe gegen Pallas gestartet, sodass Nick sich einfach hatte zurücklehnen und zuhören können. Libby beobachtete ihn die ganze Zeit, als wäre sie nicht sicher, ob er jemand war, den sie respektieren oder bei dem sie sich Sorgen machen sollte, dass er das Tafelsilber stahl.

Pallas hakte sich bei ihm unter, als sie in das große Esszimmer gingen. An dem Tisch hätten locker zwanzig Personen

Platz gefunden. Zu sechst versammelten sie sich an einem Ende.

»Es ist schön zu wissen, dass du mich bewunderst«, zog Pallas ihn leise auf.

»Das tue ich wirklich.«

»Du warst super. Ich stehe für immer in deiner Schuld. Ehrlich, danke für all das hier.«

»Es ist mir ein Vergnügen.« Er wollte gerade sagen, dass er sich nichts über sie hatte ausdenken müssen, als er die ganzen Familienfotos sah, die an den Wänden hingen.

Es waren Dutzende, alle in massiven Holzrahmen. Er ging näher heran und sah, dass die verschiedenen Familienzweige tatsächlich Kleidung in verschiedenen Farben trugen.

»Was für eine coole Tradition«, sagte er. »Davon hast du mir erzählt, oder?«

Zu spät erkannte er seinen Fehler, als Libby auf ihn zukam und sagte: »Ich bin sicher, Pallas hat Ihnen nicht *alles* darüber erzählt.« Sie zeigte auf ein Bild. »Wie zum Beispiel über das hier.«

Richtig. Das Foto, von dem Pallas verbannt worden war, weil sie nicht das korrekte Hemd tragen wollte.

»Ach, das, auf dem sie fehlt?« Er trat näher an das Bild heran und betrachtete es. Ihm fiel auf, dass der sehr viel jüngere Cade nicht sonderlich glücklich aussah.

Er wandte sich wieder an Libby. »Das zu sehen muss Ihnen das Herz brechen. Ich bin sicher, wenn Sie in der Zeit zurückreisen könnten, würden sie alles in Ihrer Macht Stehende tun, um sicherzustellen, dass Ihre Tochter mit auf dem Foto ist. Schließlich geht es um Familienerinnerungen.«

Libbys schadenfreudige Miene sackte in sich zusammen.

Er ging zu Pallas und zog ihr den Stuhl heran. Als sie saß, setzte er sich neben sie und gab ihr einen sanften Kuss auf den Mund.

»Danke«, hauchte sie.

»Ich habe das hier im Griff«, flüsterte er zurück.

Er verstand diese Familiendynamik nicht, aber das war auch nicht wichtig. Wichtig war nur, dass Pallas beschützt werden musste und er genau der richtige Mann dafür war.

10. Kapitel

Als sie schließlich die Heimfahrt antraten, war Pallas weniger zufrieden damit, dass Nick sich für sie eingesetzt hatte, sondern eher peinlich berührt von ihrer Familie. Nein, nicht von ihrer Familie. Von ihrer Mutter.

So war es schon immer zwischen uns, dachte sie grimmig. Libby stichelte und stocherte und suchte nach einer Schwachstelle, und dann schlug sie zu. Pallas glaubte nicht, dass ihre Mutter absichtlich gemein war, aber irgendetwas ging definitiv vor. Etwas, das immer damit endete, dass Pallas verletzt und Libby enttäuscht war.

»Du warst super«, sagte sie zu Nick, als sie die Auffahrt entlangfuhren. »Ich bin dir sehr dankbar für deine Unterstützung und die Art, wie du für mich eingesprungen bist.« Sie presste eine Hand an ihre Wange. »Was irgendwie das Gleiche ist. Wie viel Wein habe ich getrunken?«

»Nicht so viel. Ich habe mich gefreut, dass ich da sein und als dein Dinnerfreund den Puffer spielen konnte.« Er hielt kurz inne. »Deine Mom ist interessant.«

»So kann man es auch ausdrücken.«

»Ich frage mich, was mit ihr passiert ist, als sie klein war.«

»Wie meinst du das?«

»Nun, Libby hat einige Probleme. Vieles von dem, was sie tut, scheint nicht mit dir zusammenzuhängen. Du bist nur der vertraute Sandsack, und sie reagiert, ohne nachzudenken. Keine Ahnung, mit welchen Dämonen sie kämpft, aber diese ganze Sache hat auf jeden Fall mit ihr selbst zu tun.« Er warf ihr einen Blick zu und lächelte im gedämpften Licht des Trucks. »Natürlich könnte ich mich auch irren, schließlich bin ich ein Mann.«

Pallas starrte ihn an. »O Gott! Ich kann nicht glauben, dass du das gesagt hast. Nein, ich kann nicht glauben, dass ich nicht früher daran gedacht habe. Was, wenn du recht hast? Was, wenn es gar nicht um mich geht? Ich konnte sie niemals zufriedenstellen und dachte immer, das läge daran, dass ich nicht gut genug bin. Aber was, wenn es nie um mich ging?«

Sie hatte mit ihrer Mutter gestritten, hatte versucht, ihr zu gefallen. Sie hatte sogar schon daran gedacht, die Stadt zu verlassen, so wie Cade es getan hatte, aber irgendwie hatte ihr immer der Mut gefehlt. Die einzige Konstante in ihrem Leben war die schwierige Beziehung mit ihrer Mutter gewesen. Was, wenn nichts davon ihre Schuld war?

»Mir dreht sich der Kopf«, gab sie zu. »Ich werde darüber nachdenken müssen. Und zwar lange.« Vor allem, wenn sie keinen Wein zum Dinner gehabt hatte.

»Familien sind kompliziert«, sagte er. »Ich bin froh, dass du Cade und Drew hast, die dich beschützen.«

»Ja, sie sind gute Jungs«, sagte sie seufzend. »Cade war immer da, wenn Mom auf mich losgegangen ist. Drew auch, obwohl er nicht bei uns gewohnt hat. Das hat geholfen.«

»Mit meinen Brüdern war es das Gleiche«, sagte er. »Wir haben uns immer gegenseitig den Rücken freigehalten. Del und Aidan hatten kein Interesse daran, mit Ceallach zu arbeiten, also hat mein Dad sie mehr oder weniger ignoriert. Ich wusste, dass das wehgetan hat. Ronan, Mathias und ich haben die ganze Aufmerksamkeit erhalten, was Segen und Fluch zugleich war.«

»Außerdem hatte dein Dad die Ausrede, dass er ein Künstler-Temperament hat.« Was Nick von sich nie sagen würde, dachte sie. Er war unglaublich talentiert und benahm sich dennoch so normal.

»Du hast ja keine Ahnung.« Beim Fluss bog er ab. »Erinnerst du dich an die Ausstellung, von der ich dir erzählt habe? Die mein Vater und ich gemeinsam gemacht haben? Sie fand in New York statt. Es war mein erstes Mal in der Stadt. Dad und ich wohnten in einer riesigen Suite mit Blick auf den Central Park. Jeden Abend gab es eine Party. Mein Vater hat all die Bewunderung in sich aufgesogen und konnte gar nicht genug davon bekommen. Er war der Grund, warum alle da waren, und er hat dafür gesorgt, dass niemand es vergisst.«

Allein das zu hören verursachte Pallas Unbehagen. Was Nick beschrieb, war so überhaupt nicht ihr Ding. »Aber hast du es auch genossen?«

»Anfangs schon. Ich bekam auch viel Aufmerksamkeit.«

Sie lächelte. »Und damit meinen wir Frauen.«

»Vielleicht.« Er lachte leise. »Ja, ich befand mich weit außerhalb meiner Liga. Ich bin mit meinem ersten Model ausgegangen. Die essen wirklich nicht viel.«

»Was für eine Überraschung«, murmelte sie trocken. »Was ist mit einem Dreier mit Zwillingen?«

»Sie waren keine Zwillinge.«

Ihr Kopf schoss herum, und sie starrte ihn an. »Ernsthaft?«

»Ja, aber das war nicht mein Ding.«

Gut zu wissen. Eine Sekunde lang überlegte sie, zu fragen, wie so ein Dreier funktionierte. Denn sobald ein Mann fertig war, stand er ja für eine gewisse Zeit nicht mehr zur Verfügung. Natürlich war Nick Anfang zwanzig gewesen, und es hatte sich um einen Dreier gehandelt, also vielleicht …

»Denk besser nicht darüber nach«, sagte er.

»Ich denke, du hast recht. Also, wer noch?«

»Da gab es eine Schauspielerin. Ich habe mich schwer in sie

verliebt. Wir sind drei Monate zusammen gewesen, dann hat sie in einer landesweiten Talkshow mit mir Schluss gemacht. Sie hat der Moderatorin erzählt, sie wäre vollkommen über mich hinweg. Ich habe in ihrer Garderobe mit dem Rest ihrer Entourage auf sie gewartet. Angesichts der mangelnden Überraschung der anderen war ich der Letzte, der es erfuhr.«

»Das ist grausam.« Wenn eine Beziehung in die Brüche ging, war das schwer genug, aber wenn es auf diese Weise geschah … Das konnte sie sich nicht einmal vorstellen.

Nick bog in ihre Auffahrt, stellte den Motor ab und drehte sich zu ihr herum. »Mir geht es gut. Das ist schon Jahre her. Ich habe meine Lektion gelernt und bin nach Hause gefahren. Was ich sagen will, ist, dass alle Familien auf ihre Art seltsam sind. Einige sind nur zufällig wesentlich verrückter als andere.«

Er berührte ihre Wange. »Am Ende des Tages tust du, was du liebst, und du bist darin verdammt gut. Du hast Freunde und Menschen, die dich lieben. Lass dich von deiner Mom nicht runterziehen.«

War das nur ihr Eindruck, oder handelte es sich bei Nick um den besten Mann überhaupt? Bevor sie sich darüber klar werden konnte, zog er sie an sich und küsste sie.

Sein Mund war so warm, seine Lippen fest, aber zärtlich. Er küsste sie langsam, intensiv, bot genauso viel an, wie er nahm. Die Mittelkonsole des Trucks war zwischen ihnen, also konnte sie ihm nicht so nahe kommen, wie sie gerne wollte, aber auch ihn einfach nur zu küssen war wunderschön. Sein Körper war genauso warm wie sein Mund. Außerdem hatte dieser Mann sie beschützt – das war ein sehr mächtiges Aphrodisiakum.

Er zog sich zurück und lächelte sie an. »Okay, die Sache ist die: Ich würde gerne mit reinkommen.«

Ihr Körper reagierte erst alarmiert, dann ergab er sich. Lust brandete durch sie hindurch und ließ die entscheidenden

Stellen kribbeln. Dann setzte die Panik ein. Herrschte in ihrem Haus Chaos? Waren ihre Laken frisch? Wann hatte sie sich das letzte Mal rasiert? Würde es ihm etwas ausmachen, wenn sie sich erst einmal die Zähne putzte?

»Aber«, fuhr er fort. »Ich habe das Gefühl, dass du mehr Zeit brauchst. Oder irre ich mich?«

Nein! Natürlich nicht. Wer brauchte schon Zeit? Sie öffnete den Mund, um genau das zu sagen, aber was herauskam, war: »Vielleicht ein wenig.« Sie unterdrückte ein Stöhnen. Hatte sie das wirklich gesagt? »Was ich meine, ist …«

Er unterbrach sie mit einem weiteren Kuss, der sie bis in die Zehenspitzen erschütterte. Dann richtete er sich auf. »Du bist es wert zu warten, Pallas. Das solltest du wissen.«

Damit stieg er aus und ging um den Truck herum zu ihrer Seite. Er begleitete sie zur Haustür, wartete, bis sie aufgeschlossen hatte, und zog sie dann noch einmal an sich.

Seine starken Arme hielten sie ganz fest. Sie schlang ihre Arme ebenfalls um ihn. Er war groß und breit, und wenn sie mit ihm zusammen war, fühlte sie sich sicher. Beschützt.

Sie verbrachte gern Zeit mit ihm. Ihr gefiel es, ihn bei der Arbeit zu beobachten und mit ihm Ideen für ihre Firma zu schmieden. Lustig, er war erst so kurz in der Stadt, und doch fühlte es sich an, als kenne sie ihn schon immer. Oder zumindest schon sehr lange.

Er strich mit seinen Händen über ihren Rücken, dann umfasste er ihr Gesicht und küsste sie. »Hab eine gute Nacht«, flüsterte er.

»Du auch.«

»Wir sehen uns morgen.«

Sein Mund strich noch einmal über ihren, dann ging er zu seinem Truck und fuhr weg. Pallas schloss die Tür hinter sich und legte Handtasche sowie Schlüssel auf den kleinen Tisch im

Flur. Als sie in ihr Schlafzimmer ging, fragte sie sich, warum Nick eine so andere und bessere Meinung von ihr hatte als sie selbst. Es war, als sähe er, wer sie sein konnte, und nicht, wer sie gerade war. Ein interessantes Konzept, über das sie nachdenken musste.

Der erste Teil der Woche verging wie im Nebel. Pallas bemühte sich, die letzten Einzelheiten für die Schwarz-Weiß-Hochzeit zu klären. Catherine war an sich ein süßer Mensch, aber im letzten Monat hatte sie definitiv Brautzilla-Territorium betreten. Die Textnachrichten nachts um zwei Uhr wurden langsam anstrengend.

Nur noch zweiundsiebzig Stunden, sagte Pallas sich am Mittwochnachmittag, als sie zu Wynns Büro fuhr. Dann war die Schwarz-Weiß-Hochzeit Geschichte. In der Zwischenzeit hatte sie eine Videokonferenz mit Nova, Wynn, Violet, Silver und Nick. Sie alle brachten Beispiele und Ideen für die nächste Stufe der Vorbereitung mit.

Auf dem Parkplatz traf sie Violet, die sich mit zwei großen Kisten und einem riesigen Rollkoffer abmühte.

»Hast du alle deine Knöpfe mitgebracht?«, fragte Pallas lachend und eilte ihr zu Hilfe.

»Du machst dich über meine Knöpfe lustig, aber sie werden uns den Tag retten. Du wirst schon sehen.«

»Ich kann es kaum erwarten.«

Pallas schlang sich ihre Tasche über die Schulter und half Violet, die kleinere Kiste zu Wynns Laden zu bugsieren. Sie hatten den Parkplatz gerade zur Hälfte überquert, als ein bekannter Truck neben ihnen anhielt. Pallas verspürte ein leichtes Flattern im Magen. Sie hatte gewusst, dass Nick an dem Meeting teilnahm, und doch war sie aufgeregt, ihn zu sehen. Ein netter kleiner Bonus in ihrem Arbeitstag.

Er ließ das Fenster hinunter. »Ladys, könnt ihr die Hilfe eines Mannes gebrauchen?«

»Ja, aber ich schätze, die bietest du nicht an«, erwiderte Violet. »Zumindest mir nicht.«

Pallas ignorierte ihre Freundin. »Ich würde dir gerne sagen, dass wir das sehr gut allein hinkriegen, aber ehrlich gesagt wäre ein wenig Hilfe sehr nett.«

»Stellt die Kartons ab und tretet zur Seite«, befahl er.

Sie taten wie geheißen. Während Violet den Koffer in den Laden rollte, trug Nick die Kisten hinein.

Wynn hatte in ihrem kleinen Büro alles für die Videokonferenz vorbereitet. Es gab einen Tisch und acht Stühle, ein Whiteboard und einen großen Flachbildfernseher, der an der Wand hing.

Pallas half Violet, die Kisten auszupacken. Sie hatte ein paar Kleidungsstücke mitgebracht, die wie Röcke aussahen und aus Lagen in verschiedenen Farben bestanden.

»Überröcke«, erklärte Violet. »Ich spiele noch damit, wie alles aussehen soll. Nova und ich haben uns gemailt, und sie muss sich heute für eine Richtung entscheiden.«

Außerdem hatte sie zwei Muster für den Kopfschmuck der Brautjungfern angefertigt. Wynn brachte mehrere Papierrollen hinein und legte sie auf den Tisch. Nick öffnete eine Kiste mit Pappmascheeblumen. Silver kam direkt nach ihm hinein, in jeder Hand eine große Kühltasche.

»Ich komme mir vor wie ein Faulpelz«, gab Pallas zu und setzte sich an den Tisch. Sie hatte nur ein Tablet und einen Notizblock dabei.

»Du wirst am Tag der Hochzeit noch hart genug arbeiten«, erklärte Wynn. »Während wir anderen uns betrinken.«

»Ich werde mich erst später betrinken.« Silver tätschelte Pallas' Arm.

»Wieso ist Alkohol auf einmal ein Thema?«, murmelte Pallas. »Sollte ich mir Sorgen machen?«

»Definitiv«, erwiderte Violet.

Sie alle nahmen ihre Plätze ein. Um halb drei loggte Wynn sich in ihr Konferenzprogramm ein, dann schaltete sie den Fernseher an. Ein paar Sekunden später tauchte Nova auf dem Bildschirm auf.

»Hallo, ihr alle!«, rief die zukünftige Braut, und ihre dunklen Augen funkelten begeistert.

»Hey, Nova.«

»Joel und ich sind so aufgeregt. Vielen Dank für eure Hilfe.«

»Wir lieben es«, sagte Pallas. »Es war eine echt interessante Herausforderung.«

»Das freut mich. Also, wie wollt ihr es machen?«

Alle sahen Pallas an, als hätte sie das Sagen. Was ja irgendwie auch stimmte.

»Wir stellen nacheinander vor, was wir geplant haben. Wir befinden uns an dem Punkt, wo Entscheidungen getroffen und Bestellungen aufgegeben werden müssen. Nachdem du alle Optionen gesehen hast, werde ich einen voraussichtlichen Zeitablauf für den Tag vorstellen.« Sie tippte auf ihren Block. »Ich habe dir die Datei heute Morgen geschickt.«

Nova wedelte mit mehreren Zetteln. »Ich habe ihn hier vor mir.« Sie kicherte. »Es passiert wirklich. Ich bin so aufgeregt.«

Pallas nickte Wynn zu. »Warum fängst du nicht an?«

Wynn stand auf und ging in den hinteren Bereich des Konferenzraums, wo sie das erste eins zwanzig mal sechzig Zentimeter große Poster ausrollte. Es zeigte eine Landschaft in Violett, Petrol und Schwarz, was düster und gruselig hätte aussehen sollen. Doch stattdessen waren die Pflanzen, Berge und der Himmel surreal, aber elegant.

»Kannst du das sehen?« Wynn kam ein paar Schritte vor, um das Poster direkt in die Kamera zu halten.

»Ja, kann ich. Ich liebe es. Es ist perfekt.«

»Sag das noch nicht«, mahne Wynn. »Ich habe noch drei weitere Optionen. Sobald du deine Favoriten ausgewählt hast, werde ich sie vergrößern und in die gekauften Rahmen hängen. Während der Zeremonie werden sie die Wände zieren und später für die Feier nach draußen gebracht werden.«

Pallas machte sich Notizen, während Wynn und Nova jede der Optionen besprachen. Nick schaltete sich ebenfalls ein, und innerhalb weniger Minuten war die Entscheidung getroffen.

»Als Nächste komme ich«, sagte Violet. »Fangen wir mit den Überröcken an. Ich habe mit verschiedenen Ideen gespielt. Ich dachte, eine Art Gürtel würde am besten funktionieren. Auf diese Weise können die Brautjungfern die Röcke für die Feier abnehmen, wenn sie wollen.«

Sie zeigte Nova die Röcke aus verschiedenen Stoffen und in verschiedenen Farbkombinationen.

»Außerdem habe ich die hier gemacht.« Violet holte einen Kopfschmuck aus der Kiste. Es war eine Perücke, die dem Stil der weiblichen Kriegerinnen des Spiels entsprach. Geflochtene Zöpfe, die eine Reihe von Ovalen bildeten, zwischen denen Seidenblumen in den Farben des Videospiels steckten.

»Ich weiß, es ist etwas zu viel, aber ich konnte nicht anders, also habe ich auch noch dieses hier.« Sie hielt einen etwas traditionelleren Kopfschmuck mit Bändern und Blumen hoch.

»Oh, wow!« Nova presste ihre Hände zusammen. »Kannst du einen Pallas und einen Wynn aufsetzen, damit ich sehe, wie sie auf den Köpfen aussehen?«

Nick beugte sich zu Pallas. »Sie hat dich zuerst genannt, weil du die Hübscheste bist«, flüsterte er. »Ich hätte dich auch als Erste gewählt.«

Pallas lächelte ihn an und hoffte, dass sie nicht rot wurde. Violet holte eine Bürste aus ihrer Tasche und ging um den Tisch herum. Nachdem sie Pallas' Haare zu einem tiefen Pferdeschwanz zusammengebunden hatte, setzte sie ihr die Perücke auf und rückte sie zurecht. Ohne Spiegel hatte Pallas keine Ahnung, wie sie aussah, was etwas verstörend war, vor allem, weil alle sie eindringlich musterten.

»Das gefällt mir«, sagte Nova. »Und jetzt du, Wynn.«

Der Kopfschmuck passte problemlos auf ihren Kopf.

»Das ist hübsch«, sagte Silver mit leichtem Zweifel in der Stimme.

»Aber nicht so besonders«, ergänzte Nick. »Mir gefällt der von Pallas besser. Was meinst du, Nova?«

»Das sehe ich genauso. Lasst mich mit meinen Brautjungfern sprechen und in Erfahrung bringen, wie sie ihre Haare tragen werden. Wenn sie mit der Perücke einverstanden sind, nehmen wir die.«

Pallas nahm die Perücke ab und schüttelte ihre Haare aus. Nick war als Nächster dran. Er stellte die drei Pappmascheeblumen auf den Tisch.

»Ich werde ungefähr dreißig von jeder Sorte machen und sie vor Ort in Gruppen arrangieren.« Er zeigte ihr die verschiedenen Farben und erklärte, wie er vorhatte, die Schwarzlichtfarbe einzusetzen.

»An den Kraftplaneten arbeite ich noch. Ich bin mir nicht sicher, wie ich sie zum Leuchten bringen kann.«

»Ich liebe die Blumen«, erklärte Violet ihm. »Die sind umwerfend.«

»Danke.« Er hielt einen großen Skizzenblock hoch und

positionierte ihn direkt vor der Kamera. »Wappne dich. Hier ist meine Idee für dein Hochzeitskleid.«

»Nein!«, wimmerte Violet. »Das ist ein Designerkleid. Das kannst du nicht bemalen.«

»Atme«, sagte Silver lachend. »Einfach atmen.«

Violet schlug sich die Hände vors Gesicht. »Ich kann da nicht hingucken.«

Nick blätterte die erste Seite des Blocks um. Alle keuchten auf, einschließlich Pallas. Sie starrte die aus schlichten Strichen gemachte Zeichnung des Kleides an. Was ihre Aufmerksamkeit erregte, waren die breiten Pinselstriche in Violett, Petrol und Schwarz, die sich gegen die weiße Spitze und das nudefarbene Netzgewebe des Oberteils abhoben. Nick war dem Schwung der Spitze gefolgt, um ein wirbelndes Muster zu erschaffen, das dem Hintergrund auf Wynns Postern ähnelte. Es gab noch drei weitere Optionen, die in Design und Farbe variierten.

»Der hautfarbene Hintergrund wird die bunteren Farben erden«, sagte er. »Die Farben werden hervorstechen, aber ich werde ausreichend weiße Flächen lassen, um die Illusion eines Hochzeitskleids aufrechtzuerhalten.«

»Es ist ein Hochzeitskleid«, merkte Violet an. »Da gibt es keine Illusion.«

»Lass es gut sein«, sagte Wynn. »Es ist nicht traditionell, aber umwerfend.«

»Das sehe ich auch so«, sagte Pallas. »Aber es gibt nur eine Stimme, die wirklich zählt.«

Sie schauten zum Fernseher. Nova wischte sich ein paar Tränen ab.

»Nick, du hast es in das wundervollste Kleid verwandelt, das ich je gesehen habe. Mir gefallen alle Varianten, aber die dritte ist mein absoluter Favorit. Kannst du das wirklich machen?«

Er blätterte zu der entsprechenden Seite zurück, und sie besprachen die Details. Pallas betrachtete das Design und schätzte, dass es ihn Stunden kosten würde, die einzelnen Fäden zu bemalen. Wenn er gewillt war, das zu tun, hätte Nova das Hochzeitskleid ihrer Träume.

Sie beendeten das Meeting mit einer Diskussion über den speziellen Drink, der für die Feier kreiert werden würde, und setzten ein Datum für eine virtuelle Verkostung fest. Wenn Nova es nicht schaffte, in die Stadt zu kommen, würden sie eine zweite Videokonferenz anberaumen, auf der sie die verschiedenen Alternativen sehen konnte und jeder sie probieren und seine Meinung äußern würde. Um vier Uhr waren sie fertig.

»Gute Arbeit«, sagte Pallas, als sie den Konferenzraum verließen. Sie hatte noch nie auf so große Entfernung so viel für eine Hochzeit geplant, glaubte aber, dass sie die Hauptpunkte im Griff hatten.

»Bereit für Samstag?«, fragte Violet.

Ihre gute Laune schwand und wurde von einer leichten Angespanntheit ersetzt.

»Ja.«

»Das war kein glückliches Ja«, sagte Nick. »Es ist die Schwarz-Weiß-Hochzeit. Es wird Zebras geben. Wie kann irgendetwas schieflaufen, wenn es Zebras gibt?«

Pallas zuckte zusammen. »Lass uns das Schicksal nicht herausfordern.« Sie straffte die Schultern und lächelte Violet an. »Ich bin bereit. Das Problem ist eher die Braut. Sie ist ein wenig schwierig geworden.«

Violet seufzte. »Besser du als ich. Wenn ich mit einer schnippischen Braut zusammenarbeiten müsste, wäre ich versucht, sie mit einer Hutnadel zu erstechen. Natürlich würde ich dann keine sonderlich guten Online-Bewertungen bekommen.

Vermutlich ist es also besser, dass du es bist und nicht ich. Lass mich wissen, wenn ich dir mit irgendetwas helfen kann.« Sie zog die Nase kraus. »Abgesehen von den Zebras. Das ist eher die Sache meiner Schwester.«

Silver gesellte sich zu ihnen. »Egal wie es läuft: Die Spezialdrinks sind auf jeden Fall fabelhaft, wenn ich das mal so sagen darf. Ich hebe dir ein paar auf.«

Pallas lachte. »Danke. Sollte etwas schieflaufen, werde ich mich mit der Aussicht auf Alkohol am Ende des Tages trösten.«

Am Samstagmorgen erwachte Pallas durch ein unbekanntes Geräusch. Sie hatte noch fünfzehn Minuten, bevor ihr Wecker ging, aber das Geräusch war so seltsam, dass sie aufstand, um nachzuschauen. Auf halbem Weg den Flur hinunter blieb sie abrupt stehen, als ihr noch schläfriges Gehirn die schlimmste aller Möglichkeiten in Betracht zog. Sie rannte ins Wohnzimmer, riss die Vorhänge zur Seite und schrie.

»Regen?«

Nein. Nein! Es durfte nicht regnen. Es regnete hier doch nie. Sie befanden sich in der Wüste. Am Nachmittag sollte eine Feier unter freiem Himmel stattfinden. Mit Zebras. Es durfte nicht regnen.

Eine Stunde später stand sie bei *Weddings in a Box* unter dem kleinen Austritt und starrte auf die Pfützen, die sich auf dem Parkplatz bildeten. Alan fuhr vor und winkte. Dann kam er zu ihr und reichte ihr einen Kaffee und eine rosafarbene Schachtel.

»Ich habe Donuts mitgebracht. Und zwar die guten. An einem Hochzeitstag gibt es für uns keine einfachen Donuts.«

Seine Stimme war fröhlich, sein Lächeln breit.

»Wie kannst du so ruhig sein?«, wollte sie wissen. »Es regnet.«

»Keine Sorge. Der Wetterbericht sagt, dass der Schauer in einer oder zwei Stunden vorbei sein wird. Dann kommt die Sonne wieder raus.«

»Aber das ist Regen. Wir sollen hier keinen Regen kriegen. Den brauchen wir nicht. Wir bekommen unser Wasser aus der Grundwasserleitung, wie die Stadtplaner es vorgesehen haben. Dieser Regen ist ein schlechtes Omen, Alan.«

»Du glaubst nicht an Omen.«

»Ich hatte in den letzten acht Jahren ja auch noch nie Regen an einem Hochzeitstag.« In Happily Inc regnete es im Winter. Oder unter der Woche. Im Durchschnitt regnete es weniger als 15 Liter im Jahr, was perfekt war, denn sie hatten ein riesiges Grundwasservorkommen mit Millionen und Abermillionen Litern Wasser. Sie sollten keinen Regen bekommen. Nicht am Tag einer Schwarz-Weiß-Hochzeit.

Alan führte sie ins Gebäude. »Alles ist gut, Pallas. Wir werden unseren Kaffee trinken und unsere Donuts essen und dann den Tag planen. In der Zwischenzeit wird der Regen aufhören. Regen im April bringt Blumen im Mai.«

»Wir haben bereits Mai.«

»Ja, das stimmt, Miss Grummelbär. Du brauchst Zucker und Koffein. Dann wird alles gleich viel besser aussehen.«

»Was, wenn der Regen Geralds Art ist, zu sagen, dass er böse auf mich ist, weil ich die Dinge anders mache als er?«

Alan gab ihr einen Kuss auf die Stirn. »Darling, das ist unmöglich. Gerald hat dich geliebt. Du könntest ihn niemals wütend machen oder enttäuschen, dessen bin ich mir sicher.«

Seine Worte waren tröstend. Pallas sagte sich, dass sie einfach weiteratmen sollte. Es würde schon alles gut werden. Falls nicht, war sie später noch mit Silver auf ein paar Cocktails verabredet.

Nachdem sie einige Donuts gegessen hatte, musste Pallas zugeben, dass sich mit etwas mehr Optimismus auf den Tag schaute. Dass der Regen aufgehört hatte, half, genau wie Nicks Auftauchen.

Er nahm sich den letzten Donut und setzte sich zu ihnen an einen der Tische, die schon für die Feier aufgestellt worden waren.

»Man muss den Regen einfach lieben«, sagte er und lächelte Pallas an. »Er reinigt die Luft. Es wird ein schöner Nachmittag, und der Abend wird auch schön werden.«

Sie mochte es, dass er ein Optimist war. Zwar glaubte sie ihm keine Sekunde, aber dennoch gefiel es ihr. »Ich mache mir Sorgen, dass der Regen ein schlechtes Omen ist.«

Alan seufzte schwer. »Jemand hier ist heute Morgen über die Straße der Verrückten gelaufen.«

»Gar nicht. Ich bin nur besorgt. Diese Hochzeit ist etwas Besonderes, und wir kriegen nie Regen.«

»Jede Hochzeit ist etwas Besonderes«, sagte Nick sanft. »Und Regen ist ein Zeichen des Lebens. In vielen Kulturen und Religionen gilt Regen bei einer Hochzeit als ein gutes Omen.«

»Nenne mir eine.«

»Hinduismus.«

Sie funkelte ihn an. »Du weißt, dass ich das nachschlagen muss, oder?«

»Vertrau mir. Alles ist okay. Die Hochzeit wird super. Du bist gut in dem, was du tust. Vertrau mir, vertrau dir, und entspann dich.«

Ein toller Rat, dachte sie zwei Stunden später, als Carol mit den Zebras ankam, die wenig erfreut darüber waren, in einem Transporter herumgefahren zu werden.

»Ich bin froh, dass wir das so früh machen«, erklärte Carol.

»Sie brauchen ein wenig Zeit, um sich einzugewöhnen, bevor die Gäste kommen und anfangen, Fotos von ihnen zu machen.«

Die drei Zebras waren in einem großen Pferdeanhänger gebracht worden. Selbst aus mehreren Metern Entfernung konnte Pallas das rastlose Scharren ihrer Hufe auf dem Boden des Anhängers hören.

»Wie hast du sie da reinbekommen?«, wollte sie wissen.

Carol grinste. »Alle meine Tiere haben einen Lieblingssnack. Millie, die Giraffe, rollt sich für ein paar Brombeerblätter förmlich auf den Rücken. Ich habe die Zebras einfach bestochen.«

Sie und Carol gingen zu dem Areal, das für die Zebras vorübergehend eingezäunt worden war. Pallas deutete auf die große, mit Wasser gefüllte Badewanne in der Ecke.

»Ich sorge dafür, dass die stets gut gefüllt ist«, versicherte sie. »Ich habe eine Person extra für das Zebrawasser abgestellt.«

»Das kannst du dir sparen«, erwiderte Carol. »Zebras überstehen mehrere Tage, ohne etwas zu trinken.«

»Oh, ich dachte, das waren Kamele.« Pallas hob eine Hand. »Egal. Über Säugetiere und ihre Trinkgewohnheiten können wir später reden. Ich muss mich um eine Hochzeit kümmern.« Sie schaute auf die Uhr und dann in Richtung Parkplatz neben ihrer Firma. Pünktlich auf die Minute fuhr Cade mit seinem Truck vor.

»Die Hilfe ist da«, verkündete sie.

Carol lachte. »Oh, gut. Ein Cowboy. Genau das, was ich brauche.« Sie ging zu ihrem Anhänger. »Ich meinte das übrigens ernst. Auch wenn ich das Gefühl habe, dass die Zebras ihn nervös machen werden.«

Cade erreichte sie gerade noch rechtzeitig, um den letzten

Kommentar zu hören. Er schüttelte den Kopf. »Nichts mit vier Beinen kann mich nervös machen.«

»Prahlt da jemand gerne?« Pallas umarmte ihn kurz. »Okay, ich habe noch so viel zu tun. Ich muss wissen, dass ihr beide die Zebrasituation im Griff habt.«

»Haben wir«, versicherte Carol ihr. »Geh, hab eine schöne Hochzeit. Ich bin bereits glücklich – der Scheck ist eingelöst worden, und jetzt kann ich mir Millies teure Leckerchen leisten.«

Pallas winkte ihnen zu und eilte dann ins Haupthaus zurück. Sie war gerade am Ende des Parkplatzes angekommen, als eine Stretchlimousine vorfuhr.

Catherine war früh dran. Pallas mochte es, wenn die Braut pünktlich war, und wenn sie früher kam, umso besser. Vielleicht hatte sie sich geirrt und der Regen war doch kein schlechtes Omen.

Nur die eine hintere Tür ging auf, und Catherine stieg aus. Pallas merkte, dass sie sich zu früh entspannt hatte. Das Gesicht der großen, schlanken Blondine war rot und vom Weinen verquollen. Einige Brautjungfern folgten und wirkten mehr als nur ein wenig erschüttert.

»Was ist los?«, fragte Pallas.

»Alles. Ich hasse mein Kleid. Ich weiß nicht, warum ich es gekauft habe. Hast du die Blumen gesehen? Ich nicht, aber ich weiß, sie sind eine Katastrophe. Ich bin mir nicht mal mehr sicher, ob ich Byron liebe. Was habe ich mir nur gedacht? Ich will die Hochzeit absagen.«

Pallas ignorierte den dicken Felsen, der sich in ihrem Magen einnistete. Sie hatte so etwas schon früher erlebt. Bräute flippten an ihrem Hochzeitstag oft aus. Als Profi wusste sie genau, was sie zu tun hatte.

Sie nahm Catherine am Arm. »Komm, gehen wir erst einmal hinein. Hast du heute schon etwas gegessen? Du siehst blass aus. Vielleicht helfen Tee und ein Stück Toast. Dann können wir über alles reden, was schiefläuft, und es wieder geraderücken.« Sie wandte sich an die Brautjungfern. »Ist ihr Kleid im Kofferraum? Dann bringt es bitte mit hinein.«

Sie führte Catherine in den Umkleideraum der Braut und schickte Alan eine Nachricht. Er tauchte beinahe sofort auf und eilte an Catherines Seite.

»Oh, meine Liebe, was du durchmachen musst. Wie hältst du dich?« Er betrachtete ihr fleckiges Gesicht und die platt anliegenden Haare. »Wo sind deine Schönheitsleute? Wann sollen sie kommen? Soll ich sie anrufen und sie für dich anschreien? Darin bin ich wirklich gut.« Er nahm ihre Hand in seine. »Meine Güte, die ist ja eiskalt. Kümmert sich denn niemand um dich? Komm, ich hole dir eine weiche Decke und etwas Tee. Du bist die Braut. Man kann nicht erwarten, dass du dich um alles selber kümmerst. Lass mich dir helfen.«

Catherine entspannte sich sichtlich. Pallas stieß den Atem aus, den sie unbewusst angehalten hatte. Alan würde die Braut bezaubern, wie er das immer tat. Die Hochzeit würde stattfinden. Der Himmel war klar, und sie hatten Zebras. Alles würde ganz wunderbar werden, dessen war sie sich sicher.

Der Nachmittag ging schnell vorbei. Alan blieb bei Catherine, ihr Beautyteam kam und hübschte sie auf. Um fünf Uhr wurden die Gäste zu ihren Plätzen geleitet, und um Viertel vor sechs schritt die wunderschöne Braut den Gang zum Altar hinunter. Pallas stand hinten neben Alan und beobachtete die glatt verlaufende Zeremonie.

»Siehst du«, flüsterte er. »Alles ist gut.«

»Du hattest recht.«

»Drei meiner Lieblingswörter. Ich werde dich dazu bringen, sie wieder und wieder zu sagen.«

Pallas ging, um nach dem Catering zu sehen. Silver hatte ihren Anhänger aufgebaut und mixte gerade die extra für diesen Anlass kreierten Drinks. Der von der Braut engagierte DJ hatte seine Anlage bereits aufgebaut. Nick, der nur eine Rolle als Höfling bei der Prozession gehabt hatte, hatte sich bereits wieder umgezogen.

»Fühlst du dich besser?«, fragte er.

»Sehr viel besser. Ich finde immer noch, dass die Kostüme der Kellnerinnen ein wenig nuttig sind, aber das war nicht meine Entscheidung. Wir haben etwas zu essen, wir haben Getränke, wir haben Musik.« Sie schaute zu dem DJ, der hinter seinem Pult stand. »Ich werde jetzt anfangen, etwas tiefer zu atmen.«

»Gut.« Nick legte seinen Arm um sie. »Soll ich ein Foto von dir mit den Zebras machen?«

»Vielleicht später. Wirken sie ruhig? Sie waren sehr angespannt, als sie hier ankamen.«

»Ich habe ihnen Valium gegeben. Sie sind sehr ruhig.«

Sie wirbelte zu ihm herum und packte seinen Arm. »Darüber macht man keine Witze. Das meine ich ernst. Ich bin nur eine Krise davon entfernt durchzudrehen.«

»Sorry. Keine Witze über ruhiggestellte Zebras mehr, auch wenn das mein bestes Material ist.«

Pallas kehrte ins Hauptgebäude zurück und wartete auf das Ende der Trauungszeremonie. Sie stellte sicher, dass jeder Gast seinen Weg zum Innenhof fand, und war dankbar, als Catherine das Daumen-hoch-Zeichen machte.

Während die Hochzeitsfotos geschossen wurden, sorgte Pallas dafür, dass alle Gäste ausreichend zu trinken hatten und die Appetithäppchen zügig zirkulierten. Sie war so darauf konzentriert, dass sie beinahe die lauten Schreie von der anderen Seite des Areals nicht gehört hätte. Aber nur beinahe.

»O nein! Sie sind ausgebrochen.«

Pallas eilte zum Gatter, nur um drei Zebras zu sehen, die gerade die Straße hinunterliefen.

»Ich hätte sie doch unter Drogen setzen sollen«, murmelte Nick, als Carol und Cade in seinen Truck sprangen und ihnen hinterherfuhren. Pallas erblickte vier Teenagerjungs, die lachend an dem provisorischen Zaun standen. Sie verengte den Blick und marschierte auf sie zu.

Nick packte sie am Arm. »Ganz ruhig, kleine Lady. Was willst du zu ihnen sagen?«

»Dass sie Armleuchter sind und gehen müssen.«

Er erwiderte nichts, sondern hielt nur ihren Blick fest, bis sie gegen ihn sackte. »Du hast recht. Ich kann sie nicht anschreien – sie gehören zu den Hochzeitsgästen. Ich hasse das. Der Regen war doch ein böses Omen. Was machen wir denn jetzt? Wie können wir Cade und Carol helfen, die Zebras zurückzubringen?«

»Gibt es auf der Ranch nicht Menschen, die mit Pferden arbeiten?«

Ihre Miene erhellte sich. »Stimmt. Ich rufe sie sofort an. Wobei … Cade hat vermutlich schon daran gedacht. Also halte ich erst mit ihm Rücksprache.«

Nick nahm ihr das Handy aus der Hand. »Lass mich das machen, und du konzentrierst dich auf die Hochzeit.«

»Danke.« Sie drehte sich zu den Gästen um und sah Silver auf sich zukommen. Ihre Freundin wirkte nicht glücklich. »Was ist los?«

»Mein Wodka-Vorrat ist weg. Ich weiß nicht, wer ihn genommen hat, aber angesichts der Menge an Flaschen werden wir innerhalb der nächsten Stunde hier ein paar sehr betrunkene Menschen haben.« Sie verschränkte die Arme vor der Brust. »Das ist meine Schuld. Ich habe den Schrank nicht abgeschlossen. Dabei schließe ich ihn sonst immer ab. Ich verstehe das nicht. Das sieht mir so gar nicht ähnlich.«

»Das ist der Regen«, erklärte Pallas ihr. »Ich dachte, alles würde gut, aber das ist es nicht.«

»Zumindest haben wir die Hochzeit hinter uns. Nur noch ein paar Stunden, dann ist auch die Feier überstanden. Wir schaffen das.«

Pallas hoffte, dass sie recht hatte.

Das Essen ging glatt über die Bühne, genau wie die Ansprachen. Direkt vor dem ersten Tanz wurden kleine Gläser mit Rosenblättern an die Gäste verteilt, um die Blüten auf Braut und Bräutigam regnen zu lassen. Traurigerweise schien eine der Großmütter dem Wodka zugesprochen zu haben, denn anstatt die Rosenblätter zu werfen, schüttete sie Catherine ihren Kaffee über das Kleid. Die Schreie der Braut waren laut genug, um Tote zu wecken.

Pallas und Alan bekamen den Fleck fast raus und trockneten das Kleid, so gut es ging. Dann kehrte Catherine zur Feier zurück, bereit für ihren Hochzeitstanz. Der DJ nahm das Mikrofon zur Hand und bat alle, sich zu versammeln, um gemeinsam einen ganz besonderen Moment zu erleben.

»Der erste Tanz symbolisiert die Liebe zwischen Mann und Frau«, erklärte er. »Aber in diesem Fall eher nicht.« Er holte eine Pistole aus der Jackentasche und richtete sie auf die Gäste. »Dies ist ein Überfall, Leute. Ich will euer Geld, eure Schlüssel und eure Handys.«

Pallas war beinahe nicht überrascht. Aber sie hätte nie geahnt, dass Regen *so* gefährlich sein konnte.

11. Kapitel

Pallas konnte das Polizeirevier erst gegen vier Uhr am Morgen verlassen. Bis dahin hatte jeder seine Geschichte erzählt, der DJ und sein Fluchtfahrer waren gefasst und alle gestohlenen Gegenstände zurückgegeben worden. Die Waffe hatte sich als Farbpistole und nicht als echt erwiesen, was ein wenig tröstlich war. Doch trotz des beinahe glücklichen Endes war sie müde, hungrig und hatte Mörderkopfschmerzen. Nick begleitete sie, die Hand an ihren unteren Rücken gelegt.

Sie wusste seine Unterstützung wirklich sehr zu schätzen. Er war während der gesamten Zeit, als die Polizei die Aussagen der Hochzeitsgesellschaft aufgenommen hatte, an ihrer Seite geblieben. Trotzdem war sie jetzt zu erschöpft, um mehr als ein von Herzen kommendes »Danke, dass du bei mir geblieben bist« zu sagen.

»Ich habe mich gefreut, helfen zu können.« Er zog sie an sich und gab ihr einen Kuss auf den Scheitel. »Geißelst du dich wegen dem, was geschehen ist?«

»Vielleicht. Irgendwie schon.« Sie lehnte sich an ihn. »Alles an diesem Tag war eine Katastrophe.«

»Das stimmt nicht.«

»Was ist denn gut gelaufen?«

»Die Zeremonie, das Wetter, das Essen. Wir haben die Zebras wieder eingefangen.«

Cade hatte ihr vor ein paar Stunden eine Nachricht geschickt, dass alle drei Zebras wieder sicher in ihrem Stall waren.

»Sie hätten gar nicht erst ausbrechen dürfen.«

»Dafür bist du nicht verantwortlich«, sagte er. »Das waren die Armleuchter.«

»Ich hätte daran denken müssen, ein Schloss für das Gatter zu besorgen. Aber wer lässt schon Zebras laufen?«

Sie kamen an Catherine vorbei, die in den Armen ihres neuen Ehemannes weinte. Das harte Licht der Straßenlaternen ließ den Kaffeefleck auf ihrem Kleid nur noch deutlicher hervortreten. Pallas wandte den Blick ab.

Als sie Nicks Truck erreichten, half er ihr einzusteigen. Er fuhr vom Parkplatz, aber anstatt in ihre Richtung oder zu *Weddings in a Box* zu fahren, lenkte er den Wagen auf den Highway.

»Brennen wir durch?«

»Nein, wir besorgen dir etwas zu essen. Du hast seit dem gestrigen Frühstück nichts mehr gehabt. Du musst am Verhungern sein und hast vermutlich höllische Kopfschmerzen.«

»Die habe ich.« Sie massierte sich die Schläfen.

»An der nächsten Ausfahrt gibt es einen Fast-Food-Laden, der rund um die Uhr geöffnet hat.«

»Ich bin beeindruckt, dass du das weißt.«

»Manchmal arbeite ich lange. Dann hilft es, so etwas zu wissen.«

»Offensichtlich.« Sie lehnte sich in ihrem Sitz zurück. »Ich kann nicht glauben, was alles passiert ist. Hast du den Fleck auf Catherines Brautkleid gesehen? Ich bin sicher, dass ihre Großmutter sich schrecklich fühlt. Habe ich dir schon erzählt, dass Silver mir eine Textnachricht geschrieben hat, um mir mitzuteilen, dass sie alles abgeschlossen haben? Sie und Alan sind dageblieben und haben sich um alles gekümmert. Ich bin ihnen etwas schuldig.«

»Du hast gute Freunde.«

»Das stimmt.« Sie schaute aus dem Fenster auf die dunklen,

leeren Straßen. »Zumindest haben wir jetzt eine Geschichte zu erzählen. Eines Tages wird das lustig sein.«

»Ich finde es jetzt schon lustig.«

»Ich nicht.«

Sie war aufgebracht, und es war ihr peinlich, was alles schiefgegangen war. Zebras? Wirklich? Was hatte sie sich nur dabei gedacht? Sicher, bei den Gästen waren sie beliebt gewesen, aber sie waren ausgebrochen. Sie hätte auf den Regen achten sollen – und auf die Botschaft, die er überbracht hatte.

Nick hielt am Drive-through-Fenster an. »Es gibt hier auch Frühstück. Wonach steht dir der Sinn?«

Sie bestellte ein Eiersandwich und einen Kaffee. Trotz ihrer Erschöpfung würde sie zur Arbeit gehen und nach dem Rechten sehen müssen. Dann könnte sie nach Hause fahren und etwas schlafen.

Nachdem er bezahlt hatte, fuhr Nick zu ihr nach Hause. Sie gingen hinein und stellten das Essen auf den Küchentisch. Pallas setzte eine Kanne Kaffee auf, weil ein einziger Becher nicht ansatzweise reichen würde.

Ein paar Minuten lang aßen sie schweigend, dann legte Nick sein Sandwich ab. »Was denkst du gerade?«

»Dass ich auf den Regen hätte hören sollen.«

»Hat er geredet?«

Sie brachte ein kleines Lächeln zustande. »Er hat Geräusche gemacht und mich vor drohender Gefahr gewarnt.« Sie trank einen Schluck Kaffee. »Ich komme mir so dumm vor«, gab sie zu. »Ich bin doch angeblich gut in meinem Job.«

»Das bist du auch.«

»Diese Hochzeit ist vollkommen aus dem Ruder gelaufen.«

»Das stimmt nicht.« Er hob die Hand und streckte einen Finger. »Erstens, ein paar Jungs haben die Zebras freigelassen, nicht du.«

»Das hätte ich vorhersehen müssen.«

»Dass betrunkene Idioten Zebras in einer Gegend freilassen, in der Autos fahren? Das hätte niemand vorhersehen können.«

»Ich hätte das Gatter abschließen müssen. Nicht nur, um die Zebras drinnen zu halten, sondern auch, um die Leute davon abzuhalten hineinzugehen.«

»Carol und Cade waren da. Warum haben sie die Jungs nicht aufgehalten?«

»Sie waren gerade weg, um sich etwas zu essen zu holen.« Sie seufzte. »Ich hätte ihnen sagen müssen, dass sie in Schichten essen sollen.« Sie sah ihn an. »Es tut mir leid, aber du kannst mir meine Zebraschuldgefühle nicht ausreden. Das geht allein auf meine Kappe.«

»Das akzeptiere ich zwar nicht, aber ich mache trotzdem gerne weiter. Du bist nicht verantwortlich für das, was mit dem Kleid passiert ist.«

Pallas zuckte zusammen. »Das war schrecklich, aber du hast recht, es war nicht meine Schuld.«

»Und der DJ ebenfalls nicht. Das Brautpaar hat ihn mitgebracht. Er war keine Empfehlung von dir.«

Er hatte recht, aber … »Woher weißt du das?«

»Du hättest ihn überprüft. Du würdest niemanden einfach so engagieren.«

Ein sehr guter Punkt, nur … »Ich habe dich als römische Wache engagiert, obwohl ich dich überhaupt nicht kannte. Was, wenn du ein Serienmörder gewesen wärst?«

»Du bist müde, oder?«

»Ist das deine höfliche Art, mir zu sagen, dass mein Gerede keinen Sinn ergibt?«

Als Nick nichts erwiderte, hatte Pallas ihre Antwort. Und noch eine Peinlichkeit mehr an diesem an Peinlichkeiten nicht gerade armen Tag.

»Wenn wir mal das, was schiefgelaufen ist, ignorieren – hat es dir gefallen, neue Dinge bei der Feier auszuprobieren?«, fragte er.

»Ich fand, es hat Spaß gebracht. Ich bin mir nicht sicher, ob ich das mit den Zebras noch mal machen würde, aber es war nett, dass nicht alles so war wie immer.«

»Gut. Denn wenn es eine Botschaft vom Universum gibt, dann ist es die außerirdische Hochzeit. Dir wurde gesagt, dass du dich breiter aufstellen und neue Dinge ausprobieren sollst.«

Pallas war nicht sicher, ob die Botschaften des Universums so eindeutig waren, aber sie verstand, was er meinte. Sie mochte es, mit ihren Freundinnen zusammenzuarbeiten. Das Brainstorming brachte genauso viel Spaß wie zu sehen, wie sich alles zusammenfügte.

»Ich mag es, ihnen zu helfen«, gab sie zu. »Nova und Joel sind bezaubernd, und ihr Dad ist unglaublich tapfer. Ich will sehen, dass sie heiraten.«

Sie nippte an ihrem Kaffee. »Ich frage mich, ob es da draußen Paare mit speziellen Bedürfnissen gibt und ob ich denen mit ihrer Hochzeit helfen kann.« Sie schüttelte den Kopf. »Das ergibt keinen Sinn, oder?«

»O doch. Ich denke, du solltest jetzt etwas schlafen und in ein paar Stunden anfangen, genauer darüber nachzudenken.«

»Ich muss in die Firma.«

»Nicht um fünf Uhr an einem Sonntagmorgen.«

»Oh.« Vielleicht hatte er recht. Immerhin hatten Silver und Alan *Weddings in a Box* abgeschlossen. Sie könnte auch später nach dem Rechten sehen.

Sie sammelte den Müll ein und warf ihn weg. Nick stand auf und kam um den Tisch herum. Er zog sie an sich und legte die Arme um sie.

»Bedeutet dieses ›Oh‹, dass du mir zustimmst?«, fragte er. »Dass es nichts gibt, was nicht bis heute Nachmittag warten kann?«

Bevor sie etwas antworten konnte, senkte er den Kopf und küsste sie. Und dann schien die Antwort gar nicht mehr so wichtig zu sein. Ihr Gehirn war ganz benebelt, und die Erschöpfung in Verbindung mit dem köstlichen Gefühl seiner Lippen auf ihren verscheuchte jeden klaren Gedanken.

Instinktiv legte sie die Arme um seinen Hals und seufzte, als Nick den Kuss vertiefte. Seine Zunge liebkoste ihre mit langsamen Schlägen, was dazu führte, dass ihr müdes Gehirn die Aktivität weiter reduzierte. Hitze schoss durch sie hindurch und vertrieb jeden Anflug von Müdigkeit, half aber ihrem Denkvermögen nicht auf die Sprünge. Pallas konnte sich nicht erinnern, warum es ihr so wichtig vorgekommen war, in die Firma zu gehen. Sie sollte auf Nick hören und ein wenig schlafen. Oder einfach hier in seinen Armen bleiben, weil das auch sehr nett war.

Seine Hände strichen über ihren Rücken. Ihr gefiel, wie er jedes Mal ein Stück tiefer glitt, bis er ihren Po umfasste. Sie bog sich ihm entgegen, sodass ihr Unterkörper seine Leistengegend berührte. Es dauerte einen Moment, bevor sie begriff, dass die harte Erhebung kein Designelement seiner Jeans war, sondern er. Er war erregt.

Ihre Augenlider flogen auf, und sie starrte ihn an. Bevor sie sich zurückhalten konnte, platzte sie heraus: »Du willst Sex haben!«

Nick schenkte ihr ein sexy Lächeln, das dazu gemacht war, sie in die Knie zu zwingen. »Klar. Immerhin bin ich bei dir, oder nicht?«

Sie blinzelte und versuchte, den Worten einen Sinn zu entnehmen. Denn so, wie er es gesagt hatte, klang es, als wenn er *immer* Sex mit ihr haben wollte. Doch das war unmöglich. Sie war lustig und nett, aber trotzdem einfach nur normal oder durchschnittlich.

Er beugte sich vor und presste seinen Mund an ihren Hals. Seine warmen Lippen strichen über ihre Haut, die plötzlich eine einzige erogene Zone war. Er hielt inne, um an ihrem Ohrläppchen zu knabbern, bevor er den Kopf senkte und sich an ihrem Schlüsselbein entlangküsste.

Sie trug immer noch ihre Hochzeitsplanerkluft – ein schlichtes schwarzes Kleid, das es ihr ermöglichte, mit dem Hintergrund zu verschwimmen. Es war nicht zu kurz und nicht zu tief ausgeschnitten. Also, warum um alles in der Welt …

Er küsste sie auf den Mund. »Stopp«, sagte er sanft. »Es hat nichts zu bedeuten.«

Wie konnte er das sagen? Für sie bedeutete es sehr wohl etwas.

»Ich hätte auch gerne Sex«, flüsterte sie, bevor sie sich zurückhalten konnte.

Er richtete sich auf und betrachtete ihr Gesicht. Sie versuchte zu erraten, was er dachte. Aber seinem Blick war nichts zu entnehmen.

»Ist das der Kaffee, der da aus dir spricht, oder meinst du das ernst?«, fragte er mit tiefer, rauer Stimme.

Sie erschauerte, als die Lust sich in ihrem Körper ausbreitete. Sie war sich der Stille um sie herum bewusst. Der Rest der Welt schlief. Was für eine ungezogene Art, den Tag zu beginnen.

»Ich meine es ernst.«

Die Hände um ihren Po spannten sich an. »Hast du Kondome?«

Sie dachte an die ungeöffnete Packung in ihrem Nachttisch. Die alte, ebenfalls ungeöffnete Packung hatte sie vor ein paar

Monaten ersetzt. Denn Kondome hatten ein Verfallsdatum, und eine Frau wusste nie, wann ein attraktiver Mann ihr ein interessantes Angebot unterbreiten würde. Nicht, dass das in letzter Zeit irgendwann geschehen war, aber …

»Pallas?«

Sie blinzelte ein paar Mal. »Sorry. Mein Gehirn funktioniert nicht richtig. Ja, ich habe Kondome. Sie sind …«

Sie kam nicht dazu, zu sagen, wo die Kondome waren. Bevor sie ihren Satz beenden konnte, presste Nick seinen Mund auf ihren und fing wieder an, sie zu küssen. Seine Hände strichen an ihrem Rückgrat hinauf und hielten inne. Einen Herzschlag später fühlte sie kühle Luft an ihrem Rücken und merkte, dass er den Reißverschluss ihres Kleides aufgezogen hatte.

Der Mann meint es ernst, dachte sie und war zu gleichen Teilen amüsiert und fasziniert von dem, was er tat.

Sie ließ die Arme sinken, und das Kleid fiel zu Boden. Dann zog sie ihre Schuhe aus, und er machte sich schnell an den Knöpfen seines Hemds zu schaffen. Sekunden später standen sie beide nur in Unterwäsche voreinander. Pallas konnte nicht sagen, was Nick dachte. Aber für sie war der Anblick wirklich sehr ansprechend.

Soweit sie wusste, trieb Nick keinen Sport. Zumindest nicht im Fitnessstudio. Aber sein Job war körperlich anstrengend, und das sah man. Seine Brust war breit und muskulös, seine Hüften schmal. Auf den Armen hatte er interessante kleine Narben, die vermutlich daher stammten, dass er mit etwas so Gefährlichem wie geschmolzenem Glas gearbeitet hatte.

Eigentlich hatte sie ihn schon zuvor ohne Hemd gesehen – an dem Tag, an dem sie sich zum ersten Mal getroffen hatten. Als sie ihn gebeten, oder vielmehr angefleht hatte, für eine Hochzeit einen römischen Soldaten zu spielen. Aber damals war sie im Arbeitsmodus gewesen und weit mehr darauf konzentriert, die Braut in ihrer Sänfte zum Altar zu bringen, als auf den wohlgeformten Körper des Mannes zu achten, den sie inzwischen schätzen gelernt hatte.

Ihr Blick glitt tiefer zu seiner Erektion, die gegen seine eng anliegenden Boxershorts drängte. Ihr Innerstes zog sich vor Vorfreude zusammen. Sie wusste, dass sie schon jetzt geschwollen und bereit war. Nicht nur, weil es so lange her war, sondern auch, weil sie mit Nick zusammen sein wollte.

Ohne nachzudenken, legte sie ihre Hand auf seinen flachen Bauch. Nick atmete scharf ein, rührte sich aber nicht. Sie beugte sich vor und drückte einen Kuss mitten auf seine Brust.

Dann trat sie hinter ihn und ließ die Hand über ihn gleiten, berührte leicht seine Taille, dann sein knackiges Hinterteil. Seine Rückenmuskulatur war genauso gut trainiert wie seine Brust. Sie setzte eine Spur aus kleinen Küssen auf seine Schultern, bevor sie wieder vor ihn trat.

Sie sah ihn an. Seine Pupillen waren geweitet, sein Kiefer angespannt. Ohne etwas zu sagen, packte er ihre Hand und zog sie daran den Flur hinunter. In ihrem Schlafzimmer angekommen, zerrte er die Decke zurück und griff nach ihr. Willig ließ sie sich in seine Arme fallen.

Sein Mund eroberte ihren in einem tiefen Kuss, der mit Hunger und Lust erfüllt war. Sie duellierte sich mit seiner Zunge und keuchte auf, als er an ihrer Unterlippe knabberte. Sie spürte seine Finger am Verschluss ihres BHs. Er öffnete ihn problemlos und warf ihn zu Boden.

Während er sie weiterküsste, umfasste er ihre Brüste mit den Händen. Er hielt sie sanft, bewegte sich kaum, als wolle er ihr Zeit geben, sich an seine Berührung zu gewöhnen. Dann strich er mit einem Finger über ihre Nippel. Nur ein Mal.

Feuer schoss durch sie hindurch bis direkt in ihre Klit. Sie keuchte auf.

Er tat es wieder und wieder, bis daraus eine kreisende Bewegung wurde, die ihren Atem in kurzen Zügen kommen ließ.

Sie wollte sich näher an ihn drängen. Sie wollte ihren Slip hinunterreißen und Nick anflehen, sie zu nehmen. Sie wollte, dass er sie *da* mit seinen Fingern oder seinem Mund oder irgendetwas berührte. Das Verlangen steigerte sich mit jeder Sekunde, die verging, aber Nick schien vollauf damit zufrieden zu sein, sie zu küssen und ihre Brüste zu liebkosen, bis sie beinahe wahnsinnig vor Hunger nach ihm war.

»Wo sind die Kondome?«, fragte er, als er den Kuss unterbrach.

Sie zeigte auf den linken Nachttisch. Schnell ging er um das Bett herum und zog die Schublade auf. Pallas nutzte die Zeit, um ihr Höschen auszuziehen und unter die Decke zu schlüpfen. Er stellte die Schachtel auf den Nachttisch, bevor er seine Boxershorts auszog und sich zu ihr gesellte.

Sie glitt auf ihn zu, und dann waren sie ein Gewirr aus Armen und Beinen und Mündern, und es war wunderbar. Sie liebte den Kontrast zwischen seinem warmen Körper und den kühlen Laken. Mindestens ebenso schön war, wie er ihren Nippel in den Mund nahm und hart daran saugte. Dann war da die Art, wie er es schaffte, seinen Oberschenkel zwischen ihre zu schieben und Druck auf ihre Mitte auszuüben, sodass sie nur ein wenig ihre Hüften wiegen musste, um den Genuss noch weiter zu steigern.

Er kümmerte sich abwechselnd um ihre Brüste, leckte sie und saugte an ihrer empfindsamen Haut. Pallas bog den Rücken durch, schloss die Augen und bemühte sich, weiterzuatmen. Als er aufhörte, ihre Brüste zu küssen, hätte sie beinahe aufgewimmert, aber dann spürte sie seine Finger an ihrer

Feuchtigkeit. Zielsicher fand er ihr Zentrum und fing an, es in kreisenden Bewegungen zu reizen.

Ich bin so geschwollen, schoss es ihr durch den Kopf. So feucht und bereit. Jeder Zentimeter von ihr war für seine Berührungen sensibilisiert. Wenn er sich schneller bewegte, folgte sie ihm, wollte mehr, wollte, dass er sie über den Abgrund trieb. Sie wollte das hier, aber sie wollte ihn auch in sich, wollte von ihm ausgefüllt werden. Sie wollte seinen Körper über ihrem, ihre Arme um ihn geschlungen. Sie wollte wissen, wie es war, ihn kommen zu sehen.

Aber zuerst … Oh, zuerst … Sie versank in den Gefühlen, die er in ihr weckte, dem Vergnügen, das er ihr bereitete. Er schien genau zu wissen, wann er sich schneller bewegen, wann er mehr Druck ausüben musste. Sie spürte den Augenblick, als aus *vielleicht* ein *Bald* wurde, und keuchte auf.

»Genau so«, hauchte sie.

Er folgte ihrer Bitte und veränderte nichts. Sie atmete in das Versprechen hinein, konzentrierte sich ganz auf diese stetige Berührung, die sie immer näher und näher und …

Sie stürzte in ihre Erlösung. Muskeln zogen sich zusammen und entspannten sich in diesem Augenblick der Perfektion. Nick fuhr fort, sie zu streicheln. Seine Berührungen wurden immer langsamer und leichter, bis sie kaum noch spürbar waren. Als der letzte Schauer verebbte, drehte er seine Hand so, dass er zwei Finger in sie hineinschieben konnte.

Sie öffnete die Augen und sah, dass er sie anschaute.

»Schön.«

»Ich glaube, das ist eigentlich mein Text«, erwiderte sie. »Auch wenn ich mich eher für *spektakulär* entschieden hätte.«

Er lächelte. »Damit kann ich leben.«

Er bewegte seine Finger hinein und heraus. Sie hatte angenommen, dass ihr Verlangen mehr als befriedigt war, doch dann wurde ihr bewusst, dass sie ihre Hüften im Einklang mit seinen Fingern bewegte. Er schob sie ein wenig tiefer hinein und berührte eine Stelle, die ihr den Atem stocken ließ.

»Da ist es«, murmelte er. »Wie gefällt dir das?«

Sie hatte keine Ahnung, was *es* war, bis er anfing, seine Finger tief in ihr langsam kreisen zu lassen. Das Gefühl war anders als alles, was sie je erlebt hatte. Erregend auf eine weniger intensive, aber dafür wesentlich angenehmere Weise. Als könnte sie, wenn sie käme, stundenlang in diesem selig machenden Zustand bleiben. Oder tagelang.

Je mehr er kreiste, desto mehr ließ sie sich in die Gefühle sinken, die ihren Körper erfüllten. Je mehr er sich bewegte, desto weniger Kontrolle hatte sie. Ihr Atem beschleunigte sich und wurde zu einem Keuchen. Es war nicht wie vorhin, als sie sich ihrer Erlösung hatte entgegenrecken können. Diesmal konnte sie nichts tun – außer darauf zu warten, dass er es für sie tat.

Sie spreizte die Beine weiter, schob ihre Hüften vor. Sie war nah dran, ihn anzuflehen, weil sie total seiner Gnade ausgeliefert war. Sein Blick hielt ihren fest. Alles an dem, was sie taten, war unglaublich intim – sie lag vollkommen entblößt vor ihm, und er konnte alles sehen. Und doch konnte sie den Blick nicht abwenden oder die Augen schließen oder ihren Körper davon abhalten, ihm immer näher zu kommen.

Er behielt einen steten Rhythmus bei, kreiste und kreiste. Sie wusste, dass sie kurz davor war, auch wenn sie keine Ahnung hatte, wie es wäre, wenn sie endlich …

Ihr Körper erbebte, als sie über den Abgrund stürzte. Die Wellen wogten tief in ihr auf und breiteten sich immer weiter aus. Alles war anders, stärker, intensiver, und doch langsam. Von Lust und dem Gefühl erfüllt, keine Kontrolle zu haben, schrie sie auf. Sie wollte schreien und vielleicht weinen und diese Empfindung noch ganz lange spüren.

Ihr Orgasmus dauerte gefühlt Stunden, auch wenn es vermutlich nur ein oder zwei Minuten waren. Als die Empfindungen verebbten, zog Nick seine Finger heraus und wandte sich ab. Sie lag da und versuchte, die Kontrolle zurückzugewinnen, die Essenz dessen einzufangen, wer sie gewesen war, bevor er sie verwöhnt hatte. Dann war Nick auch schon zurück und kniete sich zwischen ihre Beine.

Er füllte sie noch mehr aus, als sie gehofft hatte. Sie hatte vermutet, dass sie empfindlich und wund war, doch stattdessen war ihn in sich zu spüren genau das, was sie brauchte. Sie schlang ihre Beine um seine Hüften und klammerte sich an seinen Armen fest, als er den uralten Tanz der Liebe begann.

Er drang in sie ein und zog sich zurück, nahm sie in Besitz. Ihre Blicke hielten einander fest. Dieses Mal war er der Verletzliche. Er war derjenige, der sie sehen ließ, wie sich seine Erregung steigerte. Sie spürte die Spannung in seinem Körper, hörte seinen schnellen Atem. Sie folgte ihm auf seiner Reise, und als er näher kam, zog sie ihn tiefer in sich hinein, wollte alles von ihm aufnehmen, ein Teil von allem sein, was sie taten.

Er stieß tiefer und härter zu und verlor sich dann in seiner Erlösung. Pallas hielt sich an ihm fest, genoss die Schauer, die ihn überliefen. Er überrascht mich auf so viele Arten, dachte sie, als er seufzte und sie dann küsste.

»Wer hätte geahnt, dass Hochzeitskatastrophen einen so heißmachen können«, flüsterte er.

Sie fing an zu lachen und konnte nicht mehr aufhören. Er lachte mit. Dann drehte er sich auf die Seite und zog sie an sich, um sie erneut zu küssen.

»Wie wäre es, wenn wir jetzt ein wenig schlafen?«, fragte er.

»Ich denke, dass ist eine ausgezeichnete Idee.«

12. Kapitel

Pallas wachte irgendwann am Nachmittag davon auf, dass ein attraktiver Mann ihre Schulter küsste. Diese Küsse wurden schnell zu sehr viel mehr, und als sie aus der Dusche kamen und es endlich schafften, sich anzuziehen, war es schon beinahe drei Uhr.

Sie litt immer noch unter einem Ganzkörperkribbeln, als sie in die Küche ging und die Kaffeemaschine anschaltete. Sie schaute auf die Uhr, schaltete die Kaffeemaschine ab und gleich wieder an. Eine Tasse sollte sie nicht davon abhalten, heute Nacht schlafen zu können. Außerdem brauchte sie das Koffein. Es gab noch so viel zu tun.

Sie musste ins Büro und alles klären, was nach einer Hochzeit zu klären war. Die Cateringfirma hatte hoffentlich aufgeräumt, bevor sie gegangen war, und die Putzkolonne, die sie beschäftigte, hatte vermutlich schon die Tische und Stühle weggeräumt und die Küche und die Waschräume geputzt.

Aber zuerst einmal war sie kurz vor dem Verhungern und schätzte, dass es Nick genauso ging. Im Gefrierschrank fand sie noch ein paar Mini-Quiches. Sie zog sie heraus und schaltete den Ofen ein. Außerdem hatte sie noch eine halbe Tüte Süßkartoffel-Pommes-frites, die bei der gleichen Temperatur gegart werden mussten. Und auf dem Tresen lag eine Cantaloupe-Melone.

Nick kam in die Küche geschlendert und zog sie in seine Arme. Sie ließ es zu, und es gefiel ihr, wie gut sie zusammenpassten.

»Guten Morgen«, sagte er und schaute zur Uhr an ihrem Herd. »Oder besser guten Nachmittag. Ist bei dir alles okay?«

Sie lächelte. »Ich glaube, du warst mit mir unter der Dusche. Auch wenn *okay* nicht mal ansatzweise beschreibt, wie ich mich fühle, geht es mir gut. Danke.«

»Mir auch.«

Sie lächelten einander an.

Sie hatte zwar eine Ersatzzahnbürste für ihn gehabt, aber keinen Rasierer, den er benutzen wollte, also war sein Kinn ein wenig stoppelig. Sie strich mit der Hand darüber.

»Das steht dir gut.«

»Lässt mich gefährlich aussehen, hm?«

Sie lachte. »So weit würde ich nicht gehen, aber es verleiht dir eine gewisse Kantigkeit.«

»Daran muss ich denken, wenn ich meinen Sex-Appeal anschalten will.«

»Dafür brauchst du wirklich keine Unterstützung«, gab sie zu. Zumindest nicht bei ihr. Sie zeigte auf das Essen auf dem Tresen. »Das ist ein sehr gemischtes Angebot, aber wenigstens enthält es Elemente eines Frühstücks. Oder zumindest eines Brunches.«

»Für mich reicht es. Was willst du mit dem Rest des Tages anfangen?«

Fragte er, weil er ihn mit ihr zusammen verbringen wollte? Vorfreude gesellte sich zu dem Kribbeln. Mit einem Mal schien die Arbeit überhaupt nicht mehr wichtig zu sein.

»Ich würde gerne nachsehen, ob *Weddings in a Box* wirklich abgeschlossen ist. Aber das ist auch das Einzige, was ich tun muss«, sagte sie. »Was hattest du im Sinn?«

»Vielleicht einen Film und dann ein gemeinsames Dinner. Danach könnten wir zu mir fahren und …« Sein Lächeln schwand und er stieß einen unterdrückten Fluch aus. »Ich wohne bei meinem Bruder. Ich kann dich nicht mit in meine Wohnung nehmen, weil ich gar keine Wohnung habe.«

Sie unterdrückte ein Kichern. »Du hast vor, nach Dubai zu gehen. Also ist es nur logisch, dass du dir nicht die Mühe gemacht hast, eine eigene Wohnung zu mieten.«

»Trotzdem, es gibt mir das Gefühl, als wäre ich achtzehn und würde immer noch zu Hause wohnen.«

»Tja, dann komm einfach wieder mit zu mir. Mein Bett scheint für uns zu funktionieren.«

Er zog sie an sich. »Alles an dir funktioniert für mich.«

»Nett zu wissen.«

Sie legte das Essen auf ein mit Backpapier ausgelegtes Backblech, schob es in den Ofen und stellte die Uhr, bevor sie sich wieder in Nicks Umarmung begab. Er knabberte an ihrem Hals, dann richtete er sich auf und sah sie an.

»Warum bist du nicht verheiratet?«

Sie neigte den Kopf. »Es ist eine Weile her, dass ich Übernachtungsbesuch hatte, aber ich bin mir ziemlich sicher, dass das eine recht unerwartete Frage für den Morgen danach ist.«

»Ich meine es ernst.«

»Ich auch.«

Nick lehnte seine Stirn an ihre. »Du bist wunderschön, du bist klug, du bist lustig, du bist ein guter Mensch und du hast eine erfolgreiche Firma. Offensichtlich bist du nicht das Problem. Also, warum bist du nicht verheiratet?«

War es falsch von ihr, den Teil mit dem »du bist wunderschön« im Kopf noch einmal abzuspielen? Alles, was er gesagt hatte, war toll, aber irgendwie sprach sie dieser Teil am meisten an. Vermutlich machte sie das zu einem sehr oberflächlichen Menschen.

»Wenn wir ernst werden wollen, brauche ich erst einen Kaffee.« Sie ging zur Maschine und schenkte ihnen beiden je einen Becher ein. Dann setzten sie sich an den Küchentisch, und Pallas überlegte, wie sie ihren Singlestatus erklären sollte.

»Ich bin etwas skeptisch, was Beziehungen angeht«, fing sie an. »Nicht dass ich die Männer abweisen müsste oder so. Aber ich bin vorsichtig.«

»Wegen deiner Mom?«

»Das ist sehr einfühlsam.«

Er zuckte mit den Schultern. »Eltern haben die besten Voraussetzungen, ihre Kinder zu verkorksen. Das ist eine lang gehegte Tradition. Wir werden das vermutlich auch machen.«

»Na, dann weiß ich ja, worauf ich mich freuen kann«, murmelte sie und hoffte, dass sie ihren Kindern nicht das Gefühl geben würde, ihre Liebe verdienen zu müssen. »Ich musste immer dafür arbeiten, damit sie stolz auf mich war, und ich habe immer versagt. Ich wollte nicht für irgendeinen Mann das Gleiche durchmachen müssen.«

»Echte Liebe muss nicht verdient werden.« Er klang, als wäre er sich dessen sehr sicher.

»Das Gerücht habe ich auch gehört. Aber ich weiß nicht, ob ich es glaube.«

»Cades Liebe musstest du dir nicht verdienen.«

»Er ist mein Bruder – er muss mich lieben.«

»Nein, muss er nicht. Er hat sich dafür entschieden, und es ist für euch beide leicht. Ich habe euch zusammen gesehen. Du vertraust darauf, dass er für dich da ist.«

»Ich würde gerne sagen, dass das etwas anderes ist, aber du würdest mir widersprechen und behaupten, Liebe ist Liebe.« Sie beugte sich vor. »Also, warum bist du nicht verheiratet?«

»Leidenschaft verschlingt«, sagte er ohne Zögern. »Ich habe meine Mom mit meinem Dad gesehen. Sie würde alles für ihn tun. Und er würde alles für seine Kunst tun. Ich verstehe, dass

Liebe in verschiedenen Formen kommt. Die meisten davon jagen mir eine Heidenangst ein. Zwischen Geschwistern scheint sie sicher zu sein. Aber bei allem, was darüber hinausgeht, geht man ein Risiko ein.«

»Letzte Nacht war da Leidenschaft zwischen uns.«

»Aber eine andere Art der Leidenschaft.«

Ihre Blicke verfingen sich ineinander. Sie spürte die Hitze, die er ausstrahlte, und einen Moment lang überlegte sie, sich in seine Arme zu werfen. Ihr Tisch war stabil – sie könnten es gleich hier tun. Doch eine Stimme in ihrem Kopf flüsterte, dass sie erst besser verstehen musste, warum er kein Interesse daran hatte, sich auf jemanden einzulassen.

»Also hast du Sex, wirst dich aber nicht verlieben«, sagte sie. »Was ist mit einer Beziehung? Planst du, irgendwann eine Freundin zu haben?«

Um seinen Mund zuckte es. »In der Theorie ja.«

Sie unterdrückte ein Lächeln. »Falls du sie nicht zu sehr magst?«

»Jetzt machst du dich über mich lustig.«

»Nur ein wenig, aber voller Zuneigung. Du gehst ein emotionales Risiko ein, aber nur bis zu einem gewissen Punkt. Sex ja, eine dauerhafte Bindung nein. Eine vorübergehende Bindung vielleicht, wenn kein Risiko besteht, dass sich mehr daraus entwickelt. Also stellt sich mir die Frage, warum du mit jemandem zusammen sein möchtest, wenn du der Beziehung nicht die Möglichkeit gibst, besser zu werden?«

»Musst du mir jetzt mit Logik kommen?«, grummelte er.

Sie war nicht sicher, worauf genau sie aus war. Vielleicht auf eine Erinnerung daran, dass sie ihr Herz beschützen musste. Dass Nick kein Typ für die Ewigkeit war. Denn sie suchte nicht nach einem Mann. Aber jetzt, wo sie ihn gefunden hatte, stellte sie fest, dass es ihr gefiel. Und was seine Sorge anging, dass Leidenschaft einen verschlang – nun, sie hätte nichts dagegen, sich von ihm verschlingen zu lassen.

Für den Augenblick war sie sicher. Sie mochte ihn sehr, aber sie war nicht in ihn verliebt. Sie würde vorsichtig sein müssen und aufpassen, dass sie sich nicht zu viele Gefühle für ihn erlaubte. Selbst wenn er keine Bindungsprobleme hätte, würde er Happily Inc bald verlassen.

»Mir gefällt es, dass du emotional gebrochen bist«, sagte sie fröhlich. »Das sorgt fürs richtige Gleichgewicht.«

»Ich bin nicht gebrochen. Ich bin sonderlich.«

»Ach, so nennen wir das also?«, fragte sie.

Die Küchenuhr piepte. Nick stand auf und nahm sich die Ofenhandschuhe. »Vom Klingeln der Glocke gerettet. Ist dir je aufgefallen, dass es im Leben einzig auf das richtige Timing ankommt?«

Am Montagmorgen ging Pallas extra früh ins Büro. Sie und Nick hatten einen faulen Sonntagnachmittag zusammen verbracht. Irgendwie hatten sie es nicht ins Kino geschafft, aber sie waren zum Essen ausgegangen. Er war zu seinem Bruder gefahren, um sich frische Kleidung und sein Rasierzeug zu holen, und war dann zu ihr zurückgekommen. Trotz des Kaffees um drei Uhr am Nachmittag hatte sie keine Probleme gehabt, in seinen Armen einzuschlafen.

Ich fühle mich gut, dachte sie jetzt, als sie durch das Gebäude ging und überprüfte, ob alles wieder an seinem Platz war. Sie hatte die Hochzeit aus der Hölle überstanden und mit Nick viel Spaß. Ihre weiblichen Körperteile waren über die ganze Action sehr erfreut.

Sie wusste, dass die Beziehung nur vorübergehend war, und das würde sie akzeptieren. Aber eine Affäre mit Nick würde ihr vielleicht den Mut verleihen, nach seiner Abreise einen anderen zu finden. Einen Mann, der an einem gemeinsamen Leben interessiert war. Ich wäre gerne Teil von etwas Größerem als nur mir, dachte sie sehnsüchtig. Und sie hätte gerne Kinder.

Um kurz nach drei Uhr am Nachmittag schlenderte Alan herein. Er reichte ihr einen Latte macchiato und setzte sich dann auf den Stuhl neben ihrem Schreibtisch.

»Wie war es im Gefängnis?«, fragte er.

»Ich bin nicht verhaftet worden, sondern habe eine Aussage gemacht«, rief sie ihm in Erinnerung. »Ich hätte dich zur Polizei gehen lassen sollen. Du hast das Gleiche gesehen wie ich.«

»Das ist etwas, das ich niemals vergessen werde.« Er erschauderte. »Natürlich werde ich die Geschichte im Laufe der Zeit verändern, sodass ich der Held bin, und das wird ein Heidenspaß. Aber guter Gott! Ich kann immer noch nicht glauben, dass der DJ uns mit einer Waffe bedroht hat. Auch wenn es nur eine Farbpistole war. Wer tut so etwas?«

»Kriminelle.« Sie lehnte sich auf ihrem Stuhl zurück. »Ich bin nur dankbar, dass Catherine ihn angeheuert hat. Ich habe ihr einen örtlichen DJ empfohlen, aber sie war nicht interessiert.«

»Ich bin sicher, das tut ihr jetzt leid. Geht es den Zebras gut?«

»Sieht so aus. Ich habe heute Morgen mit Carol gesprochen, und sie meinte, die Tiere erholen sich und benehmen sich wie immer.«

Ihre Freundin war über den Vorfall gar nicht so betrübt gewesen. Pallas fragte sich, ob sie sich das alles zu sehr zu Herzen genommen hatte. Vielleicht war der Regen gar kein schlechtes Omen gewesen, sondern einfach nur Regen?

»Ich glaube, wilde Tiere sind etwas, das wir in Zukunft nicht groß anpreisen sollten«, sagte sie. »Aber unseren Kunden ein paar maßgeschneiderte Details anzubieten könnte Spaß bringen.«

»Ich frage mich, ob irgendjemand eine Geiselnahme-Hochzeit will.« Alan lachte leise. »Ich hätte es geliebt, Geralds Gesicht zu sehen, wenn er noch unter uns weilen würde. Kannst du auch vor dir sehen, wie er zu dem DJ marschiert und sehr ernst sagt: ›So etwas wird hier nicht gemacht, junger Mann.‹«

»Es ist lustig, darüber nachzudenken, aber wenn es wirklich passiert wäre, hätte ich mir Sorgen gemacht, dass er verletzt wird.«

»Was nur einer der Gründe ist, warum er dich angebetet hat.« Alan schüttelte den Kopf. »Ich erinnere mich noch, wie du hierherkamst, um bei uns zu arbeiten. Du warst so stolz auf deine Disneyland-Erfahrungen.«

»Keine Witze über Micky Maus«, sagte Pallas ernst. »Ich habe es geliebt, dort zu arbeiten. Die besonderen Partys waren den Gästen so wichtig. Es hat echt Spaß gebracht.« Sie seufzte. »Und es war der Grund, warum ich in einigen meiner Kurse am College nicht so gut war, wie ich hätte sein können, was eine Reihe von Ereignissen in Gang gesetzt hat, die mein Leben total verändert haben.«

»War das gut oder schlecht?«

Damals hätte sie behauptet, dass es eine Katastrophe war. Aber jetzt wusste sie, dass der Studienabbruch schlussendlich doch ein Segen für sie gewesen war.

»Ich weiß meinen Abschluss mehr zu schätzen, weil ich ihn mir selber verdient habe«, sagte sie langsam. »Und ich habe bei der Arbeit hier wundervolle Erfahrungen gemacht.«

»Gerald war von Anfang an von dir beeindruckt. Nach deinem ersten Bewerbungsgespräch hat er mir gesagt, dass du die Firma eines Tages leiten wirst. Und nun tust du es.«

Aber nur wegen Geralds großzügigem und unerwartetem

Erbe. »Warum hat er mir die Firma überlassen und nicht dir? Ihr beide standet euch nahe.« Sie wollte die Beziehung der beiden nicht näher bezeichnen. Sie wusste zwar, dass Gerald und Alan einmal zusammen gewesen waren, kannte aber keine Einzelheiten. Waren sie Freunde mit gewissen Vorzügen gewesen? Partner? Danach zu fragen war ihr immer unhöflich vorgekommen.

Alans Miene wurde weich. »Er wusste immer, dass ich *Weddings in a Box* mochte, aber dass du die Firma liebst. Du hast dich mit Leidenschaft und Begeisterung um alle Aspekte gekümmert. Er hat dieses Geschäft aus dem Nichts aufgebaut und wollte, dass jemand es erbt, der dieses Vermächtnis zu schätzen weiß.«

»Ich denke gerne, dass er glücklich damit wäre, wie es jetzt läuft.«

»Ich bin mir sicher, das ist er.«

Pallas dachte an die Unterhaltung mit Nick. Sie hatte vergessen, die Liebe zu erwähnen, die zwischen ihr und Gerald geherrscht hatte. Eine Liebe, in der sie nichts erwartet und alles bekommen hatte. Gerald war am ersten Tag ein vollkommen Fremder gewesen, doch am Ende hatte er ihr Leben verändert. Nicht dass Libby es verstehen oder es schätzen würde, von dieser bedingungslosen und großzügigen Liebe zu hören.

»Außer, du denkst immer noch darüber nach zu verkaufen«, fügte Alan an.

»Das tue ich nicht. Ich gebe zu, jedes Mal, wenn meine Mutter mir gegenüber die Bank erwähnt, zieht sich mein Magen zusammen, und ich fühle mich schuldig. Aber wenn ich dort arbeiten wollte, würde ich es bereits tun. Ich gehöre einfach hierher.«

Alan schniefte. »Unser kleines Mädchen ist erwachsen geworden.« Er stand auf. »Okay, Darling, ich fahre nach L.A.

zurück. Ich werde auf verschiedenen Partys erwartet. Zur Hochzeit von Nova und Joel bin ich zurück. Die will sich keiner entgehen lassen.«

Pallas stand auf und umarmte ihn. Nachdem er hinausgegangen war, kam Silver herein. Pallas warf einen Blick auf ihre Freundin und wusste, dass es nur einen Menschen gab, der dieses Feuer in Silvers blassen Augen entzünden konnte.

»Was hat er nun wieder gemacht?«, fragte sie.

»Ich hasse Drew.« Silver tigerte zum anderen Ende des Raumes und wieder zurück. »Ich hasse ihn.«

Pallas hätte beinahe gefragt: »Warum hasst du ihn dieses Mal?«, denn obwohl die beiden schon vor Jahren miteinander Schluss gemacht hatten, war das zwischen Silver und Drew nie ganz vorbei gewesen. Nur schätzte sie, dass diese Frage nicht sonderlich unterstützend gewirkt hätte. Also fragte sie stattdessen: »Was ist passiert?«

Silver stemmte die Hände in die Hüften. »Er hat gesagt, ich fehle ihm.«

»Der Mistkerl.«

Silver funkelte sie an. »Findest du wirklich, dass jetzt der richtige Zeitpunkt für Sarkasmus ist?«

»Sarkasmus ist wie Wackelpudding. Es ist immer der richtige Zeitpunkt, und es gibt immer noch genügend Platz dafür.«

Silver ging zu einem der Stühle und ließ sich daraufsinken. Dann verbarg sie ihr Gesicht in den Händen und stöhnte. »Ich hasse ihn. Du erinnerst dich daran, was er mir angetan hat, oder?«

»Ja, aber das ist lange her. Du musst das mal loslassen.«

»Das kann ich nicht. Er ist ständig da. In meinem persönlichen Bereich. Warum kann er nicht heiraten und mich in Ruhe lassen?«

»Warum kannst du nicht heiraten und ihn vergessen?«

Silver warf ihr einen finsteren Blick zu. »Erst Sarkasmus und jetzt Logik? Warum bist du so gemein?«

»Ich versuche nur zu helfen. Du musst ihn loslassen. Ansonsten wirst du für immer gefangen sein. Das ist nicht gesund.«

»Ich kann nicht loslassen. Ich hasse ihn. Ich werde ihm niemals verzeihen.« Sie erhob sich. »Komm, geh mit mir was trinken.«

»Es ist gerade mal drei Uhr nachmittags. An einem Montag.«

Silver verdrehte die Augen. »Das hier ist ein Notfall. Ich brauche meine Freundin.«

Worte, die man nicht ignorieren kann, dachte Pallas und schnappte sich ihre Tasche. »Dafür bist du mir was schuldig.«

»Ich weiß. Ich mache es wieder gut, das schwöre ich.«

Pallas machte sich mehr Sorgen darüber, wieso Silver immer noch so viel Energie für Drew aufbrachte. Das Gegenteil von Liebe war nicht Hass, sondern Gleichgültigkeit. Trotz all der Jahre und Meilen zwischen den beiden erschien es ihr, als hätten weder Silver noch Drew einen Weg gefunden, im Leben weiterzumachen.

»Vielleicht solltest du noch mal mit ihm schlafen. Nur um ihn aus deinem System zu kriegen.«

»Ich würde ihm lieber die Kehle aufschlitzen.«

Pallas zuckte zusammen. »Das ist der Moment, in dem ich dich daran erinnere, dass er mein Lieblingscousin ist. Keine aufgeschnittenen Kehlen.«

»Kann ich sein Herz herausreißen und es dir auf dem Silbertablett servieren?«

Das ist mal ein Bild, dachte Pallas und erschauderte. »Äh, nein. Hass ihn einfach. Ich denke, das ist für alle Beteiligten am sichersten.«

»Nie darf ich Spaß haben.«

Marla, Pallas' Lieblingscaterin, blätterte auf ihrem Tablet die nächste Seite auf. »Ich genieße es, mal kreativ sein zu können«, sagte sie glücklich. »Vegetarisch kann so schwierig sein. Man verfällt schnell in das Vorhersehbare, und viele Gäste rümpfen sofort die Nase. Ich will einen netten Mix aus traditionellen Speisen mit vegetarischen Optionen, der alle glücklich macht.«

Pallas betrachtete die Bilder. Sie sahen alle köstlich aus, und ihr Magen fing an zu knurren. Tim, Novas Vater, war im Gegensatz zu Nova und Joel Vegetarier. Das gab Marla die Chance, auf zwei Gebieten zu glänzen.

»Nova hat mir außerdem gesagt, dass sie und Joel den Vorschlag mögen, anstelle eines gesetzten Essens Fingerfood in verschiedenen Varianten zu servieren«, fuhr Marla fort. »Das passt zu der Skurrilität der Hochzeit. Hat sie dir erzählt, dass sie Gaming-Stationen aufbauen wollen? Ich persönlich würde mir ja Sorgen machen, dass meine Gäste das Spielen interessanter finden als die Hochzeit.«

»Ich schätze, sie sind gewillt, dieses Risiko einzugehen.«

Sie gab Marla das Tablet zurück und holte ihre Notizen hervor. »Silver hat gesagt, du hättest eine Idee für den Cocktail?«

»Ja, wir haben zusammen daran gearbeitet. Wir sollten gestern zusammenkommen, um eine Entscheidung zu treffen, aber sie hat sich nicht gut gefühlt.«

Ohne Zweifel wegen ihres Katers, dachte Pallas mitfühlend. Der Cocktail-Umtrunk war bis tief in die Nacht hinein gegangen, und ihre Freundinnen hatten sich auch noch zu ihnen gesellt. Pallas hatte es ruhig angehen lassen, aber Silver hatte dem Alkohol reichlich zugesprochen. Alles, um Drew zu vergessen.

»Du musst den Pop-Tail probieren. Das ist quasi ein Eis-am-Stiel-Cocktail. Man mischt den Drink an und friert ihn dann ein«, sagte Marla.

»Ich dachte, Alkohol gefriert nicht?«

»Tut er auch nicht, aber wenn es genügend andere Zutaten gibt, klappt es. Ich habe verschiedene, die ich ausprobieren möchte. Das ist dann mal etwas anderes. Silver und ich werden uns absprechen, sodass alles, was ich mache, zu ihrem speziellen Cocktail passt.«

Marla zeigte ihr ein Foto von einem Margarita-Pop.

»Ist der in Salz getaucht?«, fragte Pallas.

»Jupp. Wir können sogar aromatisierte Salze nehmen, wenn wir wollen.«

Die Temperaturen wären warm – da käme ein eisiger Drink gerade recht. »Ich kann es kaum erwarten zu hören, was Nova dazu sagt. Ich glaube, sie wird die Idee lieben.«

»Das hoffe ich doch. Jetzt zu den Speisen.« Marla stellte ihr Tablet auf und fing an, durch die Menüfotos zu scrollen. »Nova meinte, ihr Dad wäre ein großer Fan von Makkaroni mit Käse, also dachte ich, wir machen kleine Trüffel-Makkaroni-Käse-Spieße. Dazu gefüllten Rosenkohl und Avocado-Boote. Außerdem möchte ich gerne Mini-Burger anbieten. Sie sind ungefähr ein Viertel so groß wie normale Burger, also nicht mehr als ein Bissen. Wir können normale Hamburger und auch Chickenburger machen und mit den Zutaten experimentieren.«

»Ich finde die Idee toll, aber wie bekommen wir die ganzen Zutaten auf so ein winziges Stück Fleisch?«

»Man gibt sie direkt in das Fleisch oder in die Soße.«

Außerdem sollte es Dips in Schnapsgläsern mit Pitabrot-Ecken oder Gemüsesticks geben, verschiedene Kebab-Varianten und ganz viele winzige Desserts.

»Wann sprichst du mit Nova?«

»Morgen. Ich freue mich schon so.«

Nick kam ins Büro. Sein Blick fing den von Pallas auf und übermittelte ihr stumm, wie sehr er sich freute, sie zu sehen.

»Hi, Marla«, sagte er. »Pallas.«

Sie lächelte, und Marla winkte.

»Wir reden gerade über das Essen«, erklärte die hübsche Gastronomin.

Nick warf einen Blick auf das Tablet. »Wenn es Makkaroni und Käse gibt, weiß man, dass es gut wird.«

»Männer«, sagte Marla und lächelte. »Ich frage mich, ob ich einen Poptail mit Jack Daniel's machen kann. Ich werde mal ein wenig herumprobieren.« Sie sammelte ihre Sachen ein. »Ich muss los, um mich auf den morgigen Anruf vorzubereiten.«

Damit stand sie auf und ging. Nick wartete, bis sie fort war, dann zog er Pallas auf die Füße.

»Hey, du«, murmelte er.

»Selber hey.«

Er küsste sie, und sie schlang die Arme um ihn. Während die Wärme sich in ihrem Körper ausbreitete, spürte sie, wie sie sich dem Moment ergab. Wenn sie ihre Bürotür abschließen würde, könnten sie …

Ihr Handy vibrierte. Sie schaute auf das Display und trat einen Schritt zurück, als sie sah, wer da anrief.

Sie drückte auf Lautsprecher und sagte: »Hi, Nova, ich habe mich gerade mit Marla getroffen. Du wirst die Sachen lieben, die sie sich hat einfallen lassen. Wir freuen uns alle so sehr darüber, wie sich die Einzelheiten deiner Hochzeit nach und nach zusammenfügen.«

Einen Moment herrschte Schweigen, gefolgt von einem erstickten Schluchzen. Pallas umfasste ihr Handy fester. Ihr Magen zog sich zusammen, und ihr wurde eiskalt.

»Nova?«

»W-wir können das nicht machen. Es ist mein Dad.«

Ein leichtes Grauen gesellte sich zu Pallas' anderen Gefühlen. »Geht es ihm gut?«

»N-nein. Sein Zustand hat sich verschlechtert. Es sieht nicht gut aus.«

Nick legte einen Arm um Pallas, sagte aber nichts.

»O nein. Wie können wir helfen?« Pallas dachte an den warmen, liebevollen Vater, dessen letzter Wunsch es war, seine Tochter heiraten zu sehen.

»Gar nicht. Niemand kann helfen. Er stirbt. Sie glauben nicht, dass er die Woche übersteht. Die Hochzeit ist abgesagt.«

Pallas spürte, wie ihre Augen sich mit Tränen füllten. »Nova, das tut mir so leid. Brauchst du irgendetwas? Sollen wir die Hochzeit zu euch bringen?«

Sie hatte keine Ahnung, wie das gehen sollte, aber es waren ausreichend kluge, entschlossene Menschen in die Sache involviert. Sie würden einen Weg finden.

»Es ist zu spät. Für alles. Hör mal, ich melde mich wieder, aber jetzt muss ich los. Ich muss jede Sekunde mit ihm verbringen.«

»Natürlich. Richte ihm unsere besten Grüße aus.«

»Danke.«

Nova legte auf.

Pallas ließ das Handy sinken. »Ich kenne den Mann kaum. Es sollte mich nicht so berühren, aber das tut es.«

Nick zog sie an sich und hielt sie fest. Er sagte nichts, aber das warme Gefühl seiner Umarmung war genau das, was sie jetzt brauchte.

13. Kapitel

Nick hielt die Kettensäge in beiden Händen. Das Gewicht war vertraut, genau wie das Gefühl, darauf zu warten, dass das Holz ihm sagte, was es wollte. Er stand im hinteren Bereich des Ateliers und hatte das einen Meter fünfzig hohe Holzstück mit schweren Metallkrallen gesichert. Nachdem er ein paar Mal um den Holzblock herumgegangen war, warf er die Kettensäge an und schaltete sie gleich wieder aus. Er hatte keine Ahnung, was er als Nächstes tun sollte.

Er fragte sich, woran das lag. Wenn er sich sonst so einem Stück wie diesem näherte, benötigte er nur ein paar Minuten, um genau zu wissen, was er tun würde. Es war eine symbiotische Beziehung, als ob das Holz umso mehr zu ihm sprach, je mehr er hineinschnitt. Aber dieses Mal nicht.

Er wusste nicht, was los war. Vielleicht lag es daran, dass er seit seinem Umzug nach Happily Inc mit anderen Materialien gearbeitet hatte? Vielleicht daran, dass er so wütend war, dass er nicht geradeaus gucken konnte? Nichts davon war hilfreich für ein gutes Ergebnis – vor allem, weil er nicht genau wusste, weswegen er so wütend war. Weil Tim im Sterben lag? Weil das Leben so unfair war? Wie auch immer, er musste den Kopf freibekommen. Für seine Arbeit war es extrem wichtig, in Übung zu bleiben, und wütend zu sein hieß, das Risiko einzugehen, das Material oder sich selbst zu verletzen.

Er legte die Kettensäge auf den Boden und nahm seine Schutzbrille ab. Dann ließ er seine Handschuhe fallen und starrte das Holz an.

Das ist verdammt verkehrt, dachte er grimmig. Und zwar alles. Dass Tim starb, dass die Hochzeit abgesagt worden war. Pallas war am Boden zerstört gewesen. Er schätzte, den anderen Lieferanten ging es ähnlich. Nicht nur, weil sie alle zusammen versucht hatten, ein einzigartiges Erlebnis für Braut und Bräutigam zu erschaffen, sondern auch, weil sie sich selber etwas beweisen mussten. Das Projekt hatte sie zusammengebracht, herausgefordert. Und jetzt war es vorbei.

Aus dem Augenwinkel nahm er eine Bewegung wahr – Ronan. Sein Bruder beäugte ihn misstrauisch.

»Alles okay?«

Er und Ronan hatten in den letzten paar Wochen nicht viel Kontakt gehabt. Aus seiner Sicht zog sich sein Bruder von ihm und Mathias zurück, aber vielleicht sah er das auch falsch. Es war möglich, dass ihn genauso viel Schuld daran traf.

»Es spricht nicht mit mir«, sagte er und zeigte auf den Holzblock.

»Das wird es irgendwann tun. Oder auch nicht.«

Eine Aussage, die eher realistisch als unkonstruktiv war. Denn das Medium musste eine Stimme haben. Die Leute glaubten immer, dass ein Künstler sich einfach hinsetzte und etwas erschuf, aber so war das nicht. Alles, was sie berührten, war in der einen oder anderen Form aus der Erde gekommen. Materie konnte verändert, aber niemals zerstört werden.

Kurz fragte er sich, ob Künstler, die mit Plastik oder von Menschen gemachten Materialien arbeiteten, jemals das Flüstern gehört hatten. Dann schüttelte er die Frage ab. Die Antwort würde ihm in keiner Weise helfen, und er war es leid, nichts zu wissen.

»Was ist los?«, fragte Ronan. »Abgesehen von der Restaurierung der Paneele hast du seit deiner Ankunft hier nicht mehr mit Holz gearbeitet.«

»Ich musste nachdenken.«

»Worüber?«

Nick war überrascht, dass Ronan auf ihn zukam. »Eine Hochzeit ist abgesagt worden.«

»Und?«

Genervtheit flammte in ihm auf. Nick unterdrückte sie und sagte sich, dass Ronan die Einzelheiten nicht kannte.

»Diese Pappmaschee-Sache, an der ich gearbeitet habe – die war für diese Hochzeit.«

»Die auf dem Videospiel basiert?«

»Ganz genau. Nova und Joel mussten die Hochzeit so schnell ansetzen, weil ihr Vater Krebs hat. Er wollte seine Tochter zum Altar führen, bevor er stirbt. Wir haben gerade gehört, dass es ihm schlechter geht und er nicht mehr lang genug zu leben hat.«

Nick umkreiste das Holz, bemerkte ein paar Knoten und eine rohe Stelle, wo ein Ast abgesägt worden war.

»Es ist nicht nur die Hochzeit«, fuhr er fort. »Es ist auch, was sie uns allen bedeutet hat. Wir haben uns zusammengesetzt, haben etwas erschaffen, das größer ist als wir. Es war Pallas sehr wichtig.«

Und damit auch ihm. Was er nicht aussprechen musste, denn Ronan war nicht dumm.

»Bist du mit ihr zusammen?«

Nick nickte.

»Ist es etwas Ernstes?«

»Ich werde nach Dubai gehen. Es ist für den Moment.« Und es war toll. Sie brachte ihn zum Lachen. Es war so leicht, mit ihr zusammen zu sein. Und ihnen gingen nie die Gesprächsthemen aus. Der Sex war umwerfend, aber er hatte ein Alter erreicht, in dem er mehr wollte, als nur flachgelegt zu werden. Er wollte …

»Es ist nur eine Hochzeit«, sagte Ronan. »Das mit dem Vater tut mir leid, aber solche Dinge passieren nun mal.«

»Hast du dir je überlegt, dich bei einer Grußkartenfirma zu bewerben?«, gab Nick angespannt zurück. »Würde es dich umbringen, dich ein einziges Mal für jemand anderen als nur für dich zu interessieren?«

»Was meinst du damit?«

»Der Vater einer Frau stirbt.«

»Es stirbt immer irgendein Vater. Wenn du davon sprichst, dass ich mich da einbringen soll – das wird nicht passieren.«

»Das sehe ich.«

Nick wusste, dass der Frust, der sich in ihm aufbaute, sehr wenig mit Ronan zu tun hatte. Trotzdem hatte er das Bedürfnis, sich an Ronan abzureagieren. Das war vielleicht nicht fair. Aber es war die sichere Variante.

»Warum berührt es dich nicht mehr?«, fragte Nick und näherte sich seinem Bruder. »Hast du Angst?«

Ronan – der seine Größe hatte, aber ungefähr zehn Kilo mehr Muskelmasse besaß – pumpte sich auf. »Halt dich zurück, Bruder.«

»Hast du Angst, jemand könnte etwas in dir berühren und dafür sorgen, dass du etwas fühlst? Und was dann? Würdest du deinen Kopf aus dem Hintern ziehen müssen und gezwungen sein, mit deiner Selbstmitleidsparty aufzuhören? Wenn du nicht darüber nachdenken könntest, wie schwer du es hast, wüsstest du vermutlich nicht, womit du deine Tage ausfüllen sollst.«

Sein Bruder sah ihn finster an. »Du hast keine Ahnung, wovon du da redest.«

»Dann erkläre es mir.«

»Du bist weder die Zeit noch die Mühe wert.«

Nick hatte gewollt, dass Ronan zuerst zuschlug. Aber was

sein Bruder gerade gesagt hatte, machte ihn so wütend, dass er ihm einen schnellen, harten Schlag verpasste. Ronan wurde vollkommen überrascht, und die Faust traf ihn am Kinn. Er reagierte mit einem schnellen Uppercut, dem Nick geschickt auswich. Während sie einander umkreisten, kam Nick der Gedanke, dass sie für diesen Scheiß nicht nur zu alt waren, sondern dass sie beide wirklich an ihren Kommunikationsfähigkeiten arbeiten mussten.

Mathias stürzte durch die Hintertür des Ateliers und trat zwischen sie.

»Was zum Teufel stimmt mit euch nicht?«, verlangte er zu wissen.

Nick und Ronan funkelten einander an.

»Ich verstehe. Ihr kloppt euch deswegen, aber ihr wollt nicht darüber reden. Das ist sehr intelligent.« Mathias schob sie weiter auseinander. »Seid ihr zwei jetzt fertig, oder muss ich euch mit dem Gartenschlauch abspritzen wie zwei wilde Hunde?«

»Ich bin fertig«, knurrte Ronan.

»Ist klar … hau einfach mal wieder ab«, spottete Nick.

Mathias sah sie beide wütend an. »Hört auf damit. Wir sind eine Familie, egal, was passiert.«

»Wir sind weniger, als wir mal waren«, erklärte Ronan und verschwand im Atelier.

Nick wollte mit etwas um sich werfen. Oder etwas oder jemanden schlagen, auch wenn das nicht so sehr geholfen hätte, wie erhofft.

»Dein Bruder ist ein Armleuchter«, sagte Nick.

»Er ist auch dein Bruder.«

»Ich weiß, und das macht mich rasend.«

»Ja, darin ist Ronan gut.« Mathias schüttelte den Kopf. »Hat euer Streit auf diese Weise angefangen?«

»So ziemlich.« Nick schämte sich zuzugeben, dass er die Konfrontation heraufbeschworen hatte. »Wie lange will er sich noch an dem festhalten, was Dad ihm erzählt hat? Für uns hat sich nichts verändert. Er ist immer noch der, der er war.«

Mathias sah ihn an. »Nick, das ist eine große Sache. Für dich ist Ronan noch genau der Gleiche. Was vermutlich auch auf Aidan und Del zutrifft. Aber nicht auf uns. Wir dachten, wir wären Zwillinge. Wir dachten, wir hätten eine Verbindung. Die ist nun fort.«

»Unsinn. Ihr habt, was ihr immer hattet. Die Verbindung zwischen euch habt ihr erschaffen. Das Einzige, was sich geändert hat, ist das Wissen.«

»So einfach ist das nicht.«

»Das sollte es aber sein. Wir sind alle Brüder und eine Familie. Ihr könnt so tun, als wäre es anders, aber dann hat Dad gewonnen. Und das will keiner von uns.«

Pallas nahm an, dass sie sich niemals eine Reise nach Afrika würde leisten können, also kam das hier der Sache am nächsten – Lunch in der Savanne. Nun, es war eigentlich ein Lunch im Wildtierreservat neben der Mülldeponie von Happily Inc, aber das musste ja keiner erfahren.

Sie und Carol saßen im Schatten eines Baumes auf einer Decke. In der Nähe grasten ein paar Gazellen, und in der Ferne stand eine kleine Zebraherde. Sogar Millie war zu sehen.

»Diese Szene verleiht meinem Truthahnsandwich ein wenig Glamour«, merkte Pallas an.

Carol reichte ihr eine kleine Tüte Chips. »Ich weiß. Es ist schwer zu glauben, dass das hier alles existiert, oder? Egal was gerade in meinem Leben los ist, ich kann immer hierherkommen, mich hinsetzen und einfach im Moment sein.«

»Ich bin froh, dass die Zebras sich erholt haben«, gestand Pallas.

»Es ging ihnen schon am nächsten Tag wieder gut. Um ehrlich zu sein, ich glaube, sie haben das kleine Abenteuer genossen.« Carols Lächeln schwand. »Wie geht es dir? Alle scheinen wegen der Absage der Hochzeit so traurig zu sein. Auch wenn ich nicht Teil davon war, habe ich das Gefühl, etwas Großes verpasst zu haben.«

»Mir geht es gut. Natürlich fühle ich mich Novas wegen schrecklich – sie muss damit zurechtkommen, ihren Vater zu verlieren –, und der Rest des Teams tut mir leid. Ich schätze, wir wollten etwas beweisen, und nun können wir das nicht.«

»Bleibst du auf sehr vielen Rechnungen sitzen?«

»Nein. Wegen des engen Zeitrahmens hat Nova alles im Voraus bezahlt. Einige Sachen können zurückgegeben werden, aber alles, was extra für sie angefertigt wurde, ist praktisch schon bezahlt. Ich werde eine Weile warten und sie dann fragen, ob sie irgendetwas davon haben will.«

Die Ironie war, dass Pallas finanziell gut aufgestellt war, egal ob die Hochzeit stattfand oder nicht. Sie war froh über den Anstieg auf ihrem Konto, aber es wäre ihr noch wesentlich lieber gewesen, wenn sie die Hochzeit hätte durchführen können.

»Es hat Spaß gemacht, die Herausforderung anzunehmen und mal etwas anderes auszuprobieren. Einen Weg zu finden, das Unmögliche möglich zu machen.« Sie biss von ihrem Sandwich ab. »Jetzt ist alles ziemlicher Mist.«

»Das tut mir leid.«

»Danke. Aber genug davon. Wie geht es dir?«

Carol zuckte mit den Schultern. »Ganz gut. Ich mache mir nur immer noch Sorgen um Millie.«

Pallas schaute zu der Giraffe. Sie knabberte an den Blättern eines Baumes. Ihr Gang war zugleich elegant und ungelenk.

»Sie frisst. Ist das nicht ein gutes Zeichen?«

»Schon, aber es reicht nicht. Ich habe das Gefühl, dass sie sich nicht richtig einlebt. Ich glaube, sie ist einsam. Sie war schon allein, bevor sie herkam, und nun ist sie es immer noch.«

»Gibt es in Millies Zukunft einen Mr. Giraffe?«

»Ich glaube nicht. Männliche Giraffen sind Einzelgänger. Die Weibchen leben normalerweise in einem lockeren Herdenverband. Ich will mal gucken, ob ich ein paar weitere weibliche Giraffen finde, damit Millie Freundinnen bekommt.« Um ihren Mund zuckte es. »Das Geld dafür aufzutreiben wird allerdings eine Herausforderung. Giraffen sind nicht billig. Und dann kommen noch die Kosten für Futter und Pflege dazu. Ganz zu schweigen von dem Transport.«

Pallas legte ihr Sandwich ab. »Oh, wow. Daran habe ich gar nicht gedacht. Natürlich muss man sie irgendwie hierherbringen. Wie zum Teufel macht man das?«

»Das ist kompliziert. Man muss einen Transportweg ohne niedrige Brücken oder Unterführungen finden.«

»Lass mich raten – dafür gibt es eine App.«

Carol lachte. »Das hoffe ich. Ansonsten werde ich eine Menge ungewöhnlicher Recherchen betreiben müssen. Und man darf nichts falsch machen, denn Giraffen senken ihren Kopf nicht auf Kommando.«

»Das relativiert meine eigenen Probleme«, erklärte Pallas. Vermutlich musste man viele Nebenstraßen nehmen, da sich Giraffen bei hohen Geschwindigkeiten auf dem Freeway nicht besonders wohlfühlten. »Du brauchst einen Giraffenbändiger oder so.«

»Erst einmal muss ich herausfinden, ob ich überhaupt eine Giraffe kaufen kann. Danach überlege ich, wie ich das Geld zusammenbekomme. Und dann mache ich mir über die Bändigeraspekte Gedanken.«

»Wo wir gerade von bändigen sprechen«, zog Pallas sie auf. »Wie war es, mit Cade zusammenzuarbeiten?«

»Hör auf, mich verkuppeln zu wollen.«

»Tue ich ja gar nicht. Ich frage nur. Seitdem ich dich kenne, hast du noch kein Date gehabt. Es muss doch einen Mann geben, der dein Interesse weckt. Ich mag etwas voreingenommen sein, aber ich finde, mein Bruder ist sehr attraktiv und …«

Pallas hielt mitten im Satz inne, als ihr eine vollkommen logische Erklärung für Carols mangelndes Liebesleben einfiel.

»Ich bin nicht lesbisch«, sagte ihre Freundin trocken.

»Es wäre aber okay, wenn du es bist.«

»Oh, danke. Aber nein. Und auch wenn ich dein Angebot, mich mit deinem Bruder zu verkuppeln, sehr zu schätzen weiß, werde ich mir selbst einen Mann suchen.«

»Sollte ich fragen, wann?«

Carol zögerte gerade lang genug, dass Pallas sich vorbeugte und fragte: »Wer ist er? Ich merke doch, dass es da jemanden gibt.«

»Es gibt tatsächlich einen Mann, den ich mag. Aber das wird niemals funktionieren, und ich will nicht darüber reden.«

»Ist er verheiratet?«

»Nein. Das wäre ja fies. Nein, er ist nicht verheiratet.« Sie nahm sich ein paar Chips. »Welchen Teil von ›Ich will nicht darüber reden‹ hast du nicht verstanden?«

»Also gibt es jemanden.«

»Ja.«

»Und er wohnt hier in der Stadt.«

Carol seufzte. »Vielleicht.«

»Das bedeutet Ja.«

»Bring mich nicht dazu, dass es mir leidtut, dich zu mögen.«

»Jetzt fange ich an zu spekulieren. Aber nur mit dir«, fügte sie schnell hinzu. »Ich werde zu niemandem sonst ein Wort sagen.« Sie hob die Hand. »Das schwöre ich.«

»Aha. Nun, wir werden sehen. Können wir jetzt bitte das Thema wechseln? Oh, ich weiß … Wie steht es mit deinem Liebesleben?«

Eine faszinierende Frage, dachte Pallas. Zumindest für sie. »Nick und ich haben ein wenig Zeit miteinander verbracht.«

Carols Augen weiteten sich. »Zeit miteinander verbracht im Sinne von einem Spieleabend? Oder im Sinne von du siehst ihn regelmäßig nackt?«

»Ich habe ihn nackt gesehen.« Sie presste die Lippen zusammen. »Es ist sehr nett. Alles. Er. Der nackte Teil. Ich mag ihn.«

»Sehr?«

»Vielleicht. Aber das ist egal. Er wird nicht lange in der Stadt bleiben.« Sie erzählte von seiner Auftragsarbeit in Dubai.

»Du könntest mit ihm gehen«, schlug ihre Freundin vor.

»Nein, könnte ich nicht. Ich habe hier eine Firma. Außerdem hat er mich nicht gefragt.«

»Was würdest du tun, wenn er es täte?«

Darüber hatte Pallas noch nicht nachgedacht. »Ich weiß es nicht. Und es ist auch egal, weil er es nicht tun wird. Wir sind uns beide im Klaren darüber, dass das eine vorübergehende Sache ist, und das ist für mich okay. Wenn er weg ist, werde ich damit zurechtkommen.«

Das Leben würde wieder in seinen altvertrauten Bahnen verlaufen, und ihr würde es gut gehen. Zumindest hoffte sie das. Sicher, Nick würde ihr fehlen, aber es war ja nicht so, dass sie in ihn verliebt war.

Und was seine Gefühle für sie anging … Sie konnte das L-Wort nicht einmal *denken*. Denn ihr war beigebracht worden, dass Liebe verdient werden musste, und sie war nicht sicher, ob sie das getan hatte. Oder überhaupt konnte.

»Ich freue mich, dass du Spaß hast«, sagte Carol. »Wenigstens eine von uns.«

»Wenn du mir erzählst, wer dein geheimnisvoller Mann ist, könnte ich helfen.«

»Danke, aber nein. Mir geht es gut. Ich bin stark und unabhängig und werde über ihn hinwegkommen und mir dann einen Besseren suchen.«

»Versuchst du gerade, dich oder mich zu überzeugen?«, fragte Pallas.

»Uns beide.«

Nach dem Lunch fuhr Pallas nicht zurück zu *Weddings in a Box*, sondern lenkte ihren Wagen in die andere Richtung, zur Familienranch am Fuß der Berge. Ihr Gespräch über Cade hatte ihr klargemacht, dass sie ihn vermisste. Nun, da Novas und Joels Hochzeit abgesagt war, hatte sie mehr Freizeit, also warum sollte sie nicht ihren Bruder besuchen?

Trotz Carols Behauptung, dass er nicht der Mann war, nach dem sie sich heimlich sehnte, fragte Pallas sich, ob er es vielleicht doch war. Wenn sie ihn jetzt besuchte, konnte sie zumindest mal herausfinden, ob Cade auch nur im Geringsten an ihrer Freundin interessiert war. Vielleicht würde ein wenig Kuppeln ihr helfen, über den Verlust der außerirdischen Hochzeit hinwegzukommen.

Sie blieb am Tor stehen und gab den Code ein, dann fuhr sie die Auffahrt entlang, die auf beiden Seiten von eingezäunten Weiden gesäumt war. Direkt vor ihr lag das alte Farmhaus, und dahinter befand sich der große, ultramoderne Stall.

Als sie vor dem Haus parkte, hatte Cade sie schon gesehen und kam auf sie zu. Sie stieg aus und lachte.

»Lass mich raten. Das Sicherheitssystem hat dir gesagt, ich wäre ein Eindringling.«

Ihr Bruder umarmte sie. »Es hat mir gesagt, dass das Tor geöffnet wurde, nachdem jemand einen autorisierten Code eingegeben hat. Das ist ein kleiner Unterschied.«

»Aber ein sehr kleiner.« Sie schaute zu dem verwitterten zweigeschossigen Haus. Das Dach war neu und die Struktur stabil, aber es benötigte eine Schicht Farbe, ganz zu schweigen davon, dass die Fenster mal geputzt werden könnten. »Und, wie überlebst du hier draußen so?«

»Gut. Ich habe alles, was ich brauche.«

»Deine Satteltasche und was Cowboys sonst noch so benötigen, um den Tag zu überstehen?«

»So in der Art. Komm rein. Ich spendiere dir eine Limonade.«

»Du hast echte Limonade?«

»Frisch gemacht von meiner treuen Haushälterin.«

Pallas dachte an ihr kleines Haus, und dass sie dem Gefühl, eine Haushälterin zu haben, nur nahe kam, wenn sie sich etwas zu essen liefern ließ. »Du hast eine Haushälterin?«

»Ich habe eine Lady, die zweimal in der Woche kommt, um zu putzen, die Wäsche zu machen und den Kühlschrank mit Mahlzeiten zu füllen.«

»Offensichtlich ist dein Gehalt wesentlich höher als meins. Ich bin neidisch.«

»Ich bezahle sie nicht«, sagte er grinsend. »Sie war eine Voraussetzung für meine Anstellung.«

»Super. Jetzt muss ich dich hassen. Und deine ganze Limonade trinken.«

Er lachte immer noch, als er die Treppe hinauf und ins Haus voranging.

Während sie ihm folgte, überlegte Pallas, wann sie das letzte Mal hier im alten Farmhaus gewesen war. Das musste als Teenager gewesen sein.

Sie und Cade hatten beide mit fünf oder sechs Jahren reiten gelernt. Pallas war zwar sehr interessiert gewesen, aber Cade hatte alles an der Ranch geliebt. In den Sommern war er quasi beim Vormann der Ranch eingezogen, der in dem Haus gelebt hatte.

Die Möbel sind irgendwie anders, dachte sie auf dem Weg durch das große Wohnzimmer, aber sie stehen an der gleichen Stelle. Der steinerne Kamin war noch so, wie sie ihn in Erinnerung hatte, genau wie der Schaukelstuhl davor.

Die Küche war renoviert worden. Vor den großen Fenstern hingen immer noch karierte Vorhänge, und auch den antiken Herd gab es noch, für den ein Designer aus der Stadt vermutlich getötet hätte. Der Kühlschrank war dagegen neu, genau wie die Mikrowelle. Eine riesige Spüle, in der ein Wurf Hundewelpen problemlos schwimmen lernen könnte, stand vor dem breiten Erkerfenster.

»Fühlst du dich hier draußen einsam?«, fragte sie.

»Nö. Ich bin nah genug an der Stadt, um alles zu besorgen, was ich brauche, und weit genug von allen entfernt, um die Ruhe zu genießen.«

»Und mit ›weit genug von allen‹ meinst du Mom?«

Er grinste schief. »Das hast *du* gesagt.«

Er gab Eiswürfel in zwei Gläser und schenkte ihnen dann aus einem Krug Limonade ein. Pallas nahm einen Schluck und seufzte. »Köstlich.«

»Komm, ich will dir etwas zeigen.«

Sie gingen auf die hintere Veranda hinaus, die ungefähr doppelt so breit und dreimal so lang war wie die vordere. Es gab Sessel und Schaukelstühle, eine Bank, die an Ketten von den

Dachbalken hing, und ein Rattansofa. Cade deutete auf Letzteres und setzte sich neben sie.

»Was gucke ich mir an?«, fragte sie.

Er zeigte zu einer der eingezäunten Weiden. »Warte nur. In einer Sekunde wirst du es sehen.«

Pallas lehnte sich in die Kissen zurück und atmete die warme, frische Luft ein. Vielleicht lag es an dem Gras oder dem Teich oder daran, dass sie den Bergen näher waren, aber die Luft war hier nicht so trocken wie in der Stadt. Sie liebte den Gesang der Vögel und …

»Sieh nur!« Sie zeigte auf die braune Stute und ihr bezauberndes, langbeiniges, ungelenkes Fohlen, die gerade in Sicht kamen. »Babypferde. Ich will eins!«

»Der kostet dich ungefähr zwanzigtausend.«

Sie hätte sich beinahe an ihrer Limonade verschluckt. »Ernsthaft? Er ist noch ein Baby.«

»Was zählt, ist das Potenzial.«

»Und gute Werbung. Zwanzigtausend? Für ein Pferd?«

»Das ist noch gar nichts. Ich will einen Hengst für die Ranch kaufen. Er ist ein ganz besonderer Kerl. Ich bin mir nicht sicher, dass ich ihn kriege, aber er wird ungefähr das Zwanzigfache kosten.«

Pallas rechnete kurz nach und keuchte auf. »Oder du könntest dir einfach eine Insel kaufen.«

»Es ist schwer, ein Zuchtprogramm mit einer Insel aufzubessern.« Cade legte seinen rechten Knöchel auf das linke Knie. »Ich werde ihn vermutlich nicht kriegen, aber es macht Spaß, darüber nachzudenken.«

»Gibt es da eine Auktion oder so?«

»Nein. Der Besitzer verkauft nicht viele Pferde, und ich bin sicher, dass andere mehr geboten haben als ich.«

»Wer ist der Besitzer?«

Die Augen ihres Bruders funkelten amüsiert auf. »König Malik von El Bahar.«

Pallas war in Geografie nie sonderlich gut gewesen und wusste nur, dass El Bahar südlich von Saudi-Arabien lag. Und vielleicht am Meer. Das Land war ein enger Verbündeter der Vereinigten Staaten von Amerika und wurde oft als Schweiz des Nahen Ostens bezeichnet. Und selbst sie hatte von den dortigen Pferden gehört.

»Er hat angedeutet, dass er gewillt wäre, ein paar seiner Pferde zu verkaufen. Rida ist der Einzige, an dem ich interessiert bin. Ich habe dem König einen Brief geschickt und gehört, dass er sich in ein paar Monaten bei mir melden wird. Wir werden sehen, was passiert.«

»Ich will dich nicht beleidigen, Cade, aber warum um alles in der Welt sollte der König von El Bahar sein Pferd dir und nicht einem der anderen extrem reichen Interessenten verkaufen?«

»Weil er mich mag.«

Pallas blinzelte ein paar Mal. »Du kennst ihn?«

»Hmhm.«

»Den König von El Bahar?«

»Damals war er noch der Kronprinz. Sein Vater ist zurückgetreten, als der älteste Sohn von König Malik achtzehn wurde.«

Offensichtlich hatte ihr Bruder ein geheimes Leben. Natürlich war er beinahe zehn Jahre lang fort gewesen, aber trotzdem. Sie hatten regelmäßig telefoniert und gechattet. Doch zu keinem Zeitpunkt hatte Cade es für nötig befunden, zu erwähnen, dass er den zukünftigen König von El Bahar getroffen hatte?

»Ist er nett?«

»Das Wort würde ich nicht benutzen. Er ist sehr autoritär, aber ein anständiger Kerl. Er war in Texas, um sich Pferde anzusehen, und hat einige von uns zum Essen eingeladen. Unsere Beziehung ist meine einzige Chance, Rida zu bekommen. Aber wenn es mir gelänge, würde das alles ändern.«

Pallas versuchte immer noch, die Neuigkeiten ihres Bruders zu verdauen. »Ich frage mich, ob wir Haremshochzeiten anbieten sollten.«

»Ist das nicht eher eine Männer- als eine Frauenfantasie?«

»Vermutlich schon, aber es ist ein interessanter Gedanke. Wenn du das Pferd kaufst, würdest du dann nach El Bahar reisen, um es abzuholen?«

»Ich denke eher, dass sie ihn herbringen und jemanden mitschicken würden, der ihm hilft, sich hier einzuleben. Aber mit dem Problem muss ich mich im Moment noch nicht beschäftigen.«

Sie stieß mit ihm an. »Darauf, dass es hoffentlich bald ein Problem wird.«

Er lachte.

Sie richtete ihre Aufmerksamkeit wieder auf die Stute und ihr Fohlen. Die beiden zusammen sehen so … richtig aus, wie eine Einheit, dachte sie. Zufrieden damit, an diesem schönen Frühlingstag einfach nur zu sein. Sie und ihre Mutter waren nie so gewesen. Egal was, es hatte immer Spannungen gegeben. Pallas hatte sich so bemüht, ihr zu gefallen, doch so sehr sie es auch versuchte, sie hatte immer versagt. Selbst als sie noch ganz klein gewesen war.

»Erinnerst du dich noch gut an Dad?«, fragte sie.

»Klar. Er hat mich bis zu seinem Tod jedes Wochenende zum Reiten hierhergebracht.«

Pallas erinnerte sich nicht daran, dass das so oft passiert war, aber da schien sie sich zu irren. »Ich kann mich nur noch ganz verschwommen an ihn erinnern«, gab sie zu. »Ich habe ein paar Bilder im Kopf, aber nichts Spezielles.«

»Ich erinnere mich noch an alles. Als Mom mir erzählt hat, dass er gestorben ist, habe ich mich geweigert, ihr zu glauben. Ich habe ihr ständig gesagt, dass es sich um einen Fehler handeln muss. Und ich hatte wochenlang Albträume.«

Pallas fragte sich, wieso sie das nicht gewusst hatte. Sie erinnerte sich daran, dass Cade sehr traurig gewesen war. Aber damals, mit zehn, hatten sie beide sehr unterschiedliche Leben geführt. Sie hatte ihre Freundinnen gehabt, und er hatte mit seinen eigenen Freunden abgehangen. Und an den meisten Wochenenden war er nicht da gewesen. Reiten, dachte sie, und die Vergangenheit kehrte zu ihr zurück.

»Hat er sich gegen Mom behauptet?«, wollte sie wissen.

»Nein, das war nicht seine Art.« Er runzelte die Stirn. »Ich weiß nicht, was sie ineinander gesehen haben. Bei Grandpa Frank einzuziehen kann ihrer Ehe nicht geholfen haben, denn mit Verwandten zusammenzuwohnen ist niemals einfach.«

»War das seine Entscheidung oder ihre?«, fragte sie, bevor sie hinzufügte: »Egal. Wir waren Kinder. Woher sollten wir das wissen.«

Das war nicht gerade ein fröhliches Thema. Sie suchte nach einem besseren und lächelte.

»Wie findest du Carol?«

»Nein.«

Sie sah ihn an. »Was soll das heißen?«

»Du wirst mich nicht mit deinen Freundinnen verkuppeln. Das kannst du gleich vergessen, Pallas. Ich meine es ernst.«

»Das klingt aber sehr entschieden.«

»Hey, ich habe auch etwas von Mom in mir, nicht nur du.«

Sie wollte protestieren, dass sie überhaupt nichts mit Libby gemeinsam hatte, fürchtete aber, wenn sie sich weiter auf dieses Thema einließ, würde sie nur mit verletzten Gefühlen enden.

»Sie ist nett«, sagte sie deshalb nur. »Und Single. Ihr beide mögt Tiere.«

Er seufzte schwer. »Und hier benimmst du dich genauso wie Mom. Gib's auf, Kleine. Ich bin nicht an ihr interessiert und sie nicht an mir.«

»Bist du an sonst jemandem interessiert?«

»Im Moment nicht.«

»Keine geheime Schwärmerei für ein Mädchen, das du in Texas zurückgelassen hast?«

»Nö.«

Da war etwas an der Art, wie er das sagte. Vielleicht war das so eine Zwillingssache, aber sie wusste, dass er ihr etwas verschwieg. Sie beugte sich zu ihm. »Du lügst.«

»Da gibt es niemanden, das schwöre ich.«

»Aber?«

Er stöhnte. »Warum bist du noch mal hergekommen? Ich habe es vergessen.«

»Cade, ich werde das Thema nicht fallen lassen.«

»Gut. Ich war in Kentucky mit jemandem zusammen, aber es hat nicht funktioniert.«

»Warum nicht?«

»Sie war gewillt, mit dem Stallburschen zu schlafen, aber nicht, ihn zu heiraten.« Er hob die Hand, bevor sie etwas sagen konnte. »Ich bin glimpflich davongekommen. Sie war nicht die Richtige, und ich bin froh, dass ich es herausgefunden habe, bevor ich mich zum Idioten machen konnte. Oder schlimmer noch, sie geheiratet habe.«

»Aber du warst in sie verliebt.« Ihr Herz schmerzte allein bei dem Gedanken daran. »Sie hat dir wehgetan.«

»Nicht sonderlich schlimm. Ich bin darüber hinweg.«

»Ist sie der Grund, warum du nach Hause zurückgekommen bist?«

»Nein. Sie ist der Grund, warum ich nach Texas gegangen bin. Hierher bin ich gekommen, weil es mir ein guter Zeitpunkt für einen Tapetenwechsel zu sein schien.«

»Ich bin da, wenn du reden willst.«

»Danke.«

»Und ich könnte was mit Carol arrangieren.«

Er fluchte.

Sie lachte und lehnte sich an ihn. »Na gut. Ich höre auf mit der Carol-Sache. Vielleicht verkauft König Malik dir sein Pferd und schickt eine hübsche Pferdetrainerin mit. Dann könnt ihr beide euch Hals über Kopf verlieben und bei *Weddings in a Box* eine Haremshochzeit veranstalten.«

»Du bist ein Freak.«

»Und doch liebst du mich.«

»Das tue ich.«

14. Kapitel

Sorgfältig mischte Nick die Acrylfarben an. Er hatte bisher nie mit Farbe gearbeitet, denn das war eigentlich nicht seine Art. Seine Werke aus Holz waren lasiert, aber ansonsten ließ er sie in ihrem natürlichen Zustand, und wenn er mit Glas arbeitete, wurde die Farbe vorher hinzugegeben, nicht danach. Aber Pappmaschee war eine ganz andere Sache.

Er hatte das richtige Violett gefunden, spielte aber immer noch mit den Gelb- und Petroltönen. Bislang war ihm die perfekte Kombination noch nicht gelungen.

»Klopf, klopf.«

Er schaute auf, als Violet eintrat. Sie zog einen großen Rollkoffer hinter sich her. Er stand auf.

»Hi. Habe ich dich erwartet?«

»Nein, und du kannst mir gerne sagen, dass du beschäftigt bist. Das ist okay.« Sie rümpfte die Nase. »Ich wollte nur mit dir über die Hochzeit sprechen.«

»Die ist abgesagt worden.«

»Ja, und doch bemalst du dafür Pappmascheeblumen.«

»Ich schätze, ich kann es einfach nicht loslassen.«

»Ich auch nicht.«

Er zeigte auf die Blumen. »Ich will sie anmalen und an Nova schicken. Dann kann sie sie benutzen oder auch nicht.«

»Das waren genau meine Gedanken.« Sie legte den Koffer auf die Erde und öffnete ihn. »Ich konnte einfach nicht aufhören, an alles zu denken, was passiert ist. Ich bin traurig und habe beschlossen, so damit umzugehen.«

Das »so« war ein Kleid. Eines der Kleider der Brautjungfern, dachte Nick und betrachtete die Robe, die sie aus dem Koffer holte und auf seinem Tisch ausbreitete.

Was einmal ein schlichtes, violettes Kleid gewesen war – tailliert mit einem ausladenden Rock bis zum Boden –, war total verwandelt worden. Ein hauchdünner Stoff war zu Ärmeln drapiert. Perlen säumten den V-Ausschnitt und sternförmige Verzierungen bedeckten den Rock.

Er beugte sich vor und betrachtete die Sterne genauer. Es handelte sich nicht um Verzierungen, sondern um Knöpfe aus Glas, die von einer Art Emaille eingefasst waren. Die Farben waren perfekt – Petrol und Violett mit einem Hauch von cremigem Gelb.

»Das ist ein indisches Design«, erklärte Violet ihm. »Die Knöpfe sind antik – wenn ich raten müsste, würde ich sagen, sie sind vielleicht dreihundert Jahre alt. Sind sie nicht umwerfend?«

»Wo hast du sie gefunden?«

»Oh, ich habe Käufer auf der ganzen Welt, die mir ihre Knöpfe schicken. Die hier sind echt«, fügte sie hinzu, als er sie anstarrte. »Einer meiner Kontakte hat sie auf einem Markt gefunden. Sie lagen in einer Kiste und haben Staub angesammelt. Also hat sie sie mir geschickt. Ich habe sie schon ein paar Jahre und immer auf das richtige Projekt gewartet.« Sie seufzte. »Ich dachte, das hier wäre es.«

»Das ist es auch. Nova und Joel werden irgendwann heiraten.«

»Ich weiß, ich wollte nur dabei sein und diese Kleider angezogen sehen.«

Er ging zur Spüle in der Ecke des Ateliers und wusch sich die Hände, dann kehrte er zu dem Kleid zurück. Er begutachtete die Perlenstickerei am Ausschnitt und die Zierknöpfe. »Hast du davon ein paar übrig?«

»Klar. Für den Fall, dass einer abfällt oder so.« Violet griff in ihren Koffer und hielt ihm dann eine durchsichtige Kunststoffkiste hin, in der weitere glitzernde Knöpfe lagen.

Es gefiel ihm, wie das Licht von dem Glas aufgefangen wurde, um dann in der Emaille reflektiert zu werden. Die Kombination von hell und dunkel war genau das, wonach er gesucht hatte. Er hatte bis jetzt nur nicht gewusst, wie er so etwas zweidimensional darstellen sollte.

»Das Kleid«, sagte er.

Violet erschauderte. »Du wirst nicht das schöne Hochzeitskleid bemalen. Das kannst du nicht machen.«

»Ich hatte noch nicht angefangen, als sie die Hochzeit abgesagt hat. Aber das lag nur daran, dass ich nicht wusste, wie ich es angehen soll. Du hast mir eine Idee gegeben.«

»Dann nehme ich sie zurück.«

»Warte und lass dich begeistern.«

Er zog einen Rollwagen mit einem Overheadprojektor darauf aus seinem Schrank und schob ihn in die Mitte des Raumes vor eine weiße Wand. Dann steckte er das Kabel ein und holte eine Mappe aus seinem Schreibtisch. Während Violet wie gebannt zuschaute, legte er eine durchsichtige Folie nach der anderen auf die Oberfläche des Projektors. Auf der Wand erschien das vergrößerte Bild von Spitze.

»Das hier ist das Grundmuster der Spitze an ihrem Kleid«, sagte er.

Violet trat an die Wand. Die Absätze ihrer kniehohen Stiefel klackerten auf dem Betonboden. Sie hob die Hand und fuhr mit den Fingern die Spitze nach.

»Ich dachte, es wäre ein schlichtes Muster, das sich wiederholt, doch das ist es nicht. Siehst du, wie es einerseits eine modifizierte Lilienblüte, aber andererseits wesentlich verwirbelter ist?« Sie lächelte. »Du bist der Künstler. Wie ist der technisch korrekte Ausdruck dafür?«

»Verwirbelt ist okay.«

»Also, was hat das mit meinen Knöpfen zu tun?«

Er ersetzte die Schwarz-Weiß-Folie durch eine, die er bemalt hatte. »Die Farben stimmen noch nicht«, sagte er und trat näher an die Wand. »Das Petrol ist zu dumpf und das Gelb zu grell. Ich dachte, es läge an den Farben selbst, aber wo ich jetzt deine Knöpfe sehe, denke ich, dass es etwas ganz anderes ist.«

Er öffnete einen Schrank, in dem sich viele Farbtuben befanden. Violet folgte ihm und stöhnte, als sie das bunte Durcheinander sah. »Oh, das will ich auch. Ich könnte die Kosten für so viele Farben nie rechtfertigen, aber trotzdem. Ich bin neidisch.«

»So etwas habe ich ja noch nie gehört.«

»Du kennst keinen Farbenneid? Nun ja, wir reden nicht viel darüber. Du weißt schon – das Stigma.«

Violet ist eigentlich ganz hübsch, dachte er abwesend. Es wäre so leicht, die Unterhaltung von freundlich zu flirtig zu drehen. Es benötigte nur ein paar Worte und den richtigen Ton. Nur wollte er das nicht. Auch wenn er nicht gewillt war, dieser Sache zwischen Pallas und ihm einen Namen zu geben, war sie ihm wichtig. Und er würde ihr niemals wehtun oder sie respektlos behandeln.

»Vermutlich gibt es ein Zwölf-Schritte-Programm für deine Farbbesessenheit«, sagte er. »Du solltest dir Hilfe suchen.«

»Ich leide lieber schweigend.«

Er fand die Farbe, nach der er gesucht hatte. Ein milchiges Opal, das ein wenig schimmerte. Nachdem er sich einen kleinen Pinsel und ein Stück Pappe geschnappt hatte, kehrte er zu dem Overheadprojektor zurück und musterte den Knopf.

»Es ist die Art, wie das Licht auf die Emaille trifft«, sagte er mehr zu sich als zu ihr. »Das Glas und …«

Er gab etwas Farbe auf den Karton, tauchte den Pinsel ein und tupfte mit ihm auf der Folie herum. »Nein, das ist noch nicht richtig.«

Er sammelte weitere Farben und eine Palette zusammen, dann machte er sich daran zu mischen. Violet nahm sich ebenfalls einige Pinsel und ein paar Blatt von dem dicken, weißen Papier. Gemeinsam arbeiteten sie mit Petrol und Violett, bis sie die richtige Mischung aus dunkel und hell mit einem Hauch von Schimmer gefunden hatten.

Nick legte ein leeres Papier über das bemalte und zeichnete schnell die Spitze mit einem Filzstift nach. Dann füllte er sie mit den verschiedenen Farben, wobei er dem Beispiel folgte, das sie gemeinsam erschaffen hatten. Als er fertig war, sah er zur Wand.

»Das ist es«, hauchte Violet. »Oh, wow. Das ist es.« Sie griff nach dem Filzstift und drückte ihn auf die Zeichnung, sodass auf dem Kleid jetzt kleine, dunkle Punkte zu sehen waren. »Ich werde die Extraknöpfe an diese Stellen setzen. Ich habe genügend davon. Sie werden die Farben aufnehmen.«

»Perfekt.« Das Kleid wäre ein einzigartiger Entwurf im Stil von Novas und Joels Welt, aber dennoch elegant. »Du solltest die Knöpfe zuerst annähen. Ich weiß nicht, ob die Farbe auf dem Stoff brechen wird. Es wäre besser, ihn vor der Hochzeit nicht allzu oft zu knicken.«

»Hast du das Kleid hier?«

Er deutete mit dem Kinn zum Schrank hinüber. »Du kannst es mitnehmen und mir wiederbringen, wenn du fertig bist.«

»Soll ich eine Empfangsbestätigung oder so unterschreiben?«

»Ich glaube nicht.«

Die Tür zum Atelier ging auf, und Ronan kam herein. Nick war überrascht. Seit ihrem Streit waren sie einander aus dem

Weg gegangen. Aber da ihr Arbeitsplatz nun einmal begrenzt war, konnten sie es nicht vollkommen vermeiden, sich zu sehen.

Ronan warf ihm einen düsteren Blick zu, drehte sich auf dem Absatz um und ging. Violet räusperte sich.

»Er hat keine Ahnung, wer ich bin, also gehe ich davon aus, dass er nicht auf mich wütend ist.«

»Ronan und ich arbeiten uns gerade durch ein paar Probleme.«

»Das läuft aber nicht sonderlich gut, oder?«

»Nein.«

»Carol und ich könnten unterschiedlicher nicht sein, aber wir stehen uns trotzdem nah. Du und Ronan, ihr müsst eure Probleme klären.«

»Danke für den Ratschlag.«

»Na gut. Ignorier mich. Ist mir egal. Dann rede ich eben mit Pallas und bringe sie dazu, dich zu nerven.«

»Du weißt, dass wir uns ab und zu treffen?«

Violet grinste. »Sie ist meine Freundin, Nick. Ehrlich gesagt wissen es all ihre Freundinnen. Wir reden nur dir gegenüber nicht davon.« Ihr Humor schwand. »Aber ich gebe zu, wenn es zu einem Streit kommt, sind wir alle auf Pallas' Seite.«

»Genau wie ich.«

Pallas hatte ihr eigenes Zeitlimit fürs Trübsalblasen bereits überschritten. Trotzdem war sie immer noch deprimiert wegen der abgesagten Hochzeit. Sie war nicht sicher, warum sie das so mitnahm. Natürlich tat es ihr leid, dass Nova ihren Vater so viel früher verlor, als sie erwartet hatte, aber da war noch mehr. Sie hatte das nagende Gefühl, etwas Wichtiges verloren zu haben.

Am Montagabend machte sie sich auf den Weg zum

Boardroom Pub für das wöchentliche Turnier. Sie hoffte, ein wenig temporeicher Spaß würde ihre Laune verbessern. Und falls nicht, würde sie wenigstens Zeit mit Nick verbringen, und das war immer gut.

Als sie ankam, sah sie, dass er bereits einen Tisch in Beschlag genommen hatte. Er unterhielt sich gerade mit Mathias und Natalie, was ihr die Möglichkeit gab, ihn einfach nur zu beobachten.

Der Mann lässt mein Herz schneller schlagen, dachte sie seufzend. Nicht nur, weil er hübsch anzusehen war, sondern wegen der Art, wie sie sich fühlte, wenn sie zusammen waren. Er war ein unerwarteter Fund, und ihre Gefühle für ihn verrieten ihr, dass sie doch nicht bereit war, die Liebe völlig aufzugeben. Irgendwie würde sie über den Gedanken, dass Liebe verdient werden musste, hinwegkommen müssen. Und wenn sie das geschafft hatte, konnte sie nach jemandem suchen, in den sie sich verlieben könnte.

Eine Sekunde lang erlaubte sie sich die Fantasie, dass Nick in Happily Inc bleiben und eines Tages aufwachen und erkennen würde, dass sie die Eine war. Das war zwar höchst zweifelhaft, aber trotzdem eine nette Vorstellung.

Er sah sie und winkte sie lächelnd zu sich herüber. Sie und Natalie umarmten einander, bevor Nick sie mit einem Kuss begrüßte. Mathias streckte seine Faust aus.

»Danach sollten du und ich uns wenigstens mit der Ghettofaust begrüßen.«

Sie lachte und presste ihre Faust gegen seine.

»Ich wusste gar nicht, dass du kommst«, sagte Natalie. »Mathias und ich haben uns schon mit Atsuko und einem ihrer Freunde zusammengetan.«

»Das ist okay«, erwiderte Pallas. »Nick und ich finden schon jemanden.«

»Vielleicht taucht dein Brettspielfreund ja noch auf«, zog Natalie sie auf und warf Nick einen Blick zu. »Du hast Jasper noch nicht kennengelernt, oder?«

»Den einheimischen Serienkiller«, grummelte Mathias. »Die Frauen sind alle verrückt nach ihm, obwohl es nur eine Frage der Zeit ist, bevor sie nach und nach verschwinden werden.«

Pallas tätschelte seinen Arm. »Hast du eine deiner Brautjungferneroberungen an Jasper verloren? Sind wir wegen der Konkurrenz ein wenig verbittert?«

»Er musste womöglich ein ganzes Wochenende überstehen, ohne flachgelegt zu werden«, lachte Natalie. »Ich habe keine Ahnung, wie er das überlebt hat.«

»Okay«, sagte Mathias. »Ich werde an unseren Tisch zurückgehen und so tun, als wäre das hier nie passiert.«

Er ging, und Natalie folgte ihm lachend. Nick führte Pallas zu ihrem Tisch.

»Ich dachte, Jasper wäre der Autor, den ich so mag.«

»Das ist er auch.« Sie setzte sich auf den Stuhl, den er für sie hervorgezogen hatte. »Ich gebe zu, ich habe nicht viele seiner Bücher gelesen. Die sind mir ein wenig zu düster. Aber sie sind sehr beliebt.«

»Aus gutem Grund.« Nick setzte sich neben sie und lehnte sich zu ihr. »Brettspielfreund, hm? Also habe ich Konkurrenz.«

Oh, wenn er doch nur wirklich eifersüchtig wäre, dachte sie amüsiert. »Jasper und ich spielen regelmäßig zusammen.«

Nick hob eine Augenbraue. »Wirklich?«

»Du weißt, was ich meine.«

»Ich bin mir nicht sicher. Was für Spiele?«

»Brettspiele.«

Carol kam zu ihnen. »Ich bin ohne Partner. Ist das okay?«

»Du kannst die Aufmerksamkeit von Pallas ablenken«, sagte Nick. »Sie hat offenbar einen Brettspielfreund. Und da ich heute Abend auch hier bin, könnte es ein wenig unbehaglich werden.«

»Jasper.« Carol grinste. »Ich hoffe, dass er kommt. Er ist so interessant. Das liegt an dieser Bad-Boy-Sache.«

Wie auf Kommando öffnete sich die Tür zum Boardroom Pub, und Jasper Dembenski kam herein. Pallas lächelte, als es im Raum auf einmal ganz still wurde. Alle drehten sich zu dem Neuankömmling um.

Sie war nicht sicher, was es an ihm war, das die Menschen so faszinierte. Er war groß – beinahe eins neunzig – mit dunklen Haaren und grünen Augen. Meistens trug er einen Dreitagebart. Vermutlich hatte Jasper einfach keine Lust, sich so oft zu rasieren. Trotzdem betonte der Bart sehr effektvoll die markanten Gesichtszüge.

Jasper war nicht auf herkömmliche Weise attraktiv – dazu sah er zu gefährlich aus. Er war eher faszinierend – und sexy. Üblicherweise trug er Jeans und Stiefel und eine Motorradjacke aus Leder, weil er eine Harley-Davidson fuhr. Selbst als er jetzt nur in der Tür stehen blieb, hätte Pallas schwören können, die Eröffnungstakte von »Bad To The Bone« zu hören.

Jasper nahm seine Sonnenbrille ab und schaute sich im Pub um. Seine Augen waren von einem dunklen Grün, und er hatte unglaublich lange Wimpern. Sein Blick war so hart wie sein muskulöser Körper. Er erblickte sie und nickte, dann kam er auf ihren Tisch zu. Alle Frauen schauten ihn an und dann schnell weg, als wäre er die Sonne und zu lange in seine Richtung zu gucken wäre schmerzhaft … und gefährlich.

»Da kommt er ja«, sagte Carol erfreut. »Gut für uns. Jasper bringt mir immer Glück.«

»Welcher Art?«, zog Pallas sie auf.

»Nicht *so*. Er ist zwar nett anzusehen, aber überhaupt nicht mein Typ. Zu gefährlich, zu ruhig, zu alles. Ich mag nette, halbwegs normale Männer.«

Jasper blieb hinter Pallas' Stuhl stehen und legte die Hände auf ihre Schultern. »Ladys ... darf ich?«

»Natürlich«, erwiderte Pallas. »Jasper, das ist Nick. Nick, Jasper.«

Nick stand auf, und die beiden Männer schüttelten einander die Hand. Jasper schaute zwischen ihnen hin und her, dann schenkte er Pallas ein träges »Ich bin so sexy«-Lächeln.

»Ach, so ist das also. Seit wann läuft da etwas zwischen euch?«

Sie starrte ihn an. »Du bist gerade mal acht Sekunden hier. Wie um alles in der Welt hast du das so schnell herausgefunden?«

Er zuckte lässig mit den Schultern. Sie verstand das als: *Ich bin Schriftsteller. Es ist mein Job, Menschen genau zu beobachten und Rückschlüsse aus ihrem Verhalten zu ziehen. Danke, dass du gefragt hast, Pallas. Ich habe deinen einzigartigen Verstand und deinen Charme schon immer genossen.*

Was genau das sein könnte, was er dachte – oder überhaupt nicht.

»Was steht heute Abend auf dem Programm?«, fragte Jasper und setzte sich neben Pallas und somit Carol gegenüber.

Pallas schaute auf die Tafel. »Heute gibt es ein Monopoly-Turnier«, sagte sie und fing dann an zu lachen.

»Was?«, wollte Nick wissen.

»Es geht um Junior-Monopoly. Ich will die Katze sein.«

Nick runzelte die Stirn. »Ich verstehe nicht. Wir spielen Junior-Monopoly?«

»Ich bin kein Hundemensch«, sagte Carol. »Ich schätze, ihr Jungs wollt entweder das Schiff oder das Auto sein, richtig?«

»Ich bin der Hund«, warf Jasper ein.

»Wirklich? Danke.«

Nick wirkte immer noch verwirrt.

»Die Turniere haben immer einen Kniff«, erklärte Pallas ihm. »Wir spielen heute Abend Junior-Monopoly. Ich hoffe, ich kann die Eisdiele kaufen. Das ist mein Lieblingsgeschäft.«

»Ich will den Zoo.« Carol lächelte.

»Ihr seid komisch«, murmelte Nick. »Ich will das Auto sein.«

»Natürlich willst du das«, zog Pallas ihn auf.

Carol griff nach dem Schiff. »Meine Lieblingsfigur. Wir werden so was von unter die ersten drei kommen.«

Als die erste Pause kam, war ein Viertel der Teams bereits ausgeschieden. An ihrem Tisch hatte Carol kein Geld mehr.

»Wir haben fünfzehn Minuten, um etwas zu essen und weitere Erwachsenengetränke zu besorgen«, sagte Pallas zu Nick.

»Carol ist dauerhaft raus?«, fragte er.

»Ja. Sie ist für heute fertig. Jemand anderes wird an unseren Tisch kommen, und wir fangen wieder ganz von vorne an. Mit jeder Runde wird die Gruppe der Spieler kleiner und kleiner, bis am Ende nur noch drei oder vier übrig sind. Die spielen dann um den Titel.« Sie lehnte sich an ihn. »Gib's zu, du hast Spaß.«

»Den habe ich.« Er nickte zu der Menge an der Bar. »Ich stürze mich ins Getümmel. Was möchtest du?«

»Einen Tee.«

»Du bist so ein Leichtgewicht.«

»Ich muss nachher noch nach Hause fahren und außerdem morgen arbeiten.«

Er gab ihr einen Kuss. »Ich bin gleich zurück.«

Pallas streckte sich und schaute sich um. Sie kannte beinahe jeden hier – was nicht ungewöhnlich war. Wie musste es wohl für Menschen sein, die in einer großen Stadt aufwuchsen oder oft umzogen? Wäre es interessant, niemanden zu kennen, oder würde sie sich einsam fühlen?

Drew kam zu ihr. »Hey, du. Wie läuft's?«

Sie beäugte ihn misstrauisch. »Was ist? Wenn du über Silver reden willst, werde ich nicht mitmachen. Sie ist meine Freundin, und ich bin auf ihrer Seite.«

»Und ich bin dein Cousin. Familie zuerst.«

»Sie ist meine Freundin und nein.«

»Jetzt bin ich verletzt.«

Das bezweifelte sie.

»Ehrlich gesagt wollte ich mit dir über etwas anderes sprechen«, sagte er. »Und zwar die Bank.«

»Was ist damit?«

Er warf einen Blick über seine Schulter, als ob er sichergehen wollte, dass keiner mithörte. »Deine Mom ist sehr glücklich über irgendeine abgesagte Hochzeit. Sie scheint zu glauben, dass du jetzt deine Entscheidung, nicht für sie zu arbeiten, noch einmal überdenken wirst.«

Pallas versuchte, den Stein zu ignorieren, der sich auf einmal in ihrem Magen festgesetzt hatte. »Ich verstehe das nicht. Sie stellt all diese Regeln auf, und wenn ich sie breche, sagt sie, ich solle es vergessen. Dass ich meine Chance verpasst hätte. Also warum sollte es sie interessieren, wenn …« Sie presste die Lippen zusammen. »Sorry. Du hast keine Ahnung, wovon ich rede.«

»Da hast du recht.« Seine Miene wurde ernst. »Was ich jedoch weiß, ist, dass die Beziehung zwischen deiner Mutter und dir recht schwierig ist. Das war schon immer so. Aber du bist meine Cousine, und wir stehen uns nahe. Wenn du in der Bank arbeiten willst, musst du nur ein Wort sagen, und ich gebe dir einen Job. Lass dich von Libby nicht mehr herumschubsen, als sie es sowieso schon tut.«

Der Stein in ihrem Magen verschwand, und ihre Muskeln entspannten sich. »Warum solltest du das für mich tun? Du weißt, dass sie das verärgern würde.«

Er ließ ein Grinsen aufblitzen. »Na und? Ich bin der designierte Erbe. Alles Gute fließt durch mich hindurch.« Das Lächeln schwand. »Nein, mal ernsthaft. Du bist für die Arbeit qualifiziert. Du arbeitest hart, und die Leute mögen dich. Du bist genau die Person, nach der wir immer suchen. Also liegt es an dir. Du kannst jederzeit zu mir kommen.«

Sie schlang ihre Arme um ihn und drückte ihn ganz fest. »Danke. Ich weiß dein Angebot unglaublich zu schätzen.«

»Da steckt ein Nein drin, oder?«

Sie trat zurück. »Ja, das stimmt. Ich liebe meine Firma. Sie ist genau das, was ich mit meinem Leben anstellen will. Ich muss das meiner Mom ein für alle Mal klarmachen. Aber ich danke dir für dein Vertrauen, Drew. Das meine ich ernst.«

»Im Gegensatz zu dir liegt mir die Familie eben am Herzen.«

Sie seufzte. »Ich werde nicht über Silver reden. Also hör auf, mich dazu bringen zu wollen.«

»Erwähnt sie mich jemals?«

Pallas zeigte zu seinem Tisch. »Geh.«

»Vermisst sie mich? Einmal blinzeln für Ja.«

Sie schüttelte den Kopf. »Du bist lächerlich.«

»Ich leite eine sehr erfolgreiche Bank, Pallas. Das macht mich zu einem guten Fang.«

Damit ging er. Ein paar Minuten später war Nick mit einem Bier und einem Becher Tee zurück.

»Du wirkst nachdenklich«, sagte er, als er sich neben sie setzte.

»Drew hat mir einen Job in der Bank angeboten.«

»Willst du ihn annehmen?«

»Nein, aber ich freue mich über das, was er gesagt hat.« Sie verdrehte die Augen. »Und meine Mutter freut sich offenbar darüber, dass die Hochzeit von Nova und Joel abgesagt wurde. Sie scheint zu glauben, dass mich das zur Vernunft bringt. Ich verstehe das nicht. Sie will mich zu ihren Bedingungen als Mitarbeiterin – und *nur* zu ihren Bedingungen. Ich bin aber nicht gewillt, das zu tun, was sie sagt. Warum also versucht sie es dann weiter? Ich kann mir nicht vorstellen, dass sie sich riesig darauf freut, mit mir zusammenzuarbeiten. Wir streiten uns immer nur.«

»Vielleicht will sie dir näherkommen.«

»Das bezweifle ich. Die meiste Zeit über bin ich mir nicht mal sicher, dass sie mich mag.«

»Wirst du Drews Jobangebot annehmen?«

»Nein. Ich will *Weddings in a Box* behalten. Mir gefällt meine Arbeit. Die Schwarz-Weiß-Hochzeit hat mich ein wenig aus der Bahn geworfen, aber auf die außerirdische Hochzeit habe ich mich wirklich gefreut. Ich wollte herausgefordert werden und sehen, dass ich es hinbekomme. Das ist mir wichtig.«

»Hast du das deiner Mom gesagt?«

»Was? Und mich wie eine Erwachsene benommen? Nein. Ich wünschte nur …«

Er wartete.

»Ich wünschte, sie würde mich so akzeptieren, wie ich bin«, sagte Pallas nach einer Weile. »Ohne mir irgendwelche Ziele vorzuschreiben, die ich erreichen muss, und Regeln, die ich befolgen soll.«

Er küsste sie. »Du willst, dass deine Mom dich bedingungslos liebt.«

Wie peinlich. Das klingt ja, als wäre ich fünf, dachte sie. »Ich schätze, ich sollte damit endlich mal klarkommen.«

»Warum? Sie ist deine Mutter. Es ist ihre Aufgabe, dich zu lieben und zu unterstützen. Ja, du folgst deinem eigenen Weg. Genau wie Cade. Du willst dich von deiner eigenen Familie unterstützt und geliebt fühlen. Das ist vollkommen verständlich.«

Pallas wusste, dass er recht hatte. Sie sollte nicht gegen ihre Mutter ankämpfen müssen, nur um glücklich zu sein. Und sie sollte aufhören, ihr Leben auf Stopp zu stellen, bis sie Bestätigung bekam. Denn diese Bestätigung würde niemals kommen. Aber es war eine Sache, das zu wissen. Und eine ganz andere, sich gegen Libby wirklich zu behaupten.

»Kleine Schritte«, flüsterte sie. »Mehr kann ich nicht tun.«

»Du gehst nach vorne, und das ist alles, was zählt.«

Die Glocke ertönte und signalisierte den Anfang der zweiten Runde. Nick kehrte auf seinen Platz ihr gegenüber zurück, und Wynn kam an ihren Tisch.

»Alle an meinem Tisch sind raus«, sagte sie fröhlich. »Ich warne euch, ich habe einen Lauf.«

Pallas lachte. »Ich denke, du musst dir mehr Gedanken um Jasper als um uns machen. Wenn die Pause fünf Minuten später gekommen wäre, wäre ich mit Sicherheit auch raus gewesen.« Sie wedelte mit ihrem Spielstein. »Aber ich behalte meine Katze.«

Wynn winkte ab. »Mir ist es egal, was ich bin. Oh, und niemand darf Hunter sagen, was wir heute Abend gemacht haben. Er ist sowieso schon sauer, weil er an den Turnieren noch nicht teilnehmen darf. Wenn er herausfindet, dass wir ein Spiel für Kinder gespielt haben, wird er am Boden zerstört sein.«

»Ich werde nichts sagen«, versprach Pallas. Sie schaute auf und sah Jasper kommen. »Guck mal, wer sich zu uns gesellt«, rief sie.

Jasper erblickte Wynn. Einen Moment lang sah es aus, als erstarre er, doch das Zögern war so schnell vorbei, dass Pallas sich nicht sicher war.

Wynn und Jasper? Sie konnte sich den zurückgezogen lebenden Schriftsteller und Hunters Mutter nicht zusammen vorstellen. Welche Gemeinsamkeiten sollten die beiden haben?

»Pallas muss weiter die Katze sein«, sagte er und setzte sich.

»Das habe ich schon gehört.« Wynn lachte. »Ich nehme alles. Oh, und ich habe vor zu gewinnen, nur damit ihr es wisst.«

Siehst du, sagte Pallas sich. Die beiden waren nur Freunde. Sich irgendetwas anderes vorzustellen war einfach lächerlich.

15. Kapitel

Die enorme Hitze des Schweißbrenners erschwerte das Atmen. Selbst durch die Schutzhandschuhe hindurch spürte Nick, wie die Flammen an seiner Haut leckten. Er hatte bereits ein Dutzend kleinere Verbrennungen an den Armen. Dabei befanden Mathias und er sich gerade mal an Tag zwei ihres Metallexperiments.

Er wartete noch eine Sekunde, dann schaltete er den Schweißbrenner aus. Schnell trugen er und Mathias den Metallstab zu den Schraubzwingen und fingen an, ihn zu verbiegen. Ihnen blieb nur wenig Zeit, bevor das Metall wieder abkühlte und sie es erneut erhitzen mussten. Unglücklicherweise konnte Metall nur einige wenige Male erhitzt und wieder abgekühlt werden, bevor es nicht mehr zu verarbeiten war. Das hatte er auf die harte Tour lernen müssen, wie die zersplitterten Metallteile auf dem Betonboden bewiesen.

»Noch einmal?«, fragte Mathias.

Nick nickte.

Mathias kurbelte an der Schraubzwinge. Nick sah, wie die Stange sich drehte, brach und in fünf verschiedene Richtungen auseinanderflog. Er und sein Bruder duckten sich. Eines der Stücke traf Nick am Arm. Er verspürte einen scharfen Schmerz. Als er den Blick senkte, sah er, dass Blut über seinen Ellbogen tropfte.

»Das könnte doch schwerer sein, als es auf YouTube aussieht«, grummelte Mathias.

Nick zog Handschuhe und Schutzbrille aus und ging zur

Spüle, um seine Wunde auszuwaschen und eines der übergroßen Pflaster daraufzukleben, die er immer vorrätig hatte.

»Wir sollten vielleicht einen Kurs besuchen oder so«, schlug er vor. »Was natürlich unendlich peinlich wäre. Gehen wir ein Bier trinken?«

Sie gingen zum Boardroom Pub und bestellten sich je ein Bier, mit dem sie sich an einen Tisch am Fenster setzten. Nick lächelte, als er an das Turnier vom letzten Montag dachte. Jasper hatte gewonnen, wie Pallas vorausgesagt hatte. Sie selbst war in der dritten Runde ausgefallen, während Nick in der vierten schnell gefolgt war.

Er hatte Spaß gehabt. Die Menschen in Happily Inc waren freundlich, was ihn sehr an seine Heimatstadt erinnerte. Das touristische Element war ebenfalls ähnlich, zeigte sich jedoch auf andere Weise: Hochzeiten anstelle von Festivals.

Fool's Gold war ein toller Ort gewesen, um dort aufzuwachsen. Er hatte immer seine Brüder gehabt. Nick und die Zwillinge – so hatten alle die drei jüngeren Söhne genannt.

»Was ist?«, fragte Mathias. »Du siehst seltsam aus.«

Nick ging davon aus, dass »seltsam« auf seine Miene bezogen war, nicht auf sein Gesicht. »Ich habe mich daran erinnert, wie wir damals Nick und die Zwillinge waren.«

»Ich glaube, du meinst die Zwillinge und Nick.«

»Immer im Konkurrenzkampf.«

»Auf meine Art schon.«

Nick nahm sein Bier in die Hand. »Wie läuft es zwischen dir und Ronan?«

»Wir haben gute und schlechte Tage. Er kommt klar.«

»Aber nicht besonders gut.«

»Gib ihm Zeit.«

»Es ist beinahe drei Jahre her. Er muss darüber hinwegkommen und weitermachen.«

»Du hast leicht reden. Du hast nichts verloren.«

Nick wollte sagen, dass Ronan auch nichts verloren hatte – das Einzige, was sich geändert hatte, war eine Information. Aber er war immer noch ihr Bruder und der Liebling ihrer Mutter. Doch das auszusprechen würde nichts nützen. Es Mathias zu sagen wäre bedeutungslos, und Ronan würde nicht zuhören.

»Ronan und ich haben einen Streit«, sagte er stattdessen.

»Ach was.«

»Immer noch.«

»Ihr müsst damit aufhören.« Mathias schüttelte den Kopf. »Ich erinnere mich noch daran, wie wir uns ständig mit Dad gestritten haben.«

Entweder über die Kunst oder über unsere Brüder, dachte Nick. Sobald Ceallach erkannt hatte, dass seine beiden ältesten Söhne nicht sonderlich talentiert waren, hatte er jegliches Interesse an ihnen verloren. Nur die drei Söhne mit dem künstlerischen Potenzial waren wichtig. Selbst als Kind hatte Nick gewusst, dass das falsch war. Er hatte den eigenen Sonderstatus zwar genossen, aber dass Ceallach zwei seiner Brüder einfach ignorierte, hatte ihm Unbehagen bereitet.

»Ich kann mich einfach nicht entscheiden, ob sie es besser oder schlechter hatten«, überlegte Nick laut. »Del und Aidan mussten niemals miteinander oder mit uns wetteifern. Sie mussten sich nie mit ihm herumschlagen. Sie sind einfach losgezogen und haben sich ein eigenes Leben aufgebaut.«

»Das ist sowohl ein Segen als auch ein Fluch.«

»Was ist der Segen?«, hakte Nick nach.

»Du kannst sagen, was du willst, er ist ein guter Genpool. So gesehen hatten wir Glück.«

Nick schätzte, dass sein Bruder recht hatte. Er konnte sich nicht vorstellen, einen weniger kreativen Beruf zu haben. Klar, einiges lief schief – es gab genügend Metallsplitter, um das zu beweisen –, aber er konnte jederzeit seine Kettensäge in die Hand nehmen und das Holz für sich sprechen lassen. Er konnte schnitzen oder Glas blasen oder malen. Ohne diese Möglichkeit wäre es ihm schwergefallen zu sagen, wer er eigentlich war. Aber auch diese Kreativität hatte ihren Preis.

»Und jetzt wirst du mir sagen, dass er uns nur so hart rangenommen hat, um uns zu besseren Künstlern zu machen.«

Mathias schüttelte den Kopf. »Ich denke nicht, dass er mich besser gemacht hat. Er hat mich eher dazu gebracht, an mir zu zweifeln und mich zu fragen, ob sich all die Mühe überhaupt lohnt. Aber du und Ronan – ihr konntet mit ihm konkurrieren.«

Ein Wettbewerb, der uns viel gekostet hat, dachte Nick grimmig. Er hatte dem Medium, das er immer am liebsten gemocht hatte, den Rücken gekehrt. Seit beinahe zehn Jahren hatte er nicht mehr mit Glas gearbeitet. Mathias hatte die hohe Kunst verlassen und verbrachte seine Zeit hauptsächlich damit, praktische Gegenstände wie Vasen und Gläser herzustellen. Das war das Ergebnis von Ceallachs Urteil über seine Arbeit. Wenn ihrem Vater etwas, das Mathias gemacht hatte, nicht gefiel, hatte er es beiläufig mit dem Handrücken vom Tisch gefegt, sodass es auf dem Boden zersprungen war. Eines Tages hatte Mathias, genau wie er selbst, aufgehört, es zu versuchen.

Nur Ronan war dabeigeblieben, war gewillt gewesen, sich ihrem Vater zu stellen. Das mochte daran gelegen haben, dass er besser dazu in der Lage war, mit all dem Mist umzugehen. Oder daran, dass er stur war. Oder vielleicht auch daran, dass er einfach nur brillant war. Manchmal war er ein Arschloch, aber ein brillantes. Lustig, dass ihn das Ceallach am ähnlichsten machte.

»Vermisst du es, Dad in der Nähe zu haben?«, fragte Nick.

»Nein. Kein Stück. Und du?«

»Nö. Ich hätte schon vor Jahren gehen sollen. Es ist interessant, dass vier von uns davongekommen sind. Nur Aidan ist in Fool's Gold geblieben.«

Aidan – einer der nicht Gesegneten, wie Ceallach es ausdrücken würde. Aus Nicks Sicht war Aidan ein sehr glücklicher Kerl. Er hatte eine Firma, die er liebte, und die Frau seiner Träume kennengelernt. Vielleicht wollte ihn das Universum damit für seine beschissene Kindheit entschädigen.

»Sprichst du oft mit Mom?«, fragte Mathias.

»Ich rufe sie alle paar Wochen an. Ihr geht es gut. Sie will immer nur über Ceallach reden. Sie fragt kaum nach, was bei mir los ist.« Denn ihr Ehemann war schon immer der Mittelpunkt ihres Lebens gewesen. Neben ihm gab es niemanden. Leidenschaft verschlingt, dachte Nick erneut. Und genau deshalb war es so wichtig, sich von ihr fernzuhalten.

»Was ist mit dir?«

»Wir bleiben in Kontakt«, erwiderte Mathias. »Sie fragt mich immer nach Ronan.«

»Er ruft sie immer noch nicht an?«

»Nur sehr selten.«

»Irgendjemand muss ihm mal Verstand einbläuen«, murmelte Nick.

»Du hast es versucht und siehst ja, was daraus geworden ist.«

Nick sah seinen Bruder an. »Na ja. Ich hätte mich mehr anstrengen können.«

»Ach so? Das war also nur ein schwacher Versuch?«

»Er ist mein Bruder, Ich wollte ihm nicht wehtun. Ich habe nur versucht, ihm meinen Standpunkt klarzumachen.«

Mathias wirkte amüsiert. »Na klar. Solange es dich befriedigt …«

»Ich weiß, was dir Befriedigung verschafft«, erwiderte Nick und erinnerte sich an Natalies Spöttelei auf dem Spielturnier. »Sei vorsichtig. Aidan hatte ständig neue Frauen, und guck dir an, was aus ihm geworden ist.«

»Er ist total in Shelby verliebt und könnte glücklicher nicht sein.«

»Willst du das auch?«

Mathias zögerte nicht. »Nein.«

»Bist du sicher? Wirst du es nicht langsam leid, jede Nacht ein anderes Mädchen zu haben?«

»Das ist nur an den Wochenenden.« Mathias' Lächeln schwand. »Okay, klar, manchmal denke ich darüber nach, eine ernsthafte Beziehung zu haben, aber ich weiß es nicht. Menschen, die man liebt, hintergehen einen.«

»Nicht alle. Ich habe dich noch nie hintergangen.«

»Das weiß ich auch zu schätzen. Okay, nicht du und auch nicht Del oder Aidan, aber sonst so ziemlich jeder.« Mathias sagte das leichthin, als wäre das, was passiert war, vollkommen in Ordnung, aber Nick wusste, dass das nicht stimmen konnte. Was den Bruder anging, den er nicht erwähnt hatte – inwiefern hatte Ronan ihn hintergangen?

»Diese Gedanken sind zu tiefschürfend für diese Tageszeit«, sagte Mathias. »Was ist mit dir und Pallas? Wie läuft es so?«

Kein sonderlich subtiler Themenwechsel, aber Nick akzeptierte ihn. »Gut. Super. Ich mag sie sehr.«

»Aber?«

»Ich werde nach Dubai ziehen.«

Mathias unterdrückte ein Lächeln. »Ich hasse es, deine Seifenblase zum Platzen zu bringen, aber du hast den Auftrag noch nicht, Bruder.«

»Komm schon. Wir reden hier von mir. Wer sollte ihn sonst kriegen? Ich bin ein Mitchell.«

»Segen und Fluch, wie ich schon sagte.« Er musterte Nick. »Du bekommst den Auftrag aufgrund deines Namens.«

Nick funkelte ihn an. »Und aufgrund meines Talents.«

»Wenn du welches hättest.« Mathias hob seine Bierflasche. »Auf unsere Eltern. Zumindest haben wir jemanden, dem wir die Schuld dafür geben können, dass wir so verkorkst sind.«

Nick stieß mit seinem Bruder an. »Wenn das Leben dir Zitronen gibt …«

»Mein Verlobter und ich waren von Catherines Hochzeit so beeindruckt«, sagte die kurvige kleine Brünette begeistert. »Wir haben an dem Abend beschlossen, dass wir unsere Hochzeit hier abhalten wollen.«

Genau das hat Taylor am Telefon gesagt, dachte Pallas verwirrt. Wie konnte irgendjemand von dem Desaster beeindruckt gewesen sein? »Die schwarz-weiße Prinzessinnenhochzeit«, stellte sie klar. »Wo die Zebras ausgebüchst sind und der DJ die Gäste ausgeraubt hat.«

»Aber nur mit einer Farbpistole.« Taylor winkte ab. »Das mit den Zebras war keine große Sache und der DJ war Catherines Schuld. Es ist wichtig, die Leute gründlich zu überprüfen und die Bewertungen zu lesen.« Sie strahlte. »Ich habe alles über Sie gelesen, was ich online finden konnte. Sie haben einige ausgezeichnete Empfehlungen. Ich habe mit ein paar von Ihren Kunden Kontakt über Facebook aufgenommen und mit ihnen gesprochen. Alle lieben Sie. Sie finden, dass Sie für den Preis ausgezeichnete Arbeit leisten. Sie kümmern sich um alle Details und sorgen dafür, dass der Tag perfekt wird.«

Was für ein unerwartetes Lob, dachte Pallas und hoffte, dass sie nicht rot wurde. »Danke«, murmelte sie.

»Keine Ursache.« Taylor holte eine Mappe aus ihrer großen

Michael-Kors-Tasche. »Jake und ich wollen eine Unterwasserhochzeit.«

Pallas starrte das Bild von dem Brautkleid im Meerjungfrauenstil und die Teller in Muschelform an. Sie war sich nicht sicher, ob dieses Kleid an Taylors kleinem runden Körper gut aussehen würde.

»Haben Sie das Kleid schon anprobiert?«

»Ja, und ich bin kurz davor, es zu kaufen. Es ist fabelhaft.« Taylors glückliches Lächeln kehrte zurück. »Jake und ich haben uns am Strand kennengelernt. Wir waren im gleichen Sporttauchkurs. Ich habe nur einen Blick auf ihn geworfen und wusste es einfach.« Sie seufzte. »Unsere Flitterwochen werden wir auf Hawaii verbringen.«

»Das wird bestimmt zauberhaft. Also, äh, Unterwasser. Sie wissen aber schon, dass Happily Inc sich in der Wüste befindet, oder?«

Taylor lachte. »Natürlich. Uns gefällt, dass es so zentral liegt und dass es ausreichend Hotelzimmer gibt. Das macht es für unsere Freunde und die Familie leichter, an der Feier teilzunehmen.« Sie beugte sich vor und senkte die Stimme. »Jake wird ein Pirat sein. Wir sind schon ganz aufgeregt. Können Sie uns einen Papageien besorgen, der auf seiner Schulter sitzt?«

Pallas' erster Impuls war, Nein zu sagen. Nein zu dem Papageien, Nein zu dem Unterwasserthema, Nein zu allem. Was, wie sie sich sagte, eine Reaktion darauf war, dass Nova die Hochzeit hatte absagen müssen. Es hatte nichts mit Taylor und ihren leicht seltsamen Ideen zu tun.

Das hier ist das, was ich will, rief Pallas sich in Erinnerung. Die Chance, etwas anderes zu machen. Wenn sie und ihr Team eine außerirdische Welt erschaffen konnten, warum dann nicht auch eine Unterwasserwelt?

»Erzählen Sie mir, was genau Ihnen vorschwebt«, sagte sie und holte ihren Notizblock heraus.

»Wir wollen Farben, die dem Meer entsprechen. Wasser, Blau, Meeresgrün. Ich wünschte, es gäbe die Möglichkeit, dass es sich so anfühlt, als wären wir unter Wasser. Ich schätze, große Aquarien wären ziemlich teuer, oder?«

»Nicht nur das. Was Sie am Meer so lieben, ist die Freiheit, für die es steht. Das Meer wirkt endlos. Fische in einem Aquarium sind genau das Gegenteil davon.« Pallas presste ihre Lippen zusammen. Sie hatte keine Ahnung, woher das gekommen war.

Taylors braune Augen weiteten sich. »Sie sind gut«, hauchte sie.

»Danke. Wir können nicht im Meer sein, aber wir können die Illusion erschaffen, uns in einer Unterwasserwelt zu befinden.« Sie stand auf und trat an das Bücherregal an der gegenüberliegenden Wand. »Ich habe ein paar Bilder, die das ganz gut illustrieren.«

Sie kehrte an ihren Schreibtisch zurück und blätterte die Bilder durch. »Das hier«, sagte sie und zeigte auf eines. Eine ihrer Bräute hatte durchscheinende Gardinen rund um den Innenhof aufhängen lassen. »Sehen Sie, wie die beleuchtet sind?«

»Das ist wunderschön«, sagte Taylor, klang aber leicht zweifelnd.

»Ich habe weiße Vorhänge. Stellen Sie sich vor, sie würden von blauen und grünen Scheinwerfern angestrahlt. Wenn sie sich in der Brise bewegen, könnten sie wirklich aussehen wie Wasser. Vielleicht können wir Luftschlangen aus Metall vor die Vorhänge hängen.« Sie skizzierte ihre Idee auf ihrem Block. »Dazu könnten wir Pflanzen aussuchen, die Seegras oder Algen ähneln, und sie in den Ecken vor die Vorhänge stellen.«

»Oh, das gefällt mir!«

»Mir auch. Wissen Sie, es wäre ziemlich leicht, das Thema auszuweiten. Wie wäre es zum Beispiel mit weißen Leinentischdecken? Die sind am günstigsten und wären ein perfekter Hintergrund. Muscheln auf den Tischen, kleine Flaschenpost-Dekorationen anstelle von Platzkarten.« Sie atmete einmal tief durch. »Oh, wow. Was, wenn Sie als Einladung eine größere Flaschenpost nehmen? Die wären zwar etwas schwieriger, per Post zu verschicken, aber das könnte es wert sein. Und die Haare der Brautjungfern können mit Muschelkämmen hochgesteckt werden.«

Sie blätterte weiter durch das Fotoalbum und hielt bei einer anderen Seite an. »Silver, unsere Barkeeperin, macht diese lustigen Jell-O-Shots.« Sie zeigte auf das Bild von kleinen Schnapsgläsern, die mit Wackelpudding gefüllt waren, der mit Alkohol zubereitet wurde. »Ich wette, sie könnte sie in einer Farbe machen, die zu dem Thema passt.«

»Das fände ich toll.«

»Und was den Tischschmuck angeht, wenn Sie da auch etwas anderes haben wollen, wie wäre es mit Schatzkisten? Wir könnten die Blumen zusammen mit Glasperlen und kleinen Seesternen darin arrangieren. Das wäre einzigartig und hübsch und …«

Taylor warf sich Pallas an den Hals und brach in Tränen aus. »Ich danke Ihnen so sehr. Seitdem ich vier bin, will ich eine Meerjungfrauenhochzeit. Ich war schon bei so vielen Veranstaltern, und alle haben mir gesagt, dass mein Idee albern ist und nicht funktioniert. Sie lassen meine Hochzeitsträume wahr werden.«

Pallas erwiderte die Umarmung. »Ich freue mich, dass Sie das so sehen. Ihre Idee gefällt mir wirklich, Taylor. Wie wäre es, wenn ich ein Angebot mit all meinen Ideen zusammenstelle, damit Sie und Jake es sich in Ruhe anschauen können? Dann treffen wir uns wieder – entweder persönlich oder per Videokonferenz.«

Taylor ließ sie los und wischte sich die Tränen vom Gesicht. »Das wäre sehr schön. Vielen Dank. Sie haben keine Ahnung, wie glücklich Sie mich gemacht haben.«

Pallas war selber ein wenig aufgeregt. Sie notierte sich Taylors Kontaktinfos und versprach, ihr bis zum Ende der Woche das Angebot zu schicken.

Das ist der Grund, warum ich tue, was ich tue, sagte sie sich, nachdem Taylor gegangen war. Um Menschen an einem der wichtigsten Tage ihres Lebens glücklich zu machen. Irgendwie hatte sie zugelassen, dass dieses magische Gefühl ein Stück weit verschwunden war. Aber jetzt kehrte die Magie zurück.

Sie machte sich noch ein paar Notizen und ging dann los, um Nick zu suchen. Er war gleichzeitig mit Taylor vorgefahren, und sie schätzte, dass er hier war, um an den Paneelen zu arbeiten. Es war in letzter Zeit ziemlich warm – vielleicht hatte er ja sein T-Shirt ausgezogen.

Immer noch grinsend, bog sie um die Ecke und sah ihn über eines der riesigen Holzpaneele gebeugt stehen. Dann richtete er sich auf, und sie keuchte, als sie das große Pflaster an seinem Arm sah, das ganz von Blut durchtränkt war – als hätte es sehr lange gedauert, bis die Wunde aufgehört hatte zu bluten.

»Was hast du gemacht?« Sie lief zu ihm. »Geht es dir gut? Solltest du nicht zu einem Arzt gehen?«

Er drehte sich um und sah sie an. »Wovon redest du? Mir geht es gut.«

Sie streckte die Hand aus, hielt aber inne, bevor sie das Pflaster berührte. Dabei sah sie ein halbes Dutzend kleinerer Verbrennungen zwischen seinem Unterarm und dem Saum seines T-Shirt-Ärmels.

»Was ist passiert?«

Er legte einen Finger an ihr Kinn und zwang sie, ihm in die Augen zu sehen. »Mir geht es gut. Das ist nichts.«

»Du siehst aus, als wärst du in einer Schlacht gewesen. Ist dein Herd explodiert oder so?«

Er lachte. »Mathias und ich haben mit Metall gearbeitet. Das hat nicht so richtig funktioniert, aber mir geht es gut. Es war lustig, aber wenn wir weitermachen wollen, werden wir ein wenig Training benötigen.«

»Und Feuerschutz«, sagte sie und strich leicht über die Verbrennungen. »Hast du da irgendetwas draufgemacht?«

»Ja.«

Sie sah ihn böse an. »Du lügst. Du hast gar nichts gemacht.«

Er grinste. »Ich habe ein Pflaster auf die Wunde geklebt.«

»Wann hattest du deine letzte Tetanusimpfung?«

»Vor ein paar Jahren.«

Sie stemmte die Hände in die Hüften. »Wirklich?«

»Ja, ich schwöre.« Er zog sie an sich und küsste sie. »Aber es ist schön, dass du dir Sorgen um mich machst.«

»Irgendjemand muss es ja tun«, murmelte sie. »Du warst ja viel zu sehr damit beschäftigt, dich selbst in Flammen zu setzen.«

»Tja, wir alle kriegen unseren Kick auf verschiedene Weise. Und du bist eine meiner Lieblingsweisen.«

Er sagt immer die nettesten Sachen, dachte sie glücklich und genoss das Spiel seiner Lippen mit ihren.

Er zog sich ein winziges Stück zurück. »Also, wie läuft dein Tag? Hattest du nicht einen Termin mit einer potenziellen Kundin?«

»Den hatte ich. Taylor und Jake. Sie wollen eine Unterwasserhochzeit.«

»Was soll das heißen?«

»Sie kleidet sich wie eine Meerjungfrau, und er ist ein Pirat.«

»Ich bin nur ein Mann, also vielleicht entgeht mir hier etwas, aber wenn sich ein Pirat *unter* der Wasseroberfläche befindet, ist er dann nicht tot?«

»Du interpretierst da zu viel hinein. Such nicht nach Logik, sondern lass einfach deine Fantasie spielen.«

»Okay, das mache ich. Worüber habt ihr gesprochen?«

Pallas zeigte ihm ihre Notizen und die Ideen, die ihr während des Gesprächs eingefallen waren. »Ich möchte die weißen Vorhänge nutzen, um das Gefühl von sich bewegendem Wasser zu erzeugen.«

»Du musst mit Perlen arbeiten«, sagte er und nahm ihr den Block ab. Er blätterte zu einer leeren Seite, holte einen Stift aus seiner Hosentasche und zeichnete etwas, das wie ein hohes Glas aussah.

»Es muss so etwas wie Plastikperlen geben, die schwimmen«, sagte er und skizzierte mehrere schwebende Ovale. »Wir könnten sie vielleicht durch irgendetwas beschweren. Oder mit verschieden dicken Lagen Klarlack lackieren, damit sie auf unterschiedlichen Höhen schweben. Und ganz oben schwimmt eine Kerze.« Er setzte den letzten Strich an die Zeichnung.

»Ich liebe die Idee«, hauchte sie. »Das wäre einfach herzustellen und nicht teuer. Außerdem könnten wir die Gläser für andere Hochzeiten weiterbenutzen.«

»Das könntest du. Das Menü wird toll. Wie wäre es mit einem alten Ruderboot, in dem die Wasserflaschen lagern?«

»Perfekt. Und Kekse in Form von Dublonen. Ich habe eine Keksdesignerin, die ich anrufen kann. Jetzt wo du gerade einen Lauf hast, habe ich ein Problem, bei dessen Lösung du vielleicht helfen kannst. Was machen wir mit der Dekoration der Stühle?«

Er blätterte zu einer neuen Seite und zeichnete mit schnellen Strichen einen der Stühle, die sie für die Hochzeiten nutzten. Nachdem er eine Minute nachgedacht hatte, fing er an, auf der Rückseite der Lehnen gekräuselte Striche hinzuzufügen.

»Stoff«, erklärte er. »Der an einer Art Band oder Futter festgemacht wird. Man schneidet ihn wellenförmig aus und nimmt verschiedene Blautöne und ein cremiges Weiß ganz oben, wie Schaumkronen.«

Sie nickte. Sein Vorschlag gefiel ihr. »Die müssen extra angefertigt werden. Vielleicht kennt Taylor jemanden, der die ganzen Stoffbänder umsäumen und zusammennähen kann. Wir hatten auch überlegt, die Tischkarten in Form einer Flaschenpost zu gestalten. Ich frage mich, ob es eine Möglichkeit gibt, auch das Gästebuch entsprechend anzufertigen.«

Er zog sie an sich. »Es ist nicht die Hochzeit von Nova und Joel, aber sie wird trotzdem Spaß bringen«, erklärte er ihr.

»Ich weiß. Das sage ich mir auch. Hast du etwas von ihr gehört?«

»Nein.«

»Das hat niemand. Ich hoffe, dass Tim noch nicht gestorben ist. Ich meine, ich will natürlich nicht, dass er leiden muss. Aber es ist einfach so schwer.«

Er küsste sie erneut. »Du hast ein sehr großes Herz.«

»Wie könnte man sie kennen und nicht mit ihnen fühlen?«

»Einige Menschen könnten das.«

»Dann haben die überhaupt kein Herz.«

Den Rest des Tages verbrachte Pallas damit, das Angebot für Taylor zu schreiben. Je mehr sie mit den verschiedenen Ideen spielte, desto mehr Einfälle kamen hinzu, und sie stellte fest, dass sie diese kreative Herausforderung wirklich genoss.

»Du siehst aus, als freust du dich über irgendetwas.«

Pallas schaute auf und sah Libby in der Bürotür stehen. Schnell sicherte sie ihre Datei und stand dann auf. »Mom. Wusste ich, dass du vorbeikommen wolltest?«

»Nein, das wusstest du nicht.«

Libby sah sich im Büro um und seufzte, als wäre sie wieder einmal enttäuscht. Dann setzte sie sich Pallas gegenüber. »Ich bin gekommen, um dich zu fragen, was um Himmels willen du machst.«

Pallas war sich ziemlich sicher, dass Libby nicht von der Unterwasserhochzeit sprach. »Du meinst mit meinem Leben?«

»Nein. Mit dieser Firma. Wie lange willst du noch vorgeben, dass das hier das Richtige für dich ist? Dass du sie zum Erfolg führen kannst? Du stümperst herum, was für uns alle sehr enttäuschend ist. Ich hatte gehofft, du würdest von allein zu Verstand kommen, aber offensichtlich wird das nicht passieren.«

Pallas wusste wirklich nicht, was sie dazu sagen sollte – was sich nicht als sonderlich großes Problem herausstellte, da ihre Mutter einfach weitersprach.

»Es ist ein Albtraum«, fuhr Libby fort. »Jedes Mal, wenn ich mich umdrehe, ist es noch schlimmer. Du bist genau wie dein Großvater.«

»Grandpa Frank?«

Ihre Mutter presste die Lippen zusammen. »Wen könnte ich sonst meinen? Schlimm genug, dass du deine Zukunft zerstörst, aber du reißt dabei den Ruf der Familie mit in den Abgrund. Hast du darüber je nachgedacht?«

»Mom, ich habe ehrlich gesagt keine Ahnung, wovon du da sprichst.«

»Du solltest eigentlich in der Bank arbeiten«, sagte Libby in scharfem Ton. »*Das* war dein Traum. Nicht dieser Hochzeits-Unfug. Ich habe keine Ahnung, was du denkst, aber eines ist klar: Du liegst falsch. Mit allem. Du hast so hart für deinen Abschluss gearbeitet. Ich war so sicher, dass du deine Lektion gelernt hast. Und doch wirfst du jetzt alles weg – und wofür?«

Das waren so viel Aussagen, so viele Anschuldigungen, dass Pallas nicht wusste, wo sie anfangen sollte. Innerhalb weniger Sekunden wandelten sich ihre Gefühle von schockiert zu wütend zu traurig. Während ihre Mutter immer weitermachte, erkannte Pallas, dass sie Libby immer enttäuschen würde – egal was sie tat. Nichts war jemals richtig oder gut oder positiv.

Vor beinahe zehn Jahren hatten Libby und ihre Schwester Margaret beschlossen, gemeinsam eine Kreuzfahrt zu machen – etwas, das sie noch nie zuvor getan hatten. Pallas hatte sich für ihre Mutter gefreut und eine nicht zu verachtende Summe für ein schönes Parfümset ausgegeben. Etwas Besonderes, das ihre Mutter auf die Reise mitnehmen konnte. Etwas, das sagte: »Hey, Mom, ich liebe dich. Hab viel Spaß.«

Libby hatte die Schachtel angestarrt und den Kopf geschüttelt. »Warum hast du das gekauft? Das hätte ich für den halben Preis im Duty-Free-Shop bekommen.«

Damals war Pallas verletzt gewesen. Jetzt wusste sie, dass sie die bittere Wahrheit akzeptieren musste. Sie und Libby würden einander niemals nahestehen. Sie würden nie einfach Zeit miteinander verbringen und reden. Während es oberflächlich betrachtet so aussah, als müsste sie nur den Job in der Bank annehmen und alles wäre gut, wusste sie, dass das nicht stimmte. Auf die eine oder andere Weise würde sie es wieder vermasseln, und Libby wäre wieder enttäuscht.

»Du hörst mir gar nicht zu«, beschwerte sich ihre Mutter. »Das ist so typisch für dich.«

»Eine konstante Enttäuschung?«, fragte Pallas und wartete die Antwort gar nicht erst ab. »Weißt du was, Mom? Ich verstehe das. Ich weiß, wie es sich anfühlt, von jemandem wieder und wieder enttäuscht zu werden.«

»Das bezweifle ich.«

»Da irrst du dich. Ich weiß es, weil es mir mit dir so geht.«

Pallas hatte keine Ahnung, woher diese Worte gekommen waren, aber in der Sekunde, in der sie sie aussprach, wusste sie, dass es die Wahrheit war. Eine Wahrheit, die sie bisher nicht einmal zu denken gewagt hatte.

»Versuch ja nicht …«, fing ihre Mutter an.

Pallas ignorierte sie und redete einfach weiter. »Ich habe sehr hart darum gekämpft, dich glücklich zu machen. Dich stolz auf mich zu machen. Ich bin wieder und wieder mit dem Kopf gegen die Wand gelaufen, aber nichts hat sich je geändert. Ich bin mir sicher, du wirst mir sagen, das ist alles meine Schuld. Und vielleicht ist es auch so. Aber weißt du was? Ich bin es leid, mich weiter zu bemühen. Ich habe immer das Gefühl gehabt, dass ich in deinen Augen weniger wert bin als jeder andere. Ich weiß nicht, warum es so sein muss, aber so ist es nun einmal.«

»Ich … du …« Libby holte tief Luft. »So kannst du nicht mit mir sprechen.«

»Ich bin nicht respektlos – ich sage dir nur, was ich fühle. Und ich fühle mich schlecht. Ständig. Mit Cade bist du nie so. Ich weiß nicht, ob das eine Mädchensache ist. Er hat nie getan, was du wolltest, und du betest ihn an. Woran liegt das? Warum kann ich dich nicht glücklich machen? Oder vielleicht ist das gar nicht die richtige Frage. Vielleicht sollte ich fragen, warum es dich nicht interessiert, was *mich* glücklich macht.«

Pallas' Brust war wie zugeschnürt. Sie wusste nicht, ob sie weinen oder schreien oder ohnmächtig werden würde, aber sie machte weiter. Sie hatte das hier angefangen, und sie würde es bis zum Ende durchziehen.

»Hier zu arbeiten macht mich glücklich. *Weddings in a Box* zu besitzen ist ein unglaublicher Segen, und ich bin jeden Tag dankbar, dass Gerald genug an mir gelegen hat, um mir die Firma zu vermachen. Ja, es ist harte Arbeit, und ja, vielleicht werde ich versagen, aber na und? Ich werde weiterhin jeden einzelnen Tag mein Bestes geben und versuchen, erfolgreich zu werden. Wenn das bedeutet, dass du nicht stolz auf mich bist, ist das dein Problem, nicht meins. Du hast mich schon früher bestraft, Mom. Ich habe es überlebt, und ich werde auch das hier überstehen.«

Pallas stand auf und nahm ihre Handtasche. »Du irrst dich, wenn du Bedingungen an deine Liebe knüpfst. Das hast du mein ganzes Leben lang getan, und es war immer falsch. Familien sollten einander lieben, egal was passiert. Manchmal mag ich dich nicht sonderlich, aber ich werde dich immer lieben.«

Damit ging sie zur Tür. Endlich hatte sie sich ihrer Mutter gegenüber behauptet. Es hatte achtundzwanzig Jahre gedauert, aber sie hatte es getan. Jetzt musste sie es nur zu ihrem Wagen schaffen und irgendwohin fahren, wo sie in Sicherheit war. Und zwar möglichst, bevor sie anfing, so stark zu zittern, dass sie das Auto nicht mehr lenken konnte. Und dann würde sie Wein trinken, denn irgendwo auf der Welt musste es schon fünf Uhr sein.

16. Kapitel

Am Eingang der Bank zögerte Nick. Er fand es grundsätzlich richtig, Berufliches und Persönliches zu trennen. Aber er war immer noch ziemlich sauer auf Libby Saunders, weil sie ständig auf ihrer Tochter herumhackte.

Am Vorabend hatte Pallas ihm bei einer Flasche Wein alles über ihre letzte Auseinandersetzung mit ihrer Mutter erzählt. Auch wenn er von Pallas' Stärke und Mut beeindruckt gewesen war, wollte er Libby damit konfrontieren und sie fragen, was zum Teufel sie sich eigentlich dachte. Pallas war eine wundervolle Frau, ein toller Mensch und alle Eltern auf der Welt wären stolz, sie als Tochter zu haben. Alle bis auf Libby. Er hatte keine Ahnung, was in der Vergangenheit dieser Frau passiert war, dass sie so geworden war. Aber es interessierte ihn auch nicht. Er wusste nur, dass Libby jemanden verletzt hatte, an dem ihm sehr viel lag. Und das machte ihn wütend.

Dass sie eine Frau war, die auf die sechzig zuging, bedeutete allerdings auch, dass er deswegen nichts unternehmen konnte. Zumindest nichts Körperliches. Aber er könnte seinen Unmut zeigen und vielleicht sogar sein Bankkonto abziehen.

Der letzte Gedanke riss ihn beinahe aus seiner wütenden Stimmung. Ja klar, damit würde er es ihr so richtig zeigen.

Er ging hinein und trat an einen Schalter, um seine Einzahlung zu machen. Die professionelle Haltung des jungen Mannes flackerte nur ganz kurz, als er die Zahl auf dem Scheck sah. Es war ein guter Monat, dachte Nick amüsiert. Seine Kunst verkaufte sich auf der ganzen Welt. Atsuko hatte ein Händchen dafür, die richtigen Stücke an die richtigen Galerien zu geben – ein Talent, das ihn zu einem sehr reichen Mann machte.

Er nahm seine Quittung entgegen und ging zur Tür. Bevor er dort ankam, hörte er das rasche Klappern von Absätzen auf dem Boden. Sofort richteten sich seine Nackenhaare auf. Er dreht sich um und sah Libby näher kommen.

Sie trug einen dunklen Anzug und Perlen. Bei seinem Anblick blitzte in ihren Augen Gereiztheit auf. Er blieb stehen, bereit für was immer sie ihm zu sagen hatte. Eine verbale Konfrontation käme ihm gerade recht.

»Wenn Sie mir bitte folgen würden«, sagte sie ohne eine Begrüßung.

Er zögerte nicht, sondern folgte ihr in den Bereich, der schätzungsweise der Geschäftsleitung vorbehalten war. Sie bog in ein Büro ab und drehte sich zu ihm um.

»Das ist alles Ihre Schuld«, sagte sie, als er vor ihr stehen blieb. »Jedes kleine bisschen.«

»Ich habe keine Ahnung, was Sie meinen«, erwiderte er.

»Pallas und diese lächerliche Firma. Bevor Sie hierherkamen, war alles auf dem richtigen Weg. Alles lief so, wie es laufen sollte.«

»Oh, ich weiß nicht. Ich würde sagen, das Problem fing an, als Sie Pallas dafür bestraft haben, was auf dem College passiert ist«, entgegnete er leichthin. »Wenn Sie nicht so eine Korinthenkackerin gewesen wären, hätte Pallas nicht nach Happily Inc zurückziehen und einen Job bei Gerald annehmen müssen, um über die Runden zu kommen. Sie wäre auf dem College gewesen und hätte ihren Abschluss in Finanzwesen gemacht, bevor sie zurückgekommen wäre, um hier mit Ihnen zu arbeiten.«

Libby blieb der Mund offen stehen. »Wie können Sie es wagen!«

»Was? Die Wahrheit zu sagen? Ich weiß, die zu hören kann

hart sein. Aber während ich gerade dabei bin, lassen Sie mich Ihnen eine Frage stellen: Warum müssen Sie so hart zu Pallas sein? Sie verlangen ständig das Unmögliche und schließen sie dann aus. Was soll das? Wo ist da der Gewinn? Wollen Sie sie durch Gemeinheit dazu bringen, Ihnen zu gehorchen? Damit stoßen Sie sie nur von sich.«

»Sie haben kein Recht, so mit mir zu reden.«

»Auf das Risiko hin, wie ein Fünfjähriger zu klingen: Sie haben angefangen.«

Drew gesellte sich zu ihnen. Er sah Libby an.

»Du weißt schon, dass alle, die hier hinten arbeiten, dich hören können?«, fragte er leise. »Vielleicht würdest du das lieber in deinem Haus besprechen als hier in der Bank.«

Libby errötete. »Ich will das nirgendwo besprechen. Ich will, dass dieser Mann geht.«

»Dieser Mann ist ein Kunde. Libby, du musst dich beruhigen. Ich werde mich um Nick kümmern. Wenn du uns bitte entschuldigst.«

Libby funkelte sie beide an. Nick war fasziniert von der Dynamik dieser komplizierten Beziehung. Drew war zwar einerseits Libbys Neffe, andererseits aber irgendein hohes Tier in der Bank. Pallas hatte ihn als den rechtmäßigen Erben bezeichnet. Bedeutete das, er war Libbys Boss? Oder würde es eines Tages sein?

Von ihr bekam er darauf keine Antwort, denn Libby hielt die Tür auf, und nachdem sie hindurchgegangen waren, schloss sie sie hinter sich. Drew führte ihn den Flur hinunter.

»Lass mich dir einen Kaffee ausgeben.«

»Klar.«

Sie betraten ein großes, verglastes Büro mit einem beeindruckenden Schreibtisch und ein paar Ledersofas in einer Ecke. Drew öffnete einen Schrank, in dem eine Kaffeemaschine stand, und hielt Nick ein Tablett mit einer Auswahl an Kapseln hin. »Wonach steht dir der Sinn?«

Nick entschied sich für eine dunkle Röstung. Drew gab die Kapsel in die Maschine, stellte einen Becher darunter und drückte auf einen Knopf.

»Ich nehme an, du trinkst ihn schwarz?«, sagte Drew und reichte ihm den vollen Becher.

»Klar.«

Drew machte sich auch eine Tasse, dann setzte er sich auf das zweite Sofa. »Ich möchte mich für meine Tante entschuldigen. Ich habe keine Ahnung, was in sie gefahren ist.«

»Wirklich? Ich denke, das ist ziemlich offensichtlich für jeden, der sie kennt und die Dynamik zwischen ihr und ihrer Tochter versteht.«

»Da hast du recht.« Drew musterte ihn. »Gibt es etwas, das du mir erzählen willst?«

»Du hast dieses Treffen einberufen.« Nick hatte keine Ahnung, was Drew von ihm wollte, aber er konnte geduldig sein und warten.

»Du verbringst viel Zeit mit Pallas.«

Ach, darauf wollte er hinaus. Gut. Nick wollte, dass jemand auf sie aufpasste. »Das stimmt.«

Drew wartete.

Nick nahm an, dass Drew als Familienmitglied das Recht hatte, diese Runde zu gewinnen, also sagte er: »Sie ist toll. Ich mag sie sehr. Und ich werde in ein paar Monaten nach Dubai fliegen und zwei Jahre dortbleiben.« Zumindest ist das der Plan, dachte er. Vorausgesetzt, er wollte den Auftrag annehmen. Was er wollte. Warum auch nicht?

»Weiß sie das?«

»Ja. Ich war diesbezüglich von Anfang an ehrlich. Ich will ihr nicht wehtun.«

»Manchmal tun wir das, ohne dass wir es wollen.«

»Da hast du recht.«

»Libby ist nicht einfach«, fuhr Drew fort. »Ich weiß nicht, was mit ihr los ist, aber sie ist ziemlich auf Pallas fokussiert. Ich schätze, das ist so eine Mutter-Tochter-Sache. Aber wie auch immer, es gibt Menschen, denen Pallas sehr am Herzen liegt.«

Nick war nicht sicher, ob er gewarnt wurde oder ob das eine beruhigende Information sein sollte. Er beschloss, dass es egal war. »Ich bin froh, dass sie das nicht alleine durchmachen muss.«

»Ich auch.«

Nick wartete eine Sekunde und merkte dann, dass nichts mehr kommen würde. »Danke für den Kaffee.« Er stellte den Becher auf den Tisch neben sich und erhob sich.

»Jederzeit gerne.«

Drew begleitete ihn hinaus. Nick erwartete beinahe eine weitere Konfrontation mit Libby, doch er sah sie nicht mehr.

Familien, dachte er auf dem Rückweg ins Atelier. Sie waren kompliziert. In Fool's Gold hatte er die Regeln gekannt, aber hier, mit Pallas' Familie, eher nicht. Und dann war da Pallas selbst. Er wusste nicht, was er ihretwegen unternehmen sollte. Dubai war immer der Plan gewesen. Jetzt, wo ihm bewusst war, dass er die Entscheidung eher früher als später würde treffen müssen, war er gewillt zuzugeben, dass er sie vermissen würde.

Einen Moment lang erlaubte er sich zu überlegen, was passieren würde, sollte er den Auftrag nicht annehmen. Oder wenn er sie bitten würde, mit ihm zu kommen. Nicht dass er irgendetwas davon tun könnte. Leidenschaft verschlang. Und selbst wenn nicht – Pallas hatte ihr eigenes Leben hier. Eine Firma. Aber er genoss die gemeinsame Zeit und wollte nicht, dass sie endete. Die Erkenntnis verstörte ihn mehr, als ihm lieb war.

Als Nick im Studio ankam, war keiner seiner Brüder da. Er ging zu der Metallskulptur hinüber. Er und Mathias hatten es dieses Mal zwar geschafft, eine Form zu bilden, aber sie war nichts, worauf man stolz sein konnte. Sie waren Amateure, die herumspielten. Er dachte daran, etwas zu schnitzen, aber irgendwie sprach ihn das nicht an. Rastlos tigerte er durch den großen Raum, bevor er vor einem Materialschrank stehen blieb. Darin befand sich Novas Kleid, das Violet ihm zurückgebracht hatte. Alle Knöpfe waren von Hand angenäht worden. Er hatte zwar schon einen Plan, was er tun müsste, aber bisher noch nicht angefangen. Auch wenn Nova ihm das Go gegeben hatte, hatte er auf den richtigen Zeitpunkt gewartet.

Jetzt holte er das Kleid aus dem Schrank und hängte den Bügel an einen Haken an der Wand. Er betrachtete die Verwirbelungen der Spitze, das Muster, das sich auf sehr subtile Art wiederholte, und das Funkeln des Lichts auf den Knöpfen. Dann ging er zu seinem Schreibtisch, holte die Mappe mit dem finalen Entwurf heraus und suchte die Farben und Pinsel zusammen.

Bevor er den ersten violetten Strich auf das teure Kleid setzte, dachte er kurz an Violet, und dass sie jetzt aufschreien würde. Ganz anders als Pallas, die mit Feuereifer dabei wäre. Immer noch lächelnd fing er an, das Kleid zu bemalen.

»Ich hasse sie nicht wirklich«, sagte Pallas und reichte Silver einen Keks.

»Das solltest du aber. Wenn sie meine Mutter wäre, würde ich sie ausgiebig hassen. Ich kann sie für dich hassen, wenn du magst.«

Pallas lächelte. »Du bist mir immer eine gute Freundin.«

»Ich weiß. Praktisch eine Heilige. Ich sollte eine Statue auf dem Marktplatz haben.«

»Wir haben keinen Marktplatz.«

»Dann sollten wir einen bauen und eine Plakette anbringen.«

Sie hatten ihr Mittagessen beendet. Silver war mit den Resten von einer Party gekommen, auf der sie am Vorabend gearbeitet hatte. Die Mini-Sandwiches und Salate waren genauso köstlich gewesen wie die Kekse. Sie saßen im Schatten eines großen Baumes im Innenhof von *Weddings in a Box* und genossen die Ruhe, bevor in wenigen Stunden der Hochzeitswahnsinn wieder losgehen würde. Obwohl Pallas nicht vorgehabt hatte, den Vorfall mit ihrer Mom zu erwähnen, hatte sie Silver schlussendlich dann doch alles erzählt.

»Libby ist eine Zicke«, sagte Silver ausdruckslos. »Da du es nicht sagen wirst, sage ich es. Sie ist schrecklich. Ich bin mir sicher, dass es dafür irgendeinen verqueren Grund gibt, aber das ist mir egal. Du bist ihr Kind. Zu seinem Kind soll man nett sein. Vor allem zu einem wie dir. Du bist produktiv, erfolgreich und geerdet. Was will sie mehr?«

»Dass ich in der Bank arbeite.« Das war ganz deutlich geworden. Lustig, dass Pallas immer geglaubt hatte, sie müsste bei ihrer Mutter darum kämpfen, um dort einen Job zu bekommen. Denn in den letzten paar Wochen hatte sie erkannt, dass Libby tatsächlich wollte, dass sie in der Bank arbeitete. Sie hatte nur keine Ahnung, warum. Um sie zu kontrollieren? Um sagen zu können: »Das ist meine Tochter, und sie arbeitet mit mir?« Nur würde das Stolz implizieren, aber Pallas hatte nie das Gefühl gehabt, dass ihre Mutter auf irgendetwas, was sie getan hatte, stolz gewesen war.

»Vielleicht wollte *sie* nicht in der Bank arbeiten«, sagte Silver. »Vielleicht hat sie es nur gemacht, weil sie dachte, sie müsste das tun. Und nun verübelt sie es dir, dass du den Mut hast, deinem Herzen zu folgen.«

»Ich weiß es nicht. Kann sein.« Sie konnte sich ihre Mutter jedoch nirgendwo anders als in der Bank vorstellen. Es war, als wäre Libby schon so geboren worden. Immer erwachsen, immer verantwortungsvoll und immer in Anzug oder Kostüm. »Genug von ihr. Sprechen wir über etwas Schönes.«

»Wie die Unterwasserhochzeit?« Silver nahm sich noch einen Keks. »Man muss Taylors Mut lieben, sich einfach zu nehmen, was sie will. Ich habe bereits unzählige Ideen für Kurze und einen speziellen Cocktail. Ich schicke dir meine Vorschläge gleich Montagfrüh per E-Mail.«

»Ich freue mich so auf all die lustigen Dinge, die wir machen können.«

»Mir gefällt Nicks Idee mit dem Ruderboot als Getränkespender. Ich sollte irgendwo günstig eines erstehen können und es dann mit Plastik auskleiden.«

»Gibt es so etwas auch für Kinder? Die Größe wäre praktischer.«

Silver lachte. »Siehst du? Das hier passt so viel besser zu dir, als Buchhaltung zu machen und Geld zu zählen. Du würdest es hassen, mit deiner Mom zu arbeiten.«

Pallas grinste. »Du hast nie eine Vorlesung in Finanz- und Rechnungswesen besucht, oder? In einer Bank zu arbeiten ist so viel mehr, als Geld zu zählen.«

»Bla, bla. Egal wie, es ist langweilig.« Sie zeigte auf den offenen Innenhof. »Das hier sind wir. Wir sind nicht dafür gemacht, uns anzupassen. Und scheiß was auf die, die das nicht verstehen.«

Eine interessante Wendung in der Unterhaltung, dachte Pallas. »Drew?«, fragte sie vorsichtig.

»Ich kenne niemanden namens Drew, und falls ich jemanden kennen würde, wäre er ein Idiot. Nein, ich bin über ihn hinweg. Total und komplett.«

Pallas dachte, dass Silver wesentlich glücklicher wäre, wenn das endlich stimmen würde.

»Hast du daran gedacht …«, setzte sie an, doch Silver schüttelte schon den Kopf.

»Sprich es gar nicht erst an.«

»Aber …«

»Nein. Ich weiß den Gedanken zu schätzen, aber nein. Ich bin über ihn hinweg. HINWEG. Wir sind fertig miteinander, und es ist mir egal.« Sie rappelte sich auf die Füße. »Okay, ich muss mich für heute Abend vorbereiten. Wir sehen uns später.«

Pallas sammelte die Reste ihres Lunches zusammen und stand dann ebenfalls auf. Den Müll warf sie weg, aber anstatt nach drinnen zu gehen, nahm sie sich einen Moment und betrachtete das Gebäude. Aus dem Innenhof konnte man die schlichten Stuckwände und viele Pflanzen und Bäume sehen. Von außen gab es an den verschiedenen Seiten verschiedene Fassaden. Illusionen, dachte sie. Aber von der besten Art. Von der Art, die es erlaubte, dass aus albernen Träumen wunderschöne Erinnerungen wurden.

Gerald hatte ihr sein Vertrauen und eine Chance geschenkt. Er hatte sie geliebt und sich um sie gekümmert und ihr Leben für immer verändert.

Sie ging nach drinnen. Eines der Holzpaneele, die Nick restaurierte, stand noch auf seinem Stativ. Bald würden alle Paneele wieder in alter Pracht erstrahlen. Sie war froh, dass sie sich nicht darum bemüht hatte, sie zu verkaufen. Was auch immer die Paneele wert waren, sie gehörten hierher. Sie würden nicht mehr zu jeder Hochzeit passen, aber sie waren trotzdem ein Teil ihres Erbes, und dafür war sie dankbar.

Ihre Mutter mochte ein Albtraum sein, aber Pallas hatte gute Männer in ihrem Leben. Ihren Bruder, ihren Großvater, Drew, Gerald, Alan.

Nick.

Er war eine unerwartete Bereicherung ihres Lebens. Stark und gütig, lustig, charmant und talentierter als jeder, den sie kennengelernt hatte. Was er mit beinahe sämtlichen Medien erschaffen konnte, war überwältigend. Aber er redete nicht von seinem Können oder nutzte es als Ausrede für seltsames Verhalten. Er arbeitete hart. Und bald würde er nach Dubai gehen.

Witzig, anfangs hatte ihr das nichts ausgemacht, aber inzwischen stimmte der Gedanke, dass er gehen würde, sie melancholisch. Nein, mehr als das. Er machte sie traurig. Sie würde ihn schrecklich vermissen. Sie hatte sich so daran gewöhnt, ihn jeden Tag zu sehen, mit ihm zu reden, mit ihm Liebe zu machen. Sie mochte es, dass sie gemeinsam zu den Spieleabenden im Boardroom Pub gingen und mit ihren Freunden abhingen und ihre eigenen Rituale hatten. Sie mochte alles daran, mit ihm zusammen zu sein. Sie war so damit beschäftigt gewesen, ihren Abschluss zu machen und zu arbeiten und zu versuchen, ihrer Mutter zu gefallen, dass sie ganz vergessen hatte, wie es war, Teil von etwas zu sein. Sich so sehr für jemanden zu interessieren.

Vielleicht hatte es aber auch gar nicht daran gelegen. Vielleicht war es kein Zeitproblem, sondern ein Mannproblem. Vielleicht hatte sie sich vorher nie die Mühe gemacht, weil niemand Nick gewesen war. Und wenn ihre Gefühle speziell ihn betrafen, bedeutete das … War es möglich, dass …

Pallas blieb mitten im Flur stehen und ermahnte sich zu atmen. Die Wahrheit lag direkt vor ihr, nur ein kleines Stück außerhalb ihrer Reichweite. Sie wollte sie aber kennen. Und egal, wie diese Wahrheit lautete – sie würde sich ihr stellen. Was genau empfand sie für Nick?

Die Antwort kam sofort, und der größte Teil von Pallas war nicht wirklich überrascht. Sie liebte ihn. Das tat sie vermutlich schon eine ganze Weile. Sie liebte sein Lächeln und seine Gedanken und die Art, wie er sie immer berührte. Sie liebte es, dass er sie beschützte, und dass er wegen Novas Hochzeit so aufgeregt gewesen war. Ja, sie war in Nick verliebt.

Sie wartete auf die Angst, die mit Sicherheit folgen würde. Denn Liebe musste verdient werden. Nur hatte Nick sich ihre Liebe nicht verdient. Er war einfach in ihr Leben spaziert. Und das bedeutete? Dass sie ihre Liebe frei gegeben hatte? Dass sie ihr Herz ohne jegliche Erwartungen überreicht hatte? Dass sie ihn einfach liebte?

Das Konzept war sowohl schockierend als auch befreiend. Wenn sie Nick so lieben konnte, ohne irgendwelche Bedingungen, könnte sie vielleicht endlich auch akzeptieren, dass andere Menschen ihr gegenüber genauso empfanden. Vielleicht war sie doch nicht dazu verdammt, wie ihre Mutter zu werden.

Sie ließ sich von dem Wissen über ihre Liebe zu Nick vollkommen ausfüllen und lächelte, als sie spürte, wie richtig es sich anfühlte. Sie liebte ihn, und diese Liebe heilte sie. Es war richtig, und es fühlte sich gut an. Wenn er ging, würde ihr vermutlich das Herz herausgerissen, aber das war auch okay. Es war das, was als Nächstes passieren musste. Nick würde gehen, und selbst wenn er es nicht täte, wollte er keine Liebe. Er glaubte, dass Leidenschaft einen Menschen verschlang. Darin irrte er sich, aber das würde er allein herausfinden müssen. Davon konnte ihn niemand sonst überzeugen.

Wie erwachsen, sagte sie zu sich. Die kleine Pallas war ein großes Mädchen geworden und auch emotional gereift. Sie war ziemlich stolz auf sich. Wer konnte schon ahnen, was sie als Nächstes erobern würde?

An diesem Abend grillte sie mit Nick in ihrem kleinen Garten. Sie hatte überlegt, ihm zu erzählen, was sie herausgefunden hatte – was sie für ihn empfand –, sich dann aber schlussendlich doch dagegen entschieden. Das war ihre Sache, nicht seine. Er hatte sie nie gebeten, ihn zu lieben. Wenn sie es ihm sagte, würde er womöglich missverstehen, wie sie es meinte, und sich gefangen fühlen. Das wollte sie nicht. Sie wollte, dass es in der Zeit, die sie noch gemeinsam hatten, um sie beide ging – und nicht um ihre Gefühle.

Während der Grill vorheizte, lehnte Nick sich gegen den Tresen in der Küche und sah zu, wie sie den Salat anrichtete. »Ich habe heute deine Mom gesehen.«

Sie legte den Kopfsalat weg. »Wo?«

»In der Bank. Ich habe dort ein Konto. Sie ist nicht glücklich.«

Pallas ignorierte das angespannte Gefühl in ihrer Brust. »Sie ist nie glücklich. Was ist passiert?«

»Nicht viel. Wir haben ein wenig geplaudert.« Er ging zu ihr und küsste sie. »Es hat viel Mut benötigt, um sich gegen sie aufzulehnen. Du solltest stolz auf dich sein.«

»Danke. Das bin ich. Ich wünschte nur, ich hätte es schon früher getan.«

»Tu das nicht. Du hast in dem Moment, als es richtig war, gesagt, was gesagt werden musste. Nimm dir das nicht weg, indem du die Umstände infrage stellst.«

»Danke.«

»Gern geschehen. Ich habe auch mit Drew gesprochen.«

Ihre Beklemmung verschwand, und sie sah ihn amüsiert an. »Was hätte ich nicht darum gegeben, dabei Mäuschen zu spielen.«

»Alles lief gut. Er ist ein prima Kerl.«

»Das finde ich auch.«

»Ich bin froh, dass du Menschen hast, die auf dich achten.«

»Ich auch.«

Mit ihrer Mutter umzugehen war schwer, aber der Rest ihrer Familie war ziemlich gut.

Er trat an den Kühlschrank und holte das Hühnchen heraus, das Pallas bereits mariniert hatte. Während er nach draußen ging, um es auf den Grill zu legen, machte sie den Salat fertig und gesellte sich dann zu ihm.

»Ich habe die unterschriebenen Verträge für die Unterwasserhochzeit zurückgeschickt«, sagte sie. »Ich freue mich richtig auf die ganzen Arbeiten, die noch anstehen.«

»Wir müssen uns noch etwas wegen der Seepferdchen einfallen lassen«, sagte er. »Ich wünschte, es gäbe eine Möglichkeit, die Zebras zu nutzen. Aber ehrlich gesagt kann ich sie mir nicht in Kostümen vorstellen.«

»Keine Zebras. Die haben genug durchgemacht.« Sie unterdrückte ein Lächeln. »Du könntest Seepferdchen aus Pappmaschee machen. Ich würde dir auch helfen.«

Sie hatte erwartet, dass er aufstöhnen würde, aber stattdessen nickte er gedankenverloren. »Das könnte ich. Ich bräuchte nur ein paar Formen, und jetzt, wo ich den Typen habe, der sie mir machen kann, müsste ich lediglich die Figuren aus Ton formen.«

Sie stemmte die Hände in die Hüften. »Nick Mitchell. Du wirst deine sehr wertvolle Zeit nicht damit verbringen, Tonmodelle für meine Hochzeiten herzustellen. Das ist verrückt. Du solltest dein Zeug für Millionen verkaufen.«

Er grinste und wendete das Hühnchen. »Mein ›Zeug‹, wie du es nennst, verkauft sich bereits bestens. Außerdem bringen solche Projekte Spaß. Ich habe eine gute Zeit und du auch. Sieh nur, wie enthusiastisch du bist. Du solltest dich noch breiter aufstellen.«

»Wenn du es in deinen Träumen siehst, können wir es wahr machen?«, zog sie ihn auf, bevor sie innehielt und ihn anstarrte. »O mein Gott, Nick! Das ist es. Das will ich machen. Oder sagen. Oder den Leuten erzählen. Du weißt schon, was ich meine. Das soll mein Motto sein: Wenn du es träumen kannst, können wir es wahr machen.«

Nick sah sie zustimmend an. »Du bietest nicht mehr die Hochzeit im perfekten Rahmen, sondern die Hochzeit, die jeden Rahmen sprengt.«

17. Kapitel

Pallas musste bis nach dem Wochenende warten, um einen Lunch mit ihren Freundinnen anzuberaumen. Freitagabend war sie mit einer Cowboyhochzeit beschäftigt und am Samstagnachmittag mit einer kleineren Prinzessinnen-Hochzeit. Der Montag verging mit Aufräumarbeiten und Erholung, aber am Dienstag konnte Pallas es nicht mehr abwarten, mit den anderen über all die Möglichkeiten für ihre neue Firma zu reden. Da ihre Freundinnen ein zentraler Teil ihres Plans waren, wollte sie sichergehen, dass sie dabei waren. Violet hatte ihre Wohnung für das Treffen angeboten, also hob Pallas um Punkt halb drei ihre Tasche aus dem Wagen und ging auf das kleine Geschäft ihrer Freundin zu.

Violets Laden lag am Rande der Stadt in einem ruhigen, alten Viertel. Hier waren die Straßen enger, der Verkehr weniger dicht. Die Läden hatten altmodische Blumenkästen, und über ihnen lagen Wohnungen. Violets Geschäft war zum Teil Secondhand-Laden und zum Teil Antiquitätengeschäft mit Fokus auf Vintage-Mode. Sie hatte eine Abteilung für ihre kostbaren Knöpfe und einen kleinen Raum für ihre Schneiderarbeiten.

Ihr lichtdurchflutetes Apartment lag eine Etage darüber. Es hatte genau die Größe ihres Ladens und auch genauso große Fenster. Trotz Violets Liebe für alles Alte war ihre Wohnung überraschend modern eingerichtet. Wohn- und Schlafzimmer trennten nur ein Paravent und der einzig abgeschlossene Bereich war das Badezimmer.

Im Wohnzimmer standen zwei Sofas einander gegenüber. Ein großer Esstisch nahm den Platz vor einem Fenster ein. Pallas wusste, dass Violet den Tisch sowohl zum Arbeiten als auch zum Essen nutzte, und war somit nicht überrascht, als ihre Freundin sie alle dorthin führte.

Violet stellte Krüge mit Eistee und Teller mit Keksen hin, dann nahm sie auf einem der Stühle Platz. Wynn setzte sich neben sie und Silver neben Pallas. Alle schauten Pallas erwartungsvoll an.

Sie ordnete ihre Notizen und schob sie dann beiseite. »Meine Mom hat mir zugesetzt. Sie will, dass ich die Firma verkaufe«, fing sie an.

»Was?« Wynn schüttelte den Kopf. »Nein, das kannst du nicht.«

»Libby ist eine Zicke«, verkündete Silver und schnappte sich einen Keks. »War sie schon immer.«

»Ich werde das nicht tun«, beeilte Pallas sich zu sagen. »Ich liebe meine Arbeit.«

»Gut.« Violet lächelte ermutigend. »Aber? Gibt es ein Aber?«

»Aber ich bin nicht glücklich damit gewesen, wie die Dinge bei *Weddings in a Box* liefen. Der Gewinn war niedrig und die Hochzeiten hatten alle eine gewisse Gleichförmigkeit. Ich war wirklich traurig, als Nova absagen musste.«

»Ich auch«, sagte Violet. »Hast du mal wieder mit ihr gesprochen?«

»Nein. Ich habe ihr eine Nachricht hinterlassen, aber bisher noch nichts gehört. Ich bin sicher, dass sie im Moment mit allem Möglichen beschäftigt ist.« Denn auch wenn er sich angekündigt hatte, musste der Verlust ihres Vaters entsetzlich sein.

»Wir haben es alle geliebt, mit ihr zu arbeiten«, sagte Wynn. »Ich habe noch nie zuvor versucht, so große Banner zu drucken. Was für eine großartige Idee. Weißt du, die solltest du auch für andere Hochzeiten anbieten. Sie sind nicht so teuer und jetzt, wo du die Rahmen dazu schon hast, können wir sie schneller zusammenbauen. Sie würden den Veranstaltungen einen wirklich persönlichen Touch verleihen.«

Wynn riss die Augen auf und atmete hörbar ein. »Oh, wow, ich habe gerade die beste Idee. Was wäre, wenn wir beim Eintreffen der Gäste Fotos von ihnen machen? Jemand könnte sie mir dann als Datei bringen. Wenn das alles vorab geplant wird, könnte ich den gleichen Hintergrund nutzen und eine Art Collage aus den Bildern erstellen. Das würde nicht lange dauern, und ich bin mir sicher, ich könnte sie rechtzeitig zum Beginn der Zeremonie zu dir bringen. Die Gäste könnten kleine persönliche Nachrichten und Wünsche daraufschreiben. Das wäre eine tolle Erinnerung an die Veranstaltung.« Sie dachte eine Sekunde nach. »Nicht dass ich das jeden Samstagabend tun möchte, aber ab und zu schon. Für jemanden wie Nova.«

»Du müsstest es nicht Samstagabend machen«, sagte Pallas langsam. Sie dachte nach, während sie sprach. »Was, wenn das Gästebuch digital wäre? Wir könnten die Fotos auf der Feier machen, und ich könnte sie dir Montagmorgen bringen. Dann hättest du Zeit, im Laufe der nächsten Wochen ein persönliches Album daraus zu machen. So müsste ich nicht herausfinden, welche Paare den Aufwand wert wären.«

»Ich liebe diesen Vorschlag«, sagte Violet. »Das klingt super.«

»Und es wäre ein guter Geldbringer«, ergänzte Wynn. »Ich mache dir einen Kostenvoranschlag mit einer Mindestanzahl von Seiten und einem Preis für jede Extraseite.«

»Genau so etwas will ich«, erklärte Pallas. »Mehr Kreativität, mehr Spaß. Anstatt alles in einem festgelegten Rahmen stattfinden zu lassen, will ich diesen Rahmen immer wieder sprengen.«

»Das gefällt mir.« Silver lächelte. »Wirst du den Namen deiner Firma ändern?«

»Ja. Ich werde sie *Weddings out of the Box – die Hochzeit, die jeden Rahmen sprengt* nennen. Ich werde den Antrag bei der Stadt einreichen und mir neue Visitenkarten machen. Außerdem muss die Webseite aktualisiert werden, was ein wenig Zeit braucht. Die Sache ist die, dass ich mich breiter aufstellen will. Ich habe gerade einen Vertrag für eine Unterwasserhochzeit unterschrieben.« Sie erzählte ihren Freundinnen von Taylors und Jakes Traumhochzeit.

»Du wirst mehr Accessoires kaufen müssen«, sagte Wynn. »Und du brauchst mehr Kostüme. Kannst du das alles im gegenwärtigen Gebäude lagern?«

»Nein. Wir sind jetzt schon bis unters Dach voll.« An die Lagerprobleme hatte sie noch gar nicht gedacht. »Ich bin mir nicht sicher, was am meisten Sinn ergibt. Solche Lagerräume können teuer werden.«

»Ich habe eine Idee«, erklärte Wynn. »Ich will mit meiner Firma umziehen. Ich bin gerade genug gewachsen, dass die Räume zu klein für mich sind. Ich habe eine tolle Ladenfläche mit einem großen Lagerhaus dahinter gefunden. So viel Platz brauche ich nicht, und ich will nicht für Räume zahlen, die ich nicht nutze. Untervermieten will ich aber auch nicht, weil ich keine Lust habe, mich mit jemandem herumzuschlagen, den ich nicht kenne. Aber das hier könnte die perfekte Lösung sein.« Sie nickte Silver zu. »Wir haben bereits darüber gesprochen. Silver wird einen kleinen Teil für ihre Dekorationen nutzen.«

»Und für den Anhänger«, ergänzte Silver. »Draußen gibt es einen großen, eingezäunten Parkplatz. Ich lasse meinen Anhänger nicht gerne voll ausgerüstet vor meinem Haus stehen. Da müssen nur ein paar Teenager vorbeikommen, einbrechen und eine Party veranstalten. Aber mit Wynns Idee kann ich meine Vorräte auffüllen, wann es mir passt, und der Anhänger ist trotzdem sicher.«

»Es sind noch genügend Quadratmeter für dich übrig, wenn du interessiert bist«, sagte Wynn.

Pallas war ganz aufgeregt. »Das ist eine Superlösung. Wann kann ich mir das Lager ansehen?«

»Wie wäre es mit morgen früh? Ich muss dem Vermieter bis Ende der Woche Bescheid sagen.«

Pallas schrieb sich die Adresse auf. Mehr Lagerraum zu haben würde schon mal unglaublich weiterhelfen. Im Moment hatte sie kaum genügend Platz für die vorhandenen Dinge. Die Kostüme hingen alle zusammengedrängt. Die Caterer hatten nirgendwo einen Raum, um alles vorzubereiten. Aber wenn sie alles in ein Lager schaffen würde, könnte sie die oberen Räume anders nutzen. Mehr als eine Braut hatte schon gefragt, ob das Probedinner vor Ort veranstaltet werden könnte, aber bisher hatte sie dafür keinen Raum gehabt – vor allem nicht, wenn sie am Tag vor der Hochzeit mit dem Aufbau beginnen musste. Vielleicht könnte sie einen der Räume für diesen Zweck umbauen lassen. Wenn ihre Requisiten woanders lagerten, müsste sie sich natürlich einen Lieferwagen oder so kaufen, um alles hin und her zu fahren, aber warum nicht?

»Okay, jetzt weiß ich, warum du mich gebeten hast, mir etwas weniger spezifische Kostüme einfallen zu lassen«, sagte Violet. »Im Moment sind sie total themenbezogen, und so toll das auch ist, es ist sehr teuer. Und es begrenzt dein Angebot. Das könnte einige Bräute abschrecken. Aber wenn du in eine andere Richtung gehen willst, könntest du mit zwei oder drei verschiedenen Uniformen für die Kellner auskommen, die sich so verwandeln lassen, dass sie zu jedem Thema passen.«

Sie holte eine Mappe aus ihrer Tasche. »Ich habe darüber nachgedacht. Mein Vorschlag ist, dass die Männer weiterhin ihre schwarzen Hosen behalten und nur die Hemden ändern.« Sie blätterte vor, um ein Toga-ähnliches Hemd, eines mit weiten Ärmeln und ein schlichtes schwarzes Hemd zu zeigen. »Wir könnten viel mit Westen arbeiten, die leichter herzustellen und von der Passform nicht ganz so anspruchsvoll sind. Ich würde sagen, die Kellnerinnen werden genauso ausgestattet. Es sind genügend andere Sachen los, sodass die Bedienungen einfach mit dem Hintergrund verschwimmen. Dein Deko-Budget kannst du dann für andere Dinge ausgeben.«

So hat Gerald es nicht gemacht, dachte Pallas, aber die schlichteren Outfits für die Kellner waren sinnvoll.

»Die Braut könnte sich immer noch den Look aussuchen«, merkte Silver an. »Und hey, wenn sie für maßgeschneiderte Kostüme bezahlen will, würde sie welche bekommen.«

Pallas nickte. »Das ist sinnvoll. Ich hätte weiterhin die speziellen Kostüme für die Hochzeiten, die immer beliebt sind. Wie die Togen für die römischen Soldaten, die die Braut tragen. Aber es ist kostenmäßig nicht effektiv, die Kellnerinnen und Kellner auszustaffieren, wenn wir so viele andere Optionen haben.«

»An was für Hochzeiten denkst du?«, wollte Wynn wissen.

»Ach, ich kann mir so ziemlich alles vorstellen«, erwiderte Pallas. »Denn genau das will ich – den Bräuten ihre Traumhochzeit schenken. Egal wie die aussieht.«

»Zombies sind im Moment sehr beliebt.« Silver grinste. »Dafür würde ich gerne einen Cocktail entwickeln.«

»Du bist eklig«, sagte Violet voller Zuneigung. »Wie wäre es mit dem Thema Wein? Wir könnten eine Dorfhochzeit im Weingebiet anbieten. Alles ganz italienisch. Oder Hochzeiten, die auf Filmen basieren.«

»Die Jahreszeiten wären auch nett.« Wynn griff nach einem Keks. »Eine Dickens-Weihnachtshochzeit oder eine wunderschöne Herbsthochzeit mit buntem Laub und vielen Äpfeln.«

Lachend schrieb Pallas alle ihre Vorschläge auf. »Ich muss sagen, das ist eine ganz schöne Bandbreite – von Zombies zur Dickens-Weihnachtshochzeit.«

»Du willst doch den üblichen Rahmen verlassen«, rief Wynn ihr in Erinnerung.

»Das stimmt.« Sie wollte ihre Firma einzigartig machen. Und mit ein wenig Unterstützung von ihren Freundinnen würde ihr das auch gelingen.

Zurück von ihrem Treffen hielt eine energiegeladene Pallas an Nicks Atelier an. Sie tanzte förmlich von ihrem Auto durch die offene Tür. Inspiration und Aufregung machten sie leicht und glücklich.

Sie nahm sich eine Sekunde Zeit, damit sich ihre Augen nach dem hellen Sonnenlicht draußen umgewöhnen konnten. Auf der anderen Seite des Raums zischte und röhrte der heiße Glasofen, während Mathias und Ronan eine lange Stange mit geschmolzenem Glas aus seinen Tiefen zogen. Mathias drehte die Stange gekonnt herum, bevor er anfing, in das Ende der Röhre zu blasen. Das Glas wuchs zu einem Kreis an, bevor es sich in eine längliche Form verwandelte, während er es mehrmals herumwirbelte.

Die Komplexität dessen, was diese Männer taten, ging weit über ihren Horizont hinaus. Sie schaute nach links und sah Nick. Bei seinem Anblick musste sie einen großen Glücksseufzer unterdrücken. Ihr Herz flatterte, ihre weiblichen Körperteile wurden in Alarm versetzt, und der ganze Tag wurde einfach nur besser.

»Du hast mir geschrieben«, sagte sie und ging zu ihm. Er saß an einer großen Werkbank und bemalte eine Pappmascheeblume.

»Das habe ich.«

Er legte die Blume ab, stand auf und streckte die Arme aus. Sie trat in seine Umarmung. Alles daran fühlt sich so richtig an, dachte sie. Alles war gut. Die Worte – ein Ausdruck dessen, wie sie sich fühlte – lagen ihr auf der Zungenspitze, aber sie sprach sie nicht aus. Er wollte es nicht wissen, und sie war noch nicht bereit, es ihm zu sagen.

»Was ist los?« Sie schaute in seine dunklen Augen.

»Darf ein Mann nicht sein Mädchen sehen wollen?«

Sein Mädchen. War sie das? Sie wollte es sein. Sie wollte, dass das, was sie hatten, so lange wie nur möglich anhielt. Für immer klang ganz gut. »Das kann er, aber deshalb hast du mich nicht gebeten, vorbeizukommen.«

»Da hast du recht.«

Er führte sie zu einer Tür.

»Schließ die Augen.«

Sie tat, was er verlangte. Er nahm ihre Hand und zog sie daran ein paar Schritte vorwärts. Sie spürte, dass sie den Lagerraum betrat. Ein Licht wurde angeschaltet.

»Mach die Augen auf.«

Vor ihr hing Novas Kleid – oder zumindest ein Teil von dem, was es mal gewesen war. Denn anstelle eines traditionellen weißen Brautkleides sah sie Farbwirbel und ein gemaltes Meisterstück.

Nick hatte die Farben aus der Welt des Spiels so kombiniert, dass sie sich zu neuen Mustern zusammenfügten. Keine Farbe dominierte, und es gab auch noch ausreichend Elfenbein und weiche Seide. Einige Bereiche schimmerten leicht. Pallas dachte daran, wie sie mit Nova über den Brautstrauß gesprochen hatte und darüber, wie sich das Kleid bewegen würde. Tränen brannten in ihren Augen.

»Es ist wunderschön«, flüsterte sie. »Nein, das ist nicht gut genug. Ich habe ehrlich keine Worte, um es zu beschreiben, Nick. Es ist umwerfend.«

»Danke. Da ist noch mehr.«

Er schaltete eine Taschenlampe mit Schwarzlicht ein und dann das Deckenlicht aus. Das Kleid verwandelte sich in etwas aus einer anderen Welt, als wenn die Farbkreise und -wellen sich bewegt hätten.

»Wie hast du das gemacht?«

»Farbe, die unter Schwarzlicht sichtbar wird. Es vermischt sich alles miteinander. Wir haben über Schwarzlicht auf der Feier gesprochen, und ich dachte, es würde cool aussehen.« Er schaltete das Deckenlicht wieder an. »Mir gefällt das Ergebnis.«

»Es ist unglaublich. Nova wird so …« Pallas dachte an den Grund für die Verschiebung der Hochzeit. Sie war nicht sicher, wie Nova sich fühlen würde. »Was wirst du damit machen?«

»Ich warte ein paar Tage, bis das Kleid getrocknet ist, dann schicke ich es ihr. Sie und Joel werden irgendwann heiraten, und dann wird sie dieses Kleid haben wollen.«

»Ich hoffe, sie kommen hierher, wenn es so weit ist. Ich würde ihnen gerne mit ihrer Hochzeit helfen.«

»Ich auch.«

Sie machte sich nicht die Mühe, darauf hinzuweisen, dass Nick bis dahin schon lange fort wäre. Denn das wusste er.

Pallas hatte sich am Nachmittag gerade in ihrem Büro eingerichtet, als Alan hereinspazierte.

»Was machst du hier?«, fragte sie. »Ich dachte, du wärst die ganze Woche über in L. A.«

»Ich wollte dich sehen.« Er setzte sich neben ihren Schreibtisch und nahm ihre Hand. »Ich verlasse Happily Inc. Nicht dich, wir werden einander immer nahestehen, aber es ist an der Zeit für mich, mich an einem Ort niederzulassen. Und das werde ich in Los Angeles tun.«

Pallas biss sich auf die Unterlippe. Alan war genauso lange ein Teil ihres Lebens wie Gerald. Sie waren Freunde. Und selbst nachdem er angefangen hatte, mehr Zeit in Los Angeles zu verbringen, hatte sie immer gewusst, dass sie ihn zu den Hochzeiten sehen würde.

»Ein neuer Mann?«, fragte sie, obwohl sie eigentlich sagen wollte: »Geh nicht!«

»Ja. Trotz meiner unbestreitbaren Attraktivität werde ich auch nicht jünger. Ich habe jemanden gefunden, an dem mir sehr viel liegt, und ich werde mein Bestes geben, damit es funktioniert.« Er lächelte. »Endlich werde ich sesshaft.«

»Ich habe gehört, dass uns das allen irgendwann passiert.«

»Es muss dir auch passieren.«

»Ich arbeite daran.«

»Nick?«

Sie lächelte. »Meine Lieblingsmänner sind du und er. Aber dein Herz ist offensichtlich schon vergeben.«

Alan lachte. »Das ist es. Und sosehr ich dich auch mag, diese Sachen mit Jungs und Mädchen habe ich noch nie verstanden. Die ist irgendwie komisch.«

»Ja, das ist sie.« Ihr Lächeln schwand. »Wer wird denn jetzt für mich meine nervösen Bräute beruhigen?«

»Du wirst jemanden finden. Es ist wirklich nicht so schwer. Sag ihnen einfach, dass sie wunderschön sind und wer auch immer sie nervt eine Zicke ist, und voilà – eine glückliche Braut.«

»Ich denke, da gehört noch ein bisschen mehr dazu.« Sie drückte seine Hand. »Du wirst mir so fehlen.«

»Du mir auch. Gerald hat uns beide gerettet, und wir werden uns immer an ihn erinnern. Aber jetzt ist es an der Zeit für uns, unseren Träumen zu folgen.«

Sie stand auf. Er erhob sich ebenfalls und umarmte sie.

Im Moment verändert sich so viel, dachte sie, nachdem Alan gegangen war. Vor nicht einmal einem Jahr war sie entschlossen gewesen, ihren Abschluss zu machen und in der Bank zu arbeiten. Dann war Gerald gestorben und hatte ihr seine Firma hinterlassen, und sie war zu der Erkenntnis gelangt, dass sie nicht mit ihrer Mutter zusammenarbeiten wollte. Kurz darauf war Nick aufgetaucht. Und nun … war alles anders.

Zu rastlos, um sich zu konzentrieren, machte sie einen Spaziergang. Es wurde jeden Tag wärmer – ein Zeichen dafür, dass der Wüstensommer näher kam. Sie überquerte die Straße und ging in Richtung Fluss. Als sie sich der Promenade näherte, sah sie eine vertraute Gestalt auf einer Bank sitzen. Ihr Großvater schaute auf und erblickte sie. Lächelnd winkte er sie zu sich.

»Wie geht es meiner liebsten Enkeltochter?«, fragte er, als sie sich neben ihn setzte.

»Du weißt, dass das nicht stimmt. Du liebst uns alle gleich.«

»Das tue ich, aber ich achte darauf, allen zu sagen, dass er oder sie mein Liebling ist. Dann fühlt ihr euch besonders.«

Sie lachte, obwohl sie sicher war, dass er die Wahrheit sagte.

»Wie läuft es bei dir?«, fragte er.

»Gut. Super. Ich arbeite hart und lerne sehr viel.«

»Es ist gut zu lernen. Das hält uns jung. Im Moment brauchst du das noch nicht, aber eines Tages schon.«

»Das werde ich mir merken.« Sie zögerte, bevor es aus ihr herausplatzte. »Warum hasst Mom mich?«

Sie hatte die Frage gar nicht stellen wollen, aber jetzt, wo sie raus war, nahm sie sie nicht zurück.

Grandpa Frank legte einen Arm um sie. »Sie hasst dich nicht, Pallas. Sie liebt dich – auf ihre Weise.«

Pallas rümpfte die Nase. »Das ist aber keine sehr liebevolle Weise.«

»Ich weiß.«

»Warum kann ich mich kaum an meinen Dad erinnern? Cade kann es. Liegt das an mir, oder war er nicht oft da?«

Ihr Großvater zögerte gerade lange genug, um sie spüren zu lassen, dass es da etwas gab. Sie drehte sich so herum, dass sie ihn ansehen konnte. »Grandpa Frank? Was ist es? Erzähl es mir.«

»Dein Vater war ein ehrgeiziger Mann. Er stammte aus eher ärmlichen Verhältnissen und war entschlossen, es bis an die Spitze zu schaffen. Er hat Libby als Möglichkeit gesehen, das zu erreichen.«

Pallas stockte der Atem, als ihr klar wurde, was dieser vorsichtig formulierte Satz bedeutete. »Er hat sie nicht geliebt?«

»Das habe ich nicht gesagt. Ich bin mir sicher, dass ihm etwas an ihr lag. Aber er war mehr an der Bank interessiert. Libby hat auf eine Million verschiedene Wege versucht, seine Aufmerksamkeit zu erregen, aber das war schwierig.« Er schüttelte den Kopf. »Er war der Grund, warum ihr alle zu mir ins Haus gezogen seid. Es war seine Idee, nicht die deiner Mutter. Nach der Geburt von Cade und dir hat er Cade als Weg gesehen, seine Position zu sichern.«

»Wie meinst du das?«

»Cade ist ein Junge. Jungen können erben.«

»Aber das interessiert dich doch gar nicht. Und wie könnte es auch. Du hast sieben Töchter.«

Er lachte. »Wem sagst du das. Aber das hat dein Vater nie verstanden. Er hat nie gesehen, dass Cade überhaupt kein Interesse an der Bank hat. Er glaubte, Cade würde seine Meinung schon noch ändern, wenn er erst einmal älter wäre. Libby hat mitgespielt. Und dann ist dein Vater gestorben.«

Pallas war nicht sicher, was sie mit dieser Information anfangen sollte. Auf der einen Seite tat ihre Mutter ihr leid. Auf der anderen Seite war sie dankbar, endlich herausgefunden zu haben, warum ihr Vater in ihrem Leben immer so abwesend gewesen war.

»Glaubst du, das ist der Grund, warum Mom immer will, dass ich mir etwas verdiene? Weil sie hofft, mich davor beschützen zu können, so verletzt zu werden wie sie?«, fragte sie.

»Das musst du sie fragen.«

»O ja, als ob das jemals passieren wird.« Trotzdem war es nett, ein paar Antworten zu haben, auch wenn diese zu weiteren Fragen führten.

»Wie kommt es, dass du nie wieder geheiratet hast, Grandpa?«, wollte sie wissen.

Er zwinkerte ihr zu. »Ich bin ein gesunder, wohlhabender Mann in einem gewissen Alter. Ich habe deine Großmutter sehr geliebt, und während sie gelebt hat, habe ich keine andere Frau auch nur angesehen. Aber nun bin ich Single und genieße jede Sekunde davon.«

Pallas zuckte zusammen und versuchte, sich das nicht bildlich vorzustellen. »Du hättest einfach sagen können, dass du nicht wieder heiraten wolltest.«

»Ich bin ein großer Freund der Wahrheit.«

»Vielleicht solltest du besser ein großer Freund der Selbstzensur sein.«

Er lachte. »Komm. Ich kaufe dir ein Eis.«

»O ja. Kann ich ein Kratzeis haben?«

»Natürlich. Du kannst alles haben, was du willst.«

Sie gingen am Fluss entlang zu dem Eisstand. Pallas dachte über das nach, was sie heute erfahren hatte. Einige der Informationen änderten vieles, und einige … Nun, sie wusste nicht, was sie wegen der Vergangenheit ihrer Mutter unternehmen sollte. Nicht, dass es da etwas zu unternehmen gab. Aber einiges ergab jetzt mehr Sinn. Und vielleicht lag in diesem Wissen die Chance auf mehr, als sie jetzt hatten.

Nick starrte den FedEx-Umschlag auf seinem Tisch an. Er wusste, was sich darin befand – der Absender aus Dubai machte das ziemlich klar. Nach beinahe drei Monaten des Wartens war eine Entscheidung gefallen. Er drehte den Umschlag in seinen Händen hin und her und merkte, dass er es nicht wissen wollte. Er wollte nicht, dass sein Leben sich veränderte. Er war noch nicht bereit, Happily Inc zu verlassen.

Nein. Er war noch nicht bereit, Pallas zu verlassen.

Er riss den Umschlag auf und zog den Brief heraus. Nachdem er den ersten Absatz überflogen hatte, las er ihn noch einmal und ein drittes Mal. Die Worte waren sehr eindeutig.

Mr. Nicholas Mitchell, wir bedauern, Ihnen mitteilen zu müssen, dass das Komitee sich entschieden hat, mit der Installation für unser Hotel in eine andere Richtung zu gehen. Ich persönlich wollte Ihr Werk gerne haben, aber ich bin überstimmt worden.

Da war noch mehr, aber das war nicht wichtig. Er hatte den Auftrag nicht bekommen. Was zum Teufel …?

Er stand auf und setzte sich gleich wieder hin. Dann schob er den Brief in eine Schublade, holte ihn wieder heraus und dachte darüber nach, ihn entzwei zu reißen, bevor er ihn doch wieder in die Schublade legte.

Er hatte den Auftrag nicht bekommen. Wie war das möglich? Wussten die denn nicht, wer er war?

Sobald er diese Frage dachte, fing er an zu lachen. Verdammt. Er war gerade auf seinen Platz verwiesen worden. Er war so sicher gewesen, den Auftrag zu erhalten, dass er die gegenteilige Möglichkeit gar nicht in Betracht gezogen hatte.

Seine beiden Brüder waren unterwegs, also hatte er das Atelier ganz für sich. Er tigerte auf und ab und dachte daran, seinen Vater nachzuahmen und ein paar Stücke an die Wand zu werfen, hielt sich aber gerade noch rechtzeitig zurück, bevor er etwas Dummes und Selbstzerstörerisches tun konnte.

Er hatte den Auftrag nicht bekommen. Sie hatten seine Idee abgelehnt. Machte es ihm etwas aus? Hatte es irgendetwas zu bedeuten? Kunst war subjektiv, richtig? Es war nur ...

Er hatte alles auf Pause gestellt. Weil er auf die Zusage aus Dubai gewartet hatte, hatte er mit keinem neuen Projekt begonnen und keine Entscheidung gefällt. Er hatte sich treiben lassen, hatte erwartet, dass die Antwort von irgendwo anders herkam, und das war sie. Nur nicht so, wie er gedacht hatte. Was würde er jetzt tun?

Es gab Dutzende Möglichkeiten. Er konnte nach Fool's Gold zurückkehren. Er konnte hierbleiben. Er konnte woanders hinziehen. Aber die größere Frage war, was er mit seiner Kunst machen würde. Holz? Glas? Kein Metall – er und Mathias hatten immer noch nichts zustande gebracht, das kein Müll war. Was war mit ...

Was war mit Pallas? Er kehrte zu seinem Stuhl zurück und setzte sich. Jetzt musste er sie nicht verlassen. Jetzt konnte er mit ihr zusammen sein. Sie konnten ... Nun ja, sie konnten ... Er schaute sich um, als verstecke die Antwort sich in einer Ecke. Sie konnten zusammenbleiben. Irgendwann konnten sie ...

Nein. Leidenschaft verschlang. Sie konnten nicht irgendwann oder für immer oder so ähnlich. Er wollte nicht wie seine Eltern enden. Er wollte das, was sie hatten, nicht zerstören. Er wollte sie beide nicht zerstören. Er wollte mit ihr zusammen sein, und jetzt konnte er das. Nur konnte er es eben doch nicht, weil es gefährlich war. Er war nicht gewillt, ein Risiko einzugehen. Das Problem war nicht sie – sondern er. Er konnte sich selbst nicht vertrauen. Aber wenn er nicht den nächsten Schritt machte, würde er sie für immer verlieren.

Da er nicht wusste, was er sonst tun sollte, fuhr er zu *Weddings out of the Box*, um an seinen Paneelen zu arbeiten. Zumindest wusste er hier, was er tat. Er hatte ein Gefühl für das Holz. Die Reparaturen hielten seine Hände beschäftigt, während seine Gedanken rasten wie ein Hamster im Rad. Irgendwann würde alles ruhig werden, und er würde es wissen.

Mit Schmirgelpapier glättete er die Ecken der langen Risse, die vertikal durch das Paneel verliefen. Er füllte die größeren Risse mit dünnen Holzspänen, die er passgenau zugeschnitten hatte. Die Arbeit forderte seine gesamte Aufmerksamkeit. Als die Fragen in seinem Kopf wieder auftauchten und immer komplizierter wurden, widmete er sich einer leichteren Aufgabe und reinigte das Relief Zentimeter für Zentimeter. Die Stunden schlichen voran. Er zählte sie anhand der Bewegung der Sonnenstrahlen auf dem Steinfußboden. Als es beinahe dunkel war und seine Hände von der Arbeit schmerzten, dachte er, dass es vielleicht an der Zeit war, eine Pause einzulegen. Er war einer Antwort noch kein Stück näher gekommen, aber …

Pallas stürzte in den Raum und rannte auf ihn zu.

»Nova hat angerufen. Tim hat sich erholt. Er ist nicht tot. Es geht ihm besser! Die Hochzeit findet wieder statt!«

18. Kapitel

Pallas konnte kaum atmen. Sie zitterte und versuchte, nicht aufgeregt zu schreien und herumzuhüpfen.

»Als ich Novas Nummer auf dem Display sah, wäre ich beinahe nicht ans Telefon gegangen«, gab sie zu, als Nick und sie in ihrem Büro zusammensaßen. »Ich hatte solche Angst. Ich wollte nicht hören, dass Tim gestorben ist. Dann habe ich mir gesagt, dass das feige ist. Ich meine, wirklich, ich musste es nur hören. Sie muss damit leben. Aber es waren gar keine schlechten Neuigkeiten.« Sie hüpfte auf ihrem Stuhl auf und ab. »Das ist das Beste. In den letzten Wochen ist er sogar täglich kräftiger geworden. Ich glaube, sie haben irgendeine neue Medizin ausprobiert, und anfangs glaubten sie, es hätte nicht funktioniert. Aber nun scheint sie zu wirken, also müssen wir das auf die Beine stellen.«

Sie sah Nick an. »Du hast noch gar nichts gesagt.«

»Das sind tolle Neuigkeiten. Du hast recht. Wir müssen das irgendwie schaffen. Wen sollen wir zuerst anrufen?«

Die Worte waren richtig, aber etwas an ihm war seltsam. Er war nicht wirklich still, sondern eher … resigniert? »Bist du sauer?«

»Nein. Natürlich nicht. Das ist eine tolle Nachricht. Ich freue mich für sie.«

Auch diese Worte waren richtig, und dennoch … Wie auch immer, damit konnte sie sich jetzt nicht beschäftigen. »Wir haben eine Million Dinge zu erledigen. Ich will eine Seilrutsche bestellen.«

Nick hob die Augenbrauen. »Wie bitte?«

»Eine Seilrutsche. Ganz genau. Warum nicht? Nova ist so glücklich, sie meinte, ich solle einfach machen. Ich soll alles bestellen, was den Tag zu etwas Besonderem macht.« Pallas seufzte bei der Erinnerung an den fröhlichen Anruf. »Sie war so aufgeregt und erleichtert. Ich finde, es sollte eine Seilrutsche geben, um ein wenig Pfeffer in die Sache zu bringen. Wir können sie vom Balkon auf den Boden laufen lassen. Sie wird nicht schnell oder lang sein. Aber sie wird trotzdem etwas Besonderes sein.«

Sie schaute auf ihre Notizen. »Ich muss alle anrufen. Ich weiß nicht, ob Atsuko sich an ihr Kostüm gemacht hat. Ich hoffe es. Oh, du hast Nova das Kleid noch nicht geschickt, oder? Nicht dass sie es nicht mitbringen könnte. Natürlich könnte sie das. Aber es wäre einfacher, wenn es hierbliebe.« Sie fing an, Namen aufzuschreiben. »Okay, Atsuko, Silver, Violet, Wynn. Und Natalie, weil sie meinte, sie hätte die Masken fertig. Vermutlich sollte ich auch Carol anrufen. Sie hat immer gesagt, dass sie mir nur zu gerne hilft, wenn es eng wird. Oh, und Alan. Er will bestimmt dabei sein.«

Sie schaute auf. »Habe ich dir erzählt, dass er jetzt dauerhaft nach L. A. zieht? Er hat jemanden kennengelernt, was einfach großartig ist.«

Sie atmete tief ein. »Ich weiß, ich rede zu viel, aber ich bin so aufgeregt. Das ist wirklich das Beste. Tim geht es gut, und es wird eine außerirdische Hochzeit geben.« Sie fing an zu lachen. »Und wie oft kann ein Mädchen diesen Satz schon sagen?«

Nick schwieg weiterhin. Er schien weder aufgeregt noch erfreut oder irgendetwas anderes zu sein, was sie erwartet hätte. Schlussendlich ertrug sie es nicht mehr. Sie stemmte die Hände auf die Schreibtischplatte. »Was?«

Er wandte den Blick ab und sah sie dann wieder an. »Ich helfe dir bei der Hochzeit.«

Was? Natürlich würde er helfen. Er war von Anfang an Teil des Ganzen gewesen. Er war …

Endlich fiel ihr auf, was in seiner Miene fehlte. Der Humor und die Zuneigung, die sie inzwischen als selbstverständlich betrachtete. Die Verbindung, die sie hatten. Er hatte nicht glücklich gewirkt, sie zu sehen, als sie hereingestürmt war, um ihm die Neuigkeiten mitzuteilen. Er hatte sie nicht an sich gezogen oder geküsst. Er hatte gar nichts getan.

»Und dann?«, fragte sie leise.

»Dann sind wir fertig. Ich kann nicht weiter mit dir zusammen sein. Das Risiko ist zu groß. Es tut mir leid. Ich habe den Auftrag in Dubai nicht bekommen. Ich weiß nicht, ob ich hierbleibe oder nicht. Aber egal wie, wir können nicht zusammen sein.«

Sie hörte die Worte und wusste, was sie bedeuteten. Er war nicht gewillt, ein Risiko einzugehen. Nicht mit ihnen und nicht mit ihr. Sie machten Schluss. Sie würden nicht mehr zusammen sein, Zeit miteinander verbringen, lachen, sich lieben. Er würde weiterziehen.

Der Schmerz war so heiß und so grell, dass sie fürchtete, er würde sie erblinden lassen. Das konnte er nicht tun, das konnte er nicht ernst meinen. Sie liebte ihn. Sie brauchte ihn, und er brauchte sie. Sie waren gut zusammen. Wie konnte er das einfach beenden? Wie konnte er nicht wissen, was zwischen ihnen passierte?

Leidenschaft verschlingt. Sie erinnerte sich an seine Worte. Egal, wie dumm sie sie fand, er glaubte sie. Sie hatte sich in ihn verliebt, und er wollte weiterziehen.

Sie wollte schreien, ihm sagen, dass er sich irrte. Sie wollte ihn anflehen. Sie wollte weglaufen. Nur konnte sie das nicht.

Nova und Joel verließen sich auf sie, und das war wichtiger als das, was mit Nick passierte. Es war wichtiger als alles. Sie zwang sich, tief durchzuatmen und stark zu sein.

»Gut«, sagte sie eisig und ignorierte den Schmerz in ihrem Herzen. »Wenn es das ist, was du willst. Wie auch immer, ich würde es sehr zu schätzen wissen, wenn du mir versprichst, nicht mittendrin wegzulaufen. Wenn ich mich nicht darauf verlassen kann, dass du für die Hochzeit da bist, sag es mir jetzt gleich. Dann finde ich jemand anderen, der mir hilft. Für Nova und Joel alles perfekt zu machen ist im Moment meine oberste Priorität. Alles andere kann warten.«

»Ich werde da sein.«

Für die Hochzeit. Aber nicht für sie.

Carol saß neben Pallas auf dem Sofa. Pallas hatte die Arme um ihre Mitte geschlungen, als würde das helfen, den Schmerz zu lindern. Die letzten fünfzehn Minuten hatte sie damit verbracht zu weinen, und sie hätte schwören können, dass sie keine Tränen mehr übrig hatte. Trotzdem stiegen ihr weitere in die Augen und rannen über ihre Wangen.

Ihre Freundin war geduldig – wartete darauf, dass sie sich weit genug beruhigte, um sprechen zu können. Carol würde so lange warten, wie es nötig war. Als Pallas sie angerufen und gefragt hatte, ob sie vorbeikommen könnte, hatte Carol nicht gezögert. Pallas wusste, sie konnte sich immer auf ihre Freundinnen verlassen. Sie wären für sie da, egal was auch passierte. Mit der Zeit wäre das genug – nur heute nicht.

»Es tut mir leid.« Ihre Stimme war belegt und rau vom Weinen. »Ich bin ein Wrack.«

Carol umarmte sie. »Wage es ja nicht, dich zu entschuldigen. Jemals. Ich bin immer für dich da, egal was du brauchst. Wenn es Zebras sind, musst du es nur sagen.«

Der leichte Humor lenkte Pallas lang genug ab, um Atem zu holen. Sie musste sich zusammenreißen. Es gab vor Novas Hochzeit noch so viel zu tun. Und das war es, was ihr wichtig war. Nicht Nick und seine Idiotie. Nur half es leider nichts, sich das zu sagen.

»Nick und ich haben Schluss gemacht«, brachte sie hervor, während sie sich die Tränen abwischte.

Carol hielt sie weiter fest.

»Das überrascht dich nicht?«

»Ich werde überrascht sein, wenn du mir sagst, dass er dumm genug war, dich sitzen zu lassen. Ansonsten dachte ich mir schon, dass die Tränen wegen eines Mannes sind. Du weinst normalerweise nicht so schnell.«

»Ich weiß.« Pallas lehnte ihren Kopf an Carols Schulter. »Er hat mit mir Schluss gemacht, und ich habe keine Ahnung, warum.«

Carol fluchte. »Das ergibt keinen Sinn. Ich habe euch zusammen erlebt. Ihr seid toll, und ich weiß, dass Nick dich anbetet. Was hat er sich dabei gedacht?«

»Gute Frage.« Pallas unterdrückte ein Schluchzen. »Warum macht es mir so viel aus?«

»Weil du in ihn verliebt bist.«

»Ich weiß.«

Pallas richtete sich auf. Carol rutschte ein Stück zur Seite, damit sie an die Teekanne kam. Dann schenkte sie ihnen beiden eine Tasse Tee ein.

»Fang ganz vorne an«, bat sie.

»Du meinst, ich bin im Sommer geboren …« Ihre Stimme verebbte. »Sorry. Ich kriege das Ganze nur noch nicht verarbeitet.«

Sie nahm die angebotene Tasse und nippte daran. Der vertraute Duft von schwarzem Tee mit Orangenaroma bot ein wenig Trost.

»Bevor wir zusammenkamen, hat Nick gesagt, dass er nicht an Beziehungen glaubt. Er denkt, sie würden zu viel emotionalen Schaden anrichten.« Sie malte mit einer Hand Gänsefüßchen in die Luft. »›Leidenschaft verschlingt‹. Das ist sein Ding. Er lässt niemanden zu nah an sich heran. Er sollte nach Dubai abreisen, also wusste ich, dass es nicht für immer ist. Ich habe mir eingeredet, das wäre in Ordnung. Dass er und ich ein wenig Spaß hätten, und das war's. Aber dann wurde es mehr – zumindest für mich.«

Eine Welle des Schmerzes schlug über sie hinweg. Sie hatten so gut zusammengepasst. Wie konnte er das nicht sehen?

Sie umfasste ihre Tasse mit beiden Händen. »Als ich noch klein war, hatte ich immer das Gefühl, ich müsste mir die Aufmerksamkeit meiner Mom verdienen. Ich war nie gut genug. Liebe musste verdient werden, und ich war nicht sonderlich gut darin, das richtig zu machen. Ich habe mich immer wertlos gefühlt. Für Cade war es anders – für ihn galten nicht die gleichen Regeln.«

Carol schüttelte den Kopf. »Ich habe gesehen, wie deine Mom sich benimmt. Ich hoffe, du gibst nicht dir die Schuld daran.«

»Nein, das tue ich nicht. Ich war das Kind – die Regeln kamen von ihr. Aber vor Kurzem hat mein Großvater mir einiges erzählt, was alles verändert. Er meinte, mein Dad wäre mehr an der Bank als an seiner Frau interessiert gewesen. Mom hatte nie seine Aufmerksamkeit, was wirklich traurig ist. Vielleicht hat sie ihr Bestes gegeben. Vielleicht hat sie versucht, mich dazu zu bringen, mich mehr zu bemühen. Und der Grund dafür war, dass sie selbst das Gefühl hatte, sich nicht stark genug angestrengt zu haben. Ich weiß es nicht.«

Sie atmete tief ein. »Wie auch immer, ich nahm immer an, dass es um die Regeln ging und ich nicht gut darin war, sie zu befolgen. Ich habe immer so sehr darauf geachtet, nichts zu erwarten – außer bei meinen Freundinnen.« Sie brachte ein kleines Lächeln zustande. »Du bist immer für mich da gewesen.«

»Ja, ich bin ziemlich toll«, zog Carol sie sanft auf.

Pallas lächelte. »Das bist du wirklich.« Das Lächeln schwand. »Dann hat Gerald mir die Firma hinterlassen. Ich hatte keine Ahnung, dass er das vorhatte, und bin total ausgeflippt, weil ich sie mir nicht verdient hatte. Er hat mich einfach geliebt. Einige Zeit später tauchte Nick auf, und wir haben uns so gut verstanden. Ich fing an, mir meiner Gefühle bewusst zu werden. Ich habe nichts gesagt, weil ich keinen Druck auf ihn ausüben wollte. Ich habe ihn geliebt, ohne etwas im Gegenzug zu erwarten. Und es hat sich toll angefühlt. Bis er mich hat fallen lassen.«

Tränen brannten in ihren Augen, und sie blinzelte sie zurück. »Vielleicht hätte ich es ihm sagen sollen. Vielleicht war es ein Fehler, ihn nicht wissen zu lassen, was ich für ihn empfinde.«

»Nur wenn *du* dich damit besser gefühlt hättest«, sagte Carol schnell. »Das meine ich ernst. Es geht hier allein um dich. Ich bin Team Pallas mit Leib und Seele.«

»Ich danke dir. Ich will nichts bereuen müssen.«

»Das will ich auch nicht. Wenn es sich für dich richtig anfühlt, ihm zu sagen, dass du in ihn verliebt bist, dann tu das. Wenn du aber damit zufrieden bist, wie du die Sache gehandhabt hast, muss der Idiot es nicht erfahren.« Carol grinste. »Es tut mir nur so leid, dass wir im Reservat keine Raubtiere haben. Es wäre lustig, in Nicks Truck einen hungrigen Löwen loszulassen. Natürlich während er drinsitzt.«

»Das sagst du nur so. Ich weiß zufällig, dass du nicht im Mindesten blutrünstig bist.«

»Normalerweises nicht, aber er hat meiner Freundin wehgetan. Mir liegt viel an dir.«

»Danke.«

»Gern geschehen. Ich kann nicht fassen, wie dumm er ist. Ich habe das schon gesagt, aber es ist wahr: Es tut mir leid, dass es so gelaufen ist. Ich weiß, er wird es bereuen, dich gehen gelassen zu haben. Das muss er einfach.«

Die Unterstützung fühlte sich gut an. Es würde noch eine Weile dauern, bis Pallas wieder sie selbst war, aber sie nahm an, da sie nun endlich gelernt hatte, sich zu verlieben, würde sie auch lernen, sich zu entlieben. Irgendwann. Und bis dahin musste sie herausfinden, wie man so tat, als wäre alles normal, und tief graben, um ihren Mut wiederzufinden.

Pallas hatte nicht geahnt, dass eine Seilrutsche zu installieren mit Mathematik zu tun hatte. Als der Monteur die Unterhaltung mit dem charmanten Satz begann: »Die Neigung darf nicht mehr betragen als sechs Prozent der Länge«, spürte sie den ersten Anflug von Kopfschmerzen.

Nachdem sie geklärt hatte, dass er mit »Länge« die Länge der Seilrutsche meinte, zeigte sie in Richtung des Balkons im ersten Stock.

»Was auch immer Sie tun können, würde uns sehr weiterhelfen«, erklärte sie ihm. »Uns geht es mehr um die Idee einer Seilrutsche als um einen tatsächlich aufregenden Ritt.«

»Bei einer Hochzeit?«

»Sieht so aus.«

Die Seilrutsche war das Wenigste daran, aber wieso sollte sie Zeit darauf verschwenden, das zu erklären? Es gab tausend andere Einzelheiten, die ihre Aufmerksamkeit verlangten.

Der Innenhof und das Gebäude wimmelten nur so vor Leuten. Die Floristen würden einen ganzen Tag benötigen. Wynn hatte bereits angefangen, die Poster auszudrucken, die den Hintergrund der Spielewelt bildeten. Violet, Cade und sogar Drew arbeiteten zusammen, um verschieden dicke Bänder aus unterschiedlichen Materialien zu flechten, die zwischen den Postern aufgehängt werden sollten. Immerhin handelte es sich um eine Hochzeit, und dafür waren Dekorationen notwendig.

Pallas wollte heute so viel wie möglich aufbauen, damit sie sich morgen um die Trauzeremonie und die Feier kümmern konnten, anstatt sich mit Vorbereitungen beschäftigen zu müssen. Was bedeutete, dass sie die Tische und Stühle heute Nachmittag noch aufbauen mussten. Mit den Dekorationen würde sie bis zum Morgen warten, aber sie musste alle Lieferungen bestätigen. Um zwei würde der DJ eine Soundprobe machen. Der Caterer würde vorbeikommen, um sich den Aufbau anzuschauen. Einhundertfünfzig Gäste waren nicht viel, aber die ganzen Elemente aus der Spielewelt stellten interessante Hindernisse für die Bedienungen dar.

Aus dem Augenwinkel erblickte sie Nick. Er hatte seine Pappmascheeblumen am Morgen vorbeigebracht. Sie waren unglaublich – detaillierte Nachbauten der Blumen aus dem Spiel. Er hatte die Farben perfekt getroffen. Sie wusste, dass es eigentlich nur drei verschiedene Blumen waren, aber so, wie er sie arrangiert hatte, merkte man das nicht.

Sie bemühte sich, ihm aus dem Weg zu gehen. Ehrlich gesagt hatte sie keine Ahnung, was sie zu ihm sagen sollte. So zu tun, als wären sie nur Freunde, war ihr unmöglich. Und das ganze Gewusel ließe auch keine persönliche Unterhaltung zu – nicht dass er sonderlich erpicht darauf schien, ihr wieder näherzukommen. Das Schicksal schien zum Glück auf ihrer Seite zu sein, indem ständig Leute kamen und ihr Fragen stellten und Nick weiterhin mit seinen Blumen beschäftigt war. So konnte sie ihn auf Distanz halten, ohne dabei zu offensichtlich zu sein.

Kurz vor Mittag kamen Nova, Joel und Tim. Novas Vater sah blass und dünn, aber glücklich aus, als er mit dem Brautpaar zusammen eintrat. Pallas eilte auf sie zu, um sie zu begrüßen.

»Ihr habt es geschafft«, sagte sie fröhlich und umarmte alle drei.

»Ja, das haben wir.« Nova behielt den Blick auf ihren Vater gerichtet. »Dad fühlt sich gut.«

»Das tue ich.« Tim lächelte. »Mir ist etwas Zeit geschenkt worden, und ich habe vor, sie zu nutzen, indem ich sehe, wie mein tolles Mädchen heiratet.«

Pallas beobachtete, dass Joel nahe bei seinem zukünftigen Schwiegervater stand, immer bereit, seinen Arm anzubieten, sollte Tim ihn benötigen.

»Es gibt so viel, was ich euch zeigen muss«, sagte sie. »Zuerst ein paar Details.« Sie wandte sich an Nova. »Dein Kleid ist heute Morgen ins Hotel geliefert worden. Ich habe arrangiert, dass zwei meiner besten Schneiderinnen sich heute um zwei mit dir treffen. Sie werden ihren Zauber wirken und das Kleid gleich morgen früh zu dir zurückbringen.«

Nova hatte zwar eine erste Anprobe gehabt, bevor sie Nick das damals noch weiße Kleid geschickt hatte. Aber es gab immer kleine Änderungen in letzter Minute.

»Ich habe versucht, mein Gewicht zu halten«, sagte Nova. »Ich habe ein paar Pfund verloren, aber als Dad sich erholt hat, habe ich wieder angefangen zu essen.«

»Das ist kein Witz«, zog Joel sie auf. »Wir sind bei einem All-You-Can-Eat-Buffet gewesen, und der Manager musste sie schlussendlich bitten zu gehen.«

»Das ist mein Mädchen«, sagte Tim.

Pallas zog einen der Stühle von einem Tisch und bedeutete Tim, sich zu setzen, was er dankbar lächelnd tat.

»Ich kann es kaum erwarten, das bemalte Kleid zu sehen«, gab Nova zu. »Nick hat mir Fotos geschickt. Ich weiß, dass es umwerfend ist, aber in echt ist es bestimmt noch viel besser.«

»Es wird dich umhauen«, versprach Pallas. »Was auch immer du dir vorstellst – es ist zehnmal besser.« Nick war talentiert. Doch das Kleid war zudem auch ein Herzensprojekt von ihm gewesen. Wie alle anderen Beteiligten hatte er Novas und Joels Traum wahr machen wollen.

Sie gestattete sich genau zwei Sekunden, um ihn zu vermissen und den Schmerz in ihrem Herzen zu fühlen, bevor sie sich wieder an Nova wandte.

»Wir werden als Erstes die Zeremonie durchgehen.« Pallas schaute auf ihr Tablet. »Sie ist ziemlich traditionell, also nichts, was ihr nicht schon gesehen habt. Hast du dir die Kleider der Brautjungfern angeschaut?«

»Ich liebe sie.«

»Ich auch. Also ist der Punkt abgehakt. Kommt, gehen wir hinein und gucken uns dort alles an. Die Papier-Paneele hängen schon, und während wir uns hier unterhalten, werden die Verzierungen angebracht. Atsuko hat mir versichert, dass ihr Kostüm fertig ist, das können wir also auch abhaken. Mit dem Caterer hast du bereits gesprochen, und Silver hat die Cocktailvariationen, die sie mit euch besprechen will.«

Sie betraten den Ballsaal. Die Stühle standen bereits in ordentlichen Reihen. Vier Meter hohe Rahmen hielten die ausgedruckten Poster mit den Landschaften aus dem Computerspiel. Lange geflochtene Bänder schlängelten sich zwischen den Paneelen entlang und waren seitlich an den am Mittelgang stehenden Stühlen angebracht. Ein glitzernder weißer Teppich verlief von der Tür zum Altar.

Vorne, wo die Zeremonie stattfinden würde, war ein schlichter weißer Pavillon silbern angesprüht worden. Einige von

Nicks größeren Blumen standen daneben, und die Wände des Pavillons waren mit Seidenblumen geschmückt.

»Die echten Blumen kommen morgen«, erklärte Pallas und zeigte Nova und Joel, wo sie an den Stühlen angebracht würden. »Sie sind eine Variation deines Brautstraußes. Außerdem haben wir das hier gemacht …«

Sie deutete auf einen Bogen am anderen Ende des Mittelgangs. »Zu Beginn der Zeremonie werden wir die Lichter dimmen und den Bogen anschalten.«

Sie ging zur Wand und betätigte mehrere Schalter. Das Deckenlicht wurde schwächer, während der Bogen erstrahlte. »Das ist Schwarzlicht. Nick hat dein Kleid unter anderem mit Schwarzlichtfarbe bemalt. Wenn du durch den Bogen durchgehst, wird dein Kleid die Farben ändern. Sobald du auf dem Hauptgang bist, fahren wir die Deckenlichter wieder hoch, damit jeder die Zeremonie sehen kann.«

Tränen füllten Novas Augen. »Wir können euch gar nicht genug für all das danken.«

»Das könnt ihr, und das habt ihr. Wir alle hatten einen Riesenspaß, das für euch zusammenzustellen. Diese Hochzeit wird wundervoll, und wir sind alle ganz aufgeregt, an eurem besonderen Tag teilnehmen zu können.«

Pallas zeigte ihnen den Rest des Gebäudes und des Innenhofs und erklärte dann den Zeitplan für den nächsten Tag. Danach kehrten Nova, Joel und Tim ins Hotel zurück. Pallas ging ihre To-do-Liste durch, um sicherzugehen, dass sie nichts vergaß.

Irgendwann während ihres Treffens mit dem Brautpaar war Nick gegangen, womit Pallas ein wenig leichter atmen konnte. Allein zu wissen, dass er irgendwo in der Nähe war, erschwerte es ihr, sich zu konzentrieren. Doch nun, wo er außer Sichtweite war, konnte sie den pochenden Schmerz in ihrer

Brust ignorieren und ihre Arbeit erledigen. Sie würde später trauern, sagte sie sich. Wenn sie Zeit dazu hätte. Im Moment hatte sie Wichtigeres zu tun.

Was so erwachsen klang, aber schwierig umzusetzen war. Sie ging zu einer der Pappmascheeblumen und berührte das lebensechte Blütenblatt. Soweit sie das beurteilen konnte, hatte Nick mindestens drei verschiedene Gelbtöne benutzt. Er hat so viel Zeit darauf verwandt, dachte sie sehnsüchtig. Nur weil er helfen wollte – und vielleicht auch ein wenig wegen der Herausforderung. Trotzdem, er hatte es nicht für Ruhm oder Geld getan, sondern weil er ein guter Kerl war.

Was nichts Neues ist, wie sie sich eingestand, als sie sich umdrehte und die Stuhlreihen betrachtete sowie die Poster, die eine außerirdische Welt darstellten. Wenn der Ballsaal leer war, handelte es sich nur um einen großen, offenen Raum mit hoher Decke, aber mit ein wenig Planung und Fantasie konnte beinahe alles darin entstehen. Der große Saal einer Burg oder eine Unterwasserhöhle oder eine außerirdische Welt. Sie mochte nicht in Nicks Liga spielen, aber auf ihre Weise war sie auch eine Künstlerin. Eine, die die Worte ihrer Klienten aufnahm und daraus ein Ereignis schuf, an das man sich erinnern würde.

Sie dachte darüber nach, wo sie noch vor nur wenigen Monaten gewesen war – die neue Besitzerin einer Firma, von der sie nicht wusste, was sie damit anstellen sollte. Lustig, wie sie so davon besessen gewesen war, in der Bank zu arbeiten, dass sie beinahe dem wundervollsten Geschenk, das ihr jemals jemand gemacht hatte, den Rücken gekehrt hätte. Denn sie hatte nicht in der Bank arbeiten wollen – die Bank hatte für sie nur das repräsentiert, wonach sie ihr ganzes Leben lang gesucht hatte. Akzeptanz. Sie hatte einfach gewollt, dass ihre Mutter sie um ihrer selbst willen liebte.

Mit dem Wissen, das sie nun hatte, war sie nicht sicher, ob das jemals passieren würde. Vielleicht waren sie beide zu sehr verletzt worden. Aber sie wusste nun wenigstens, dass sie da war, wo sie hingehörte. Sie war glücklich mit ihrer Arbeit. Gesegnet. Und dafür würde sie immer dankbar sein, egal was sonst geschah.

19. Kapitel

Nick starrte den kürzlich gelieferten Baumstamm an. Er war perfekt – über einen Meter breit und drei Meter hoch, gerade und stark. Der Duft von Holz wehte zu ihm herüber. Er musste jetzt nur noch herausfinden, was dieses Holzstück einmal werden sollte.

Er stand in der Nachmittagssonne und wartete. Und wartete. Die Lieferung war drei Tage her, und er wusste immer noch nicht, was zum Teufel er damit anfangen sollte. Genau wie bei dem letzten Stamm, mit dem er versucht hatte, zu arbeiten. Anstelle von Möglichkeiten gab es nur Schweigen.

Er hatte seine Kettensäge bestimmt ein Dutzend Male in die Hand genommen, nur um sie gleich wieder abzulegen. Es hatte keinen Sinn anzufangen, wenn er nicht wusste, wohin er wollte. Und das tat er nicht.

Er warf die Plane wieder über den Stamm und stapfte stumm fluchend ins Atelier zurück. Frust brannte in ihm. Seltsam, wie er nach all dieser Zeit seinen Vater auf einmal ein bisschen besser verstand. Wenn die Gefühle einen überwältigten, ergab es sehr viel Sinn, sich wie ein Vierjähriger zu benehmen. Ihm war schwer danach, ein paar Glasgebilde gegen die Wand zu pfeffern. Nur hatte er sich geschworen, dass das niemals wieder passieren würde. Er würde seinen Frust auf andere Weise bewältigen. Auch wenn er keine Ahnung hatte, wie.

Er war rastlos, verwirrt und wütend. Letzteres ergab jedoch keinen Sinn – auf wen sollte er wütend sein? Auf sich? Das Auswahlkomitee in Dubai? Auf Pallas?

Nein, nicht auf sie, gestand er sich ein. Sie hatte nichts falsch gemacht. Wenn irgendjemand das Recht hatte, wütend zu sein, dann war das Pallas. Er hatte sie ohne Vorwarnung fallen gelassen, ohne irgendeinen Grund. Besser gesagt: Der einzige Grund war, dass er selbst ein Feigling war, dem die Stärke fehlte, um zu … zu …

Er stand an seinem Schreibtisch und fragte sich, welche Stärke er haben sollte. Die Stärke, zu bleiben? Mit ihr zusammen zu sein? Das Risiko mit ihr einzugehen? Nein, nicht mit ihr. Mit sich. Denn sie war nicht das Problem – das war er ganz allein. Er war derjenige, der in die Tiefen des Abgrunds geschaut und sich geschworen hatte, niemals dorthin zu gehen. Er war derjenige, der sich weigerte, ein Risiko einzugehen. Nicht sie. Niemals sie. Sie war umwerfend und wunderschön und lustig und gütig und sexy. Sie war perfekt. Er war das Problem.

Bewusst drehte er dem Regal mit den fertigen Glasstücken den Rücken zu, bevor er sich an seinen Tisch setzte. Er holte einen Stapel Zeichenpapier hervor und zögerte. Vielleicht konnte er auf andere Weise herausfinden, was das Holz wollte. Vielleicht würde es auf indirekte Weise mit ihm sprechen. Er griff nach einem Bleistift und fing an zu zeichnen.

Anfangs war er nicht sicher, worauf er hinauswollte, aber nach ein paar Strichen wurde alles klarer. Lange Halme von sich wiegendem Seegras. Die wären einfach zu schnitzen und würden eine schlichte Gussform ergeben. Schnell zeichnete er die außerirdischen Blumen, die er für Novas Hochzeit entworfen hatte, und arrangierte sie neu, platzierte Büschel von Seegras zwischen Gruppen von Blumen. Wenn ich sie in Blau- und Grüntönen mache, dachte er, und vielleicht mit ein wenig blassem Orange und Gelb, könnte es ein Unterwassergarten für Taylors und Jakes Hochzeit werden.

Pallas hatte gesagt, dass Braut und Bräutigam ein begrenztes Budget hatten, also konnte er sich die Arbeit nicht bezahlen lassen. Trotzdem, die Pappmaschee-Elemente wären eine interessante Ergänzung der sonstigen Dekoration.

Er warf das Papier auf den Boden und griff nach einem neuen Blatt. Wie wäre es mit Seepferdchen und Seesternen? Er zeichnete verschiedene Versionen von beiden und fragte sich, was Violet mit ihren Knöpfen und Glitzer daraus machen könnte. Vielleicht könnte Silver ihre Drinks mit Sternfruchtscheiben garnieren …

In seinem Kopf formte sich ein Bild, das so klar war, dass er es beinahe berühren konnte. Er stand auf und ging nach draußen. Nachdem er seine Schutzbrille, Weste und Handschuhe angezogen hatte, nahm er die Kettensäge in die Hand. Die Vision war klar. Ein Neptun oder Poseidon – ein Gott, der voller Energie und Entschlossenheit die Meere regierte.

Später würde er ein wenig recherchieren müssen, um die Details richtig darzustellen, aber im Moment galt es erst einmal, die grobe Form herauszuarbeiten. Er arbeitete konzentriert und ließ seine Hände und Arme die Säge führen. Er selbst war eher ein Zuschauer, während das Holz die Richtung vorgab – das Holz und ein geheimnisvoller Teil in seinem Inneren, den er nicht verstand, aber akzeptierte und schätzte.

»Ich hatte gehofft, du könntest eine Komparsin sein«, sagte Pallas, die in Natalies Büro in der Galerie saß. »Du hättest nicht viel zu tun, müsstest nur in einem Kostüm anwesend sein. Ich weiß, du hast bereits die Masken gemacht, aber trotzdem …«

Natalie hielt das langärmlige T-Shirt hoch, das Pallas mitgebracht hatte. Es war vorne und hinten mit einem wirbelnden

Muster bemalt, das zu der Bemalung von Novas Hochzeitskleid passte. Violet hatte ein halbes Dutzend von ihnen hergestellt, um die schlichten schwarzen Outfits der Bedienungen zu ergänzen.

»Klar.« Natalie grinste. »Das wird lustig. Ich lerne gerne neue Leute kennen. Ich bin dabei!«

»Super. Das wird ein großer Spaß und außerdem gibt es etwas zu essen.«

»Wo gibt es etwas zu essen?«, fragte Mathias, der in diesem Moment das Büro betrat. »Hey, Pallas. Cooles Shirt.«

»Das ist für eine Hochzeit«, erklärte Natalie ihm. »Ich bin Komparsin.«

Pallas musterte den Künstler, dann holte sie ein weiteres Shirt aus ihrer Tasche. »Willst du auch mitmachen? Du musst nichts tun außer herumlaufen und zur Atmosphäre beitragen. Und alle, die helfen, werden von uns mit Essen versorgt.«

Natalie verdrehte die Augen. »Er wird Ja sagen. Mathias hat nur ein Ziel im Leben: Brautjungfern aufreißen.«

Mathias presste sich eine Hand an die Brust. »Dein Sarkasmus verletzt mich.«

»Ich war nicht sarkastisch. Ich habe jedes Wort so gemeint. Gott behüte, dass du dich mit jemand Normalem niederlässt.«

Mathias grinste. »Damit implizierst du, dass Brautjungfern nicht normal sind.«

»Du weißt genau, was ich meine.«

»Das tue ich, und doch ziehe ich dich auf. Das ist meine Rache.«

Pallas genoss ihr Geplänkel für ein paar Sekunden – es erinnerte sie an ihre Wortgefechte mit Cade früher.

»Ich bin dabei.« Mathias nahm das angebotene T-Shirt. »Wann und wo?«

Sie sagte es ihm und wandte sich wieder an Natalie. »Wynn

wird auch da sein, genau wie Carol, also hast du ein paar Freundinnen, mit denen du dich unterhalten kannst.«

Während sie sprach, erhaschte sie aus dem Augenwinkel eine Bewegung, etwas wie ein Zucken. Doch als sie Mathias ansah, wirkte er genauso wie immer – ein wenig amüsiert und viel zu attraktiv.

»Ich bin auch ein Freund«, protestierte er.

»Nicht für die nichts ahnenden Brautjungfern.« Natalie schüttelte den Kopf. »Ich schätze, der Vorteil ist, dass ich dich nun endlich einmal in Aktion sehe.«

»Sieh zu und lerne, junger Hüpfer.«

Pallas stand auf. »Ich muss wieder zurück, die Vorbereitungen für die Hochzeit laufen auf Hochtouren. Ich danke euch beiden. Wir sehen uns morgen um vier Uhr vor Ort.«

Pallas verließ das Büro und ging durch die Galerie zur Eingangstür. Auf dem Bürgersteig sagte sie sich, dass sie direkt zu ihrem Auto gehen und in das Chaos zurückfahren sollte, das heute bei *Weddings out of the Box* herrschte. Es wäre die Entscheidung, die am meisten Sinn ergab. Dennoch zögerte sie. Aber sie hatte keine Zeit für Ablenkungen. In sechsundzwanzig Stunden würde Nova zum Altar schreiten. Doch anstatt praktisch zu sein, ging sie um die Galerie herum und folgte dem Pfad, der zu dem großen Atelier am Rande des Grundstücks führte.

Im Näherkommen merkte sie, wie ihr Magen sich zusammenzog, und es fiel ihr schwer zu atmen. Sie sah Nicks Truck vor der Tür parken, also wusste sie, dass er da war. Mathias war in der Galerie, um ihn musste sie sich also keine Gedanken machen. Einen dritten Truck sah sie nicht – vermutlich arbeitete Ronan in seinem Atelier zu Hause.

Sie hatte keine Ahnung, *was* sie sagen wollte, aber der Drang, irgendetwas zu sagen, einen Abschluss zu finden, ließ einfach nicht nach. Sie wollte mutig und stark und stolz auf sich sein. In den letzten Monaten hatte sich so viel in ihrem Leben verändert. Wenn die Sache mit ihm wirklich zu Ende war, wollte sie, dass es richtig geschah. Sie wollte nichts bedauern, auch wenn sie ihn vermutlich für den Rest ihres Lebens vermissen würde.

Sie betrat das Atelier. Zum Glück schien Nick wirklich allein zu sein. Er saß an seinem Zeichentisch. Große Bögen Papier lagen auf dem Boden um ihn herum verstreut, als wenn er nach dem perfekten Bild suchte und es noch nicht gefunden hatte.

Anfangs bemerkte er sie nicht. Sie sah zu, wie seine Hand mit sicheren Bewegungen über das Papier glitt. Mit wenigen Strichen nahm ein Mann mit Krone und Dreizack Gestalt an. Neptun, dachte sie. Dann stockte ihr der Atem, als sie erkannte, dass er von der Unterwasserhochzeit inspiriert worden war. Was würde er erschaffen? Etwas aus Holz oder Glas? Was auch immer es wäre, es würde spektakulär werden.

Und sie würde es nie zu sehen bekommen.

Der Schmerz erreichte jeden einzelnen Nerv. Die Sehnsucht, die sie erfüllte, ließ sie am ganzen Körper zittern. Sie spürte, dass ihr Atem flach wurde und sie die Selbstkontrolle verlor. Verzweifelt suchte sie in ihrem Inneren nach der Stärke, die nötig war, um das hier auf eine Weise zu beenden, die Nick genau sagen würde, wer aus ihr geworden war.

»Pallas?«

Der Klang seiner Stimme lenkte ihren Blick zu ihm. Sie machte ein paar Schritte auf ihn zu, blieb dann stehen.

Er sah gut aus. Müde, aber immer noch wie er. Sie kannte ihn auf intime Weise – von der Form seines Körpers bis zum Klang seines Lachens. Sie wusste, was ihn bewegte, und unglücklicherweise wusste sie auch, was ihn ängstigte. Sie wusste ebenfalls, dass es falsch von ihm war, nicht in sie beide zu vertrauen, und in dem Moment wusste sie genau, was sie sagen würde.

»Ich bin nicht hier, um deine Meinung zu ändern«, fing sie mit fester, starker Stimme an. »Du musst tun, was du tun musst. Das akzeptiere ich. Es gefällt mir nicht, und ich glaube, du machst einen Fehler, aber ich werde nicht versuchen, dich zu überreden, mir zu glauben.«

Er sah sie an, ohne etwas zu sagen. Sie atmete tief ein.

»Du glaubst, dass Leidenschaft verschlingt«, fuhr sie fort. »Nun, das tut sie. Und das soll sie. Leidenschaft soll einen verschlingen, aber das bedeutet nicht, dass sie gefährlich oder schlecht ist. Es ist, wie wenn du Ton in einen Brennofen steckst.« Zumindest hoffte sie, dass es ein Brennofen war. Aber egal, er würde verstehen, was sie meinte.

»Feuer und Hitze machen ihn entweder stärker, oder das Stück zerbricht. Genau das tut Leidenschaft. Sie treibt uns an die Grenze unserer Belastbarkeit, und entweder schaffen wir es oder wir schaffen es nicht. Ich dachte, wir beide würden es schaffen. Ich dachte, du wärst der Eine.«

In seinem Kiefer zuckte ein Muskel, aber Nick sagte immer noch nichts.

Sie trat einen Schritt auf ihn zu. »Ich liebe dich, Nick. Das tue ich schon eine ganze Weile. Ich war nicht sicher, was ich machen soll. Es dir sagen oder nicht? Denn du bist nicht der Einzige, der verkorkst ist. Ich kämpfe mit meinen eigenen Dämonen. Ich habe geglaubt, Liebe müsste verdient werden, aber hier ist das Ding: Du hast dir meine Liebe nicht verdient. Ich habe mich entschieden, sie dir zu geben. Ich gebe sie freiwillig und erwarte im Gegenzug nichts dafür.«

Sie brachte ein kleines Lächeln zustande. »Was vermutlich ganz gut ist, weil du ja schon mit mir Schluss gemacht hast, hm?« Sie wartete, aber er schwieg immer noch, also beendete sie das, wofür sie hergekommen war.

»Ich liebe dich. Du musst diese Liebe nicht erwidern. Ich wünschte, du würdest es, aber wenn du es nicht tust, komme ich damit klar. Ich verstehe es jetzt. Ich verstehe, was es wirklich bedeutet, jemanden zu lieben. Es ist ein Geschenk. Du kannst es annehmen oder nicht, das liegt ganz bei dir. Liebe muss nicht verdient werden, und sie hat auch keine zeitliche Begrenzung. Was immer passiert, was immer du entscheidest, ich hoffe, du wirst glücklich. Ich hoffe, du findest, wonach du suchst.«

Ich hoffe, es wird mit mir sein. Doch das sagte sie nicht, denn wo läge da der Sinn? Sie beide wussten es sowieso.

Sie drehte sich um und ging. Die Tränen warteten, bis sie in ihrem Auto war. Sie nahm sie an, genau wie das Gefühl der Leere in ihrem Herzen. Beides würde vergehen. Sie war stärker, als sie es je gewesen war. Sie war auf so viele Arten stolz auf sich. Was Nick anging – er würde es entweder verstehen oder nicht. Sie liebte ihn, sie wollte ihn, aber sie *brauchte* ihn nicht, um glücklich zu sein. Sie hatte diese Stärke in sich selbst gefunden, und egal was passierte, sie würde klarkommen.

Am Samstagmorgen stand Pallas um fünf Uhr auf. Sie hatte überraschend gut geschlafen und erwachte mit einem Gefühl freudiger Erwartung. Heute wird alles glatt über die Bühne gehen, dachte sie, während sie duschte und sich anzog. Die Vorbereitungen und die harte Arbeit würden sich in Form einer wunderschönen, erinnerungswürdigen Hochzeit auszahlen. Tim würde seine Tochter zum Altar führen, Nova und Joel würden heiraten, und alle Gäste würden mit dem Gefühl gehen, Teil von etwas Wundervollem gewesen zu sein.

Um sechs Uhr war sie bereits auf dem Weg zu *Weddings out*

of the Box. Es herrschte noch kein Verkehr, sodass sie keine zehn Minuten brauchte. Kaum hatte sie ihr Büro betreten, erhielt sie eine Nachricht von Nova, die ihr sagte, dass sie alle schon wach und so aufgeregt wären.

Ich auch. Versuch, etwas zu essen und heute Vormittag viel Wasser zu trinken. Wir sehen uns um eins.

Nicht dass Bräute jemals auf mich hören, dachte sie amüsiert und schob ihr Handy in die Hosentasche, bevor sie nach unten lief, um noch einmal im Ballsaal nach dem Rechten zu sehen.

Um neun hatte sie jeden Quadratzentimeter des Gebäudes überprüft. Der Caterer war gekommen und hatte angefangen, die Tische draußen zu decken, während die Floristen damit beschäftigt waren, die Blumengestecke für die Tische, die Wanddekoration und die Bouquets auszuladen. Die Trauung würde um fünf stattfinden, das Dinner um halb sieben beginnen, gefolgt von Musik und Fahrten mit der Seilrutsche. Die Sonne würde heute um kurz vor acht untergehen, sodass ein Großteil der Feier in der romantischen Dunkelheit stattfinden würde. Die bunten Lichterketten bekämen so ihre Chance, das Ambiente von *Concord Awaken* zu verstärken.

Sie war auf dem Rückweg in ihr Büro, als sie zu ihrer Überraschung einen vertrauten Wagen vorfahren sah. Sie lief darauf zu. Alan stieg aus und breitete seine Arme aus.

»Du bist gekommen!« Sie umarmte ihn fest. »Danke, danke, danke.«

»Ich konnte mein Lieblingsmädchen doch nicht im Stich lassen. Außerdem darf ich diese Hochzeit um nichts in der Welt verpassen. Das wird die beste, die du bisher gemacht hast.«

Ein großer, rothaariger Mann von ungefähr vierzig Jahren stieg auf der Beifahrerseite aus. Alan strahlte. »Das ist Bryant. Bryant, darf ich dir Pallas vorstellen.«

»Hi.« Pallas beugte sich zu Alan vor und senkte die Stimme. »Er ist sehr attraktiv.«

»Ich weiß. Bin ich nicht ein Glückspilz?« Alan hakte sich bei ihr unter. »Komm, Bryant. Die ganze Gang ist hier. Liefern wir ihnen eine Show!«

Nick parkte seinen Truck neben einigen anderen Wagen, ging dann zur Ladefläche und zog die Plane ab. Er hatte beinahe die ganze Nacht damit verbracht, lange Pappmaschee-Ranken zu machen, die um den Pavillon gewickelt werden konnten, der bei der Trauung benutzt wurde. Er würde sie anbringen und dann letzte Hand an die Farbe legen. Dieser Hintergrund würde das Thema der Hochzeit weiterführen und Novas Kleid auf den Fotos noch spektakulärer aussehen lassen.

Er trug die erste Fuhre der Ranken hinein. Überall waren Leute am Arbeiten. Silver hatte ihren Anhänger schon eingerichtet und war gerade dabei, in schwarzen Stoff gehüllte Stühle aufzustellen. Die Tische waren gedeckt und überall standen violette, petrolfarbene und gelbe Blumen.

Er bemühte sich sehr, nicht nach Pallas Ausschau zu halten. Ihre Worte hatten ihn die ganze Nacht über verfolgt. Doch obwohl er über nichts anderes nachgedacht hatte, war er immer noch verwirrt.

Er glaubte ihr. Sie liebte ihn. Pallas. Er wusste, dass er weder sie noch ihre Gefühle verdient hatte, schätzte aber, dass das gerade der Punkt an der Sache war. Aus freien Stücken gegeben, hatte sie ihm gesagt. Ohne die Erwartung, etwas zurückzubckommen.

Er wollte etwas zurückgeben, wollte ihr sagen, dass er das

Gleiche empfand. Nur konnte er es nicht. Wegen dem, was passieren konnte. Leidenschaft …

Er wusste, wie der Satz weiterging. Leidenschaft verschlang, zerstörte, was auch immer. Das hatte er den Großteil seines Lebens geglaubt. Doch ohne Leidenschaft … wo war da der Sinn? Wie sie gesagt hatte, saßen sie ohne Liebe nicht einfach nur ihre Zeit ab?

Er ging in den Ballsaal und blieb kurz stehen, um sich an das dämmrige Licht des riesigen Raums zu gewöhnen. Dann blinzelte er, als er die leuchtenden Planeten aus Glas sah, die die von ihm bereits aufgestellten Pappmascheeblumen umgaben.

Sie waren genau so, wie er sie gezeichnet hatte. Das Licht schien direkt aus ihrer Mitte zu kommen. Sie waren auf dem Teppich im Mittelgang verteilt und auf den Stufen zum Pavillon. Ronan kam durch die Tür auf der anderen Seite, in jeder Hand einen Planeten, und blieb stehen, als er Nick sah.

»Du bist nie dazu gekommen, sie zu machen«, sagte er achselzuckend. »Aber ich dachte, sie wären wichtig. Also habe ich ein paar hergestellt.«

Es sind mehr als nur ein paar, dachte Nick, als er all die schimmernden Objekte anschaute.

»Das muss ziemlich viel Zeit in Anspruch genommen haben«, sagte er.

Ronan zuckte erneut mit den Schultern. »Das hat mir nichts ausgemacht. Nachdem ich herausgefunden habe, wie man sie zum Leuchten bringt, war der Rest leicht. Alle reden nur noch von dieser verdammten Hochzeit, da dachte ich, ich könnte helfen.«

Er legte die beiden Planeten ab und kam zu Nick. Nachdem er das eine Ende der Ranke genommen hatte, sagte er: »Als wir uns gestritten haben, meinte ich nicht, dass du nicht mein Bruder bist. Nur, dass wir unterschiedlich sind.«

»Warum hast du das dann nicht gesagt?«

»Weil ich ein Sturkopf sein kann.«

»Da hast du recht.«

Ronan grinste. »Komm. Lass uns die hier anbringen. Ich habe gehört, hier findet bald eine Hochzeit statt.«

20. Kapitel

Nick wusste ehrlich nicht, wo er hinschauen sollte. Ja, technisch gesehen war Nova bekleidet, aber nicht auf eine Weise, die ihm angenehm war. Der Slip war viel zu … slippig, und das Korsettding sollte nicht von jemandem wie ihm gesehen werden. Ihr seidener Morgenmantel rutschte ihr ständig über die Schultern, und sie schien es gar nicht zu bemerken. Nicht dass er an ihr interessiert war. Er war ganz und gar ein Pallas-Mann, aber trotzdem.

»Krieg dich wieder ein«, murmelte Violet, als sie die glitzernden Zöpfe aus Stoff in Novas avantgardistische Frisur steckte. »Du würdest mehr sehen, wenn sie einen Badeanzug anhätte.«

»Sie trägt nur ihre Unterwäsche«, grummelte er. »Das ist nicht richtig.«

Nova nippte an ihrem Champagner. »Atme«, sagte sie. »Joel weiß, dass du hier bist, und er ist damit einverstanden.«

Die Worte erlaubten es ihm, sich zu entspannen. »Okay.«

Violet verdrehte die Augen. »Wirklich? Das ist alles, was du wissen musst?«

»Klar. Man macht nicht die Frau eines anderen Mannes an, und ganz sicher starrt man sie an ihrem Hochzeitstag nicht in ihrer Unterwäsche an.«

»Aber aufgrund der Tatsache, dass er weiß, dass du hier bist, ist alles okay? Du bist unglaublich.« Sie sah Nova an. »Wie bist du darauf gekommen, das zu sagen?«

Nova lächelte. »Ich arbeite ständig mit Männern. Nach einer Weile lernt man das eine oder andere.«

Nick reichte Violet noch einen Zopf. Sie steckte ihn fest und warf ihm dann einen Blick zu.

»Das ist zwei Zentimeter zu lang«, sagte er. Nicht dass er irgendetwas über Haare wusste, aber er war ziemlich gut in Symmetrie, weshalb er sich zwei Stunden vor der Zeremonie im Zimmer der Braut aufhielt.

Abgesehen von ihrem Pony waren Novas Haare streng zurückgenommen worden. Einzelne Zöpfe waren zu spiralförmigen Kreisen gesteckt, die durch in die Gegenrichtung verlaufende Zöpfe aus Stoff ergänzt wurden. Sobald das alles saß, würde Violet funkelnde Knöpfe in Petrol und Gelb annähen, die nicht nur das i-Tüpfelchen bildeten, sondern auch dafür sorgten, dass die Zöpfe nicht verrutschen konnten.

»Ihr wart alle so großartig«, sagte Nova. »Ich kann euch gar nicht genug dafür danken.«

»Es hat Spaß gemacht«, erwiderte Nick. »Wir haben diese Herausforderung wirklich genossen.«

»Das stimmt.« Violet steckte einen weiteren Zopf fest. »Pallas wird ihr gesamtes Geschäftsmodell ändern. Wir werden mehr verrückte Hochzeiten anbieten. Ich für meinen Teil kann es kaum erwarten. Ihr habt uns inspiriert – du, Joel und dein Vater.«

Novas Augen füllten sich mit Tränen. »Ich bin so glücklich, dass er dabei sein kann.«

»Nicht weinen«, sagte Violet. »Du darfst dein Make-up erst nach der Zeremonie ruinieren. Und nach den Fotos.«

Nick sah zu, wie Violet weitere Zöpfe ansteckte. Er ging einmal um Nova herum und betrachtete ihre Frisur von allen Seiten. Als es an der Zeit war, ihr ins Kleid zu helfen, wandte er den Blick ab, während sie in eine Art komplizierten Reifrock stieg. Dann hielt er vorsichtig ihr Kleid hoch, sodass Nova von unten hineinschlüpfen konnte.

Es gab noch viel zu tun. Verschlüsse schließen und den Sitz richten und Violet Knöpfe reichen, doch die ganze Zeit über dachte er an Pallas. Wie sie das hier hatte wahr werden lassen. Sie hatte etwas Magisches erschaffen. Niemand anderes war gewillt gewesen, Nova und Joel zu helfen, aber Pallas hatte es einfach getan. Sie hatte sich der Herausforderung gestellt, und das hier war das Ergebnis.

Sie fehlt mir, gestand er sich ein. Er vermisste es, mit ihr zusammen zu sein und mit ihr zu reden. Er vermisste ihr Lächeln, ihr Lachen und ihre schnelle Auffassungsgabe. Er vermisste es, sie in den Armen zu halten. Es gab nichts an ihr, das er nicht mochte. Aber diese verdammten Dämonen … Wie sollte er die vergessen können? Wie konnte er sich selbst vertrauen, ihnen beiden vertrauen?

Wenn sie nur nicht gesagt hätte, dass sie ihn liebt. Dann hätte er gehen können, ohne einen Blick zurückzuwerfen. Aber jetzt … das Geschenk war da. Wartete darauf, dass er den Mut fand, es anzunehmen. Sie liebte ihn. Wie hatte er nur so viel Glück haben können?

»Nick, ich krabble jetzt unter ihr Kleid und richte den Slip. Du musst es solange für mich hochhalten.«

»Was für eine Art, den Tag zu verbringen«, erwiderte er.

Sie lachten beide.

Er sagte sich, dass er die Hochzeit überstehen und dann für ein paar Tage in die Berge gehen würde, um herauszufinden, was los war. Er würde entweder über Pallas hinwegkommen oder sich ergeben. Denn an dem Punkt zu verharren, an dem er jetzt war – so nah und doch so unglaublich fern von dem, was sie ihm anbot –, war unmöglich.

Die Papier-Paneele, die an den Wänden des Ballsaals hingen, erschufen die Illusion einer außerirdischen Welt. In dem gedämpften Licht schimmerten alle spiegelnden Oberflächen. Die Glasplaneten schienen von einer geheimnisvollen Kraftquelle zum Leuchten gebracht zu werden, und die Origami-Masken verstärkten den überirdischen Eindruck.

Pallas stand an der Tür und wartete darauf, dass die richtige Musik einsetzte. Neben ihr stand Atsuko in einer schmalen schwarzen Hose und einer traditionellen chinesischen Jacke in Violett und Petrol. Die ungewöhnliche Kombination passte perfekt zu den Dekorationen und Farben.

Hinter ihr standen die Brautjungfern in ihren tiefvioletten und petrolfarbenen Kleidern. Der Schnitt war schlicht, aber der Stoff leicht durchscheinend, während die fließenden Überröcke den Kleidern eine interessante Tiefe verliehen. Die Ausschnitte waren von Perlen gesäumt und die Röcke mit winzigen Sternen verziert.

Ihre Sträuße bestanden aus traditionellen Blumen, die von Violets Knöpfen verschönert worden waren. Der Kopfschmuck war eine kleinere, schlichtere Version von Novas Frisur.

Nova und Tim waren die Letzten in der Reihe. Tim hatte sich für die klassische Version entschieden und trug einen Smoking, während Nova in ihrem bemalten Kleid atemberaubend aussah. Wenn sie sich bewegte, schien der Stoff hin und her zu wirbeln und ein ganz eigenes Licht auszustrahlen.

Die Musik verklang, um dann mit einem Lied wieder einzusetzen. Pallas nickte Atsuko zu, die über den Mittelgang losging. Die Brautjungfern folgten. Bevor Nova und Tim losgingen, streckte Nova ihre Hand aus.

»Ich kann dir gar nicht genug danken.«

Pallas blinzelte die Tränen fort. »Das hast du doch bereits.«

Die Trauungszeremonie verlief reibungslos, das Dinner war köstlich, und die Sonne ging zum richtigen Zeitpunkt unter. Pallas erlaubte sich einen erleichterten Seufzer. Es standen noch der Hochzeitstanz an, der Tanz von Braut und Brautvater, der garantiert alle zu Tränen rühren würde, und dann der Anschnitt der Hochzeitstorte. Nur noch wenige Stunden, bis sie sicher sein konnte, dass alles perfekt gelaufen war.

Pallas wollte sich gerade entspannen, als sie Alan auf sich zukommen sah. Sein entschlossener Schritt weckte in ihr den Wunsch zu wimmern.

»Was ist?«, fragte sie. »Sag es einfach. Keine Hinweise, versuch nicht, mich zu schonen, sprich es einfach aus.«

»Du kannst aber sehr bestimmend sein.«

»Alan!«

»Deine Mutter ist hier. Gemeinsam mit Grandpa Frank.«

Ihre Mutter? Was zum Teufel?

»Dein schockierter Gesichtsausdruck verrät mir, dass du es nicht gewusst hast. Nova hat Grandpa Frank eingeladen, und ich schätze, Libby ist seine Begleitung. Etwas anderes kann ich mir nicht vorstellen.«

»Die Feier läuft schon seit drei Stunden. Wie kommt es, dass ich sie noch nicht gesehen habe?«

Alan tätschelte ihren Arm. »Du hattest zu tun. Es ist schon gut. Wir sind alle hier. Du wirst das schaffen.«

Ihre Mutter als Gast bei der Hochzeit? Ihre Mutter war noch nie zu einer der von ihr veranstalteten Hochzeiten gekommen. Warum jetzt? Warum ausgerechnet zu dieser?

Sie schob die Fragen beiseite. Sie hatte genug, um das sie sich kümmern musste. Eines davon war, dass Nick immer noch hier war und in ihr den Wunsch weckte, sich ihm jedes Mal, wenn sie ihn sah, an den Hals zu werfen. Sie wollte natürlich nicht, dass er ging. Sie mochte es, zu wissen, dass er im Raum war, auch wenn sie nicht mehr zusammen waren. Was sie vermutlich reif für eine Therapie machte, aber stimmte.

»Danke für die Warnung«, sagte sie. »Ich werde mich bemühen, ihr aus dem Weg zu gehen, bis das hier vorbei ist.«

»Guter Plan. Wenn ich sehe, dass sie in deine Richtung kommt, versuche ich einzuschreiten.« Alan ließ ein Grinsen aufblitzen. »Ich bitte sie um einen Tango.«

»Das wird dir garantiert ihre Aufmerksamkeit sichern.«

Die Musik wurde leiser, dann erklangen die ersten Töne des gewünschten Lieds für den Hochzeitstanz. Joel und Nova betraten die Tanzfläche, die im vorderen Bereich aufgebaut worden war. Hinter ihnen schimmerten die Planeten, die Ronan erschaffen hatte. Alle versammelten sich, um das glückliche Paar zu beobachten.

Als der Tanz zu Ende war, näherte Tim sich seiner Tochter. Doch anstatt mit ihr zu tanzen, nahm er ein Mikrofon in die Hand und begann zu sprechen.

»Ich danke euch allen, dass ihr hier seid, um die Hochzeit meiner Tochter mit Joel zu begleiten.« Er schaute sich unter den Gästen um. »Ich weiß, was ihr denkt. Wie schrecklich ihr euch fühlt, weil ich sterbe. Aber ihr irrt euch. Es ist nicht schrecklich. Ich habe das Geschenk, zu wissen, wie viel Zeit mir noch bleibt. Ich habe das Privileg, zu wissen, dass nichts ungesagt bleiben wird. Ich sage meiner Tochter jeden Tag, dass ich sie liebe. Und ich höre die gleichen Worte von ihr. Ich verbringe Zeit mit meinen Freunden. Wir sprechen über Leidenschaften und Lieben. Wir sprechen über das Leben. Ich bin auf alle nur möglichen Arten gesegnet.«

Er wandte sich an Pallas und lächelte. »Ich will einen besonderen Dank jenen aussprechen, die so hart dafür gearbeitet haben, dass diese Hochzeit genauso geworden ist, wie Joel und Nova sie sich vorgestellt haben. Pallas, du bist eine Zauberin, und ich werde immer dankbar sein für das Privileg, meine Tochter zum Altar geführt zu haben. Du hast unsere Träume wahr gemacht.«

Pallas formte mit den Lippen ein »Danke«, während sie gegen die Tränen ankämpfte. Tim hatte recht. Die Liebe war das Wichtigste. Sich sorgen und umsorgt zu werden – zu wissen, dass es Menschen gab, die einen in ihrem Leben brauchten, um alles besser zu machen.

»Ich danke euch allen, dass ihr Teil dieses ganz besonderen Tages seid«, schloss Tim, dann reichte er Joel das Mikrofon und begann, mit seiner Tochter zu tanzen.

Pallas räusperte sich und machte sich dann auf, um nach der Torte zu sehen. Was für eine wundervolle Familie, dachte sie. Zum Glück hatte sie das Projekt angenommen. Wie traurig es gewesen wäre, hätte sie die Herausforderung abgelehnt – sie hätte niemals erfahren, dass das hier genau das war, was sie tun sollte und wollte. Auf ihre eigene Weise konnte sie den Rest ihres Lebens damit zubringen, Träume wahr werden zu lassen.

»Pallas?«

Sie drehte sich um und sah ihre Mutter auf sich zukommen. Alan eilte hinter ihr her und wedelte mit den Armen, als wolle er Libby ablenken, aber es war zu spät.

»Hey, Mom.«

Pallas sagte sich, dass sie ihrer Mutter exakt zwei Minuten geben würde, um alles zu sagen, was mit ihr wieder nicht stimmte. Dann würde sie sich entschuldigen und wirklich nach der Torte sehen. »Hat Grandpa Frank dich mitgebracht?«

Ihre Mutter nickte und überraschte Pallas dann damit, dass sie ein paar Tränen wegblinzelte. »Dieser Mann … Tim … Was er gesagt hat. Das war so wundervoll. Ich bin sicher, deinem Großvater lag etwas an mir, aber nie auf diese Weise. Er hatte sieben Töchter. Wir waren vermutlich austauschbar.«

»Mom, nein. Grandpa Frank liebt dich. Er ist ein guter Mann.«

»Oh, das weiß ich, es ist nur … Ich habe mich nie besonders gefühlt. Nicht mit ihm und nicht mit …«

Sie verstummte, aber Pallas konnte sich den Rest des Satzes denken. *Nicht mit deinem Vater.* Denn er hatte Libby aus den falschen Gründen geheiratet. Er hatte eine Chance in der Bank gewollt.

»Ich dachte immer, wenn ich besser wäre«, fuhr Libby fort, »wenn ich klüger oder erfolgreicher wäre, dann würde ich seine Aufmerksamkeit bekommen. Wenn ich alles wäre, was ich sein sollte. Aber ich habe ihm nie gereicht.«

Pallas wusste nicht, von welchem »ihm« sie sprach, von Grandpa Frank oder von ihrem Vater. Dann merkte sie, dass es egal war. Libby hatte unter den Männern gelitten, die sie am meisten hätten lieben sollen. Vielleicht war sie absichtlich verletzt worden, vielleicht nicht. Am Ende des Tages war der Schmerz aber immer noch da.

»Deshalb war ich so hart zu dir«, erklärte ihre Mutter ihr. »Um sicherzugehen, dass du alles bist, was du sein kannst. Aber was du gesagt hast, darüber, dass ich dich bedingungslos lieben sollte – das hat mich verletzt. Und ich habe angefangen, mich zu fragen, ob du wohl recht hast.«

Sie schauten einander an. Pallas spürte, dass sie jetzt etwas sagen sollte, aber sie wusste nicht, was.

»Ich liebe dich wirklich, Pallas.«

Diese unerwarteten Worte waren seltsam tröstend. »Ich liebe dich auch, Mom.«

»Wenn du in der Bank arbeiten würdest, könnten wir vielleicht …«

Pallas schüttelte den Kopf. »Dazu wird es nicht kommen. Das hier …«, sie machte eine ausladende Geste, »… ist, was ich tue. Ich liebe meinen Job. Und ich liebe es, Menschen glücklich zu machen. Für mich wird es keine Arbeit in irgendeiner Bank geben.«

Ihre Mutter presste die Lippen zusammen. »Du hast vermutlich recht. Wir würden uns sowieso die ganze Zeit nur streiten. Außerdem würde Drew sich auf deine Seite schlagen, und das würde mich nerven.«

Pallas lächelte. »Ich bin eine seiner Lieblingscousinen.«

»Das höre ich regelmäßig von ihm.« Libby musterte sie. »Ist zwischen uns alles in Ordnung?«

»Das ist es. Willst du mal die Seilrutsche ausprobieren?«

»Nein, aber ich bin mir sicher, dein Großvater wird es tun. Der Mann glaubt, er wäre immer noch siebzehn. Eines Tages wird er sich noch das Genick brechen.«

Bevor Pallas noch etwas sagen konnte, zog ihre Mutter sie in eine feste Umarmung. Pallas erwiderte die Geste. Sie glaubte nicht, dass ihre Beziehung nun auf magische Weise repariert war. Aber sie hatten einen Anfang gemacht. Und für den Moment war das genug.

Nick sagte sich ständig, dass er jetzt gehen konnte, aber er war immer noch da – immer noch auf der Hochzeit, als das glückliche Paar die Hochzeitstorte anschnitt.

Alles war nach Plan verlaufen. Pallas und ihr Team hatten einen Wahnsinnsjob gemacht. Er hatte nur einen kleinen Part gespielt und glaubte nicht, dass ihm welche der Lorbeeren gebührten. Er hatte das Kleid bemalt und ein paar Blumen gemacht, aber Pallas hatte so viel mehr getan.

Nova und Joel schwebten förmlich vor Glück. Grandpa Frank war der Erste gewesen, der die Seilrutsche ausprobiert hatte. Und Tim und Libby tanzten bereits zum dritten Mal gemeinsam zu einem langsamen Lied.

Nick wanderte umher, angetrieben von einer Rastlosigkeit, die er nicht abschütteln konnte. Er suchte nach etwas und wusste nicht, wonach. Oder nach wem. Zum bestimmt millionsten Mal hielt er Ausschau nach Pallas und beobachtete sie, während sie sich mit einem Gast unterhielt.

Sie war unglaublich. Wie sie alles gemeistert hatte, wie sie für Nova und ihre Familie da gewesen war. Die Menschen lagen ihr am Herzen und umgekehrt. Und wie könnte es auch anders sein?

Er dachte an das, was Tim vorhin gesagt hatte. Bei der Rede war es einzig um Liebe gegangen. Für Tim war Leidenschaft nichts, was verschlang, sondern es war sein Grund, sich am Leben festzuhalten. Vermutlich, dachte Nick, ist das wie bei mir und der Kunst. Wenn er nicht einhundert Prozent gab, fehlte dem Kunstwerk die Seele. Aber wenn er sich ihm ganz hingab, dann bestand die Chance, dass seine Arbeit leben und atmen würde. Er musste bereit sein, das Risiko einzugehen, ansonsten vergeudete er nur seine Zeit.

Er blieb stehen und sah, wie Pallas mit Silver sprach. Die beiden Frauen lachten zusammen, dann reichte Silver ihr ein Getränk.

Es gefällt mir, sie anzuschauen, dachte er. Mit ihr zusammen zu sein. Er vermisste sie verzweifelt und wünschte sich …

Was? Dass er keine Angst hätte? Dass er glauben könnte? Dass er gewillt wäre, für sie beide ein Risiko einzugehen? Denn all das war da und wartete nur auf ihn. Pallas hatte ihm ihr Herz angeboten, und er war gegangen. Er hatte die einzige Person zurückgelassen, mit der er den Rest seines Lebens zusammen sein wollte.

Die Wahrheit traf ihn wie ein Stich in die Seele und ließ ihn nach Luft schnappen. Er wollte immer mit Pallas zusammen sein. Er liebte sie und vertraute ihr. Sie war … Sie war alles!

Er lief quer über den Rasen, nahm ihr den Drink aus der Hand, umfasste ihr Gesicht und küsste sie. Als er sich wieder zurückzog, schaute er ihr in die Augen.

»Ich liebe dich. Es tut mir leid, dass ich so ein Idiot gewesen bin. Ich liebe dich, Pallas. Bitte gib mir noch eine Chance.«

Ihr Blick suchte seinen, dann lächelte sie. »Ich habe dir doch gesagt, dass es keine Bedingungen gibt. Ich bin mit Haut und Haaren dabei, Nick. Das war ich von Anfang an.«

Das enge Band um seine Brust löste sich, und er wusste, sie hatten verdammt viel Glück gehabt, einander zu finden. Nein. Er hatte Glück gehabt. Aus Gründen, die er niemals verstehen würde, hatte Pallas sich für ihn entschieden. Er konnte jetzt nur eines tun – sie festhalten und niemals gehen lassen.

»Ich bin auch mit Haut und Haaren dabei«, sagte er. »Für immer.«

Gemeinsam gingen sie zur Tanzfläche und hielten einander fest, während sie sich im Takt der Musik wiegten. Ein Gefühl der Sicherheit erfüllte ihn – Sicherheit, dass dieses das Beste war, das ihm je wiederfahren war. Pallas zu lieben und von ihr geliebt zu werden, das war einfach richtig.

Drei Monate später

»Ich weiß ehrlich nicht, was ich sagen soll«, hauchte Taylor, als sie die lebensgroße – falls römische Götter eins neunzig groß waren – Holzfigur von Neptun mitten im Innenhof stehen sah.

Er dominierte den Platz mit erhobenem Arm. Die Spitzen seines Dreizacks funkelten, vermutlich, weil sie vergoldet waren. Sein Umhang schien sich in der Brise zu bewegen. Jede Sekunde könnte er herunterkommen und sich ihnen für die anstehende Party anschließen.

»Der Künstler, Nick, ist berühmt«, fügte sie flüsternd an. »Das können wir uns niemals leisten.«

Pallas unterdrückte ein Grinsen. »Das müsst ihr auch nicht. Ich habe es euch doch gesagt – Nick leiht euch den großen Kerl für eure Hochzeit, weil ihr ihn dazu inspiriert habt. Dann wird Neptun in ein Hotel irgendwo in Italien weitergeschickt, wo er in der Lobby sein endgültiges Zuhause finden wird.«

Diese Tatsache stimmte sie besonders froh, vor allem, weil Nick den Aufbau der Statue überwachen sollte, und sie ihn auf eine zweiwöchige Italienreise begleiten würde. Sie konnte es gar nicht erwarten, endlich an einem schönen Ort mit ihm allein zu sein.

Der Sommer war in einem Rausch aus Hochzeiten, Arbeit und wahnsinniger Verliebtheit vergangen. Nick war ein unglaublicher Partner. Und der beste Mann aller Zeiten. Sie hatte vorher schon gedacht, dass er gut war, aber seitdem er sich zu ihr bekannt hatte, war er konzentriert, aufmerksam und unheimlich süß. Die einzigen Überraschungen waren positiver Art gewesen. Wie das eine Mal, als er …

Sie ermahnte sich, dass jetzt gerade nicht der Zeitpunkt für Tagträume über ihr Glück in der Liebe war. Taylors Hochzeit stand in zwei Tagen an, und die Braut benötigte ihre volle Aufmerksamkeit.

Sie schlenderten durch *Weddings out of the Box* und besprachen alle Einzelheiten. Das Unterwasserthema war wundervoll umzusetzen gewesen.

»Habt ihr euch schon mit Wynn getroffen?«, fragte Pallas.

»Ja. Die Papier-Paneele.« Taylors Stimme nahm einen verträumten Klang an. »Sie sind wundervoll. Sie ist so talentiert.«

»Sie hat einen Superjob gemacht. Wir werden die Banner rechtzeitig für das Probedinner morgen Abend aufgehängt haben. Mir gefallen die ganzen kleinen Details.«

»Mir auch.« Taylor umarmte sie. »Du warst so toll. Danke dir. Jack und ich bekommen unsere Traumhochzeit, und das haben wir allein dir zu verdanken.«

»Ganz allein hätte ich das nicht geschafft.« Pallas schaute auf die Uhr. »Ich glaube, du hast in einer halben Stunde eine Massage. Ihr solltet zum Hotel zurückfahren.«

Taylor stieß einen kleinen Schrei aus. »Oh, da will ich auf keinen Fall zu spät kommen. Danach bekomme ich meine Spezialmaniküre.«

Pallas hatte angefangen, mit den örtlichen Hotels zusammenzuarbeiten, um den Bräuten Spa-Behandlungen anzubieten, darunter Mani- und Pediküren mit Nagellacken, die zu den Hochzeitsfarben passten.

Taylor umarmte sie noch ein letztes Mal, bevor sie ging. Pallas lachte, als sie sah, wie die zukünftige Braut zu ihrem Wagen rannte. Die Tage vor der Hochzeit waren immer verrückt, aber sie liebte jede Sekunde davon. Wobei – im Moment liebte sie beinahe alles an ihrem Leben.

Sie ging in den Ballsaal und sah zu, wie Nick die leichten Holzrahmen zusammenbaute, die er für sie konstruiert hatte. Die aus Aluminium waren zwar geliefert worden, aber er hatte sie auf den ersten Blick gehasst und darauf bestanden, ihr etwas Maßgeschneidertes anzufertigen. Jetzt ging sie hinüber und betrachtete das dunkle Holz.

Da ist etwas eingeschnitzt, erkannte sie. Ein Muster. Sie trat näher heran und sah, dass es kein Muster war – zumindest nicht im traditionellen Sinne. Es waren ihre miteinander verschlungenen Initiale und dazu winzige Herzen.

Sie strich mit den Fingern über das Holz und sah dann Nick an.

»Das hast du gemacht. Es ist wunderschön, aber was hast du dir dabei gedacht? Du bist ein wichtiger Künstler. Du kannst deine Zeit nicht damit vergeuden, Holzrahmen für mich zu dekorieren.«

»Das war keine Zeitvergeudung, Pallas. Das Holz hat mir gesagt, dass es so sein soll. Ich habe nur die Arbeit geleistet.«

Sie kämpfte gegen die Tränen an. Es mussten Dutzende von Stunden in dem Projekt stecken. Vielleicht sogar Hunderte. »Wann hast du die Zeit dafür gehabt? Du solltest doch den Neptun fertigstellen.«

»Ich habe beides gemacht. Ich gebe zu, ich habe nicht viel Schlaf bekommen, aber das ist okay. Du bist es wert. Gefallen sie dir?«

Sie betrachtete die riesigen Rahmen, in die Wynns Prospekte gehängt werden würden. »Sie sind wundervoll. Genau wie du.«

»Ich freue mich, dass du das denkst.«

Er überraschte sie, indem er sich auf ein Knie sinken ließ und ihre Hand nahm. Äh, nein. Überraschung war nicht das richtige Wort. Verblüffung traf es eher. Sie starrte ihn an.

»Nick?«

»Ich liebe dich, Pallas. Danke, dass du uns, dass du mir eine Chance gegeben hast. Mit dir zusammen zu sein ist der beste Teil meines Lebens. Ich will dich glücklich machen und so lange wie möglich bei dir sein. Heirate mich. Bitte.«

Sie konnte weder denken noch atmen, noch irgendetwas sehen außer dem wunderbaren Mann, in den sie sich zum Glück verliebt hatte.

»Ja«, hauchte sie. »Ja, ich werde dich heiraten.«

Er stand auf und zog sie an sich, dann küsste er sie. Sie hielten sich aneinander fest, bevor er zurücktrat und eine kleine Schatulle von Tiffany aus der Tasche zog. Er ließ sie aufschnappen. Darin lag ein wunderschöner Solitär und zwinkerte ihr zu.

Nick küsste sie erneut. »Also, ich habe mich gefragt, was hältst du davon, deine eigene Hochzeit zu planen?«

»Nein danke. Damit verdiene ich mir meinen Lebensunterhalt.« Sie biss sich auf die Unterlippe. »Außer, es ist dir wichtig. Das hätte ich zuerst fragen sollen. Was immer du möchtest, ich bin damit einverstanden.«

»Ich denke daran durchzubrennen.«

»Wirklich? Denn das wäre super.«

Er lächelte und berührte ihre Wange. »Wie sich herausgestellt hat, ist Atsuko mit dem US-Botschafter in Italien befreundet. Er hat mich mit jemandem in Kontakt gebracht, der alles Nötige arrangieren kann. Also wenn du gerne in Italien heiraten würdest …«

Sie fing an zu lachen. »Oh, lass mich eine Sekunde nachdenken …«

Er küsste sie. »Also Italien.«

»Jederzeit, überall.«

»Das ist mein Mädchen.«

Er küsste sie noch einmal, und sie hielt sich an ihm fest, als wolle sie ihn nie wieder loslassen. Was irgendwie der Plan war.

Susan Mallery

Die Liebe trägt Giraffenpulli

In ihren Träumen wird die Wildhüterin Carol Lund von ihrem sexy Nachbarn heiß geküsst. Aber leider sieht der Künstler Mathias Mitchell in ihr nur eine gute Freundin. Kein Wunder, denn sie passt als Erst-Verlieben-dann-Küssen-Typ nicht in sein Beuteschema. Und doch kommt sie Mathias sehr viel näher, als sie ihm mit einem sehr eigensinnigen Beagle hilft. Im Gegenzug unterstützt er sie dabei, für ihre Giraffe Millie eine Gefährtin zu finden. Ob für Carol doch alle Träume wahr werden?

ISBN: 978-3-95649-821-3

9,99 € (D)

Susan Mallery

Stadt, Mann, Kuss

So idyllisch Fool's Gold, die Kleinstadt am Fuße der Sierra Nevada, auch ist: Der hübsche Ort hat ein gewaltiges Problem. Es herrscht akuter Männermangel. Um das zu ändern, wird die erfolgreiche Stadtplanerin Charity Jones engagiert. Ausgerechnet sie, bei der Amor mit seinem Pfeil bisher immer danebengeschossen hat. Nichtsdestotrotz lockt sie die ersten potenziellen Ehekandidaten an. Dabei befinden sich bereits einige Prachtexemplare direkt vor Charitys Nase ...

ISBN: 978-3-95649-625-7

9,99 € (D)

Deutsche
Erstveröffentlichung

Susan Mallery
Der Für-immer-Mann

Quinn glaubt nicht, dass es die richtige Frau für ihn gibt.

Doch bei einem Wettkampf begegnet er der Selbstverteidigungsexpertin D.J., die ihn buchstäblich aus den Socken haut. Zwischen ihnen sprühen vom ersten Augenblick an die Funken. Da passt es sehr gut, dass D.J. ihn als Ausbilder haben möchte. So kann er ihr körperlich umso näher kommen. Nachteil: Emotional beißt er bei D.J. auf Granit. Doch so leicht lässt sich ein Special-Forces-Mann nicht von seinem Ziel abbringen ...

ISBN: 978-3-95649-624-0
9,99 € (D)